A CONSPIRAÇÃO
DA CONDESSA

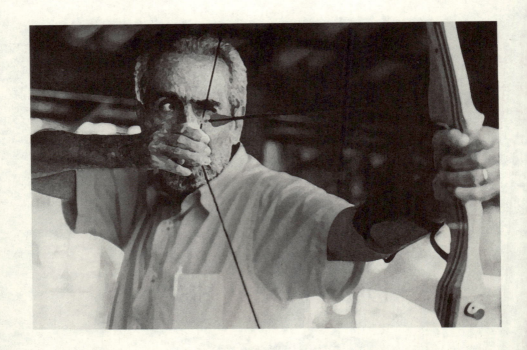

O Arqueiro

GERALDO JORDÃO PEREIRA (1938-2008) começou sua carreira aos 17 anos, quando foi trabalhar com seu pai, o célebre editor José Olympio, publicando obras marcantes como *O menino do dedo verde*, de Maurice Druon, e *Minha vida*, de Charles Chaplin.

Em 1976, fundou a Editora Salamandra com o propósito de formar uma nova geração de leitores e acabou criando um dos catálogos infantis mais premiados do Brasil. Em 1992, fugindo de sua linha editorial, lançou *Muitas vidas, muitos mestres*, de Brian Weiss, livro que deu origem à Editora Sextante.

Fã de histórias de suspense, Geraldo descobriu *O Código Da Vinci* antes mesmo de ele ser lançado nos Estados Unidos. A aposta em ficção, que não era o foco da Sextante, foi certeira: o título se transformou em um dos maiores fenômenos editoriais de todos os tempos.

Mas não foi só aos livros que se dedicou. Com seu desejo de ajudar o próximo, Geraldo desenvolveu diversos projetos sociais que se tornaram sua grande paixão.

Com a missão de publicar histórias empolgantes, tornar os livros cada vez mais acessíveis e despertar o amor pela leitura, a Editora Arqueiro é uma homenagem a esta figura extraordinária, capaz de enxergar mais além, mirar nas coisas verdadeiramente importantes e não perder o idealismo e a esperança diante dos desafios e contratempos da vida.

A CONSPIRAÇÃO DA CONDESSA

Os excêntricos · 3

Courtney Milan

Título original: *The Countess Conspiracy*

Copyright © 2013 por Courtney Milan
Copyright da tradução © 2023 por Editora Arqueiro Ltda.

Todos os direitos reservados. Nenhuma parte deste livro pode ser utilizada ou reproduzida sob quaisquer meios existentes sem autorização por escrito dos editores.

tradução: Caroline Bigaiski
preparo de originais: Sheila Til
revisão: Carolina Rodrigues e Mariana Bard
diagramação: Abreu's System
capa: Miriam Lerner | Equatorium Design
imagem de capa: © Magdalena Russocka / Trevillion Images
impressão e acabamento: Associação Religiosa Imprensa da Fé

CIP-BRASIL. CATALOGAÇÃO NA PUBLICAÇÃO
SINDICATO NACIONAL DOS EDITORES DE LIVROS, RJ

M582c

    Milan, Courtney
        A conspiração da condessa / Courtney Milan ; [tradução Caroline Bigaiski]. – 1. ed. – São Paulo : Arqueiro, 2023.
        320 p. ; 23 cm.   (Os excêntricos ; 3)

        Tradução de: The countess conspiracy
        Sequência de: O desafio da herdeira
        Continua com: O escândalo da sufragista
        ISBN 978-65-5565-472-1

        1. Ficção americana. I. Bigaiski, Caroline. II. Título. III. Série.

23-82193   CDD: 813
                                                      CDU: 82-3(73)

Gabriela Faray Ferreira Lopes – Bibliotecária – CRB-7/6643

Todos os direitos reservados, no Brasil, por
Editora Arqueiro Ltda.
Rua Funchal, 538 – conjuntos 52 e 54 – Vila Olímpia
04551-060 – São Paulo – SP
Tel.: (11) 3868-4492 – Fax: (11) 3862-5818
E-mail: atendimento@editoraarqueiro.com.br
www.editoraarqueiro.com.br

Para Rosalind Franklin, que hoje conhecemos.
Para Anna Clausen, que descobri
enquanto escrevia este livro.
Para toda mulher que nunca recebeu
crédito pelo próprio trabalho.
Este livro é para vocês.

Capítulo um

Cambridge, maio de 1867

Violet Waterfield, a condessa de Cambury, sempre ficava à vontade em multidões. Outras mulheres de sua posição talvez detestassem estar sentadas num salão para escutar uma palestra, com os cotovelos esbarrando nos de pessoas comuns e sem nada que as distinguisse, como no caso de Violet, do velho amigo à sua esquerda ou do idoso – que, sem dúvida, vivia com uma aposentadoria escassa – à sua direita. Outras mulheres talvez ficassem cochichando sobre o odor de gente, tão próximo e carregado.

A questão era que, numa multidão, Violet podia desaparecer. O cheiro de fumaça de cachimbo e de corpos não lavados significava que ninguém prestaria atenção nela. Ninguém olharia para ela em busca de aprovação nem a consultaria sobre assuntos tolos com os quais ela nem se importava. Em meio à multidão, Violet podia colocar toda a dissimulação de lado e desfrutar de sua única paixão proibida: o Sr. Sebastian Malheur.

Ou, mais precisamente, o trabalho dele.

Sebastian era o amigo mais antigo de Violet e, naquele dia, era ele quem se dirigia à plateia. Era dono de uma voz profunda e um sorriso provocante, que usava com grande eficácia para fazer com que as observações científicas mais banais soassem interessantes. Chegava até a ter um toque de malícia. As demais características de Sebastian – seus cabelos escuros sedosos, aquele sorriso brilhante e travesso que sempre estava em seu rosto

–, Violet deixava para as mulheres ruborizadas da alta sociedade que desejavam conhecê-lo intimamente.

Violet não tinha o menor interesse na bela aparência de Sebastian nem nos flertes casuais dele. Em seu trabalho, por outro lado...

– Até agora – dizia Sebastian –, minha pesquisa focou em características físicas simples: a cor das flores, o formato das folhas. Detalhei vários mecanismos diferentes de herança. O que vou apresentar hoje não é uma explicação mais profunda, mas uma série de perguntas desconcertantes.

Violet já ouvira aquelas palavras. Mais de uma vez. Ela e Sebastian as tinham recitado um para o outro pouco antes, naquela manhã, tentando deixá-las perfeitas. Conseguiram.

O olhar de Sebastian passeou pelas pessoas ali reunidas e, mesmo não olhando na direção de Violet, ela se pegou sorrindo em resposta. Ele estava chegando à melhor parte.

– Quando um assunto é desconcertante – continuou Sebastian –, significa que ainda há algo a ser descoberto. Então me permitam dizer o que nós *não* sabemos.

Quase de forma inconsciente, Violet percebeu que não foi a única a se inclinar na direção dele, cheia de expectativa. Sebastian era um ímã. Mesmo sem tentar, ele atraía pessoas.

Alguns dos presentes eram jovens cientistas que não perdiam uma única palavra e sonhavam em seguir os passos de Sebastian. Outros eram seguidores de Darwin, como Huxley, no canto, que observava, com suas sobrancelhas grossas, os procedimentos. Havia também uma quantidade generosa de mulheres presentes...

Sebastian sempre tinha mulheres em seu rastro.

Mas havia também pessoas como as que estavam sentadas logo atrás de Violet. Ela não conseguia vê-las, mas – ainda que se esforçasse para ignorá--las – estava bem ciente delas. Eram do pior tipo: as que interrompiam.

– Vergonhoso – murmurou o homem às suas costas, alto o bastante para penetrar até a redoma de deleite que cercava Violet. – Totalmente vergonhoso.

Não havia nada de vergonhoso nas imagens para as quais Sebastian apontava, a não ser que a pessoa nutrisse um ódio irracional por gráficos de barras. O gráfico em questão detalhava apenas números – todos coletados com extrema atenção aos detalhes, se Violet podia dizer isso sem ser acusada de soberba. Ela franziu o cenho, se inclinou alguns centímetros para a frente e se esforçou ao máximo para se concentrar em Sebastian.

– É uma desgraça sem tamanho – comentou a mulher às costas de Violet. – Uma desgraça.

A voz dela, mesmo num sussurro, se propagava. Era como uma broca abrindo um buraco no crânio de Violet.

– Ele está ostentando a falta de Deus em sua vida. É a pessoa mais depravada e devassa do mundo. Falar em público sobre reprodução e coito...

– Calma, calma – sussurrou o acompanhante. – Cubra os ouvidos com as mãos. Eu aviso quando for seguro ouvir de novo.

Como é que se podia falar sobre a herança de características físicas sem mencionar o ato que causava a propagação? Será que, em nome do decoro, as pessoas precisariam se calar sobre fatos biológicos básicos? E, sabendo que Sebastian Malheur abordaria assuntos do seu desagrado, por que aqueles dois estavam ali?

– Malheur deve pensar nisso o tempo todo – continuou a voz aguda. – Que obsceno! A depravação de uma mente dessas...

Violet tentava ao máximo ignorá-los. Recusava-se a permitir que sua expressão se tornasse sequer um meio sorriso. Mas, por dentro, ela fervilhava. Não era apenas por Sebastian ser seu amigo mais querido: aquelas palavras pareciam um ataque direto à própria *Violet*.

De certa forma, eram.

– Existe um motivo para todos esses tais filósofos naturais serem homens – aventou o marido. – As mulheres são boas demais para considerarem pensamentos tão repugnantes.

Chega! Violet se virou. Ao lado de um cavalheiro com bigodinho reluzente sentava-se uma mulher vestida em musselina rosa com estampa floral, parecendo surpresa. Violet olhou para eles com a expressão mais feroz de que era capaz.

– Silêncio! – advertiu-os.

A boca da mulher se arredondou, estupefata. Violet meneou a cabeça para ela com firmeza, depois se virou de volta para o palco.

Sebastian tinha começado a falar sobre o primeiro enigma.

Ah, sim. Aquele era um dos favoritos de Violet. Aos poucos, ela relaxou. Começou a se perder de novo na fala de Sebastian, no fluxo dos argumentos.

Uma palestra bem construída era como o ronronar de um gato: difícil de conseguir e algo muitíssimo satisfatório quando finalmente...

– Creio eu – continuou a madame Voz Aguda, como se Violet tivesse exigido apenas meio minuto de silêncio em vez de respeito básico – que ele tenha feito um pacto com o Diabo. De que outra forma um homem teria tal força de presença se não fosse para enganar?

O foco de Violet se estilhaçou de novo. Lembrou-se com melancolia da sombrinha que deixara na chapelaria ao chegar – aquela sombrinha roxa maravilhosa, com fitas delicadas e uma ponta fina. Elegante e útil para cutucar pessoas mal-educadas. A mãe de Violet teria aprovado.

– Ouvi dizer – continuou a mulher – que ele possui uma mulher virtuosa toda noite. Meu Deus, o que vou fazer se eu chamar a atenção dele?

Violet revirou os olhos e se inclinou para a frente.

Lá adiante, Sebastian indicou o cavalete e o jovem que o ajudava mudou o cartaz para o que continha a pintura de um gato. Aquela imagem era bem familiar para Violet.

O gato, mais ainda.

– Esse padrão – falou Sebastian e apontou para o gato listrado em preto e laranja – às vezes é encontrado quando um gato malhado laranja cruza com uma gata preta ou vice-versa.

– Meu Deus! Ele disse *cruza*. Ele falou a palavra *cruza*.

Violet uniu as pontas dos dedos das duas mãos e se concentrou intensamente em Sebastian, desejando que o restante do mundo sumisse.

Sebastian mudou de posição e correu os olhos pela multidão.

– Todos já devem ter ouvido dizer que, à noite, todos os gatos são pardos.

Violet não precisava enxergar a expressão de Sebastian para imaginar a sobrancelha erguida de um jeito malicioso.

– Ainda assim, durante o dia, precisamos fazer a seguinte pergunta: por que há tão poucos machos com pelagem como a dessa pintura?

Outra arfada de horror se ouviu às costas de Violet.

– Ele estava se referindo a... Meu Deus do céu! Isso é... é indecente!

Sebastian fez um gesto.

– A ciência da herança que eu defini nos últimos anos explica por que características físicas têm uma chance de 50% ou de 25% de serem herdadas. Contudo, a probabilidade de que um gato macho apresente pelagem listrada em preto e laranja é tão pequena que não temos como calculá-la.

Uma em mil, talvez. Minha teoria não apresenta nenhuma explicação para essa pequenez.

A voz da mulher começava a ficar ainda mais aguda, algo que Violet não teria achado possível.

– Ele acabou de se gabar do *tamanho* dele em público. William, você é policial. Faça *alguma coisa*.

Violet imaginou a si mesma se virando. *Aquela* Violet – a que não dava a mínima para nada – ia confrontar a mulher em questão. *Se a senhora não segurar a língua, vou arrancá-la pela raiz.*

No entanto, uma dama não causava tumultos em público. *Quando não tiver nada de bom para falar*, conseguia ouvir a mãe dizendo, *guarde seus pensamentos para si. E depois me conte tudo.* Fazia um bom tempo desde a última vez que Violet pudera falar com a mãe sobre coisas que a incomodavam, mas nem por isso o conselho deixava de ser adequado. O silêncio valia ouro.

Então Violet se conteve, em silêncio. Afastou tudo que não queria ouvir. O resto do mundo ficou envolto em algodão, de modo que as pontas afiadas já não podiam feri-la.

Apenas uma parte da mente dela se manteve vagamente ciente de que a conversa do casal continuou.

– Calma, calma – disse o homem. – Eu preciso seguir a lei. Não tenho um mandado nem sei se alguém emitiria um. Tenha um pouco de paciência, meu bem.

Parecia um bom conselho.

Tenha paciência, Violet disse para si mesma. *Em alguns minutos, eles vão embora e tudo vai ficar melhor.*

⌒

Em alguns minutos, tudo ficou pior.

No fim da palestra, Violet abriu caminho em meio à multidão, empurrando as pessoas com delicadeza para conseguir passar. A cada novo evento, o público aumentava em tamanho e indisciplina. Nos primeiros meses da carreira de Sebastian, ele fora uma curiosidade – um homem que escrevia sobre características físicas herdadas e às vezes defendia Charles Darwin. Algumas pessoas fizeram pequenas reclamações, mas nada excepcional.

Então Sebastian publicara o artigo sobre mariposas em que tentava demonstrar a teoria da evolução de Darwin em ação.

Violet suspirou. Ele era respeitado por metade do mundo e absolutamente odiado pela outra metade. A cada ano que passava, os sussurros desagradáveis nas palestras aumentavam. Naquele momento, zumbiam ao redor de Violet, como se ela tivesse ido parar no meio de um vespeiro de ignorância.

Ela abriu caminho até a frente. Oliver Marshall, o amigo que estivera sentado ao seu lado antes, já estava lá. Sebastian fora rodeado. Ele sempre ficava cercado por grandes grupos, desde que atingira a maioridade.

Metade da multidão em volta de Sebastian era composta por mulheres – algo pouco comum na maioria das palestras científicas, mas nada fora do padrão quando se tratava dele.

Violet às vezes se perguntava se as pessoas pensavam *nela* daquele jeito – como uma mulher que tentava atrair a atenção de Sebastian fazia anos. Como se Violet também esperasse que o olhar dele recaísse sobre ela e então ele não tivesse olhos para mais ninguém. A irmã da jovem zombava dela sobre isso com bastante frequência.

Se a situação fosse diferente, talvez Violet fosse parte daquele grupo. Mas ela era quem era e não havia por que chorar sobre o leite derramado – que já azedara fazia tempo. Em vez disso, abriu caminho até se encontrar entre as pessoas mais próximas de Sebastian.

Quando estava em seu assento no meio do salão, o rosto de Sebastian parecera a Violet um borrão reconfortante. Mas ali, vendo a expressão dele, ela ficou um pouco alarmada.

Sebastian não estava com uma cara nada boa. As bochechas estavam coradas e os olhos escuros, normalmente cintilantes de bom humor, pareciam sem vida. A curva expressiva da boca ganhara austeridade. Ele parecia estar com febre.

– Seu trabalho está errado – dizia um homem grande.

Ele assomava à frente de Sebastian, os punhos carnudos cerrados ao lado do corpo como dois pernis.

– Você não passa de um charlatão prepotente. Todo filósofo natural desde Newton foi condenado ao inferno. Condenado, eu lhe digo.

Alguns anos antes, Sebastian teria reagido à ofensa com uma risada. Naquele momento, porém, ele apenas encarou o homem.

– Muito obrigado – falou.

Como se aquilo fosse rotina, como se tivesse memorizado as palavras e as jogasse como uma isca, torcendo para distrair o homem por tempo suficiente para escapar.

– Sua opinião é muito importante para mim – completou.

– Ora, seu vira-lata insolente!

O homem deu um passo adiante. Violet expirou com força e tomou a frente do homem, segurando a manga de Sebastian. *Olhe para mim. Olhe para mim. Tudo vai ficar melhor se você apenas olhar para mim.*

Ele se virou para ela, mas, ao fazer isso, o último traço de humor falso sumiu do rosto dele.

Fazia muito tempo que Violet era amiga de Sebastian. Ela achava que o conhecia. Que ele lidava com a pressão pública sem se abalar, que não ligava para os insultos e ameaças. Ela *precisava* acreditar nisso, senão nunca o colocaria sob tal pressão.

Naquele instante, percebeu como estivera errada.

Violet engoliu em seco.

– Sebastian – falou, enrolando-se à procura de palavras.

– Sim? – rosnou ele.

– Você foi brilhante, Sebastian.

Ela o encarou, desejando que pudesse tornar tudo melhor.

– Completamente bri…

Algo queimou nos olhos dele, algo obscuro e furioso.

Tinha sido a frase errada. Ela percebeu no momento em que as palavras saíram da boca. Como teria soado para ele? Horrível. Parabenizar a si mesma…

Um grupo de pessoas os cercou. Os nós dos dedos de Sebastian ficaram brancos e ele ergueu a cabeça.

– Vá para o inferno, Violet – disse ele num rosnado baixo e selvagem. – Vá para o inferno!

Fazia tanto tempo que os dois estavam envolvidos naquela conspiração que, de vez em quando, até Violet se esquecia da verdade. Mas, naquele momento, lembrou-se. Ela a sentiu em cada célula do corpo. Aquela sensação de invisibilidade desapareceu. Às vezes Violet pensava na própria posição na sociedade como a de um tronco de árvore caído no meio de uma floresta: talvez não fosse agradável de ser visto, mas pelo menos era aceito como parte da paisagem. Contanto que ficasse parada, ninguém descobriria.

Sebastian a fuzilava com os olhos, enfurecido, como se estivesse prestes a atacar aquele tronco com um machado. Iria expor o cerne apodrecido da árvore para o mundo, mostrar para todos que, por dentro, Violet era sombria, terrível, repugnante, infestada por criaturas de muitas pernas. Se ele falasse uma palavra sequer, todo mundo descobriria.

Violet nunca imaginaria que Sebastian pudesse traí-la. Mas e aquele estranho que a encarava através dos olhos de Sebastian? Ela não fazia ideia do que ele era capaz.

Suas mãos ficaram frias. Ela quase conseguia ver o pesadelo se desenrolando diante deles. Sebastian contaria a verdade na frente de todo mundo. Os jornais a anunciariam às trombetas no mesmo dia e, ao fim da manhã seguinte, Violet estaria arruinada, banida da sociedade.

Sua visão ficou turva. Ela mal conseguia respirar. *Repugnante*, conseguia ouvir as pessoas sussurrarem. *Depravada*. Engoliu em seco. Seria o fim de Violet e ela levaria junto a mãe, a irmã e os sobrinhos.

As narinas de Sebastian se dilataram, e ele deu as costas para Violet a fim de falar com outro homem. Tudo que podia ter dito permaneceu oculto, seguro no silêncio.

Violet não conseguiu se controlar: arfou de alívio. Ela estava a salvo. E, contanto que ninguém descobrisse, continuaria assim.

～

O sol da manhã queimava implacavelmente, ferindo os olhos de Sebastian à medida que ele os corria pelo jardim. Um caramanchão de rosas refletia a luz matinal e o orvalho cintilava nos canteiros de flores. Era belíssimo. Se não fosse pelo latejar persistente em sua cabeça, Sebastian até apreciaria a vista.

Fazia 48 horas que não tomava nada mais forte do que chá. Se não fosse isso, imaginaria estar sofrendo dos males do álcool. Era outra questão, porém, que o atormentava, e, diferentemente da indisposição causada por algumas garrafas de vinho, não era algo que se curasse com um elixir.

Nenhum boticário seria capaz de curar a realidade.

Ele soubera aonde ia desde o começo. Violet estava na estufa. Quando contornou os arbustos, a viu sentada, analisando uma série de pequenos vasos com terra. Ela engatara as botas ao redor das pernas do banquinho. Mesmo dali, Sebastian conseguia ouvi-la cantarolar, alegre.

O estômago dele ficou embrulhado.

Não havia motivo para desrespeitar o protocolo. A porta exterior da estufa de Violet dava para uma antecâmara envidraçada. Sebastian tirou os sapatos e trocou o casaco por um avental de jardinagem. Ele verificou a si mesmo e ao entorno com bastante cuidado: nenhuma abelha à vista.

Violet não ergueu os olhos quando ele abriu a segunda porta nem quando passou pelas camadas de tecido transparente que mantinham os insetos do lado de fora. Não ergueu os olhos enquanto ele cruzava a estufa na direção dela. Estava tão concentrada naqueles potinhos de argila à sua frente, com uma lupa em mãos, que nem ouvira Sebastian entrar.

Meu Deus. Mesmo depois do que ele lhe dissera na noite anterior, do jeito que ele saíra correndo, deixando-a desamparada, ela parecia tão alegre sentada ali. E Sebastian arruinaria tudo.

Tinha concordado com aquela farsa quando ainda não entendia as consequências, quando significava apenas assinar o nome dele e ouvir Violet falar, duas coisas que não pareciam exigir esforço.

– Violet – chamou baixinho. Nenhuma resposta. – Violet – repetiu, desta vez um pouquinho mais alto.

Ele a viu voltar a si – piscar com rapidez e, aos poucos, soltar a lupa que segurava e se virar na direção dele.

– Sebastian! – cumprimentou ela.

Havia um tom contente em sua voz, o que significava que ela o perdoara pela noite anterior. Mas o sorriso que abriu para Sebastian morreu aos poucos quando viu a expressão no rosto dele.

– Está tudo bem?

– Eu queria lhe pedir desculpas – disse ele. – Deus sabe que preciso me desculpar por ontem à noite. Nunca deveria ter falado com você daquele jeito, muito menos em público.

Ela dispensou a desculpa com um aceno de mão.

– Eu deveria ter percebido. Deveria ter pensado na pressão que você anda sofrendo. Francamente, Sebastian, depois de tudo que fizemos um pelo outro, algumas palavras rudes não significam quase nada. Mas havia uma coisa que eu precisava lhe contar.

Ela franziu o cenho e bateu a ponta dos dedos nos lábios.

– Vejamos...

– Violet, não se distraia. Me escute.

Ela se voltou para ele de novo.

Nenhuma outra pessoa considerava Violet bonita. Sebastian nunca entendera por quê. Sim, o nariz dela era grande demais. A boca, larga demais. Os olhos eram um pouco afastados demais um do outro, o que fugia do padrão vigente de beleza. Sebastian via todas aquelas coisas, mas de certa forma elas nunca importaram. De todas as pessoas no mundo, Violet era de quem ele era mais próximo, e isso o fazia estimá-la de uma maneira que não queria considerar naquele momento. Tratava-se de sua amiga mais querida e ele estava prestes a acabar com ela.

– Tem algo errado? – perguntou Violet com cuidado. – Ou... melhor... – Ela pigarreou. – Eu sei que tem – falou. – Como podemos consertar?

Sebastian ergueu as mãos, rendido.

– Violet, não posso mais fazer isso. Cansei de viver uma farsa.

O rosto dela ficou inexpressivo. Ela esticou o braço e a mão pousou sobre a lupa, que levou ao peito e apertou com força.

Sebastian se sentia arrasado.

– Violet.

Não havia ninguém que ele conhecesse melhor, ninguém com quem se importasse mais. A pele dela ficara pálida. Ela continuou sentada, olhando para ele, completamente sem expressão. Sebastian a vira daquele jeito apenas uma única vez. Nunca imaginou que seria ele quem a deixaria naquele estado de novo.

– Violet, sabe que eu faria qualquer coisa por você.

Um som curioso escapou da garganta dela, meio soluço, meio engasgo.

– Não faça isso. Sebastian, podemos dar um jeito...

– Nós tentamos – interrompeu ele baixinho. – Sinto muito, Violet, mas acabou.

Ele estava acabando com ela, mas havia extenuado até mesmo a própria habilidade de atuar. Sorriu com tristeza e correu os olhos pela estufa. Pelas diversas estantes, cheias de potinhos minúsculos, cada um com um rótulo. Pelos canteiros de plantas em estágios variados, desde pequenos amontoados de folhas a ervas brilhantes já crescidas. Pela estante de livros no canto, que aguentava o peso de vinte volumes de anotações encadernados em couro. Sebastian correu os olhos por todas as provas que ficavam ali, à espera de que o restante do mundo as descobrisse. Por fim, seu olhar pousou em Violet – a mulher que conhecera a vida toda e que amara por metade dela.

– Ainda serei seu amigo, seu confidente. Vou lhe estender a mão sempre que precisar de ajuda. Faço o que for preciso por você, mas tem uma coisa que nunca mais farei. – Ele respirou fundo. – Nunca mais vou apresentar um trabalho seu como se fosse meu.

A lupa deslizou pelos dedos dela e caiu no chão de pedras, mas era resistente – como Violet – e não se quebrou.

Sebastian se abaixou e a pegou.

– Aqui está – falou, devolvendo a lupa para Violet. – Vai precisar dela.

Capítulo dois

Três horas depois, Violet se viu vagando do lado de fora da casa de Sebastian.

Ao longo dos anos durante os quais vinham trabalhando juntos, os dois tinham descoberto centenas de formas de se ver sem darem motivo para fofoca. Quando estavam em Cambridge, os encontros aconteciam de um jeito relativamente fácil: as respectivas casas ficavam a pouco mais de 1,5 quilômetro de distância uma da outra, uma caminhada de vinte minutos ao longo de uma via arborizada. Árvores grossas escondiam a passagem das más línguas. Arbustos altos protegiam a estufa de Violet dos olhos bisbilhoteiros dos criados, enquanto o caminho até o escritório de Sebastian era encoberto por um labirinto de arbustos da altura de um adulto, que permitiam que Violet entrasse e saísse sem precisar bater à porta da frente.

Naquele momento, ela estava dentro do labirinto, colocando a respiração e os nervos em ordem. Precisava consertar a situação, tinha que encontrar uma forma de prosseguir. Mas lembrava-se bem da expressão no rosto de Sebastian, aquela determinação entristecida, e não sabia como mudar aquilo.

Violet se sentou num banco de pedra e chutou as pedrinhas brancas do chão, frustrada. Se colocasse tudo em ordem, haveria de encontrar uma solução. Uma solução adequada e razoável.

Ouviu o som de pedrinhas rangendo e ergueu os olhos, consternada.

Era Sebastian. Não usava paletó sobre a camisa de mangas compridas. Ainda assim, aquele semblante sério lhe dava um ar de formalidade. Uma de suas mãos estava no bolso do colete, e ele observava Violet com uma expressão indecifrável.

Violet pensou em se levantar – pensou nisso por tanto tempo que percebeu que a oportunidade passara. Ela pareceria uma tola pondo-se de pé em um pulo meio minuto depois da chegada de Sebastian.

Contentou-se em inclinar a cabeça na direção dele.

– Sebastian.

– Violet – respondeu ele sem se aproximar um passo sequer. – Eu estava esperando que você chegasse há quase 45 minutos. Estou surpreso que tenha demorado todo esse tempo para vir debater comigo.

Os dedos de Violet se contraíram. Pensou em fazer uma objeção, mas era *justamente* o que ela fora fazer.

– Estava tentando selecionar meus melhores argumentos. Fiz uma lista de tudo que eu poderia dizer.

Sebastian ergueu uma sobrancelha.

– Uma lista? Preciso ver isso. Você anotou, não é?

Violet pensou em negar, mas ele a conhecia bem demais. Ela tirou o papel do bolso da saia e o entregou a Sebastian, que desdobrou a folha e a alisou entre as palmas das mãos.

– Dinheiro – leu. – Propriedades. A influência da sua mãe.

Ele ergueu os olhos.

– Essas coisas não são argumentos, Violet. São subornos. Exceto, é claro, essa parte da sua mãe. A mulher é uma ameaça.

– Sim. Pois bem.

Violet não podia deixá-lo ver que ela estava desconfortável. Ergueu os olhos e o encarou.

– Vou lhe dar 5 mil libras se...

– Não preciso de 5 mil libras – interrompeu ele. – E não se trata de dinheiro. Deixe-me explicar o que estou buscando: quero nunca mais ter que mentir para as pessoas que são importantes para mim.

Ele ergueu o papel de Violet.

– Isso não está na sua lista.

Ela arrancou o papel dele.

– Como disse, eu ainda estava pensando.

A folha foi amassada sem piedade. Ela a apertou até formar uma bolinha densa e dura com pontas afiadas, que espetaram a palma de sua mão.

– Tem que haver alguma coisa.

Um pássaro cantou. O céu azul brilhava intensamente acima dos arbustos podados. Não era o tipo de clima que permitia desistências, e Violet não tinha intenção alguma de se render. No entanto, pela expressão no rosto de Sebastian, ele também não estava disposto a ceder com facilidade.

– Meu irmão está morrendo, e, quando ele me contou o que planejava fazer com o filho, ele disse… – Sebastian desviou o olhar. – Ele disse que ia mandar Harry morar com a avó, porque eu era ocupado demais para cuidar do menino. Não pude lhe contar que não trabalhava sozinho. Só consegui ficar parado lá, em silêncio, imaginando como responder sem revelar nossos segredos.

Violet fincou os dedos na bolinha de papel.

– Meus amigos estão preocupados comigo – continuou Sebastian. – Isso está totalmente às avessas. Sou *eu* quem deveria cuidar *deles*. Mas nem posso explicar que tenho 32 anos e estou desaparecendo: recebo elogios por um trabalho que não é meu e sou insultado por apresentar ideias que nem saíram da minha cabeça.

Violet estava com um nó na garganta. Ela não sabia o que dizer, não sabia como consertar nada daquilo.

– E então, ontem à noite – disse ele –, *você* me elogiou pela palestra, quando ambos sabemos que foi *você* quem a escreveu.

Violet baixou a cabeça.

– Aquilo foi um erro. Eu sei. É só que…

– Nós dois começamos a esquecer que isso é uma mentira, portanto é hora de parar. Não posso mais contar a verdade para ninguém e cada pequena mentira se acumula como uma bola de neve. Essa situação está me deixando irritado. Falo sério: estou cansado de mentir por você. Não gosto da pessoa que estou me tornando.

Se ele fosse embora naquele instante, deixaria um buraco na vida de Violet. Mas qual era a importância disso, comparado às reclamações dele? Ela enfiou a bolinha de papel no bolso.

Sebastian deu um passo à frente para ficar diante de Violet.

– Isso tudo está me deixando irritado com você – admitiu com a voz mais suave. – E é a última coisa que desejo. Não quero me ressentir de você. Você é a única amiga que tenho que entende tudo. Não quero perdê-la.

Era quase doloroso olhar para ele. Para aquela expressão em seus olhos, para o jeito de se aproximar dela. Violet conseguia sentir o magnetismo de Sebastian, como se ela fosse uma lua, condenada a orbitá-lo para sempre.

Violet desviou o olhar e mordeu o lábio. Sebastian provavelmente fazia com que todas as mulheres se sentissem assim. Era inconsciente.

– Nós *somos* amigos – disse Sebastian. – Uma amizade que vai além do seu trabalho. Não somos?

Ele deu mais um passo, aproximando-se dela. Um passo perigoso, que o colocou perto demais. Perto o suficiente para alcançá-la, perto o bastante para tocá-la. A possibilidade do toque pairava no ar quando Sebastian ficava perto dela daquele jeito. Trazia à tona aquele anseio escondido dentro de Violet: o desejo de que Sebastian a puxasse para seus braços.

Violet, porém, não era uma mulher a ser tocada. Ela era dura e inabalável.

Forçou-se a retribuir o olhar, obrigou o coração a bater num ritmo estável, imune ao brilho dos olhos escuros de Sebastian. Ele não tinha nenhum impacto sobre ela. Era o tipo de homem que conseguiria fazer até uma pedra reagir – mas Violet era mais fria que pedra.

Tinha que ser.

Ele deu outro passo e assomou sobre Violet. Apesar de todo o esforço, o coração dela martelava.

Sebastian poderia apoiar as mãos nela, prendê-la contra o banco...

Ela inspirou com ferocidade e se levantou, afastando-se novamente dele.

– Então é disso que se trata – ouviu-se dizer Violet. – Está irritado porque, ao contrário de todas as outras mulheres do mundo, não consegue fazer com que eu me jogue aos seus pés.

Ele soltou a respiração e se endireitou. Violet prosseguiu:

– Pode falar sobre amizade quanto quiser, mas não há dúvida de que deixei fora da lista o único item que poderia convencê-lo. – Ela ergueu o queixo. – Relações sexuais. É essa a moeda com que trabalha, não é?

A mera contemplação daquela possibilidade fazia as mãos dela tremerem. Seu corpo todo estava frio. Ainda assim, seus batimentos cardíacos estavam acelerados. Deixara aquela questão fora da lista de propósito – não era possível barganhar com coisas que não se estivesse disposto a oferecer.

Sebastian a encarava – seus olhos pousaram nos lábios de Violet, depois correram pelo corpo dela, descendo para a renda na borda do vestido de passeio, subindo até as fitas que apertavam a cintura. Violet conseguia senti-lo rejeitar cada aspecto dela – os cotovelos pontiagudos, os olhos castanhos.

Se ele não queria vinte hectares de terras agrícolas, certamente não teria necessidade de um espécime tão pobre quanto ela.

– Entendo – disse ele, devagar. – Você nunca me conheceu de verdade. – A boca dele se curvou. – Há cinco anos dou palestras em seu nome. Fiz isso tantas e tantas vezes que cheguei ao ponto de conhecer seus pensamentos melhor do que os de qualquer outra pessoa. E, durante todo esse tempo, você nunca se deu ao trabalho de retribuir o favor.

– Sebastian.

Ela mal conseguia encará-lo, mas também não conseguia desviar os olhos. Os dele estavam nublados, e o rosto, sombrio.

– Eu a conheço muito bem. – Ele deu outro passo na direção dela. – Sei que, se eu me aproximar demais, você procura um jeito de fugir. Que, se eu apenas roçar seus dedos...

Ele ergueu a mão.

Violet se afastou.

– Precisamente – rosnou ele. – Violet, você e eu... Nós mentimos um para o outro tanto quanto mentimos para o resto do mundo.

Era verdade. Ela sentia o pânico se formar no estômago. Ao longo do último ano – não conseguira resistir – começara a sentir de novo: aquela vibração de interesse, aqueles momentos de fraqueza.

Sebastian não sabia o que estava pedindo. Para ele, vencer as defesas dela não significaria nada. Mas, no caso de Violet, a verdade mandaria embora tudo que ela era.

– Não sei do que está falando.

A voz dela não estava nem um pouquinho trêmula. E por que estaria? Rochas eram firmes. Rochas eram implacáveis.

– Já sabe tudo sobre mim.

– Tudo que sei sobre você hoje em dia é relacionado a seu trabalho.

Pedras não se importavam com a mágoa que surgiu nos olhos de Sebastian. Pedras persistiam, isso, sim. Violet fungou.

– Eu sou o meu trabalho.

Sebastian olhou para ela e muito, muito devagar balançou a cabeça.

– Que inferno, Violet!

Pedras não sentiam dor. Elas não tinham um coração para doer.

– Imagino que tudo seria diferente – pegou-se dizendo Violet – se eu fosse uma das suas mulheres, suscetível ao seu charme. Nesse caso, talvez eu pudesse...

Ele deu as costas para ela, afastando-se com tanta rapidez que ela prendeu a respiração.

– Não seja ridícula. – A voz dele saiu baixa e fulminante. – Não me importo com o que pense sobre meus princípios, mas tenho, sim, critérios.

Ele virou a cabeça para contemplá-la por cima do ombro, seus olhos escuros e intensos.

– E você não os atinge – concluiu.

Ela sentiu um buraco se abrir no estômago. Havia verdades demais naquela afirmação – suficientes para lembrá-la do motivo de tê-lo afastado.

– Que os bons ventos o levem, então – ouviu-se dizer para seu melhor amigo. – Ainda bem que não vamos mais trabalhar juntos. Duvido que eu vá sequer notar sua ausência.

Ela desejou fazer uma saída altiva, mas tinha que pegar as luvas, ainda largadas no banco.

– Tenho certeza de que não vai notar – retrucou Sebastian. – Ainda bem que não estarei aqui.

Violet pegou as luvas e olhou para ele. Seus braços estavam cruzados e os olhos brilhavam de mágoa. Eram raras as vezes que Sebastian ficava zangado, irritadiço. Se ele estava demonstrando tais sentimentos – e duas vezes num espaço de 24 horas –, deveria estar mais aborrecido do que Violet conseguia compreender.

Ele estava certo. Doía admitir, mas ele tinha razão. Não podiam continuar daquele jeito. Sebastian tinha muito o que esperar da vida e Violet não tinha quase nada. Ele a encarava como se imaginasse que, mesmo naquele momento, ela pediria desculpas. *Sim, Sebastian. Vou parar de afastá-lo. Vou me permitir uma paixão pelo maior libertino de Londres.*

Por um momento, ela desejou segurar as mãos dele e confessar tudo. Quando pensou em abrir boca, porém, percebeu que não restava nada a dizer. Aquela parte não fora mentira: ela era o próprio trabalho. Não havia nada além. O resto... Bem, logo viraria fóssil.

Então, em vez de falar qualquer coisa, ela calçou as luvas e foi embora.

Capítulo três

A propriedade em que Sebastian passara a infância ficava a uns 15 quilômetros de Londres, uma agradável viagem de uma hora partindo do lugar onde a confusão de construções compactas abria espaço para os vilarejos menores e os campos do interior.

A farsa com Violet durara uma parte tão grande da vida adulta de Sebastian que agora um vazio se escancarava. Uma vasta distância havia surgido entre ele e as pessoas com quem mais se importava. Mas, se existia um lugar onde ele poderia preencher aquela lacuna, era ali, na terra que pertencia ao irmão, no espaço onde as lembranças de infância se agrupavam, recordações indistintas e difusas dos seus primeiros anos de vida.

Lembranças da queda *naquele* córrego ali, quando tinha 6 anos e tentara imitar Violet enquanto ela cruzava um tronco de árvore com elegância. Dela lendo uma história em voz alta quando Sebastian ainda aprendia o alfabeto.

Mesmo ali, Violet estava entrelaçada em sua vida. Ela crescera a menos de um quilômetro dele. Era dois anos mais velha e, pelo que Sebastian se lembrava, ele a seguira por todos os cantos desde sempre. A seus olhos, era uma criatura maravilhosa, mais inteligente e mais capacitada que ele.

Os últimos dias foram um marco: a primeira vez na vida que Sebastian a afastara.

Entretanto, havia outras memórias naquela propriedade, além daquelas que continham Violet, por isso ele estava ali.

Ele levou sua montaria até os estábulos. Um homem apareceu e se ofereceu para cuidar do animal, mas Sebastian o dispensou com um aceno. Tinha sido uma cavalgada leve, e a égua preta não precisava de nada além de uma boa escovada e um balde de aveia. Ainda assim, ele não teve pressa de terminar o trabalho: esfregou-a, passou a escova nos redemoinhos no pelo, observou o couro dela se contrair quando ele fez cócegas em seu flanco. Era um dos truques mais antigos que Sebastian conhecia: quando não conseguia encontrar sentido no mundo, ele podia pelo menos encontrar sentido em sua égua.

As portas do estábulo se abriram. Uma luz iluminou o lugar e outro cavalo bufou na entrada, exalando o ar com força.

Sebastian olhou para cima. O cavaleiro – um vulto alto e volumoso – deslizou para o chão. O homem ofegava em busca de ar. Por um longo tempo, permaneceu parado ali, segurando-se no animal como se suas pernas não fossem mais capazes de suportar o peso do corpo. Sebastian ficou sentado no banquinho ao lado da própria égua, imóvel, querendo se levantar, mas com receio de intervir.

Aos poucos, a respiração do homem voltou ao normal. Ele se endireitou. Não chamou um criado.

Sebastian piscou, incrédulo. Ao lado do cavalo, seu irmão mais velho se apoiou num joelho e soltou a sela por conta própria. Antes que Sebastian pudesse se oferecer para ajudá-lo, o irmão já tinha tirado todo aquele couro pesado do garanhão. O peso o fez cambalear, mas ele conseguiu se apoiar na parede. Sua respiração estava fraca, ecoando alto demais no estábulo escuro.

Sebastian se levantou.

– Benedict, que diabo você pensa que está fazendo?

Benedict Malheur congelou onde estava. Por um instante, foi como se a posição dos dois estivesse invertida – como se Sebastian fosse o mais velho e Benedict tivesse sido pego em flagrante. Mas o momento não durou muito.

– Sebastian.

Benedict fez um último esforço e enfiou a sela no devido lugar.

– Você veio, afinal.

– Vim para encontrá-lo carregando selas pelos cantos, montando com tanto vigor que Warrior cansou e...

– O nome do que fiz é *galopar*.

Benedict se virou para o próprio cavalo.

– E só vou parar de sair para galopar quando eu morrer.

Sebastian encarou o irmão com firmeza. Era a única coisa que *podia* fazer, fora derrubar Benedict e lhe dar uns tapas. O que, pensando melhor, ele tampouco podia fazer.

– Não tem graça – falou Sebastian.

– É claro que não tem. Não foi uma piada.

Mas tinha sido. Tudo era uma piada. O mundo de Sebastian tinha virado uma galhofa complicada. Ele quisera retomar o controle da própria vida. Em vez disso, estava perdendo Violet, perdendo Benedict...

Com muita calma, o irmão se abaixou e pegou um balde. Sem olhar para Sebastian, passou pelas portas do estábulo. Sebastian correu atrás dele.

– Maldição – praguejou, pegando na alça de metal que o irmão segurava. – Eu bombeio a água. Eu carrego.

Ele deu um puxão no balde, mas o irmão se recusou a ceder.

– Um cavalheiro sempre cuida dos próprios animais – disse Benedict.

– Sim. – O irmão lhe ensinara aquilo assim que Sebastian aprendera a montar. – Mas dadas as circunstâncias...

– Um cavalheiro *sempre* cuida dos próprios animais – repetiu Benedict. – Valha-me Deus, Sebastian. Eu nunca teria lhe contado se soubesse que você ficaria me rondando desse jeito.

Como se, do jeito que o irmão arfava, Sebastian não fosse descobrir que algo estava errado. No entanto, ele não fora até ali para discutir com ele por causa de água.

Sebastian cruzou os braços e observou Benedict manusear a bomba de água. Os gestos dele eram irregulares, e a respiração, pesada. A água saía em jatos desiguais e, quando metade do balde estava cheia, o irmão parou por um momento. Ele virou a cabeça, tossiu e cuspiu no chão. Sebastian viu um indício de algo cor-de-rosa e cerrou os punhos.

– Vamos lá – insistiu. – Deixe que eu...

– Não – rebateu Benedict sem sequer olhar para ele. – Não sou um inválido, sabia?

Sebastian tentou não revirar os olhos.

– Claro que não é – respondeu sarcasticamente. – Finja que ainda somos crianças. Você é um paladino, e eu sou seu escudeiro. Só estou fazendo o trabalho servil, como um bom escudeiro deve fazer.

Mais uma vez, ele tentou tirar o balde das mãos do irmão.

Só que Benedict se recusou a soltá-lo.

– Não sou um paladino – retrucou com os dentes cerrados. – E já estamos velhos demais para brincar de faz de conta.

Ele deu um puxão na alça do balde e o afastou de Sebastian.

– Pretendo agir como se nada tivesse mudado. Um cavalheiro deve ter dignidade, no fim das contas.

– Ah, *dignidade* – ecoou Sebastian, com uma leviandade que não sentia. – Fique à vontade. Dignidade acima de tudo.

Benedict era dez anos mais velho que Sebastian. O pai deles falecera antes de Sebastian aprender a andar, então Benedict cumprira o papel de pai tanto quanto o de irmão.

Ele lançou um olhar de alerta para Sebastian – um que Sebastian conhecia bem. Vira aquele olhar com muita frequência na infância. Uma vez significara: *Não se atreva a levar esse cachorrinho para casa*. Em outra ocasião: *Conte para a mamãe como aquele vaso quebrou ou eu mesmo vou contar*.

Sebastian nunca se intimidara com facilidade. Fazia uma cara feia para o irmão – nariz torcido, boca franzida. Mas, no fim das contas, sempre fazia o que lhe mandavam – fosse quanto a vasos ou cachorrinhos –, e a careta não era sincera. Rebeldia só era divertida quando não havia nada importante em jogo.

Benedict levou o balde para o pátio lateral, onde havia um fogão pequeno encostado na parede. Ele atiçou o fogo, despejou uma parte da água numa chaleira e esperou. Sebastian foi atrás, tentando não fulminar o irmão com os olhos.

Por fim, Benedict falou:

– Se meu coração parar porque não consigo aguentar o peso de uma sela ou de um balde de água, consideraria com muita alegria que é minha hora de partir.

– Continua não tendo graça – murmurou Sebastian.

– Continua não sendo uma piada.

Não. Benedict não brincava. Ele sempre fora muito sério, muito direto. Muito fácil de irritar, para falar a verdade. Era o irmão perfeito: se esforçava bastante, recebia notas altas na escola e mais elogios ainda por seu temperamento tranquilo. Todo mundo o respeitava – incluindo Sebastian. Não dava para odiar uma pessoa tão boa quanto Benedict. Talvez fosse por isso que o destino decidira lhe pregar a peça mais cruel de todas.

– Eu vou morrer – afirmou Benedict com naturalidade. – Talvez daqui a um mês. Talvez daqui a um ano. – Ele deu de ombros. – Mas você também pode morrer. Qualquer um pode.

Sebastian abriu a boca para discutir, mas logo a fechou de novo. Convencer o irmão a tomar as precauções necessárias era uma briga para outro dia – um dia, talvez, em que um médico estivesse presente para fornecer um contra-argumento racional e sóbrio. No momento, ele queria conversar sobre algo mais importante.

Benedict deu um tapinha na chaleira, medindo a temperatura.

Sebastian se ajoelhou ao lado do irmão.

– Olha, Benedict, quero conversar com você sobre o que vai acontecer com Harry.

– Eu já falei: não precisa se preocupar em ficar com o menino. Sei como sua agenda é cheia. Ele vai para a casa da avó em Northumberland. Ela já concordou em ficar com o neto.

Quando Benedict tinha se sentado com o irmão e lhe contado o que iria acontecer, Sebastian ficara estupefato demais para compreender a notícia. Tudo se desenrolara muito rápido – a confissão de Benedict sobre o estado de seu coração, o jeito metódico com que agira para pôr os assuntos em ordem. Sebastian não conseguira dizer uma palavra sequer em resposta, muito menos uma frase de protesto.

Ele sentira cada centímetro do abismo que havia se aberto entre ele e o irmão. Nem tivera a capacidade de dizer: "Não se preocupe, Benedict. Violet faz a maior parte do trabalho."

– Harry tem 7 anos – disse Sebastian baixinho. – A Sra. Whiteland o visitou uma vez em toda a vida dele e passou a visita inteira irritada com o menino. Ele mal a conhece, e ela não o ama.

O irmão não olhou para ele.

– Talvez não, mas tenho certeza de que ela vai cumprir o dever.

– Eu deveria ficar com ele – pediu Sebastian.

– Você está muito ocupado – respondeu Benedict. – Com...

Com as mentiras que Sebastian contara durante anos.

Ele esticou a mão para tocar o ombro do irmão.

– Não, não estou. Depois do que me disse no outro dia? Vou largar tudo. Tenho que resolver algumas pendências, mas...

Ele acenou com uma das mãos.

– Acabou. Nunca deveria pensar que estou ocupado demais para você, Benedict. Ou para Harry.

Benedict expirou devagar. Ainda assim, não olhou na direção de Sebastian. Apenas pegou a chaleira e despejou um pouquinho de água no balde. Misturou as águas quente e fria com a mão, testando a temperatura, como se o irmão mais novo não tivesse falado nada. Mas Sebastian conseguia ver a expressão no rosto dele. Era como se tivesse sido empalhado. Como se Sebastian tivesse acabado de cometer uma gafe terrível.

– Harry precisa de uma pessoa confiável – disse o irmão por fim, ainda olhando para o balde de água. – Uma pessoa respeitável.

Os lábios dele se torceram num sorriso, mas ele continuou sem encarar Sebastian.

– Você é um padrinho maravilhoso, Sebastian. O melhor tio que Harry poderia querer. Será você quem vai comprar o primeiro cavalo para ele e levá-lo no primeiro clube de cavalheiros. Mas padrinho não é pai. E você...

Ele abriu as mãos, como se fosse para demonstrar as dimensões de um abismo que se alargava.

– Sim? – incentivou Sebastian. – Eu o quê?

Aquela expressão de alguém empalhado ficou ainda mais aflita.

– Não me faça dizer, Sebastian.

– Vamos lá, Benedict. Não sou tão ruim assim. Nunca gastei mais do que ganho nem bebi em excesso... pelo menos não desde que eu tinha 15 anos, e isso foi no seu casamento. Não tive nenhum filho fora do matrimônio.

– Não foi por falta de tentativas – murmurou o irmão.

Aquela não era a hora de ele instruir o irmão nos métodos de prevenção daquele risco em especial.

– Não uso ópio – continuou Sebastian. – Também não exploro meus criados. Nunca matei ninguém. Nem machuquei ninguém com gravidade. E eu amo Harry. Você sabe disso. Quero ficar com ele.

Benedict balançou a cabeça.

– Nós dois seremos mais felizes se não tivermos essa conversa, Sebastian. Não insista.

Ele se levantou, pegou o balde e seguiu com dificuldade até o estábulo. Sebastian se pôs de pé em um salto e foi atrás dele.

– Sei que eu não sou perfeito, mas...

O irmão se endireitou e se virou para Sebastian.

– Foi uma bela lista a que me apresentou. E tem fundamento em relação a um aspecto: para um canalha, você é relativamente inofensivo. Mas percebeu que cada item na sua lista era de coisas que você não fez? Nunca bebeu em excesso. Não deve a ninguém. Agora diga: e quanto ao que você *fez*? O que *conquistou*?

Sebastian encarou Benedict. Fazia tanto tempo desde a última vez que alguém lhe dissera aquilo – desde que seus entes mais queridos lhe passaram um sermão, dizendo que fizesse algo de bom na vida –, que Sebastian pensou ter entendido errado.

– Perdão, o que disse? – falou.

E foi então que lembrou: sua maior conquista também era uma mentira. Contudo, Benedict não sabia disso.

– Ah, sim – voltou a falar o irmão, e contraiu os lábios. – Você defendeu aquelas suas teorias estranhas. Três quartos da população respeitável da Inglaterra o odeiam.

– Metade – corrigiu-o Sebastian com um sorriso. – Só metade, de fato. A julgar pelas cartas que recebo, podem ser meros 48 por cento. E, desses, só um número bem pequeno quer me causar danos corporais. O resto só quer que eu seja amordaçado ou que me joguem na prisão.

Benedict franziu o cenho, como se não percebesse que os últimos comentários foram uma piada.

– Não tem por que se apegar a detalhes quanto à porcentagem correta. Que parcela do país não gosta da avó de Harry, mesmo que minimamente?

– A maioria do país nunca ouviu falar dela.

– Sua infâmia – disse Benedict bruscamente – não é nenhuma recomendação que se preze. Anos atrás, eu avisei que isso lhe causaria problemas, mas você não me ouviu.

Sebastian não tinha pensado, na época, que aquilo era relevante. Qual era o problema se pessoas com quem não se importava antipatizassem com ele? Nunca percebera que o próprio irmão fazia parte desse grupo. Benedict fizera um ou outro comentário rude antes, mas que irmão mais velho que valesse o que comia perderia a chance de dar umas alfinetadas no mais novo? No entanto, Benedict mal conhecia o homem que Sebastian tinha se tornado. Será que era mesmo surpreendente que ele tivesse sido enganado pelo papel que Sebastian representava para todos os outros?

– Isso até pode ser verdade – disse Sebastian e meneou a cabeça –, mas eu amo Harry.

– Eu também – afirmou Benedict. – Mas veja as circunstâncias. Seu avô era um duque, Sebastian. Seu pai era um industrial rico. Você herdou uma quantia considerável quando ele faleceu. Não se envolveu com serviços governamentais, nem com negócios, nem com o Exército. Você nasceu com todas as vantagens possíveis, e o que fez? Transformou-se no homem mais infame de toda a Inglaterra.

Sebastian sentiu o punho se cerrar, mas se recusou a demonstrar a raiva. Em vez disso, tentou abrir um sorriso lânguido.

– Mas pelo menos fui imbatível nisso. Tem que valer algo.

Benedict fez uma careta.

– Sim, Sebastian – falou baixinho. – Você *foi* imbatível.

Foi então que Sebastian percebeu o preço que pagara. O próprio Benedict seguira os passos do pai, assumindo as fábricas e os negócios que Sebastian ignorara. Era quieto, responsável e competente. Os dois tinham se afastado tanto quanto era possível para dois irmãos. Ah, Sebastian soubera que deixava o irmão aflito, mas sempre pensara que fosse uma aflição do tipo amorosa, fraternal, daquelas em que Benedict dava um tapinha no ombro de Sebastian e dizia que ele não tinha jeito.

Aquilo ali, porém, era uma reprovação definitiva, uma repreensão cruel que o faria perder o irmão e o sobrinho num único golpe.

– Está errado – disse Sebastian baixinho. – Valho muito mais do que o crédito que você me dá.

– Humm.

– Compreendo por que pensa assim – continuou Sebastian, antes que o irmão pudesse começar uma segunda lista de reclamações. – Nos últimos anos, não lhe dei muitas chances de me conhecer.

– Eu o conheço – contradisse Benedict. – Eu o conheço muito bem.

– Não sou como você – disse Sebastian –, mas acredito que temos mais em comum do que pensa.

– É mesmo? – duvidou Benedict, arqueando uma sobrancelha, incrédulo.

– Por causa das minhas escolhas, você não teve a oportunidade de ver isso – continuou Sebastian –, então eu é que tenho que preencher essa lacuna. Quer que eu faça coisas de que você entenda? Pois bem. Negócios, então.

O irmão soltou um ruído descrente.

– Sebastian, não pode simplesmente anunciar que vai se envolver em negócios. Isso leva anos.

– Humm.

Sebastian não tinha nenhuma intenção de dedicar a vida aos negócios – mas, sim, tivera uma ideia, algo que lhe chamara a atenção enquanto lia um relato no jornal. Era só um fiapo de ideia, na verdade, mas era algo que os dois poderiam debater. Talvez conseguissem conversar sobre um assunto que não fosse baseado em mentiras ou na reprovação de Benedict.

– Ah, não – disse Benedict. – Conheço essa cara. Você está tramando algo. Algo típico de Sebastian. Sei como você age. Vai aparecer aqui e me dizer que está envolvido com negócios quando ambos sabemos que é algum tipo de truque.

– Sem truques – afirmou Sebastian, já distraído por pensamentos do que teria que fazer. – Sem trapaça.

O irmão bufou.

– Nenhum de nós precisa de dinheiro, Sebastian. Não quero que se envolva com especulação. A última coisa de que preciso é ter que me preocupar com a saúde financeira do meu irmão.

– Não terá que se preocupar – garantiu Sebastian com um sorriso. – Prometo não arriscar nada mais do que 4 ou 5 mil libras, que posso muito bem me dar ao luxo de perder. Mas eu falei sério: larguei meu trabalho como cientista. E... – Ele ergueu os olhos, encontrou os de Benedict. – E você é importante para mim. Tem razão: não se trata do dinheiro. O objetivo é termos algo sobre o que conversar.

O irmão deu um passo para trás.

– Meu Deus, Sebastian! Quase acredito que esteja falando sério. Mas quando foi que você levou algo a sério?

– Eu levo vocês a sério – assegurou Sebastian. – Vocês são a única família que me resta. Harry é... Ele é o mais perto que tenho de um filho.

– É difícil de engolir. Você nunca leva nada a sério.

Benedict considerou o que tinha dito. E depois, porque ele *era* perfeito e não acreditava em exageros, acrescentou:

– Exceto por Violet.

Violet. Meu Deus, pensar nela era como se lembrar de um membro amputado. Outro homem poderia ter visto os olhos de Violet no último encontro dos dois – tão calmos e serenos – e achado que ela estava impassível. Mas Sebastian notara as mãos dela. Era com as mãos que Violet sempre demonstrava o que sentia. E, durante a conversa, elas tinham ficado cerradas com força, contorcendo-se numa angústia que a mulher não transparecia no rosto. Sebastian se sentia terrível ao lembrar-se do que tinha falado.

Tenho critérios. E você não os atinge. Era a verdade, mas distorcida para ferir. Só porque ela fingia não ter sentimentos não significava que ele pudesse atacá-la com aquela fúria.

– Levo-a muito a sério – afirmou. – Você conhece Violet e o interesse dela por botânica. Nunca perdeu uma palestra minha. É a única coisa que eu faço que ela respeita.

Isso, Sebastian temia, era a verdade nua e crua.

– Abri mão disso, mas não vou desistir de você – arrematou.

O irmão olhou para ele.

– Isso significa muito para mim, Sebastian.

Era um começo. Depois de cinco anos de uma distância cada vez maior, Sebastian finalmente tinha um ponto de partida. O irmão sorriu para ele e o momento ficou quase desconfortável.

Antes que pudesse ficar realmente constrangedor, a porta do estábulo se abriu.

– Tio Sebastian!

Uma criança correu para dentro do estábulo feito um borrão.

– Tio Sebastian! O que o senhor trouxe para mim?

– Trouxe para você? – ecoou Sebastian, com muito cuidado para não olhar na direção do irmão. – Harry, por que acha que eu lhe trouxe algo?

– Ora, tio Sebastian, pare de implicância...

Harry parou de repente, ao perceber o pai nas sombras.

– Papai – falou, contido. – Não vi o senhor aí.

As sobrancelhas de Benedict se arquearam.

– Mimando meu filho, hein, Sebastian? Não achou interessante mencionar isso antes, não é?

– Acha que *eu* mimaria Harry?

Era importante não soar inocente demais, senão Benedict perceberia o embuste. Sebastian estava justamente se parabenizando por ter conseguido falar com o tom certo quando o irmão estendeu a mão na direção dele.

– Entregue os doces e ninguém se machuca.

Com uma careta, Sebastian tirou um pacotinho do bolso do casaco e lhe entregou.

– Sabe aquela coisa de que estávamos falando? – disse Benedict. – Aquela coisa que você quer? Tenha um pouco mais de disciplina. Ele é uma criança, não um cachorrinho, e não quero que seja mimado.

– Ah, papai...

Harry olhou de um adulto para o outro.

– Espere, o que o tio Sebastian quer? É sobre mim? Ele vai me levar naquela pescaria que mencionou na última visita? Vai?

– Você pode comer um doce depois do jantar – garantiu Benedict com firmeza, balançando o pacotinho a que Sebastian tinha renunciado. – Caso se comporte.

– Sim, senhor.

Harry mordeu o lábio.

– Mas e a outra coisa de que os senhores estavam falando?

– Ser comportado significa não fazer perguntas – ressaltou Benedict.

Para Sebastian, aquilo parecia ser uma regra bem chata, mas ele se conteve e permaneceu em silêncio. Se tivesse que lidar com as perguntas incessantes de Harry o dia todo, provavelmente pensaria diferente.

Ele olhou para o sobrinho.

– Ele não sabe...

Ele não sabe que você vai morrer?

– Não – respondeu Benedict com tranquilidade. – Não vejo motivos para ensinar um garoto a andar a cavalo antes que ele seja capaz de compreender os perigos.

– Posso mostrar o ninho da coruja para o tio Sebastian? – perguntou Harry.

– Pode.

Benedict assentiu para o irmão.

– Lembre-se do que conversamos, Sebastian. Nós nos vemos em casa.

Sebastian seguiu o sobrinho pelas portas de vaivém do estábulo. Tudo que precisava fazer era seguir as vontades de Benedict. Mostrar que tinha mais valor do que o irmão imaginava. E, uma vez que ele conseguisse isso...

Ele baixou os olhos para Harry.

Uma vez que conseguisse isso, veria o que aconteceria depois.

– Essas corujas são perigosas? – perguntou para o sobrinho enquanto se afastavam do estábulo, passando pela campina. – Corujas grandes como dragões, com garras grossas e bicos afiados feito lâminas? Fomos mandados pela rainha para forçá-las a serem julgadas por seus crimes?

– Sim! – concordou Harry com alegria. – Elas são... – O menino se deteve. – Ah, não. Não posso. Isso... isso é faz de conta, não é? Papai disse que já estou velho demais para brincar disso.

Em outro momento, Sebastian teria zombado dessa ideia. Na verdade, teria mencionado o doce extra no bolso e dito que somente os melhores caçadores das corujas mais nobres do reino recebiam a Doce Varinha de Menta como recompensa quando derrotavam um ninho das Venenosas Corujas de Plumas.

Só que Benedict não gostaria disso.

– Sim, é faz de conta – concordou, melancólico. – E, se você diz que já está grande demais para brincar disso...

Ele olhou para a cabeça do sobrinho – para aquele topete que nunca assentava direito, deixando os cabelos de Harry espetados por mais que ele tentasse arrumá-los. Sebastian os despenteou com vigor, até as mechas castanhas se erguerem como uma auréola.

– Vamos só dar uma olhada nas corujas.

∽

Fazia duas semanas que Violet vira Sebastian pela última vez – duas semanas que ela passara torcendo para que aquele tempo fosse suficiente para aliviar a dor das palavras dele. De algum jeito, ela conseguira fingir que tudo estava bem – seguia com as tarefas diárias como se um buraco enorme não tivesse se aberto em sua vida. No entanto, a rotina não ajudava, só a lembrava de tudo o que havia perdido.

A inquietação foi tamanha que, por fim, Violet parou de fingir e foi até aquela casa confortável em Mayfair. Olhando de fora, a casa parecia com qualquer outra residência refinada: tinta branca, acabamentos em preto, flores em canteiros nas janelas da frente. Quando Violet entrou, viu o caminho de mármore de sempre, o aparador formal comum. Mas também havia um pequeno exército de soldadinhos de chumbo acampados nos degraus largos que levavam ao andar seguinte, abandonados por seus generais em meio à preparação para a batalha.

Algumas famílias acreditavam que crianças deviam ser vistas, mas que nunca deviam fazer barulho. Contudo, a irmã de Violet tinha filhos demais para fazer qualquer coisa além de lançar olhares abatidos diante dessa regra. A entrada da casa de Lily ecoava com os gritos de crianças brincando.

Muitas crianças.

Mesmo assim, Lily sempre arranjava tempo para receber a irmã, independentemente da bagunça que os filhos estivessem fazendo. Violet não tinha certeza se Lily a amava – a família delas não era do tipo que falava sobre tais assuntos. Além disso, era difícil gostar de alguém como Violet. Mas ela amava Lily, e a irmã precisava dela. No fim das contas, isso não importava para Violet, e sempre que precisava de algo ela recorria à irmã.

Depois de semanas tentando esquecer as palavras de Sebastian – semanas encarando plantas que havia semeado com Sebastian ao seu lado –, ela precisava oferecer conforto a alguém.

Pensar em Sebastian ainda fazia seu peito arder como se lhe jogassem água fervendo. Duas semanas haviam se passado, e a lembrança do que ele tinha lhe dito ainda doía. *Tenho critérios. E você não os atinge.*

Violet fungou e desviou o olhar, esperando que a dor se dissipasse, o que não aconteceu. Então ela simplesmente entregou seus pertences ao criado que a recepcionara.

– Diga à marquesa que estou aqui, por gentileza – pediu.

– É claro, milady.

O homem fez uma reverência.

– Se me permitir acompanhá-la até a...

– Esperem!

O grito viera do alto da escadaria.

Violet ergueu a cabeça e avistou sua sobrinha mais velha acenando freneticamente. Amanda correu escada abaixo, desviando das fortalezas dos soldadinhos de chumbo com um acanhamento e uma alegria que a deixaram ainda mais bonita. Uma moça de 17 anos não podia evitar ser bonita. Amanda era jovem, sorridente e exuberante, e acreditava piamente que a vida não lhe traria nada menos que o bom e o melhor.

Violet torcia para que a sobrinha tivesse razão.

– Tia Violet – disse a jovem, sem fôlego, segurando o braço dela. – Graças a *Deus* está aqui. Preciso conversar com a senhora.

Violet olhou para os dedos de Amanda, que a tocavam por cima da manga do vestido. Violet sabia que era uma mulher imponente. A maioria das pessoas tinha medo dela. Não a tocavam nem a abraçavam. E, definitivamente, não seguravam seu braço com tanta intimidade.

Deus, como ela ficava feliz por existir uma pessoa disposta a fazer isso!

Violet fungou e, de um jeito bem sorrateiro, roçou os dedos na mão de Amanda.

– O que foi?

– Preciso falar com a senhora – repetiu a jovem, lançando um olhar para o alto da escada.

Ela mordeu o lábio, depois olhou para o criado.

– Billings, vá avisar à mamãe que a tia Violet está aqui – disse, sem olhar para Violet. – Mas, por gentileza, me faça o favor de andar bem, bem, bem devagar.

Billings se virou e começou a andar na direção da escadaria a um passo determinado.

– Mais devagar – sugeriu Amanda.

O homem diminuiu as passadas.

– Venha – chamou Amanda.

Nem os olhares rígidos de Violet detinham a sobrinha. Amanda segurou o braço dela e a guiou até a sala de visitas. O cômodo, como sempre, estava quente e acolhedor. As cortinas grossas haviam sido amarradas nas laterais, de modo que apenas os finos tecidos transparentes protegiam a janela, deixando entrar a luz do sol e a sugestão calorosa da proximidade de uma praça agitada e rodeada por casas grandiosas. Os móveis eram em tons de creme e dourado, as cores do sol no começo da primavera. As pinturas nas paredes sugeriam novos brotos – flores e folhas da cor de maçãs-verdes e campos com grama da altura do tornozelo.

No entanto, o verão se aproximava e, independentemente do que as paredes narrassem, o cômodo continuava quente demais. Amanda indicou que Violet se acomodasse e se sentou com delicadeza numa cadeira estofada à frente da tia. Em vez de falar, porém, Amanda ficou girando os polegares.

Qualquer que fosse o motivo de estarem ali, seria Violet quem teria que começar a conversa.

– Como está sua temporada de eventos sociais? – perguntou, por fim.

Era ridículo pensar na garota frequentando a sociedade. Isso significava que Violet estava velha o bastante para ter uma sobrinha no mercado casamenteiro. Mas Lily, que era só dois anos mais velha, se casara aos 17 e conseguira dar à luz a primogênita naquele mesmo ano. Violet também fora empurrada para o rebuliço de visitas sociais e bailes na idade de Amanda.

Tinha sido terrível para Violet, mas provavelmente seria melhor para a sobrinha. Para começo de conversa, Amanda não era nem um pouco desengonçada como a tia fora. E o futuro marido *dela* iria querer mais do que apenas uma única coisa da esposa.

Violet cruzou as mãos e permaneceu sentada no sofá bordado da sala de visitas da irmã, desconfortável, mas tentando não se mexer. As almofadas eram macias demais e ela precisou se esforçar para manter a coluna ereta.

À sua frente, a sobrinha examinava o bordado das mangas do vestido.

– Vamos lá, Amanda – incentivou Violet. – Endireite a coluna e fale comigo.

Amanda ergueu a cabeça. Tinha um sorriso gentil e olhos grandes e inocentes.

– Minha temporada – falou, a voz soando como o tilintar de sininhos alegres – está sendo excelente.

Devia estar sendo mesmo se descontasse a mentira tão evidente. Violet franziu o cenho.

– Verdade?

– Sim, senhora – afirmou Amanda. – Mamãe acha que um conde vai me pedir em casamento. Já imaginou? Eu, uma condessa?

Qualquer outra pessoa veria uma garotinha tola e imprudente – uma com brilho nos olhos por causa de sua primeira temporada social, deslumbrada com a possibilidade de um pedido de casamento de um dos nobres mais bem-posicionados da Inglaterra.

Um calafrio percorreu Violet ao imaginar Amanda como o tipo de condessa que ela própria se tornou: fria como pedra, sem nenhuma alternativa.

– Ele só tem alguns anos a mais do que eu – continuou Amanda. – E é bonito. E... – Ela deixou a voz morrer, olhando para longe. – E...

E aquele era o fim das virtudes do conde. Violet esperou, mas não havia nada mais a dizer.

– Sua avó não lhe ensinou nada? – perguntou Violet por fim. – Se quer que alguém acredite que está animada com o relacionamento, precisa ter elogios melhores para seu marido em potencial do que "não é velho" e "é razoavelmente bonito". Sugiro "gentil" e "romântico".

Os lábios de Amanda se contraíram, mas ela não perdeu aquele brilho falso de inocência no olhar.

– Certo. Vou tentar de novo. Ele tem quase a minha idade. É bonito, gentil e incrivelmente romântico. A senhora sabe todas as vantagens que se reverterão para mim quando eu virar uma condessa.

Violet sentiu um gosto amargo na língua.

– Sei.

– Quando estivermos casados, vou aprender a amá-lo. Não vou?

Violet sabia o que a sobrinha queria que ela dissesse. *Sim, vai. É claro que vai.* Talvez ela até aceitasse uma resposta mais cautelosa: *É provável.*

– Eu aprendi – falou por fim. – E meu marido me amou. Você é uma pessoa carinhosa, Amanda. Os primeiros meses de um casamento são muito determinantes. Eles unem as pessoas, mesmo que elas ainda não sintam algo tão profundo no momento em que se casam.

Amanda assentiu devagar, contemplando as palavras da tia.

Era o que vinha depois daqueles primeiros meses que realmente importava.

– Conheço pessoas que aceitaram se casar sem amor e o encontraram mesmo assim – disse Violet. – Conheço outras que se casaram por amor e começaram a se odiar no fim do primeiro ano. E tenho uma amiga que não amava o marido quando se casou com ele, convenceu a si mesma de que o amava no passar dos primeiros meses e então...

– E então o quê? – perguntou Amanda.

– E então percebeu que estava errada – concluiu Violet com rigidez. – Se uma mulher tiver um pingo sequer de independência dentro dela, o marido vai reclamar. Ele vai impor regras e exigir que ela as siga. Se ele desejar, vai controlar as amizades dela, o que a mulher faz no tempo livre, as atividades de lazer. Alguns maridos querem transformar a esposa em outra pessoa, e não importa que ela seja feita de mármore, não de argila: mesmo assim eles vão tentar moldá-la à força e, a não ser que a mulher ceda e vire fragmentos de si mesma, farão com que ela se sinta a pessoa mais insignificante e egoísta do mundo.

Amanda levou a mão aos lábios.

– Foi o que aconteceu com a senhora?

– Bobagem – retrucou Violet bruscamente. – Estou falando de uma amiga.

Amanda engoliu em seco.

– Mas a senhora não virou fragmento de nada, tia Violet. Olhe só para a senhora.

Violet revirou os olhos.

– Não estamos falando de mim.

– Ah, que seja. *Sua amiga* não virou fragmento de nada, virou?

Violet se sentou com as costas bem retas e se forçou a encarar a sobrinha nos olhos.

– Ela não era feita do tipo de material que se quebra. Mas, mesmo quando a pessoa não se quebra, com pressão suficiente qualquer um começa a se desgastar. Todos podemos passar por isso.

Amanda refletiu sobre isso em silêncio.

– Eu sou feita de material que se quebra – admitiu por fim. – Eu ficaria em cacos. Já estou virando. Basta ouvir mamãe me perguntando qual é o problema com ele. Fico sem resposta... Digo que é um cavalheiro perfeitamente aceitável, mas que não desejo me casar com ele, então...

A porta se abriu e a irmã de Violet entrou.

Quando elas eram mais jovens, as pessoas costumavam dizer que Violet e Lily eram idênticas – que eram gêmeas apesar dos dois anos que as separavam. Aquelas pessoas eram idiotas. Lily era obviamente muito mais bonita. Seus cabelos ondulados eram de um tom brilhoso de castanho, suas bochechas eram redondas e com covinhas. Ela sempre sorria, sempre era um encanto. Ao ver Violet ali, seu rosto se iluminou. Ela deslizou pela sala e, antes que Violet pudesse dizer qualquer coisa, tomou os punhos da irmã nas mãos e a puxou para que ficasse de pé.

– Violet – cumprimentou. – Estou tão feliz em vê-la!

Quase ninguém no mundo abraçava Violet. Mas Lily abraçava. Deu-lhe um abraço tão apertado que Violet por pouco não tropeçou. Era maravilhoso. Quando Violet ergueu a mão uns centímetros para retribuir com um tapinha nas costas da irmã, porém, se sentiu tão tola que os dedos ficaram pairando no ar antes de caírem bem, bem devagar.

Lily se afastou.

– Violet – repetiu a irmã. – Senti tanta saudade. Você é a única pessoa, *literalmente* a única pessoa no mundo, que vai entender o que está acontecendo neste exato momento. Preciso do seu conselho, da sua ajuda.

– Entendo – disse Violet.

Graças a Deus. Lily *sempre* precisava de Violet. E Violet a adorava por isso. Lily tinha tudo que uma mulher poderia querer: um marido que a amava, uma vida recheada daquilo que mais desejasse e pilhas e mais pilhas de filhos. E, ainda assim, ela precisava da irmã mais nova. Isso fazia com que Violet quase se sentisse digna de ser amada.

– Sim – falou a irmã, balançando o dedo em tom de brincadeira para Violet –, você entende, *sim*. Sempre entendeu. Desde que nasceu, sempre soube exatamente do que eu preciso. É até estranho.

Violet deixou aquela fala passar em branco.

– Veja bem, é...

Lily parou no meio da frase e se virou.

– Amanda Louise Ellisford, o que, em nome de tudo que é mais sagrado, você está fazendo na sala de visitas?

Os olhos de Amanda se arregalaram com uma inocência singela e perfeita.

– Ora, só estava fazendo companhia para a tia Violet até a senhora chegar, só isso. Eu só estava sendo simpática.

Assim como Violet, a mãe não se deixou enganar com aquele tom de desinteresse. Lily levou uma das mãos ao quadril.

– Por acaso achou que sua tia Violet teria palavras de simpatia e gentileza para você?

– Tia Violet? Sendo gentil? É claro que não, mas...

– Você é uma garota muito tola – disse a mãe. – Mas tenho certeza de que Violet colocará juízo na sua cabeça. Violet sempre tem juízo. Agora, pare de choramingar e comece a sentir orgulho do que conquistou. Você vai ser uma condessa.

– Sim, mãe.

– E não fale nesse tom comigo.

Lily ergueu um dedo.

– Não preciso vê-la revirar os olhos para mim para saber que estão revirando por dentro.

– Sim, mãe.

42

Dessa vez, a frase saiu um pouco mais mansa.

– Ótimo. Agora me dê a chance de falar com sua tia sem nenhum dos seus irmãos nos interrompendo, e, quando nós tivermos terminado, vou permitir que você dê uma volta no parque com ela. Nem vou acompanhá-las. Parece justo?

O rosto de Amanda se iluminou com a proposta.

– Sim, mãe!

E essa exclamação foi a mais respeitosa de todas.

A jovem fez uma pequena mesura e as deixou a sós. Com um sorriso no rosto, Lily observou a filha sair.

– Essa garota – disse, com um breve meneio de cabeça. – Essa garota. Ela ainda vai me matar.

No entanto, havia orgulho em seu sorriso, um brilho vaidoso nos olhos.

– Ela vai mudar de ideia – comentou por fim, depois se virou para Violet. – Violet, minha querida, preciso da sua ajuda. Preciso desesperadamente da sua ajuda.

Tudo sempre era um desespero com Lily. Sempre fora assim. Embora fosse a mais velha, volta e meia Violet sentia como se fosse ela própria quem andasse atrás da irmã, tentando consertar tudo. Era assim que funcionava: as pessoas gostavam de Lily e, enquanto estavam ocupadas gostando dela, Violet fazia as coisas acontecerem.

Isso nunca a incomodara. Ela gostava de ter o que fazer e sabia que ninguém teria gostado mais dela caso a irmã não estivesse ali; apenas a teriam ignorado mais.

Ela tentou colocar uma expressão prestativa no rosto. Claramente não deu certo, pois Lily soltou um suspiro exasperado.

– Por favor, só me ouça. Desta vez é coisa séria.

– Estou ouvindo – disse Violet.

– Que seja, então.

Lily jogou a cabeça para trás.

– É a mamãe. Ela está tentando fazer com Amanda o que fez conosco.

Violet piscou, confusa.

– Você sabe como era – falou Lily, então esticou o braço para tocar a manga de Violet. – Levei anos depois do meu casamento para aprender a confiar em Thomas, confiar nele *de verdade*, como uma esposa deve confiar no marido. Eu estava muito dominada pelas regras explícitas e ocultas da mamãe: o que se pode falar, o que não se pode falar... Se não fosse pelo amor e pela paciência infinitos de Thomas...

Ela lançou um olhar vago para o carpete, quase como se visse um futuro alternativo deplorável.

– Não – falou com suavidade. – Não posso permitir que mamãe fique atrás de Amanda desse jeito. Ela já causou danos suficientes para nós duas. Só pela graça de Deus que você e eu nos recuperamos.

Fale por si mesma, Violet queria dizer. Ela não se sentia lesada pelas regras da mãe. Na verdade, precisara delas desesperadamente. Mas tivera que aprender a se esconder do mundo, ao passo que todos sempre gostaram de Lily exatamente como ela era. A irmã nunca precisara fingir.

Violet fitou Lily. Os olhos dela estavam arregalados. Os cabelos castanhos, presos com perfeição. O rosto parecia uma versão mais suave do rosto de Violet: um pouco menos de nariz, um pouco mais de lábios. Mais brilho nos olhos, menos rugas na testa. Isso fazia de Lily uma mulher bonita, algo que Violet jamais conseguira ser. Fazia dela uma mulher suave, o que tampouco Violet fora um dia. Ela era reta, uma imagem brusca e bruta.

– Sabe – falou para a irmã com muito cuidado –, mamãe teve seus motivos para agir daquele jeito.

Lily se esticou para segurar a mão de Violet.

– Aquela fofoca já morreu há muito tempo. Aquelas mentiras não podem machucar meus filhos hoje em dia.

Violet desviou o olhar. Não tinha sido fofoca. Tinha sido um escândalo, um que poderia ter destruído todas elas.

– Mentiras? – perguntou com delicadeza. – Que mentiras?

Lily acenou sem paciência.

– Sim, sim. Eu sei. Nunca reconheça o que pode ferir você.

Violet não se referia às regras da mãe.

Mas Lily soltou um som de exasperação.

– Nós somos uma família. E eu *sei* que você se sente do mesmo jeito que eu. O que a mamãe fez conosco, o que ela nos obrigou a fazer, foi insuportável. Ela nos transformou em pessoas desconfiadas e inflexíveis sem nenhum motivo.

Meu Deus, Lily realmente acreditava naquilo. Será que nunca notara quando a situação fugira de controle? Quando aqueles terríveis detalhes do relatório do legista vieram à tona – aquelas palavras codificadas de *possível acidente* –, os boatos começaram. Violet os ouvira por cima do caixão do pai. Tinha ficado parada ali, com 14 anos, sentindo-se esquisita e desengonçada, com o nariz empinado porque não sabia mais o que fazer para segurar o choro. Ela segurara a luva preta que cobria a mão da mãe e sentira-a apertar a sua em resposta com força demais.

No dia seguinte, a mãe de Lily e Violet havia se sentado com elas durante o café da manhã.

– Estou escrevendo um livro – tinha anunciado. – Um livro sobre como se comportar adequadamente. E vocês duas vão ser exemplos dos ensinamentos dele.

Lily e Violet apenas encararam a mãe, confusas, atordoadas e de luto.

– Haverá várias regras – dissera-lhes a mãe. – Regras públicas, que vão aparecer no próprio guia impresso, e regras privadas, que vocês devem seguir mais de perto.

Na época, Violet não tinha entendido. Havia começado as lições da mãe num estado de perplexidade.

Uma lady nunca dá ouvidos a um insulto. Essa era a regra pública, aquela que no fim foi impressa no *Guia de comportamento adequado das ladies*. Mas no Guia Oculto – como Violet e Lily chamavam as regras privadas que a mãe lhes impunha – ela era mais explícita.

Uma lady nunca dá ouvidos a um insulto, tampouco o esquece. Ela dá o troco, não importa quanto tempo leve.

Uma lady nunca mente, declarava com alegria o *Guia de comportamento. Suas palavras sinceras são sua posse mais preciosa.*

Uma lady nunca é pega na mentira, rebatia com severidade o Guia Oculto, *mas há seis coisas sobre as quais toda lady deve mentir.*

Uma lady compartilha sua boa fortuna, ensinava o guia público. Mas o guia privado explicava: *Uma lady protege o que é seu e não deixa que ninguém pegue nenhuma parte.*

Durante o ano de luto da família, a mãe de Violet e Lily havia martelado cada regra nas duas irmãs. Ninguém jamais soubera das mentiras que elas contavam, porque elas nunca foram pegas.

E, quando voltaram a socializar, era o livro recém-publicado da mãe, o *Guia de comportamento adequado das ladies*, que havia dominado as conversas. Não a incerteza sobre a morte do pai delas ter sido por suicídio. A mãe delas era uma mulher inteligente. Fizera todo mundo observar as filhas em busca das pistas erradas e ensinara as meninas a esconder o que ninguém tivesse permissão para ver.

Elas haviam se tornado mentirosas perfeitas, completamente perfeitas, das que faltavam com a verdade enquanto exibiam um sorriso e seu melhor comportamento.

Lily podia achar que fora horrível, mas Violet via aquele treinamento como o que realmente era: necessário. Lily nunca perdoara a mãe, ao passo que Violet a admirava.

Quando criança, ela nunca pensara no luto particular da mãe. Nunca imaginara quanto devia magoar ter que sorrir mesmo diante da pior insinuação. Mas no presente ela reconhecia: a mãe havia erguido a cabeça e persistido, recusara-se a deixar que a tristeza e o *possível acidente* do marido prejudicassem o futuro das filhas.

– É completamente desnecessário – dizia Lily. – Toda vez que Amanda a visita, mamãe começa a enchê-la de regras. Todas as regras. Está ensinando à minha filha as coisas sobre as quais toda lady deve mentir.

A irmã de Violet jogou as mãos no ar.

– Nunca é aceitável mentir! Ela me diz que nunca se sabe quando um escândalo pode acontecer e que é melhor estarmos preparadas. Já ouviu tamanho disparate? Que tipo de escândalo ela está esperando?

Violet tentou manter o rosto inexpressivo, balançando a cabeça no que esperava se passar por uma confusão amigável. Entretanto, sua mente já estava muito longe. Ela escrevera dezenas de artigos discutindo herança biológica – e, portanto, relações sexuais – em termos claros e francos. Pensou no texto que publicara explicando os hábitos reprodutivos da mariposa, a incidência relativa de várias cores de mariposas desde o início da Revolução Industrial e o que tudo isso tinha a ver com as noções evolucionárias de Darwin. Lembrou-se das pessoas que compareciam às palestras de Sebastian – segurando cartazes e gritando insultos – e imaginou como seria se elas *a* seguissem.

Indecente, era o que a mulher sentada às suas costas sussurrara. *Pessoa mais depravada e devassa do mundo*. Na teoria, a mãe de Violet não sabia de nada daquilo. Na prática, Violet nunca seria ignorante a ponto de apostar contra a mãe. Precisava ter uma conversa séria com ela.

Lily estava balançando a cabeça, alheia aos pensamentos de Violet.

– Foi isso que eu pensei. Não tem escândalo nenhum. A não ser que você esteja escondendo algo importante.

Há seis coisas sobre as quais toda lady deve mentir.

Violet sorriu para a irmã, o mais calorosamente que podia.

– Minha nossa – ouviu-se dizer, as palavras inflexivelmente passadas e engomadas. – Quando foi que eu escondi algo de você?

– Ora – disse Lily com malícia. – Tem o Sr. Malheur.

Violet olhou com surpresa para a irmã, com medo de falar qualquer coisa.

– A reputação dele – acrescentou Lily, cutucando Violet de brincadeira com o cotovelo. – Com mulheres. Você *sabe* disso, não é? Não me diga que finalmente sucumbiu.

– Ah.

Violet inspirou fundo.

– Isso. Lily, você sabe que somos apenas amigos de infância.

Nem isso somos mais.

Lily sorriu e pousou a mão no pulso de Violet.

– Estou só provocando, querida. É *claro* que eu sei que você nunca se envolveria com ele dessa forma. – Ela deu uma piscadela. – Ele é tão horrível com aquelas palestras medonhas que dá. Se você um dia fosse egoísta o bastante para se render às artimanhas dele, eu teria que cortar você da minha vida.

Ela riu.

Violet olhou para a irmã – escutou aquela risada que não era alegre o suficiente, só um pouquinho desagradável nas margens – e entendeu que Lily não estava brincando. Aquilo era um aviso, não uma provocação. Engoliu em seco com força.

Era por isso que Lily nunca entendera a mãe das duas. A mãe delas sabia o que era carregar um escândalo no coração, o que era saber que a verdade a exilaria para sempre. Lily jamais compreendera isso.

– Vá falar com a mamãe, então – sentenciou Lily. – Convença-a a parar de encher a cabeça de Amanda com tanta bobagem. Ela nunca me escuta, já a você...

– É porque eu a entendo – comentou Violet.

– Sim – concordou Lily sem cerimônia. – Você é complicada feito ela. Irritadiça, difícil de entender.

Ela jogou essa fala no ar como se fosse um simples fato, um com o qual todos concordavam.

– E você poderia falar com Amanda? Ela está com uma ideia na cabeça, uma ideia ridícula. Mas ela *escuta* você.

– Imprudência dela – murmurou Violet.

Lily bufou e deu um tapinha no ombro de Violet.

– Por favor, Violet. Você é minha única esperança.

– Humpf.

Violet fungou educadamente.

Lily a conhecia bem, porém. Era bom que precisassem dela – mesmo que fosse para uma coisinha tão pequena.

– Vou falar com as duas – prometeu Violet.

Se aquelas tarefas não a distraíssem das palavras que Sebastian tinha dito, as que circulavam por sua mente nos momentos mais importunos – *Tenho critérios. E você não os atinge* –, nada iria.

Capítulo quatro

— Então, conte sobre esse pretendente com quem não quer se casar – pediu Violet.

Fazia meia hora que ela se despedira da irmã. O parque estava quente e seu chapéu de abas largas mal protegia o rosto do sol. Ainda assim, não havia outro lugar onde pudessem conversar sem interrupções. Amanda tinha sete irmãos e três irmãs: privacidade era algo em falta em casa.

A sobrinha corou.

– Eu nunca disse que não queria...

– Pelo amor de Deus! – exasperou-se Violet. – Se ficarmos cheias de dedos para falar sobre isso, nunca chegaremos a lugar nenhum. Ignore o conselho da sua avó um pouquinho. Aproxime-se e sussurre.

Amanda se aproximou, mas franziu o nariz. Ela fitou Violet, depois endireitou a coluna e desviou os olhos.

– Ora, vamos lá – incentivou Violet. – Vou ajudá-la a começar. É assim: "Eu não o amo."

– É pior do que isso.

– Está apaixonada pelo rapaz que cuida da estrebaria.

Amanda não conseguiu conter um sorriso.

– Não. Ele tem 12 anos.

– Pois bem. Não pode ser tão ruim assim, então. Não está apaixonada por uma criança que trabalha para sua família. Então me conte o que é.

A sobrinha fez uma cara feia.

– Visitei minha amiga Sarah. Ela se casou há dois meses, sabe? E me contou o que acontece quando as mulheres se casam.

– É mesmo?

O ânimo de Violet murchou. Uma coisa era fazer um favor para Lily. Outra, que ela se recusava – absolutamente se recusava –, era ter a conversa de "o membro masculino não é tão ruim assim e, na verdade, muitas mulheres aprendem a gostar dele" com a sobrinha justamente no Hyde Park.

– Até onde sei – continuou Amanda –, nós planejamos cardápios, vistoriamos os criados e visitamos pessoas. – A jovem bufou. – É a isso que a vida se resume quando nos casamos.

Graças a Deus! Não era a conversa sobre pênis.

– Parece muito *entediante* – resmungou Amanda, mas então fitou Violet. – Não... Não que a senhora seja entediante. Ou minha mãe. É só que...

Violet tamborilou os dedos uns nos outros.

– Tem obras de caridade. Você pode ser voluntária.

Amanda expirou com força.

– Caridade pode até ser bom, mas as organizações para as mulheres da alta sociedade me parecem bem inúteis. Não faz sentido passar quatro horas por dia com outras mulheres para tricotar meias para os pobres, sobretudo quando temos que pagar três xelins para a associação pelo chá por estarmos lá.

Ela contraiu os lábios.

– Se pegássemos esse dinheiro e o usássemos para contratar mulheres pobres para tricotarem as peças, daríamos trabalho aos necessitados e teríamos meias melhores dos que as que nós, com nossa falta de jeito, faríamos.

Violet olhou para a sobrinha.

– Agora entendo por que sua mãe a jogou nas minhas mãos – comentou secamente. – Você está sendo sensata.

Além disso, Lily parecia acreditar que Violet era a favor da instituição do casamento, que não era tão ruim para pessoas como Lily. Fora por culpa da irmã, porém, que Violet se casara tão bem. Violet – desinteressante e sem graça como era – nunca teria chamado a atenção de ninguém se não fosse pela incrível fertilidade da mais velha. Para um conde ancião, a suposta capacidade de Violet de gerar herdeiros superara qualquer outro atrativo.

– É um desperdício absurdo do meu tempo – reclamou Amanda. – Casar-se parece perda de tempo. Por que as mulheres concordam com isso?

– Porque elas não têm ideia melhor do que fazer da vida? – sugeriu Violet com um tom de voz seco. – É por isso que a maioria das pessoas se casa.

– É um motivo enfurecedor.

– É um sistema enfurecedor. Vá se acostumando.

Amanda soltou uma risada bufada, depois desviou o olhar.

– Rá, rá. Eu preciso mesmo é de algo que distraia a mamãe, algo para eu fazer por enquanto, até que tenha uma ideia melhor.

Sinos de alerta começaram a soar na cabeça de Violet. Ela suspeitava de que não fosse bem aquele o rumo que Lily planejara para a conversa.

– A senhora iria para os Estados Unidos comigo? – perguntou Amanda com doçura.

– Não.

– França?

– Talvez, mas não por tempo o bastante para acabar de vez com essa questão do seu casamento.

– Tia Violet, a senhora é minha única esperança.

Lily dissera o mesmo. Violet suspirou e encarou a outra margem do lago.

– Vou pensar no assunto – prometeu.

E foi justamente o que fez. Lily queria que ela convencesse Amanda a se casar. A sobrinha queria que Violet a levasse para longe. E a mãe de Violet, sem sombra de dúvidas, estava tramando algo por conta própria, algo que Violet tinha medo de contemplar.

Ela não conseguia se ver mentindo para a sobrinha. Amanda nunca a perdoaria. Mas também não podia se ver contando a verdade: *Você pode fazer várias coisas depois de se casar. Basta deixar que sua avó negocie um acordo excelente, torcer para que seu marido morra e, depois, encontrar outra pessoa para levar crédito pelo que você fizer.*

Deus, que confusão!

Havia um cavalheiro parado no meio do caminho. Violet mal o notou enquanto refletia sobre aquele quebra-cabeça. Perdida em pensamentos, ela deu um passo para o lado, puxando Amanda consigo.

Foi então que uma voz tirou Violet dos próprios devaneios.

– Ora, um bom-dia para as senhoras também.

Aquela voz era familiar – familiar demais.

Violet ergueu os olhos e encarou os olhos escuros que a observavam, incrédulos.

Numa outra época, ela teria sorrido ao se encontrar por acaso com Sebastian. Naquele momento, porém, vê-lo a fez sofrer. Trouxe à tona as palavras que ele dissera duas semanas antes. Violet balançou a cabeça e desviou o olhar.

Aquela lembrança era como uma faca que não parava de machucá-la.

Sebastian a observava com um sorrisinho no rosto. Ele quase sempre sorria. Podia confundir alguém que não o conhecesse bem, mas Violet sabia que tipo de sorriso era aquele. No rosto de outro homem, poderia ter sido uma careta – como se ele tivesse sentido cheiro de flatulência e não comentasse nada para não envergonhar ninguém.

– Perdoe-me – disse Violet, alisando as saias. – Há algo de errado?

– Ia mesmo passar por mim sem ao menos me cumprimentar? – perguntou ele.

Violet engoliu em seco.

– Eu não o vi, senhor.

O sorriso dele permanecia, mas os olhos faiscaram.

– Ah, não me viu, é? É assim que vai ser?

– Não, estou falando a verdade. Não o vi.

Violet coçou os olhos. E por que se justificar tanto se fora ele quem falara aquelas coisas medonhas? Fora *Sebastian* quem tinha dito a Violet que ela não atingia seus critérios.

– Realmente não o vi. Estava pensando em outro assunto. Não acho que eu teria visto nem a rainha em pessoa, mesmo que ela estivesse dançando valsa com uma zebra.

O canto da boca de Sebastian subiu: uma exibição verdadeira – ainda que relutante – de diversão.

– Além disso – continuou Violet, da forma mais racional possível –, estou aqui com minha sobrinha. Ela está na primeira temporada social e tem uma reputação a zelar. É melhor que não seja apresentada ao senhor.

Amanda estava ao lado de Violet. Os olhos dela focaram em Sebastian com um misto de curiosidade e cautela.

– Que assim seja – concordou Sebastian. – Ninguém será apresentado a ninguém. A senhorita deve ser lady Amanda.

Amanda começou a fazer uma reverência para Sebastian, porém Violet a segurou pelo braço e fez um sinal negativo com a cabeça.

– Não fomos apresentados – disse Sebastian. – A senhorita não me conhece. A pessoa que a senhorita não conhece, aliás, é o Sr. Sebastian Malheur.

Uma arfada escapou dos lábios de Amanda, e ela deu um passo para trás.

– Tia Violet, a senhora o... *conhece*?

Violet revirou os olhos.

– Sim, eu conheço o Sr. Malheur. Sua mãe também. Nós duas o conhecemos muito bem. Ele cresceu numa casa a menos de um quilômetro da residência onde sua avó nos criou.

– Não se preocupe – disse Sebastian para a sobrinha de Violet. – Vou fazer meu melhor para não a seduzir aqui e agora.

Violet sentiu o começo de uma dor de cabeça, alfinetadas pequenas e afiadas na testa.

– Sebastian, não pode falar sobre sedução com minha sobrinha solteira.

Outro homem talvez tivesse corado e se desculpado. Sebastian apenas abriu um sorriso atrevido e deu uma piscadela.

– Não estou falando de sedução – afirmou. – Estou falando de *não* sedução, o que, como estou certo de que já ficou claro, é o oposto de sedução.

– Não seja capcioso! – retrucou Violet. – Se eu pedisse que não falasse sobre elefantes e você saísse por aí bradando sobre não elefantes, estaria mencionando elefantes. Se listássemos todas as coisas que não são elefantes, incluiríamos marsupiais, caninos...

– Essa lista de tudo que não é elefante não incluiria não elefantes? – questionou ele, enquanto olhava com inocência para as próprias unhas. – Não faz sentido.

– A lista de *assuntos* – reforçou Violet – que não são relacionados a elefantes não inclui um debate sobre um buraco vazio com formato de elefante!

Amanda os observava intrigada.

– Minha nossa! – falou, admirada, virando-se na direção de Sebastian. – O senhor é bom nisso. Conseguiu distrair a tia Violet com uma discussão irrelevante sem fazer esforço.

Violet fungou, lembrando de repente que os três estavam parados no meio do caminho no Hyde Park.

– Não mereço tal crédito – disse Sebastian. – É que a conversa toda ficou voltada para elefantes. Começou com elefantes, continuou com elefantes... É elefante até dizer chega.

– Elefantes *grandes* – concordou Violet.

Sebastian assentiu com uma falsa sobriedade.

– Todos os meus elefantes são grandes.

– *Sebastian!* – ralhou Violet.

Pelo menos não era uma referência direta a sedução.

– Você não pode... Nós não podemos...

Mas Violet não sabia como terminar aquela frase. *Você não pode me persuadir a esquecer o que disse.*

– Eu vou explodir – murmurou. – Virar uma nuvem de poeira e desespero.

– Não faça isso – pediu Sebastian, fitando-a com uma preocupação fingida. – O dia está tão bonito! Eu odiaria que o clima fosse arruinado.

Violet o fulminou com os olhos. Teve que fazer isso, do contrário cairia na risada. Ela cobriu a boca.

– Chega de elefantes.

– Já que insiste.

Ele olhou ao longe.

– Tenho um assunto que não envolve nenhum elefante. Estava querendo falar sobre isso com você uma hora dessas. Então, navegação...

Se havia uma mudança de assunto mais desconcertante do que aquela, Violet não conhecia.

– Navegação?

– Sim. Você sabe: navios. Aquelas coisas flutuantes que se deslocam na água e levam carregamentos. Pois bem: usando o método dos mínimos quadrados, comecei a...

– Método dos mínimos o quê?

O divertimento relutante de Violet foi embora.

– Não faço a *menor* ideia do que está falando – advertiu ela.

Violet sentiu vontade de chutá-lo. A condessa de Cambury não conhecia métodos numéricos. Não podia saber nada sobre matemática. E, se ele não queria falar com ela sobre ciência quando estavam a sós, certamente não tocaria no assunto em público.

– Tudo bem – falou Sebastian com um suspiro. – São só umas contas. Você não entenderia.

– Com certeza não. Guarde sua matemática sobre navios para seus amigos, Sr. Malheur. Estou ocupada.

Ele franziu o cenho, abriu a boca, depois a fechou de novo.

Amanda também franziu a testa.

– Não sei dizer se os senhores estão brigando ou se é sempre assim que conversam – ponderou a jovem.

– É sempre assim – garantiu Violet.

Ao mesmo tempo, Sebastian disse:

– Estamos brigando.

Foi um momento desconfortável. Sebastian encontrou os olhos dela.

– *Não* estamos brigando – asseverou Violet, obstinada. – Estamos tendo uma pequena discussão diplomática sobre... nomenclatura.

Sebastian tirou o chapéu e correu a mão pelos cabelos, bagunçando-os de um jeito que Violet achava irritante e adorável, mas ela se *recusava* a pensar em Sebastian como adorável.

– Veja bem, Violet – disse ele. – Sei que há... motivos para não ficarmos muito confortáveis na presença um do outro no momento. Mas precisamos tentar agir com civilidade. Oliver vai se casar daqui a alguns dias. Teremos que nos ver. Uma trégua por enquanto?

O casamento de Oliver. Sebastian e ela passariam horas juntos. Ele teria todo aquele tempo para persuadi-la a retomar a amizade fácil dos dois. Considerando o que ele tinha conseguido com cinco minutos de conversa sobre não elefantes...

Violet desviou o olhar.

– Isso não será problema – afirmou com a voz indiferente.

Sebastian a conhecia melhor do que qualquer outra pessoa. Ao ouvir aquelas palavras, ele arfou e deu um passo adiante.

– Não está pensando em não ir, está?

A voz dele alcançara um tom perigosamente baixo.

– Por quê? Oliver não é meu amigo de infância. – Ela sentiu um grande nó na garganta enquanto falava. – É *seu*. Pois bem, pode ficar com ele.

– *Jane* é sua amiga, caso tenha esquecido, e quanto a Oliver...

– A Srta. Jane Fairfield – vociferou Violet – só acha que eu seria uma boa amiga porque ela é conhecida por ter mau gosto.

No instante em que as palavras saíram de sua boca, Violet notou que dissera algo terrível. Ela fez uma pausa. Engoliu em seco. Cobriu a boca com as mãos e soltou um suspiro.

Deus, como era odiosa! Odiosa, horrível, egoísta. Ela *gostava* de Jane. Só que... vinha se sentindo muito rabugenta. O que mais era de esperar? Seu mundo estava desmoronando e ela precisava fingir que aquele mundo nem lhe pertencia.

– Maldição, Violet! – rosnou Sebastian.

– Não use esse tipo de linguajar na frente de Amanda.

– Maldição! – repetiu ele. – Nós sentiríamos sua falta. Eu sentiria sua falta.

Ela olhou para Sebastian ao ouvir isso e sentiu o coração na garganta. E foi então que notou aquilo que lhe passara despercebido antes – as olheiras de Sebastian, aquela expressão pálida demais no rosto. Estivera tão preocupada com a própria mágoa que falhara em ver a dele.

– De fato *estão* brigando – comentou Amanda ao lado dela.

Nunca ocorrera a Violet que Sebastian também sentiria sua falta. O coração dela chegou a falhar. Como se Sebastian fosse seu amante, não apenas o homem com quem conspirara durante os últimos cinco anos.

Eles nunca tinham se tocado – nada além de um roçar acidental de cotovelos, e até isso Violet tentava evitar. Mas, do jeito deles, ficaram mais próximos do que amantes, mais íntimos do que amigos. Ela havia se protegido contra aquilo, mas ainda assim sentia saudade dele. Sentia muita saudade dele.

No entanto, não podia admitir isso sem se engasgar com as palavras e deixar claro quanto realmente se importava.

– Pois bem – murmurou. – Eu vou ao casamento.

O jeito brusco dela não enganou ninguém ali. Sebastian abriu um sorriso de alívio e Amanda soltou a respiração, que estava presa.

– Excelente! – disse a sobrinha. – Agora se beijem e façam as pazes.

Violet recuou num pulo. Amanda não quisera dizer aquilo. Não falara de um beijo amoroso, mas de um beijo de amizade. Ainda assim, a palavra fez Violet pensar nos lábios de Sebastian, no sorriso dele. No aroma dele no ar, tão indescritível, tão distinto das outras pessoas. O cheiro de Sebastian era acolhedor. Violet poderia se sentar ao seu lado e deixar que seu perfume a preenchesse.

Certos limites não podiam ser cruzados, entretanto. Pensar em beijar o melhor amigo era um deles.

Sebastian deu de ombros, torcendo o nariz.

– Isso, não – falou Violet.

– Que tal se nós apenas fizermos as pazes? – sugeriu ele ao mesmo tempo.

E então, por estarem falando juntos, sabendo exatamente o que o outro estava pensando, Violet se pegou escondendo um sorriso.

Ela agira de um jeito terrível. Sebastian merecia mais do que seu mau humor. Violet não sabia como navegar nessa nova fase da amizade dos dois... mas nunca se perdoaria se não tentasse. Ela soltou a respiração bem devagar.

– Precisamos ir – disse, e olhou para Sebastian. – Não tenho mais tempo para você.

– Tia Violet! – protestou Amanda quando Violet a pegou pelo pulso e a puxou para longe. – Que grosseria! O que as pessoas pensariam da senhora se tivessem ouvido aquilo? Mesmo que ele *seja* um libertino.

Para Violet, não importava o que Amanda achava. No fim das contas, a frase de despedida fizera o rosto de Sebastian se iluminar com um sorriso. *Ele* compreendera o que Violet quisera dizer.

Afinal, de que adiantaria usar um código se todo mundo o entendesse?

Violet estava na sala de estar bem ventilada nos fundos da casa da mãe, sentada na beirada da cadeira, mas desejando estar em qualquer outro lugar.

Seguira para lá após deixar a sobrinha com a irmã, logo depois de ter visto Sebastian. Sua mãe andava preocupada com algum tipo de escândalo. Se ela soubesse o que Violet fizera ao longo dos últimos cinco anos, aquela conversa não seria nem um pouco agradável. E, se não fosse esse o motivo da preocupação, então havia outro assunto a incomodá-la. Ainda assim, Violet fizera uma promessa a Lily, de modo que não havia motivo para adiar a visita.

A mãe de Violet estava sentada à sua frente. As agulhas de tricô se movimentavam num ritmo furioso enquanto os olhos dela estavam fixos na lã azul-celeste que voava por seus dedos.

– Mãe – chamou Violet pela terceira vez. – Eu estava torcendo para que nós...

– Agora não, Violet.

A baronesa viúva de Rotherham tinha uma voz profunda e gutural, daquelas que dava ordens que faziam tanto os criados quanto as filhas saírem às pressas para cumpri-las.

– Se eu perder a conta, vou ter que refazer esta carreira toda.

– É importante, mãe.

A baronesa continuou a tricotar, sem a menor perturbação.

Violet suspirou. Claro que ela era menos importante do que o tricô.

A mãe continuou com a cabeça baixada, as agulhas fazendo cliques ainda mais altos ao se encontrarem. Depois de mais alguns momentos de silêncio, porém, ela falou:

– O *Guia de comportamento adequado das ladies* diz, abre aspas: "Uma lady não exibe nenhum dos seguintes comportamentos: suspirar, revirar os olhos, bater portas..." A lista continua, como tenho certeza de que se lembra. Está desrespeitando as regras de etiqueta porque quer me envergonhar ou é só grosseria da sua parte?

Ela disse tudo isso ainda sem tirar os olhos do tricô.

Violet sentiu um canto da boca se contorcer.

– Mãe, foi a senhora quem escreveu o guia.

Uma sobrancelha se ergueu. A baronesa terminou o último ponto, depois colocou seu trabalho – um cachecol azul curtinho – de lado.

– Não vejo motivo para mudar minhas palavras simplesmente porque as eternizei na escrita. Muito pelo contrário, na verdade. Já que me dei ao trabalho de aperfeiçoá-las uma vez, por que deveria me expressar em situações idênticas de um jeito inferior?

Se Lily estivesse ali, teria levado a mão ao quadril e batido o pé. Teria repreendido a mãe e, depois, quando saísse com a irmã, faria algum comentário sobre a frieza dela, que sequer se dava ao trabalho de receber as próprias filhas com cortesia.

Violet, contudo, entendia a mãe melhor do que Lily. Para a mãe delas, aquilo *havia* sido um cumprimento acolhedor. Ela não era o tipo de mulher que abraçava as pessoas com quem se importava. Quando ficava feliz em ver alguém, lhe passava um sermão. Era apenas seu jeito de ser.

– Tem algum motivo para me fazer esta visita? – indagou a mãe.

– É uma visita – disse Violet com suavidade. – Que motivo uma filha precisa ter para visitar a mãe?

– Pois é, é o que lhe pergunto.

A baronesa balançou a cabeça.

– Você recebeu o dom da fala, Violet. Use-o.

Violet alisou a saia e olhou para baixo. Não sabia ao certo como tocar no assunto. Independentemente do que a mãe acabara de dizer, ela não iria gostar se Violet apenas colocasse tudo para fora.

Sabe, mãe, Lily deu a entender que a senhora está a par de um escândalo. Por acaso a senhora descobriu que eu sou a cientista mais detestada de toda a Inglaterra?

Elas estavam num impasse. Havia seis coisas sobre as quais uma lady supostamente sempre deveria mentir. Uma delas eram os próprios erros, o que significava que Violet não podia admitir o que fizera. Uma lady também deveria mentir sobre as falhas dos outros – portanto, a mãe se recusaria a reconhecer a identidade secreta de Violet, mesmo se soubesse de sua existência.

As regras da mãe de Violet faziam bastante sentido, mas, às vezes, também eram muito inconvenientes.

– Bem, mãe – foi o que disse Violet –, Lily me contou que a senhora está ensinando as regras para Amanda. As ocultas também.

Ao ouvir isso, a mãe ergueu os olhos e os correu pela sala. As regras ocultas *não* eram discutidas na presença de terceiros. Mas não havia ninguém ali.

– Sua irmã não gostou muito da ideia. Mas, sim, estou ensinando as regras a ela. Amanda já é quase adulta e merece saber como agir.

– Lily acha que a senhora só está sendo difícil... – Violet umedeceu os lábios e olhou para a mãe. – Já eu suspeito de que a senhora acredite que talvez algum escândalo se abata sobre nós.

– Um escândalo.

A mãe pegou o cachecol e o girou, franzindo o cenho enquanto analisava o próprio trabalho.

– Não tenho ideia do que possa estar falando. Que tipo de escândalo acha que poderia acontecer, Violet?

Outra mulher teria falado aquelas palavras como se fossem uma pergunta. Mas a mãe de Violet as distorceu de leve – de um jeito que sugeria que, na verdade, ela não perguntava nada, apenas constatava um fato.

Se ela agiria daquele jeito, então Violet também iria entrar na brincadeira.

– Nada em que eu consiga pensar.

– Não me venha com essas tolices. Quando as pessoas dizem que não é nada, normalmente querem dizer "nada sobre o que eu queira falar". Mas sou sua mãe, Violet. Sua vontade de ficar calada é irrelevante. Eu quero que me conte o que sabe, portanto você vai me contar.

Violet engoliu uma risada. Como a mãe era boa em intimidar as pessoas. Violet já vira a cena mil vezes. Por ironia, nos últimos tempos – na última década, de fato –, ela mesma se surpreendera seguindo esse exemplo. À medida que os anos passavam, Violet ficava cada vez mais parecida com a mãe. Mal podia esperar até o momento em que alcançasse a indiferença irritadiça da baronesa e sua fachada calma e assertiva se tornasse real.

– O que é tão engraçado? – perguntou a mãe, franzindo o cenho para a filha. – Está rindo de mim? O que andou ouvindo, Violet?

– Não andei ouvindo nada.

Veio uma pausa longa. Com cuidado, a mãe de Violet se levantou. Ela andou na ponta dos pés até a porta e ficou parada ali em silêncio por um instante. Então, com toda a rapidez, abriu a porta.

Não havia ninguém ali. A baronesa colocou a cabeça para fora, olhou para os dois lados do corredor e, com muita gentileza, voltou a fechá-la.

– Agradeço sua discrição, Violet – murmurou. – E entendo que há... certas questões que não devem ser ditas em voz alta. Mas, se vamos ter que dar um jeito nessa *questão* que espero que não seja necessário resolver, precisamos chegar a um acordo. Ainda bem que Lily não está aqui. Ela teria uma síncope.

A mãe encarou Violet.

– Você sabe o que temos que fazer.

Era a primeira regra, a regra que se sobrepunha a todas as outras.

– Uma lady protege o que é seu – recitou Violet.

A mãe assentiu.

– Mesmo que as pessoas que são suas sejam tolas e desmemoriadas... Ora, tanto faz. Não me arrependo de nada. Venha, Violet. Sente-se. Não diga nada em voz alta. Não creio que tenha alguém ouvindo, mas prefiro não descobrir que estou errada agora que... – Ela suspirou. – Agora que já estou velha demais para lidar com um medo desse tipo. Esse escândalo que tem em mente... é algo novo ou antigo?

– É um escândalo antigo.

O nariz da mãe se torceu.

– De que ano?

– Ah – murmurou Violet, pega de surpresa, e contou os anos. – Foi em... 1862.

– Ah. Vejamos.

A baronesa contraiu os lábios e assentiu em silêncio.

– Esse escândalo. Sim.

Depois de uma longa pausa, Violet percebeu que aquela confirmação era a única que receberia.

Talvez ela tivesse esperado algo mais. Às vezes, sem grandes pretensões, brincava com a ideia de mencionar a questão para a mãe. Ela entenderia se soubesse, Violet divagava. Era sua *mãe*, afinal. E, por mais que Lily achasse que a mulher fosse fria e desprovida de sentimentos, Violet sabia a verdade. Ou pelo menos achava que sabia.

A baronesa coçou a testa, um gesto de aborrecimento e vulnerabilidade tão deslocado que Violet quase se esticou na direção da mãe – até lembrar que ela não receberia de bom grado o toque. Ainda mais sendo Violet a causa daquela aflição.

– Eu tinha esperanças de que... – voltou a falar a baronesa. – Bem, mas esperança nunca serviu para consertar nada.

Ela suspirou e olhou para a filha.

– A quem você contou, então? Falou para sua irmã? Porque, se falou, ela vai contar para o marido e ele vai achar que... Ele tem aquelas teorias ridículas do que é dever dele, e parece que isso não inclui guardar segredos de família... E ele vai achar que é dever dele fazer o maior alarde. Se for o caso, vai ser a morte para nós.

Violet fez uma careta. Nada como um bom exagero para manter todo mundo na linha.

– Não sou idiota. Lily não sabe de nada.

– Que bom. Mais alguém?

– Bem, Sebastian Malheur, naturalmente.

A mãe bufou.

– Esse garoto. Estou de olho nele desde que deu os primeiros passos. Eu sabia que ele só causaria confusão. Mas pelo menos ele é discreto e, se ainda não deu com a língua nos dentes, duvido que vá dar no futuro.

Ela suspirou. Então continuou:

– Ainda assim, quanto mais pessoas souberem, pior vai ser, não importa até que ponto confiemos nelas. Isso é um pesadelo. É pior que desastroso.

Violet tentou não reagir, mas sentiu o estômago se contrair. Uma parte dela estivera esperando ouvir pelo menos um sussurro de aprovação. Até um lampejo breve de sorriso. Mas os olhos da mãe estavam sombrios, condenatórios.

– Ainda tenho pesadelos com isso – continuou a mãe. – Alguns dias, nem consigo me convencer de que seja verdade. Isso me enche de desgosto.

As mãos da mulher tremiam. Ela soltou o tricô na mesa e esfregou os dedos.

Ah, Violet estivera enganando a si mesma. Orgulhosa? A mãe dela? Não havia chance. Violet a enchia de *desgosto*.

No fundo, sempre soubera que seria impossível que alguém a amasse, que seria obrigada a mentir se quisesse ter a chance de achar um lugar para si no mundo. Quando era mais nova, isso fora motivo de algum sofrimento, mas Violet erguera a cabeça e seguira com a vida. A única coisa pior do que uma mulher impossível de amar era uma mulher impossível de amar e que se lamuriava sobre não ser amada. Ela sufocara qualquer esperança de obter mais que uma convivência tépida e desenvolvera o hábito de esconder suas partes mais intragáveis.

Se um dia ela tivesse desejado uma prova de que tomara a decisão certa, ali estava. A própria mãe não conseguia aceitar quem a filha era e o que fizera. Violet engoliu em seco.

Havia um lado positivo em tudo aquilo. Violet estava aprendendo a controlar melhor as emoções. Sentiu apenas uma decepção razoável. Nada de angústia esmagadora ou tormento a ponto de ranger os dentes. Sua mãe era puro desgosto e Violet conseguia sorrir com serenidade, como se nada estivesse acontecendo. Assim aprendia a não contar com nada na vida. Quando chegasse à idade da mãe, talvez conseguisse renunciar por completo à esperança.

– Eu entendo, mãe. – Violet conseguiu dizer essas palavras sem que a voz falhasse. – Por que acha que nunca falei sobre isso com a senhora?

– Boa garota – elogiou a mãe. – Bem, simplesmente teremos que continuar guardando segredo. No fim das contas, foi só um sussurro que ouvi... Um comentariozinho malicioso que uma pessoa fez. Não acho que lady Haffington teve segundas intenções, apenas queria zombar de mim. Ela não fazia ideia de que havia certa verdade na acusação que fez.

O sorriso que a baronesa abriu foi trêmulo.

– Mas você vai me contar se souber que há algum... risco maior de que a verdade venha à tona, não é?

– É claro, mãe.

Violet ficou sentada ali, as mãos unidas. Não sabia o que falar.

– Se ajudar – foi o que conseguiu dizer por fim –, a senhora pode me punir. Um pouquinho.

A mãe pareceu apenas intrigada.

– Eu não precisaria da sua permissão se quisesse fazer isso. E por que motivo eu iria querer?

Violet desviou os olhos e disse:

– No fundo, eu já... aceitei o que pode acontecer como resultado... desse escândalo. Sem isso... não sei o que teria sido da minha vida. Significou tudo para mim. Eu me sinto culpada e muito, muito egoísta.

– Violet Marie Waterfield, não se atreva a dizer que se sente culpada. – A voz da mãe saiu num tom um pouco rouco. – Não na minha frente. Não por causa disso. Não se atreva.

– Mas...

Por um segundo, a extinta esperança de Violet renasceu. A mãe *sentia* orgulho dela. Violet *tinha* feito uma coisa incrível. Ela seria reconhecida – mesmo que muito de leve – pela mulher cuja opinião mais valia para Violet.

– Não se atreva a sentir nem uma gota de culpa por causa disso. Não vou permitir.

Violet inspirou fundo. Seus pulmões ardiam. Ela não ousaria ter esperança. Não ousaria.

A baronesa ergueu a mão.

– Não diga nada. *Nunca* diga nada sobre isso, porque, se qualquer pessoa ouvir, até um mero criado, será o fim de tudo para nós. Não se sinta culpada, Violet. Culpa não tem nenhum propósito. Apenas certifique-se... faça o que fizer, diga o que disser, pelo amor de Deus, certifique-se de que ninguém jamais descubra.

Não. Não havia sentido em ter esperança. Ela nunca deveria ter nutrido tais sentimentos, pois eles a esmagariam com seu peso enorme.

– Não se preocupe, mãe – garantiu Violet. – Sei quais seriam as consequências.

Ela ergueu o queixo.

– Não vou deixar que nada aconteça. Afinal, uma lady protege o que é seu.

Talvez ela tenha imaginado as lágrimas que pareceram turvar temporariamente os olhos da mãe. Por um segundo, quase teve certeza de que havia algo ali. Mas então a baronesa ergueu o queixo e Violet compreendeu que, no fim das contas, fora apenas ilusão.

Capítulo cinco

Quando faltavam precisamente nove minutos para as quatro, Sebastian chegou em casa com uma recompensadora pilha de papéis na maleta. Já vira Violet uma vez, no Hyde Park, e o encontro seguinte dos dois o fazia sentir tanto medo quanto ansiedade. Mas ele tinha que estar pronto para encarar os leões – ou, no caso, Violet. Dependia de qual dos dois encontrasse primeiro.

Leões seriam mais fáceis – e menos perigosos – de convencer, pensou com pesar.

Contudo, fosse para enfrentar um bando de leões ou uma única Violet, era preciso se preparar. Sebastian deu o resto do dia de folga para o valete, organizou os detalhes do jantar com o cozinheiro e se retirou para o jardim dos fundos com ordens rigorosas para que não fosse incomodado.

Ter um jardim nos fundos – e de tal tamanho – vinha sendo de máxima importância para ele. Sebastian precisava de espaço – espaço para onde pudesse se retirar e conversar com uma mulher sem que nenhum de seus criados descobrisse. Naquele dia, ele atravessou a fresta na cerca viva que delimitava a varanda, assobiando com alegria. Passou pelo barracão que havia convertido em escritório e pela estufa que usava para iludir visitas. Deslizou para trás de um par de arbustos que ficavam ao fundo. Dali, só faltava abrir o portão escondido e passar por ele.

Aquele portão dava num beco, embora chamá-lo de *beco* fosse um exagero. Não passava de um vão entre duas paredes, criado porque, cinquenta anos antes, um proprietário quisera um muro de tijolos enquanto seu vizinho queria um de pedras. O vão, que tinha pouco mais de 60 centímetros, estava atulhado de folhas mortas e, como fazia um tempinho desde que Sebastian e Violet tinham estado em Londres ao mesmo tempo, o equivalente a três meses de teias de aranha. Seguindo por uns 20 metros naquela passagem desconfortável, no outro muro, o de tijolos, encontrava-se um segundo portão, este recoberto por uma trepadeira.

Sebastian caminhou até lá. Ramos da trepadeira haviam se enroscado ao redor do portão de ferro. Sebastian os arrebentou e entrou no covil do leão, também conhecido como jardim dos fundos de Violet.

Anos antes, eles haviam escolhido um código simples.

"Adeus" significava "Não estou disponível hoje".

"Até a próxima" significava "Estarei no jardim até as três". Havia mais 52 variações, todas no mesmo estilo. "Não tenho mais tempo para você" significava que Violet queria se encontrar com ele naquela noite.

O que poderia acontecer? Sebastian não tinha ideia.

A vista da casa de Violet ficava escondida por uma sequência de limoeiros altos, o que ajudava a preservar a privacidade dos dois. A estufa de Violet em Londres não era tão grande quanto a da propriedade em Cambridge – tinha apenas uns 30 metros quadrados. Um aviso na porta declarava: *A condessa NÃO deve ser perturbada exceto em casos de morte, estripamento, apocalipse ou da chegada de sua mãe.*

Sebastian ignorou esse aviso terrível e abriu a porta. A área de entrada tinha apenas um ou dois passos de largura, mas era suficiente para Sebastian vestir um avental, pegar luvas e verificar se não havia insetos em seu corpo. Feito isso, passou pela segunda porta.

Havia estantes com rodas em ambos os lados. Elas estavam entulhadas com centenas de potinhos de argila de pouco mais de um dedo de altura. Todos eram rotulados, os mais próximos com os nomes CD101 e CD102.

Cavaletes mantinham no alto, na altura da cintura, os enormes canteiros com terra que iam de onde Sebastian estava até o final da estufa.

Violet estava nos fundos, em frente a um dos canteiros. Usava um avental de jardinagem branco por cima do vestido escuro, com luvas também protegendo as mãos. Seus cabelos estavam cobertos por um capuz branco.

Ela não ergueu a cabeça quando Sebastian entrou. Ele nem sabia se ela o notara, embora ele não tivesse tentado ser silencioso.

Os dois já haviam feito aquilo milhares de vezes – encontrar-se na estufa enquanto Violet plantava ou então anotava algo em palitos feitos de madeira de laranjeira e lhe explicava o que fazia e por quê. Para que pudesse fingir ser Violet, Sebastian tivera que entender cada passo que ela completava.

Naquele momento, ela estava com um caderno aberto à sua frente enquanto usava uma agulha – um pedacinho longo e fino de metal, não muito diferente das agulhas de tricô que carregava na bolsa – para transferir pólen de uma flor para outra. Havia certa graciosidade nos movimentos dela – a graciosidade silenciosa de uma mulher ao executar uma tarefa de que gostava.

Sebastian sentiu um nó na garganta.

Ele estivera imaginando aquele momento desde que a vira no parque mais cedo. Fazia semanas desde que haviam discutido em Cambridge. Sebastian sentira saudade de Violet, tanta que quisera ir atrás dela e se desculpar. Queria poder devolver todas aquelas emoções desconfortáveis para o lugar de onde saíram e então ignorá-las por mais seis meses. Mas isso não faria bem nenhum. Elas voltariam.

Ele havia se acostumado a ser mais emotivo do que Violet. Na verdade, havia se conformado com isso. Talvez até aceitasse essa realidade em paz. Mas não sabia o que fazer em um mundo onde Violet não demonstrasse emoção nenhuma.

Ele sentira saudade dela loucamente e nem tinha certeza se ela notara sua ausência. Afinal, não havia percebido sua chegada.

Sebastian se aproximou por trás. Conhecia Violet bem demais para interrompê-la enquanto trabalhava, então apenas parou ali e ficou observando.

Seria estranho dizer que Violet era um mistério para ele. Sebastian a conhecia melhor do que a qualquer pessoa. Quando ela sorria, ele geralmente sabia de que ela achara graça. Quando ela mordia o lábio, ele compreendia o que ela não estava dizendo. E ainda assim havia certas coisas – tantas – que ele não conseguia entender.

Violet esticou o braço, pegou um pacotinho feito de papel-manteiga e cobriu a flor com ele. Depois o amarrou com um fio de seda, pegou a pena e escreveu no caderno. *AX212: cruzamento de BD114 com TR718.*

Ela havia feito mil anotações do mesmo tipo ao longo dos anos: cruzando plantas, transferindo pólen, registrando parentesco, cobrindo as flores fertilizadas com pacotinhos de papel para garantir que conseguiria coletar todas as sementes resultantes.

Ela cruzou os braços e ficou encarando o nada. Sebastian não sabia o que ela estava vendo ou por que suas sobrancelhas estavam franzidas. Nem sabia se ela percebera a presença dele. Às vezes, não percebia. Por fim, ela falou:

– Minha irmã acha que sou uma pessoa difícil.

Sebastian deu um passo à frente para ficar ao lado de Violet, deixando as mãos roçarem no solo. Quando o tocou, sentiu que era soltinho, uma mistura perfeita de terra escura e pedacinhos de madeira podre, levemente úmido. Cheirava a terra e húmus.

– Sua irmã tem razão.

– Não sou uma pessoa difícil – afirmou Violet. – Sou uma pessoa simples. Eu gosto de bons livros e conversas inteligentes e de ser deixada em paz na maior parte do tempo.

Ela pegou a agulha que tinha usado e a colocou num baldinho que continha uma dúzia de agulhas idênticas. Depois desenrolou a gaze da próxima agulha e se inclinou por cima de uma planta nova.

– Como isso faria de mim uma pessoa difícil? Sou coerente. Não falo sobre o que sinto, é claro, mas não quero falar.

Ela deu de ombros.

– Então isso é sensato – concluiu.

Sebastian não conseguiu conter um sorriso, que parecia amargo até para ele mesmo.

– Ai, meu Deus, não! – falou ele, revirando os olhos. – *Sentimentos,* não! Deus nos livre de que você tenha algo tão caótico assim.

O rosto dela estava virado na direção da planta, mas seus ombros ficaram imóveis.

– Eu *tenho* sentimentos – asseverou. – Só não *falo* sobre eles. Para que falar? Falar não faz com que mudem.

Havia uma mensagem subentendida que Sebastian entendeu muito bem.

Não pergunte o que eu quero.

– Retiro o que disse – falou Sebastian. – Você não é uma pessoa difícil.

Violet bufou.

– Algumas pessoas são como um quebra-cabeça de ferro, aqueles feitos de argolas emaranhadas que se encaixam de um jeito complexo. Podemos brincar com eles várias vezes, mas, se não soubermos o segredo, nunca os solucionamos. Essas pessoas são difíceis até você descobrir o segredo delas. Depois, são fáceis – disse Sebastian.

O nariz de Violet se torceu e ela se virou para a flor seguinte na fila, separando suas pétalas com muito cuidado. Sebastian se perguntou se ela percebia quanto aquela ação era erótica – ela calmamente fertilizando as flores, abrindo bem as pétalas e deslizando a agulha polinizada lá dentro. A analogia era óbvia. Ela passara metade da vida naquela estrutura clínica e sem insetos, fazendo o papel de pássaros e abelhas.

Quando Violet se inclinou para a frente, Sebastian notou, pelo balanço de seu quadril, que ela se desequilibrara um pouco. Ele poderia ajudá-la. Um toque apenas, bem ali no quadril dela...

Ele não se mexeu.

– Entendo – disse Violet.

Ela se endireitou, tendo terminado a tarefa, e colocou a agulha no baldinho de descarte com as outras. Havia um quê de desprezo em sua voz.

– Você sabe qual é o meu segredo. É o que quer dizer?

– Não – respondeu Sebastian. – Não acho que você tenha um segredo. É como se tivesse sido feita por um ferreiro insano. Você é um quebra-cabeça sem solução. Não há como desemaranhar as suas peças. A única coisa que posso fazer é aprender a desviar das bordas afiadas.

Violet expirou bem devagar e pegou a pena.

– Isso mesmo – disse baixinho. – Essa sou eu. Só sirvo para cortar as coisas. Feita por um ferreiro louco.

Enquanto ela fazia a anotação, Sebastian pegou o pacotinho de papel-manteiga e cobriu a flor. Às vezes, ele conhecia Violet muito bem. Elogios a deixavam paralisada. Toques – mesmo os mais singelos e menos sugestivos – faziam com que se afastasse. Mas bastava dizer algo assim que ela ficava num silêncio sepulcral. Não havia caminho seguro com Violet, apenas leões por todo o trajeto.

– Obrigada, Sebastian – disse ela. – Vou mandar bordarem um aviso em todos os meus lenços. "Lâminas afiadas à frente. Cuidado com o que diz."

– Não falei isso como uma afronta.

Violet ergueu os olhos.

– Não? Então talvez você devesse ouvir as próprias palavras. "Ah, aquela Violet... Nunca mostra o que sente! É como se ela escondesse quem realmente é de todo mundo!" Por que será, hein? O que você acha?

A mão dela subiu até o quadril, onde Sebastian quisera tocá-la. Violet prosseguiu:

– Você, entre todas as pessoas, deveria entender. Deixo tudo escondido porque nenhuma parte de quem eu realmente sou agrada as pessoas. Não sou uma pessoa *difícil*, Sebastian. Na verdade, sou muito fácil. Não existe lugar para mim no mundo e passo o tempo todo fingindo que existe. Às vezes isso me cansa, me deixa com raiva.

Ela suspirou, pôs a pena de lado e se voltou para o canteiro. Esticou a mão para pegar outra agulha coberta com gaze, depois balançou a cabeça e se virou para Sebastian.

– Não é justo com as pessoas ao meu redor quando eu perco a paciência. – Ela cerrou a mandíbula. – Digo coisas horríveis quando fico com raiva. Mas também não é justo que eu tenha nascido assim. Você acha difícil estar comigo? Imagine *ser* um quebra-cabeça de ferro feito por um maluco. Não conseguir executar as funções mais básicas. Nunca dar alegria a ninguém. Pessoas como eu aprendem a nem ter esperança quando alguém nos escolhe. Porque, não importa quanto a expectativa dessa pessoa esteja alta no começo, sabemos o que vai acontecer no final: a pessoa vai nos descartar, cheia de desgosto.

Desgosto. Era isso que Violet achava que Sebastian tinha expressado?

– Violet – disse ele com delicadeza. – Eu não queria... Eu não sinto *desgosto* por você. Muito longe disso.

Ela estava olhando para a frente.

– Dá tudo no mesmo, independentemente do nome que você der.

O tom de voz dela estava tão duro quanto os braços, rígidos ao lado do corpo.

– Não fique com a consciência pesada, Sebastian. Todo mundo se cansa de mim em algum ponto. Esqueça e vá embora.

Sebastian soltou um suspiro frustrado.

– Está sendo ridícula. Está agindo como se seu trabalho fosse tudo que você é, como se, ao me afastar dele, eu parasse de me importar com você. As coisas não são assim.

Os lábios dela se torceram de consternação – bem nas palavras "importar com você" –, e Sebastian suspirou mais uma vez e massageou a testa.

– Você é, *sim*, mais do que o seu trabalho.

Violet desviou o olhar.

– Você se lembra da primeira vez que apresentou um artigo meu? – perguntou ela.

Tinha sido antes de o marido dela falecer. Violet escrevera sobre seu trabalho e pedira conselhos a Sebastian – o que ele fora incapaz de lhe dar no começo, pois nunca havia lido um artigo científico. Ele e Violet então estudaram alguns artigos juntos e ela escrevera e reescrevera o texto até que os dois estivessem satisfeitos.

Na primeira vez que ela o enviou a um jornal, o artigo foi devolvido com uma observação de que talvez um jornal sobre jardinagem doméstica voltado para mulheres gostasse daquela modesta contribuição. O periódico seguinte nem se deu ao trabalho de explicar a rejeição, nem o que veio depois dele, tampouco o que veio em seguida.

– Isso é estupidez – dissera Sebastian quando a última rejeição chegara pelo correio. – Eles nem estão lendo o artigo.

Violet estivera doente na época. Nunca contara a Sebastian qual era o problema. Ele apenas soubera que ela vinha ficando cada vez mais fraca. Estava muito pálida e desmaiava com frequência.

Ela também se recusara a conversar sobre isso. Apenas ficara sentada na cadeira, incapaz até de se levantar, e não olhara na direção dele.

– Não deve ser bom o suficiente – ponderara ela na época. – Eles provavelmente recebem um monte de textos excelentes e esse artigo não estava à altura.

– Se fosse eu que apresentasse o artigo, um homem com educação universitária, eles dariam uma segunda olhada – dissera Sebastian, enfurecido. – Aposto que até uma terceira olhada.

Então ela pusera o nome de Sebastian no artigo.

– Vá e tente – incentivara-o.

No dia seguinte, Sebastian tinha cavalgado até Cambridge e entregado o artigo para um ex-professor dar uma olhada. O homem o lera num silêncio atordoado e, depois, olhara para Sebastian.

– Malheur – dissera com a voz estrangulada –, isto aqui é genial.

Vários meses depois, o artigo havia sido aceito para publicação e a primeira palestra de Sebastian fora agendada.

Naquela palestra, Violet sorrira para ele com encanto pela primeira vez em nove meses. Aquele sorriso dela – aquela cor que havia temporariamente surgido em suas bochechas – tinha sido o único motivo pelo qual ele aceitara continuar com a farsa.

Contudo, Violet não sorria agora. Ela fulminava a terra à sua frente com os olhos. Sebastian queria poder consertar a situação de novo.

– Ainda bem que aquela Violet Waterfield nunca teve uma carreira publicando artigos científicos – disse Violet. – Eu seria uma pária. Uma ninguém. Minha irmã me odiaria.

Ela pegou outra agulha, mas não a usou. Em vez disso, a empunhou como se fosse uma espada.

– Minha mãe já odeia. Ninguém teria dado a mínima atenção ao meu trabalho. Mas ainda bem. Desse jeito, pelo menos eu sou alguém, mesmo que ninguém saiba quem sou.

– Isso é de partir o coração – disse Sebastian.

Ela o fitou, com os lábios contraídos.

– Meu coração não está partido.

Ela fincou a agulha no solo.

– Nunca *precisei* ser reconhecida. Reconhecimento é a última coisa que quero. É só que... por mais que me faça uma pessoa horrível, isto aqui é o que sei fazer. Eu acordo pensando nisso. Durmo e sonho com o trabalho. Não consigo suportar a ideia de fazer tudo isto e depois ver meus esforços evaporarem. Quero fazer algo e quero que alguém perceba.

Ela engoliu em seco, depois esticou a mão para tocar, com muita gentileza, a folha de um broto de feijão.

– Isto aqui é o mais perto que vou chegar de ter filhos.

Ela nunca falara sobre filhos. Sebastian apenas sabia que Violet fora casada por onze anos e nunca dera à luz, e que o marido dela queria muito, muito, muito mesmo um herdeiro. Queria tanto que, no final, encorajara Sebastian a passar inúmeras horas com sua esposa – dando uma aprovação implícita para que houvesse outro homem em seu ninho. Pelo jeito, melhor isso do que um ninho sem filhotes.

Não precisava ser muito esperto para deduzir que algo dera errado. O que quer que fosse, Sebastian suspeitava de que não havia sido apenas o casamento que se tornara amargo.

Ele se perguntou se Violet estava relembrando partes daquela história. Como os olhos dela veriam aqueles acontecimentos, como as cenas seriam sob as cores das emoções dela? Mas eram raras as vezes que Violet admitia ter emoções.

– Você *é* mais do que o trabalho – insistiu Sebastian.

Ela ergueu os olhos para ele.

– Está dizendo isso porque não sabe como minha vida é vazia.

Ela acabara de dizer que sua vida era vazia do jeito que outra pessoa co-mentaria que seu copo estava vazio: como se fosse um assunto que gerasse apenas um instante de preocupação. E foi então que Sebastian cometeu um erro: ele esticou a mão e tocou a de Violet.

Ele não tivera segundas intenções com o ato. Teria tocado qualquer um que dissesse algo tão desolador assim caso se tratasse de alguém com quem se importasse. Sendo Violet a pessoa em questão, então... Ele não seria ca-paz de ouvir uma frase daquelas e não responder, não conseguiria conter o desejo de melhorar a situação do jeito que pudesse.

Porém, Violet paralisou, cada músculo enrijecido. Suas bochechas fica-ram completamente sem cor. E, antes que Sebastian pudesse pedir desculpa, ela puxou a mão e a segurou contra o peito, como se ele a tivesse queimado.

Sebastian se considerava quase um especialista em reações femininas. Muitas vezes, uma respiração acelerada sugeria um coração batendo mais rápido, cheio de expectativa. Mas não quando a respiração saía em rajadas bruscas. O jeito como Violet estava arfando não indicava nada além de pânico.

Sebastian sabia que não podia tocá-la. Nem mesmo num gesto de amizade.

Ele colocou a mão transgressora no bolso e engoliu um xingamento, tentando dar um tom indiferente à sua voz.

– Violet – disse –, nós somos amigos.

Ela começou a abrir a boca, mas Sebastian acenou, pedindo silêncio.

– Sei que vai dizer que não sabe o que isso significa, mas eu sei. Só por-que não vou mais apresentar seu trabalho, isso não significa que deixei de...

Me importar, era o que ele ia dizer. Mas Violet não gostaria de ouvir aquilo.

– ... me interessar pela sua felicidade. Isso é importante para você. As coisas mudaram desde que escreveu o primeiro artigo. Posso apresentá-la a algumas pessoas se quiser. Seu trabalho seria lido. Eles ouviriam o que você tem a dizer agora. Se eu pedisse que ouvissem.

Por um momento, a expressão de Violet mudou. Os olhos se arregala-ram. Os punhos se cerraram e os lábios se abriram. Ela se virou para Sebastian – e então, com a mesma rapidez, toda a esperança foi drenada.

Aquela luz desapareceu do semblante de Violet, de modo que seus olhos não passavam de orbes escuros e sem brilho.

– Não – disse Violet. – Quase ninguém se importa comigo agora. Eu odiaria que passasse a ser ninguém.

– Então... – Sebastian fez uma pausa, depois continuou: – Não sei o que fazer, como achar um equilíbrio novo que funcione para nós dois. Mas venho pensando nisso desde que nos vimos há algumas semanas. Não é apenas eu ou nada, não são só essas as opções. Tive outra ideia.

Ela o encarou com uma expressão intrigada.

– Preciso falar com uma pessoa. Pedir conselhos sobre a melhor forma de proceder.

Violet o olhou surpresa, considerando a proposta.

– Revelar segredos só dá problema – ponderou ela.

Ainda assim, perguntou, sem olhar para ele:

– Quem você tinha em mente?

– Simon Bollingall – disse Sebastian. – Ele foi meu mentor nos últimos anos. Confio muito nele. Eu não diria seu nome. Pensei em contar... um pouquinho sobre as circunstâncias envolvidas. Talvez ele tenha alguma ideia de como nós dois podemos ficar felizes.

Ela fixou os olhos na terra.

– Você acha que ele ajudaria?

– Talvez.

Por um bom tempo, ela não disse nada.

– Gosto da esposa dele – comentou Violet por fim. – Alice Bollingall. Já nos vimos nas suas palestras. Ela é fotógrafa por hobby. Tira fotos de paisagens do interior. – Violet mexeu na agulha. – Ela se ofereceu para tirar uma foto minha. Acho que ela mesma as revela. É uma mulher bem inteligente. E ele... a trata com respeito.

– Posso falar com ele?

– Minha mãe me mataria.

Ela contraiu os lábios.

– Mas... ela não precisa saber. Já é terrível só pensar nisso. Terrível e egoísta. Querer isso, mesmo sabendo o que estou colocando em risco.

– Vou entender esse comentário como um sim.

Ela se virou e o encarou. E então, como Sebastian não tinha nada a perder, ele deu uma piscadela para ela.

– Meu Deus.

Violet fez um gesto com a mão dispensando-o, mas Sebastian viu o vislumbre de um sorriso surgir no canto dos lábios dela.

Contanto que ele ainda conseguisse fazê-la sorrir, havia esperança.

– Você – disse ela, balançando a cabeça. – Sim, eu concordo.

⁓

Sebastian embarcou num trem para Cambridge na manhã seguinte à conversa com Violet. A viagem familiar acalmou as preocupações que rondavam sua mente. Ele saiu da estação, caminhou ao longo da margem do rio, depois seguiu pelas ruas de calçamento que passavam pela feira, o tempo todo dizendo a si mesmo que aquele era o caminho de sempre, que ele não precisava pensar na missão que o levara até ali. Chegou ao escritório do amigo, onde foi bem recebido e convidado a entrar.

Cinco anos antes, havia sentado naquela mesma cadeira, naquela mesma posição, e observado o professor Simon Bollingall ler um artigo que Sebastian não tinha escrito.

Durante aqueles primeiros anos, o professor o orientara, ajudara Sebastian em todas as fases do processo. E, desde então, havia se tornado um amigo. Nos últimos tempos, era *ele* quem ouvia com atenção cada palavra que Sebastian dizia.

Agora Sebastian precisava da ajuda do professor para acabar com a carreira que o homem ajudara a construir.

Bollingall estava sentado na cadeira, olhando atentamente para Sebastian, um sorriso ansioso demais nos lábios. Toda aquela atenção, todos aqueles sorrisos se deviam a uma ilusão. Sebastian correu os olhos pela sala.

– É uma fotografia da sua família? – perguntou, apontando para um porta-retrato que ficava numa mesinha.

Nela havia cinco pessoas – um homem, uma mulher e três jovens naquela fase logo antes da idade adulta, desengonçados e cheios de espinha. Terem que ficar sentados para tirar uma foto não melhorara sua aparência. Olhavam para o nada, sem qualquer expressão no rosto.

– Sim – disse Bollingall. – É de Alice... Ela anda se envolvendo bastante com esse hobby de tirar fotografias. É muito boa. Essa outra ali também é dela... nos fundos do Trinity College, no inverno.

Sebastian assentiu e olhou educadamente para a outra fotografia emoldurada.

– Então, Malheur – disse Bollingall –, o que você inventou dessa vez?

Sebastian se recostou na cadeira.

– Vou desistir.

Aquele sorriso ansioso sumiu, abrindo espaço para uma confusão vazia. Bollingall se endireitou na cadeira.

– Desistir do quê?

– Da pesquisa científica.

Em vez de parecer surpreso, porém, o professor soltou uma risada.

– Ah, está nessa fase da carreira, hein? Todos nós sentimos vontade de desistir às vezes. Quando o trabalho não está rendendo. Quando nos sentimos sobrecarregados.

O mestre se inclinou para a frente.

– Você trabalha demais, esse é o seu problema. Quando foi a última vez que tirou férias? Vá para o litoral. Tome um banho de mar. Relaxe por uma semana ou duas e vai se sentir um novo homem.

Sebastian mordeu o lábio.

– É uma ótima ideia, mas meu problema não é que eu trabalhe demais. É que eu não trabalho o suficiente.

Bollingall assentiu com compaixão.

– Isso também é normal. Sempre temos algo para fazer, alguma outra ideia para explorar. Não conseguimos largar o trabalho. Pensamos nele o tempo todo e nos sentimos culpados quando passamos algum instante longe. Só vou repetir minha sugestão: tire um tempinho para você e logo vai se sentir melhor.

Sebastian tivera medo de que chegasse a esse ponto. Ele confiava em Bollingall, mas se sentia um pouco nauseado. Estava prestes a expor seu segredo para um homem que diversas vezes colocara a própria reputação em jogo por causa de Sebastian.

– Não foi o que eu quis dizer.

Sebastian inspirou bem fundo.

– Não estou cansado do trabalho. Hipoteticamente falando, o que diria se lhe falassem que não faço todo o trabalho sozinho?

Do outro lado da mesa, Bollingall nem piscou.

– A maioria de nós não faz todo o trabalho. Peço a um criado para tirar medidas para mim. A questão não é quem faz o trabalho de fato, isso aí é apenas trabalho braçal. No fim das contas, o que importa é o trabalho intelectual.

Sebastian soltou um suspiro.

– Vamos supor que o trabalho intelectual que registrei não tenha sido feito por mim, que seja de outra pessoa.

Bollingall franziu o cenho.

– Vamos supor – continuou Sebastian – que tenha sido feito por uma mulher.

O outro homem congelou. Só por um segundo – só por tempo o bastante para encarar Sebastian com surpresa. Depois soltou a respiração e olhou para a porta. Estava fechada com firmeza – algo de que Sebastian tinha se assegurado antes de começar a falar. No entanto, até os livros nas paredes do escritório pareciam estar julgando Sebastian – centenas de volumes redigidos por homens que *não* eram fraudes. Os batimentos cardíacos de Sebastian se aceleraram, e ele se preparou para a decepção de Bollingall.

Contudo, o homem umedeceu os lábios e se inclinou para a frente.

– Bem – disse com suavidade –, isso também acontece.

A boca de Sebastian ficou seca.

– De fato – continuou Bollingall, falando baixinho –, é mais comum do que imagina. É tão comum, na realidade, que nem merece ser comentado.

O rosto de Sebastian se retorceu.

– Não sei do que está falando. Seja mais claro.

– Ela é uma ajudante, certo?

Bollingall deu de ombros.

– Conheço um homem que dita para a esposa todos os artigos que apresenta. Ela que os escreve.

– Não estou falando apenas de ditar o texto.

– Não – disse Bollingall devagar. – Mas isso é tudo que os outros precisam saber. Quando estamos envolvidos num assunto, é inevitável que aqueles mais próximos de nós também se envolvam. O interesse dela é uma parte do seu. A contribuição dela é uma parte da sua. E se ela for casada com você... Ora, em essência é você quem faz todo o trabalho, afinal. Vocês são uma só pessoa do ponto de vista legal e espiritual. Por que não do ponto de vista científico também?

A cabeça de Sebastian girava. Ele mal conseguia acreditar no que ouvia.

– Mas eu não sou casado.

– Tem uma parcela de nós – disse Bollingall devagar –, uma parcela significativa, que trabalha dessa forma. Nunca questionamos a extensão da colaboração e, é claro, nenhum cavalheiro se atreveria a questionar um colega. Você está completamente seguro.

Ele balançou a cabeça, depois olhou para Sebastian.

– Ou, melhor dizendo, está quase completamente seguro. Há algo que deveriam fazer se quiserem ser uma única pessoa.

Sebastian sentiu que um desejo confuso e obscuro o tomava. Sua cabeça pareceu ser feita de algodão.

– Não sou casado – repetiu.

Bollingall – de um jeito bem incisivo – revirou os olhos.

– Sim. É essa a questão. Mude isso e não terá nada com que se preocupar.

Casar-se com Violet. Deus, que ideia horrível! Ela se afastava de Sebastian quando ele a tocava em nome da amizade. Havia se fechado quando ele disse que se importava com ela. Os sentimentos de Sebastian eram irrelevantes. Violet nunca se interessaria por ele um instante que fosse, quanto mais pelo resto da vida dos dois. E se casar com ela por tal motivo? Parte de Sebastian não se importava com isso. Ele a desejava fazia tanto tempo que essa chance – qualquer chance – o apunhalou.

Devolver o trabalho de Violet para ela talvez fosse a única coisa que a levasse para a cama de Sebastian. E, por um instante, ele se permitiu imaginar – imaginar convencê-la com um beijo. Podia acalmar os medos dela e seduzi-la até que, talvez, um dia...

Ele afastou uma imagem acalorada de Violet com os cabelos espalhados nos travesseiros dele. Talvez, lembrou a si mesmo sem piedade, se ele fosse muito, muito persuasivo, um dia a convencesse a não se encolher quando ele segurasse sua mão.

Sentia como se tivessem lhe oferecido a maçã de uma árvore: ele podia se empanturrar com aquela tentação até passar mal.

Sebastian coçou a testa.

– Obrigado pelo conselho.

– Sei que está aproveitando sua liberdade – comentou Bollingall. – Ainda é jovem. Mas pense nisso. O trabalho que você está fazendo é importante.

Sebastian negou com a cabeça.

– Não seja tolo – insistiu Bollingall. – O trabalho que *você* está fazendo é importante. Nunca se esqueça disso e nunca conte nada diferente para as pessoas. O trabalho que *você* está fazendo é importante, Malheur. Só precisa completar um detalhe: vá torná-lo seu.

Foi só na mente de Sebastian que aquelas palavras se reorganizaram.

Vá torná-la sua.

Não, não. Que pensamento mais traiçoeiro e terrível!

Que pensamento mais delicioso e revigorante! Ele não conseguia afastá-lo. A ideia continuou ali durante o resto da conversa, sussurrou num canto de sua mente durante todo o trajeto de volta para Londres. Ele não se importava com o trabalho nem com o crédito. Ele se importava com Violet.

Vá torná-la sua.

A verdade era que não era apenas o trabalho com Violet que afastava Sebastian das outras pessoas.

Toda a sua vida havia sido moldada por duas mentiras: o segredo que ele compartilhava com Violet e o segredo que escondia dela.

Ele sempre tivera motivo para guardar segredo. Mil motivos, na verdade. Primeiro, o marido dela. E, depois que ele falecera, ela parecia tão frágil que Sebastian não se atrevera a perturbá-la. Esperara, e esperara, e esperara ainda mais. Sempre tivera a impressão de que Violet havia se perdido, que, depois daquela farsa de casamento, ele precisava dar tempo para que ela erguesse a cabeça e notasse de novo o mundo ao seu redor. Se esperasse por tempo suficiente...

Tenho critérios, lembrava-se de ter vociferado para ela. *E você não os atinge.*

Meu Deus. Ele não via como aquela situação podia acabar bem. Mas a tentação persistia: o desejo de acabar com todos aqueles longos anos de espera e incerteza.

Vá torná-la sua.

Capítulo seis

Violet ainda estava na estufa às sete da noite. Ela havia se recusado a deixar que a viagem de Sebastian a distraísse, não se permitira pensar na conversa que ele teria lá. Sua preocupação havia se escondido no fundo da mente, um peso nefasto e taciturno.

Se as coisas dessem errado, ela poderia ser exposta. Todo mundo saberia. Ela não deveria ter concordado. Sua mãe tinha razão: nunca deveria ter permitido que Sebastian expusesse o segredo, não importava quanto ele considerasse o amigo confiável.

Violet ouviu a porta externa se abrir. Em seguida, alguns minutos depois, a porta interna. Os passos dele cruzaram os ladrilhos.

– Violet.

Ela estava com medo de olhar. E foi por isso que olhou mesmo assim. Encarou os olhos de Sebastian como se, ao fingir não se importar, seus medos fossem erradicados.

– E então?

Sebastian parecia cansado. Ele soltou um suspiro, pegou uma cadeira de madeira, que colocou ao lado de Violet, e se sentou. Cruzou os braços e curvou os ombros, relaxando a postura.

– A boa notícia – disse Sebastian – é que ele não vai contar a ninguém.

Violet removeu uma bandeja de brotos de outra cadeira, jogou no chão a terra que ficou no assento e se sentou ao lado de Sebastian.

– A notícia ruim... – Sebastian fechou os olhos. – A notícia ruim é: ele disse que nosso acordo é pouco incomum e que a melhor solução é continuarmos a fazer tudo igual, exceto...

Ele deixou a voz morrer e olhou para Violet com uma expressão cautelosa.

– Exceto o quê?

Era raro Sebastian agir de um jeito tão reticente. Mas a mandíbula dele estava cerrada e ele precisou de alguns momentos para falar.

– Quero que saiba que a ideia não é minha. Eu a repudio por completo.

– O que é? – repetiu Violet. – O conselho dele é tão ruim assim?

– Ele disse que eu deveria me casar com você. E que deveríamos continuar a agir como antes.

Por um segundo, o corpo todo de Violet ficou tenso. Ela se pegou encolhendo-se na cadeira. *Não. Não. Isso, não.* Mas Sebastian parecia relutante, não ansioso. O coração dela martelava, mas parecia tão provável Sebastian a pedir em casamento quanto seria surgir uma antena nele. Violet soltou a respiração bem devagar e contorceu os lábios de modo a exibir uma expressão que ao menos lembrasse um sorriso.

– Que interessante – falou com a voz áspera.

– Só estou repetindo o que ele disse.

– De todos os conselhos inúteis possíveis... – Violet apertou os braços ao redor de si mesma. – Ele acha que nós deveríamos nos casar? – A risada dela soou alta demais. – Estou presumindo que você não tenha mencionado que era *eu*, senão ele nunca teria sugerido uma punição desse tamanho.

Ela sabia que estava tagarelando coisas sem nexo, mas, contanto que continuasse a falar, aquela ideia não poderia fazê-la sofrer.

Sebastian afundou ainda mais na cadeira.

– Violet – murmurou.

– Um homem supostamente inteligente, e essa foi a melhor ideia que teve?

– Sim – sussurrou Sebastian. – Já contemplamos bastante quanto eu sou inadequado. Agora vamos só nos distanciar um pouco e cogitar...

– Ah, mas por quê? Vamos só fazer o que ele falou. Vamos nos casar.

Se ela conseguia dar voz à ideia, podia torná-la algo seguro: uma piada, claramente identificada como tal. Uma questão digna de zombaria, um assunto para dar risada. Não algo que a destruiria por completo.

O lábio de Sebastian se curvou com relutância.

– Rá, rá.

– Seria fabuloso. Você poderia fingir estar cada vez mais ocupado, então eu daria as palestras no seu lugar. "O Sr. Malheur diz", é o que eu falaria para as pessoas. Você poderia virar um eremita.

– Nossa, que divertido – disse Sebastian com monotonia.

– Consigo até ver os folhetos de divulgação com "O Sr. Sebastian Malheur" escrito em letras garrafais e, logo abaixo, "apresentado por Violet Malheur, sua esposa".

Ele bufou.

– Eu colocaria um anúncio no jornal dizendo: "Favor endereçar a Violet Malheur toda e qualquer correspondência odiosa em relação a questões científicas." Esse aí seria um aspecto do seu trabalho que eu tiraria de letra. Ninguém gosta de mim mesmo. Desse jeito, eles poderiam continuar a me odiar sem nem pensar duas vezes.

– Violet.

Havia um sorrisinho no rosto de Sebastian, um que ela conhecia muito bem. Era o sorriso paciente dele, aquele que ele direcionava a pessoas que estavam completamente erradas quando ele havia decidido não retrucar para não envergonhá-las. Seus punhos estavam cerrados.

– O quê? – indagou ela. – O que foi que eu disse agora? Só estava brincando.

O sorriso de Sebastian não se alterou, mas ele desviou o olhar.

– É só que... Ah, que inferno!

Violet sentiu um calafrio, uma emoção transformada em arrepio que sacudiu seus ombros e se alojou no estômago dela.

– Eu só estava tentando amenizar um momento desconfortável. O que foi que eu fiz de errado agora? Não estava *tentando* ser difícil.

Sebastian engoliu em seco. Cerrou as pálpebras, e aqueles cílios longos – tão injustamente longos – esconderam seus olhos por um momento.

Por fim, ele os abriu de novo.

– Violet – falou calmamente –, por favor, não faça troça sobre se casar comigo.

Aquilo era tão injusto que ela nem conseguiu arfar de indignação. Não que ela *quisesse* se casar com Sebastian. Nossa, não! Pelo contrário. Mas não era essa a questão.

– Como quiser.

Ela se endireitou na cadeira e não olhou para ele.

– Não farei.

Mas ela não conseguia esquecer, não importava quanto tentasse. Claro que não era o tipo de mulher que chamava a atenção de Sebastian. Ele mesmo tinha dito isso. Mas eles eram amigos de longa data. Será que ele não podia nem ao menos fingir achar graça? Será que Violet era tão terrível assim que até uma piada sobre os dois se casarem fazia Sebastian sentir desgosto?

– Você não criou expectativas – disse Violet para ele. – Sei bem como as coisas são entre nós. Não estou à altura dos seus critérios.

Sebastian expirou devagar.

– Eu nunca deveria ter dito aquilo. – Ele apertou as mãos. – Odeio quando fico com raiva – desabafou.

– Por quê? Era mentira?

Ele contraiu os lábios.

– Eu deveria... Talvez eu devesse ter dito de outra forma. Mas...

Ele olhou para cima, como se suplicasse aos céus que fizessem Violet parar.

O estômago dela se revirou. Não importava. A dor dela era irrelevante. Violet nunca se permitiria a estupidez de desejar Sebastian. Não havia sentido em ficar magoada porque um homem que ela se recusava a querer não a queria também.

– Diga como quiser – vociferou. – O sentimento não muda.

Sebastian se levantou. Seus olhos se fixaram nos dela. Violet não queria encará-lo, mas não conseguia olhar para longe. Havia algo selvagem na expressão de Sebastian – algo feroz e sombrio. Algo que ela não entendia.

– Quer saber por que não atinge os meus critérios? – perguntou ele.

Violet negou com a cabeça, mortificada.

– Tarde demais – respondeu ele. – Eis a minha regra mais importante: nunca tenha relações quando um dos envolvidos está apaixonado pelo outro. Isso nunca acaba bem.

Violet arfou. O mundo todo ficou cinza.

– Seu cafajeste arrogante! Não estou apaixonada por você.

– Eu sei.

Ele não tirou os olhos dela.

– Não foi isso que eu disse? Só um de nós está apaixonado, e não é você.

Violet o encarou. Seus ouvidos pareciam estar funcionando, seu cérebro parecia estar em ordem. Devagar, ela somou dois com três e confirmou que o resultado ainda era cinco.

Sim, era. E quanto a três mais dois? Também dava cinco. A propriedade

84

comutativa da adição continuava em vigor. Apesar disso, o mundo de Violet virara de cabeça para baixo. Sebastian tinha dito...

Ele acabara de insinuar...

Ah, não. Ela devia ter entendido errado. Ele era rico, bonito e muito charmoso. Tinha mulheres aos montes. Poderia escolher qualquer uma – isto é, qualquer uma que não se importasse muito com o decoro. E Violet era... era *Violet*. Não fazia sentido.

Ainda assim, fazia sentido de um jeito terrível – um jeito que ela não queria reconhecer. Seu coração martelava dentro do peito e uma parte dela cantava no ritmo da batida.

Não, não. Não, não. Não, não, não, não, *não*. Impossível. Cada palavra que Sebastian acabara de dizer era impossível.

Ela umedeceu os lábios.

– Não seja ridículo.

Sebastian a observava com o mesmo sorriso que daria se não tivesse dito nada de inapropriado.

– Não seja ridículo – repetiu Violet, como se isso pudesse afastar as palavras dele. – Isso é... é...

Violet fez uma pausa, respirou fundo, mas não ajudou em nada. Sua cabeça girava como se ela tivesse se levantado rápido demais.

– Você nunca deu qualquer indício de que...

Os lábios dele se retorceram.

– Violet, por você eu fingi ser outra pessoa durante cinco anos. Comprei uma casa perto da sua em Londres e instalei portões com minhas próprias mãos para que pudéssemos conversar sobre seu trabalho em segredo. Não me diga que nunca dei qualquer indício de que a amo.

A garganta de Violet se fechou. Ela não conseguia falar.

– Faz cinco anos – disse ele – que sou seu melhor amigo, seu confidente. Fui eu quem sempre soube tudo sobre você.

Ele não se moveu na direção dela.

– E, sim, Violet: todo esse tempo eu a amava.

Ela ainda estava abalada com a revelação.

– Mas você nunca disse nada.

– Talvez eu devesse ter dito – respondeu Sebastian apenas. – Mas... você era casada. Como é que eu tocaria no assunto? E, depois que seu marido morreu, você ficou...

Ele fez uma pausa.

– ... de luto – completou, embora ambos soubessem que não tinha sido tão simples assim. – E, depois disso, bem... sabe como é. Eu flertava, mas você não respondia. Nunca responde quando alguém flerta com você, Violet. Então, eu me contive. Mas, se eu não falar agora, você vai continuar a entender errado tudo que eu digo e faço.

– Você flerta com todo mundo. – Violet fechou os olhos e pressionou a testa com os dedos. – Não foi... Não era... – murmurou ela.

Contudo, ela não poderia dizer que aquele relacionamento nunca tinha significado nada. Tinha, sim. *Tinha*, mesmo que ela não soubesse explicar.

– Sebastian, você não é o tipo de homem que se apaixona por uma mulher e fica sofrendo em silêncio.

Por um tempo, ele não disse nada. Apenas a encarou. Pela primeira vez na vida, Violet não teve ideia do que se passava na mente de Sebastian.

Ele se recostou na cadeira.

– Já comeu um caril muito bom?

– O que isso tem a ver com o assunto?

– Quando a pessoa não está preparada – continuou ele –, o sabor da pimenta pode ser bem doloroso. Ele domina todo o resto. Queima a língua, arde na garganta. Imagino que haja quem dê uma garfada no prato e decida nunca mais provar algo assim de novo.

– Isso vai se tornar uma analogia terrível – comentou Violet.

– Só estou dizendo que tem várias formas de sofrer. Lembra quando me pediu que encenasse tudo com você? Depois que o primeiro artigo foi publicado e surgiu aquela onda de interesse inicial?

Depois de todo aquele tempo, nem mesmo uma confissão de amor conseguia destruir a amizade dos dois. Violet sentiu que sorria.

– Como eu poderia esquecer?

– Eu lhe disse que era impossível, que eu não estava qualificado para fazer aquilo, que, para conseguir apresentar seu trabalho como meu, teria que entender tudo por trás dele. Eu teria que saber cada detalhezinho misterioso da filosofia natural e nunca daria conta de algo assim.

– Besteira.

Violet fungou.

– Foi exatamente isso que você falou.

Sebastian abriu um sorriso para ela.

– Disse que era besteira. Deu aquela fungadinha de descrença... Isso, essa mesmo. E agiu como se eu tivesse dito a coisa mais ridícula do mundo.

– Olha só o que conquistou. Eu tinha razão.

– Sim. Mas, sabe, Violet, você é a única pessoa que já me disse isso. Você olhou para mim e ergueu uma sobrancelha de um jeito indagador e me disse que eu podia me tornar um dos maiores especialistas do mundo num assunto que ainda não tinha sido descoberto. Até aquele momento, ninguém nunca tinha acreditado que eu era capaz de algo assim.

Ele ainda sorria.

– Benedict me disse, muito seguro de si, que nunca conquistei nada na vida.

Violet balançou a cabeça.

– Até Robert e Oliver meio que me veem como uma piada. E eu conheço os dois desde criança. Tirando você, eles são meus melhores amigos. Quando nós começamos a trabalhar juntos, eu servia apenas para fazer troça, uma piada, uma brincadeira. E eles não estavam tão errados assim. Eu sou mesmo meio ridículo. Ninguém consegue acreditar de verdade no que fiz. Você é a única pessoa no mundo que olhou para mim e pensou: "Esse homem consegue fazer papel de gênio e ninguém nunca vai questionar."

A garganta de Violet se trancara. Ela não sabia o que dizer.

– Era óbvio – foi o que conseguiu falar, com a voz rouca.

– Esse é um dos motivos por que a amo, Violet. Você vê coisas surpreendentes e acha que são óbvias. E, além de tudo, tem razão sobre elas.

Uma mulher teria que ser feita de pedra para resistir a um apelo como aquele, a olhos como aqueles – escuros e luminosos, brilhando ao encarar os dela à pequena distância que os separava.

Violet era boa em ser feita de pedra. Ela se imaginou como uma rocha, dura o bastante para soltar faíscas se atingida.

– Sinto muito. Muito mesmo. Mas eu não... eu não posso...

Ela não podia. Não podia amar Sebastian, por mais que uma parte dela ansiasse por isso.

– Não, eu entendo. É isso que estou tentando dizer. Só porque você me faz arder, não significa que eu sofra. Eu sempre soube que, mesmo que não seja apaixonada por mim, você também me ama.

O ar que ela puxou para dentro dos pulmões pareceu pesado demais. Violet não conseguia pensar, não conseguia fitar Sebastian nos olhos. Ele tinha razão, toda a razão. Ela nunca quisera admitir, mas... ele tinha razão.

Nunca mais. Sobretudo não com ele.

– É isso – disse ela, esperançosa. – Sim. Nós nos amamos, só que não de um jeito físico. Não tem luxúria envolvida. É meramente platônico.

Ela parou ao ver a expressão nos olhos de Sebastian.

– É meramente platônico – repetiu, mas ouviu uma indagação na própria voz. – Certo?

– Não – disse Sebastian. – Nossa, não!

Os olhos dele ferviam, perfurando os dela. Por um momento, Violet quase sentiu o calor de Sebastian alcançar seu umbigo e descer devagar.

– Eu não a amo platonicamente – afirmou ele. – Eu quero você. Eu quero muito, mas muito mesmo. Se quisesse ir para a cama comigo, Violet, eu a levaria. Agora mesmo.

Sebastian deu de ombros e aquela onda de calor se dissipou. Ele abriu um sorriso para ela.

– Só que você não quer.

Violet soltou a respiração numa arfada. Ele tinha entendido tudo errado.

– Sebastian... – começou a dizer.

Contudo, ele se inclinou na direção dela, acabando com a distância entre os dois, e colocou um dedo em seus lábios.

– Shhh – sussurrou. – Não precisa se desculpar por não sentir o mesmo. Eu entendo.

Ele não tivera segundas intenções com aquele gesto. Tinha tocado Violet como um amigo tocava outro – para oferecer conforto, apoio. Para que Violet soubesse que ele compreendia o que ela sentia.

Ela não se afastou do toque como deveria ter feito – porque ele *não* sabia e ela não queria dar voz à verdade.

– Não posso – ouviu-se dizer. – Não posso. Não posso ser essa pessoa, Sebastian. Não *posso*.

Mas ela conseguia sentir aquele querer antigo e indesejado acordando dentro dela, enroscando-se em sua barriga como veneno. Se ela o deixasse ficar – se baixasse a guarda –, seria tomada por completo e perderia tudo.

– Violet, como eu poderia dizer que a amo e esperar que você fizesse algo que não desejasse? A última coisa que quero é que você seja diferente do que realmente é.

A mão dele desceu para o ombro dela.

– Você deveria saber... Este sou eu. E eu te amo.

Ele não sabia o que estava dizendo. Não sabia quanto doía para Violet reprimir seus desejos. Ela transformou suas escápulas em aço, as forçou a ficarem rígidas sob o ataque de Sebastian. Violet era feita de engrenagens e metal, forte como o mecanismo de um relógio, e não se derreteria em lágrimas. Ela não queria. Não desejava. Não precisava ser levada para a cama.

– Está tudo bem – sussurrou Sebastian.

Por aquele mísero momento, ela se permitiu precisar de uma coisa: que a tocassem. Ela precisava tanto disso que não se mexeu. Mesmo que o calor dos dedos de Sebastian gerasse sensações, imagens que deixavam Violet dividida entre a chama e o gelo. Se ela sussurrasse uma única palavra, os dois poderiam trocar toques verdadeiros, pele na pele. Poderiam se render ao desejo. Violet poderia ter tudo – amor, aconchego, companheirismo.

Ela poderia ter cólicas e dor e a certeza de que, daquela vez, talvez não sobrevivesse.

Só Sebastian se atreveria a amá-la, e ele não sabia de tudo.

Violet fechou os olhos e deixou que os dedos dele lhe sussurrassem conforto. Todo o resto, ela sobreviveria sem.

– Shhh. É assim que as coisas são, só isso. Nada tem que mudar se não quiser. Nada mesmo.

– Como nós podemos continuar? – sussurrou ela.

– Simples – disse Sebastian. – Levando um dia de cada vez. Nós vamos ao casamento de Oliver e vamos contar piadas um para o outro. Vamos voltar à nossa amizade antiga.

– E você vai mudar de ideia – disse ela com um lampejo de esperança.

Era isso – era apenas uma quedinha temporária de Sebastian.

– Quanto tempo faz que você se envolveu com alguém? – perguntou Violet. – Anda passando tempo demais comigo e acabou se enganando, é só isso.

Uma pausa se prolongou, bem extensa.

– É isso, não é? – repetiu Violet.

– Não – disse Sebastian e sorriu para ela. – Na verdade, não. Mas veja: nada tem que mudar.

⁓

Tudo mudou.

Violet queria poder fingir, mas não conseguia. Não importava quanto posasse de indiferente, sabia que estava atuando. Sebastian a cumprimentou com um sorriso alguns dias depois, quando ela e sua criada o encontraram na estação de trem. Foi precisamente o mesmo sorriso que ele abriu quando amigos de ambos – Robert Blaisdell, duque de Clermont, e sua esposa, Minerva – chegaram alguns momentos depois: amistoso e aberto, como se Sebastian não tivesse nada a esconder além da conclusão de sua última piada.

Violet, porém, sabia a verdade.

Ela passou a viagem toda que se seguiu atenta a Sebastian – cada longo e vagaroso quilômetro, o trem parando a todo instante em um vilarejo ou outro. Do assento à janela, Violet olhou os campos de grãos de verão e tentou contar as variedades de cevada.

Era mais fácil do que olhar para Sebastian e lembrar o que ele dissera.

Ele se voltou para Violet, sustentando seu olhar por um momento, e lhe deu uma piscadela preguiçosa.

A respiração de Violet parou. Ela se virou para longe dele apressadamente – e, ainda assim, não foi rápida o bastante. O estrago estava feito. Ignorar os próprios sentimentos era bem fácil. Fazia tantos anos que ela os ignorava que já virara um hábito.

Já ignorar os dele? Pelo amor de Deus, ele era um libertino. E ele queria... ele queria...

Não. Ela olhou para a frente e puxou conversa com a duquesa pelo restante do trajeto. Minnie era tímida de início – algo que fazia com que muitos a ignorassem –, mas também era inteligente e, uma vez que ficava à vontade, tinha bastante a dizer. O suficiente para dar a Violet uma boa desculpa para não conversar com Sebastian.

Foi só quando eles chegaram a seu destino que Violet percebeu quão impossíveis seriam os dias seguintes.

New Shaling, o pequeno vilarejo onde Oliver nascera e onde seria seu casamento, tinha uma única estalagem. E aquela estalagem contava com uma única sala de jantar, que seria compartilhada por todos os hóspedes.

Violet não teria como escapar de Sebastian, não importava quanto se esforçasse. Então ela fez o que sempre fazia: recorreu às regras da mãe.

Só porque uma empreitada é impossível, não significa que você deva desistir dela. Sebastian não passava mais tempo olhando para ela do que para as outras pessoas. *Nada* tinha mudado – nada, exceto o fato de que, toda vez que ele olhava na direção de Violet, o corpo dela era tomado por calor. Ela não ia *parar* de sentir aquilo tão cedo. Se tivesse a capacidade de afastar aqueles desejos infelizes, os teria extirpado havia muito tempo.

Então, enquanto Robert fazia piada com a dona da estalagem sobre a quantidade de bife que o grupo provavelmente iria consumir e Sebastian cobria Minnie de perguntas sobre a última votação no Parlamento, Violet escapuliu escada acima e se trancou no quarto.

O que não podia ser alterado podia ser evitado.

Capítulo sete

Ninguém além de Sebastian pareceu notar que Violet não compareceu ao almoço. Ninguém reclamou da ausência dela quando sugeriram uma caminhada pelos campos.

Ela parecera distraída durante todo o trajeto até o vilarejo – mal se concentrara nas palavras de Minnie, ficara olhando para o nada. Seu rosto exibia uma expressão de quem está preocupada com um problema.

Sebastian sabia bem o que a assolava. Ele sentia a outra metade da preocupação de Violet, um peso que o oprimia. *Não quero perder você*.

Então alegou estar cansado quando Minnie e Robert saíram para dar uma volta com Oliver e Jane. Enquanto os amigos deixavam a estalagem, Sebastian pediu uma bandeja de comida à cozinha e subiu as escadas.

Violet não atendeu à batida leve à porta, então – depois de conferir se o corredor estava realmente vazio – Sebastian deu um jeito de segurar a bandeja em uma das mãos e abrir a porta com a outra.

O quarto era aconchegante e limpo, com móveis simples. Uma janela se abria para uma campina idílica, mas Violet não apreciava a vista. Estava sentada à escrivaninha, com a cabeça curvada sobre algumas folhas de papel. Escrevia num ritmo furioso. Não olhou para os lados nem quando Sebastian deixou a porta bater. Violet nem sequer tinha noção de que ele estava ali. Típico. Sebastian se pegou sorrindo.

Ele entrou no quarto, pousou a bandeja e puxou uma cadeira.

Se tivesse talento para desenhar, poderia ter reproduzido aquela imagem num quadro: *Violet, alheia aos arredores*. Os lábios dela estavam contraídos, e ela fitava o papel com a concentração intensa e singular de um gato que observa uma borboleta. Sebastian já vira Violet assim mil vezes – mais de mil, na verdade. Quando ela ficava envolvida num projeto, perdia noção de onde estava e do que estava fazendo. Ele às vezes imaginava se Violet se sentia desnorteada a cada vez que retornava à realidade e descobria que metade do dia já se passara. Ela seria capaz de estar dentro de uma casa em chamas sem se dar conta, e só horas depois ergueria os olhos, piscaria e se perguntaria por que estava rodeada por cinzas e paredes carbonizadas.

No começo, Sebastian gostara da farsa dos dois, em partes porque apreciava o trabalho em si. Mas não só por isso. Por apresentar o trabalho de Violet, em alguns momentos tivera toda a atenção dela. Havia praticado as palestras na frente de Violet, horas durante as quais Sebastian virara seu foco. Naqueles momentos, ela lhe olhava como se o restante do mundo tivesse deixado de existir.

Ele soltou a respiração devagar. O único jeito bem-sucedido de atrair a atenção de Violet era falando sobre assuntos que não tivessem a ver com ela mesma. Toda vez que Sebastian insinuara algo mais, ela se recusara a enxergar a verdade – como se cada aspecto dele como homem fosse tão irrelevante quanto... quanto... quanto uma casa pegando fogo ao redor de Violet enquanto ela pensava em outra questão. Ele até podia brigar com ela sobre isso, mas seria o mesmo que brigar com um gato por ter pelos.

Violet continuava a escrever furiosamente. Não apenas com pressa – agora que a observava, Sebastian percebia que ela estava irritada com o que quer que tivesse lhe chamado a atenção. Mesmo a três metros de distância, ele via as linhas irregulares escritas a pena, a expressão severa na boca de Violet. Ela cerrou os olhos para o papel.

Talvez estivesse escrevendo uma carta sobre a crueldade que era usarem armadilhas de aço para capturar pragas de jardim – um dos assuntos que às vezes ocupavam o tempo dela. Talvez fosse a resposta para algum colega cientista.

Era assim que as coisas aconteciam com Violet. Nunca dava para saber o que ela fazia, se era algo trivial ou de extrema importância. A única certeza era que ela não prestaria atenção em mais nada até que tivesse concluído.

Segundos de espera se transformaram em minutos. A luz do quarto mudou devagar e, centímetro a centímetro, a sombra da cadeira de Sebastian se alongou.

A raiva de Violet pareceu diminuir enquanto ele a observava. Aos poucos, virou algo que Sebastian não saberia identificar. Resignação, talvez? Finalmente, como Sebastian soubera que iria acontecer, Violet soltou a pena e empurrou o papel para longe.

Observá-la voltar a reconhecer os arredores sempre lhe dava certa alegria. Violet piscou como se tivesse acabado de sair de uma caverna e seus olhos precisassem se ajustar à luz. Ela se espreguiçou: coluna ereta, braços estendidos, dedos se abrindo bem e depois se fechando. Então respirou fundo e ergueu a cabeça.

Cujo olhar recaiu em Sebastian. Por alguns momentos, ela apenas o encarou.

– Ah! – exclamou, perplexa. – Achei que tinha ouvido mesmo alguém entrar. Eu deveria saber que era você, já que não me perturbou.

– Eu a conheço bem demais para perturbá-la.

Ela o encarou com cautela antes de lhe oferecer um vislumbre de sorriso.

– É uma das poucas pessoas que não me incomodam quando estou trabalhando. Sua presença, quero dizer. Estar perto de você é como não estar perto de ninguém.

– Obrigado – disse Sebastian com seriedade, tentando esconder o sorriso em resposta.

Só Violet dizia algo daquele tipo na intenção de que fosse um elogio.

Ela piscou de novo.

– Espere um pouco. Eu estava tentando evitá-lo – falou ela com toda a franqueza. – Pelo amor de Deus, eu estava lhe escrevendo uma carta furiosa.

– Ah, é mesmo? – perguntou Sebastian. – Essa carta é para mim?

Ele começou a se inclinar para tentar ver o que Violet escrevera, mas ela virou os papéis, de modo que a parte com tinta ficasse para baixo.

– Não. – Ela comprimiu os lábios. – Ficou grosseira demais para ser entregue.

Isso não costumava impedi-la. Sebastian apenas cruzou os braços e aguardou.

Violet fungou.

– E egoísta. Além disso, eu o xinguei de vários nomes.

– Quer dizer que fiquei sentado aqui por uma hora olhando você gritar comigo na sua cabeça?

Ele achou aquilo inexplicavelmente divertido. Ali estivera ele, imaginando que ideias fascinantes estivessem passando pela mente de Violet, algo sobre gatos ou armadilhas de aço, enquanto ela pensava *nele*.

– Isso é encantador, Violet. Mas você pode gritar comigo na vida real mesmo. O que foi que eu fiz dessa vez?

Ela suspirou e desviou o olhar.

– É esse o problema. Você não fez... Sentei-me aqui para lhe fazer uma crítica severa, mas, enquanto escrevia, percebi quanto eu estava sendo horrível. Parte do motivo de eu ficar tão irritada foi saber que estava sendo irracional.

Desconfortável, ela brincou com a pena na mesa, girando-a com os dedos.

– É por causa do que eu lhe disse no outro dia? – perguntou Sebastian.

Violet contraiu os lábios, mas assentiu discretamente com a cabeça.

– E deixe-me adivinhar a reclamação: "Você é meu melhor amigo. Como ousa se importar comigo?"

Outro aceno de cabeça, mas esse veio acompanhado por um rubor nas bochechas.

– Sou um homem ousado – disse Sebastian, com a voz leve. – Um explorador intrépido, dono de muitas conquistas.

– Sim – respondeu Violet quase no mesmo tom. – Você desbravou as terras desoladas de Violet Waterfield, as águas perigosas e infestadas de tubarões das costas mais traiçoeiras dela. E viveu para contar a história.

Havia um brilho severo nos olhos de Violet enquanto ela falava.

Você não é feita de terras desoladas, Sebastian queria dizer. Violet fazia qualquer coisa pelas pessoas que amava – tudo, exceto aceitar que a elogiassem.

Então ele apenas deu de ombros.

– Trouxe chá para as terras desoladas – informou.

– Quê? Por quê? Está treinando para se tornar um criado?

– Não. Estou treinando para me tornar uma peste.

– Não precisa de treino. Já é especialista nisso.

Violet corou e não o encarou, mas Sebastian sentiu uma onda de prazer. Se ela voltara a provocá-lo, era porque começava a se sentir à vontade de novo.

– Alcançar a perfeição exige treino constante – declarou ele. – Além disso, você não tomou café nem almoçou. Deve estar com fome.

– Eu não comi nada? – perguntou ela e franziu o cenho. – Será que estou com fome mesmo?

Sebastian esperou.

– Ah – exclamou ela, por fim, com certa surpresa depois de uma pequena pausa. – Estou, sim.

Sebastian cruzou o quarto e retirou a tampa da bandeja. Ele tinha experiência o bastante com Violet para ter garantido que ali houvesse apenas itens que não pereceriam depois de uma hora – queijo, maçãs, alguns vegetais da época, uma seleção de pães. Biscoitos doces e um pequeno bule com chá já morno completavam a bandeja.

– É perigoso você não estar de bem comigo – observou Sebastian. – Não anda comendo o suficiente. Essa é uma das coisas que eu sei fazer bem: garantir que coma.

– Besteira.

Ela se esticou para pegar uma maçã.

Sebastian segurou a mão dela. Violet paralisou. Arregalou os olhos para ele, sem piscar, como se esperasse que fizesse algo além de tocá-la.

– Não se preocupe, Violet – disse ele, com um tom um pouco mais carregado de sarcasmo do que fora a intenção. – Vou esperar para seduzi-la amanhã. Só quero provar meu argumento.

Ele girou o punho dela.

– Viu só? – Sebastian colocou três dedos entre o pulso de Violet e a manga do vestido. – Este vestido costumava caber perfeitamente em você.

Ele balançou os dedos para demonstrar.

– Veja só quanto espaço está sobrando agora. Você parou de comer.

– Não, estou comendo, sim – insistiu ela com a testa franzida. – Tenho certeza disso. Eu janto. E tomo café da manhã. – A testa se franziu ainda mais. – Quase todos os dias – completou.

– Você parou de comer – reafirmou Sebastian – e nem percebeu. Vou ter que mandar sua criada ficar de babá?

– Não vai funcionar – murmurou Violet. – Louisa é tímida demais. É por isso que eu a contratei.

Ela se recusou a olhar para ele. Mas então disse:

– Céus, Sebastian! Por que você tem que ser tão... tão...

Ele ergueu uma sobrancelha.

– Tão necessário? – completou ela.

– Nossa, Violet! – Ele abriu um sorriso grande. – Isso foi quase cortês.

Ela soltou um ruidozinho.

– Umas semanas atrás, eu lhe disse que nem iria perceber se você desaparecesse. Mas a verdade é que percebo. Toda vez que olho em volta, eu percebo.

A voz dela estava suave.

– Toda vez que percebo, me sinto horrível. E toda vez que me sinto horrível, desvio o olhar. Você é meu...

Sebastian se inclinou para a frente.

– Meu melhor amigo – concluiu ela. – E eu o *odeio* por isso.

Ao longo dos anos os dois haviam criado um sistema de códigos – frases que usavam para esconder do resto do mundo o que realmente queriam dizer. *Eu te odeio* não era parte do código, mas parecia ser: palavras que Violet usava porque não conseguia forçar a si mesma a dizer o que realmente queria. Quando Violet precisara de códigos que significassem *preciso de você* e *venha me ver*, não passara despercebido a Sebastian que ela escolhera frases que beiravam a grosseria.

– Que amor – disse Sebastian com seriedade. – Eu também a odeio, Violet.

Ela virou a cabeça e olhou ao longe, compreendendo o que ele dissera com palavras que ninguém além dos dois jamais decifraria.

– Agora coma – falou ele.

Ela comeu.

– Eu queria que minha genialidade envolvesse criar autômatos – comentou Sebastian. – Eu inventaria um que a seguisse com uma bandeja o dia todo. Ele esperaria pacientemente que você tirasse os olhos do que quer que estivesse fazendo e, assim que conseguisse sua atenção, diria: "Lady Cambury, a senhora precisa comer."

Ela engoliu um pedaço de maçã.

– Seria extremamente irritante.

– Não considero isso um problema.

– Considero um desperdício de um bom autômato. Eu modificaria sua invenção – disse Violet, pegando um pouco de queijo. – Vestiria *minha* versão nas melhores sedas que tenho e a mandaria fazer visitas matinais em meu nome. Ah, como eu odeio fazer essas visitas! Minha versão não ia precisar de um vocabulário extenso. "Sim", diria, e "que clima medonho, não?". Na verdade, acho que eu faria assim: independentemente do que a outra pessoa dissesse, meu autômato responderia "Sim, com toda a certeza, não é?". Ele seria perfeitamente bem-educado.

– Sim – disse Sebastian. – Com toda a certeza, não é?

– Eu seria conhecida por ser afável – disse Violet. – Nunca fui conhecida por ser afável.

– Não – disse Sebastian. – Com toda a certeza não, não é?

Ela olhou para ele, arqueando as sobrancelhas, mas não comentou nada sobre sua escolha de palavras.

– E eu usaria meu tempo livre para pensar em todas as questões que gostaria de investigar. Talvez eu encontrasse uma área de pesquisa que você apresentasse de bom grado.

– Não – disse Sebastian, mais devagar desta vez. – Com toda a certeza não, não é? Não se trata da natureza do seu trabalho, Violet, mas da pessoa que o executa.

Ela o fitou.

– Sério? Não tem nada que eu pudesse escolher? Nenhum assunto mesmo?

Você, pensou Sebastian. *Você. Tudo sobre você.*

– Já lhe falei. Estou pensando em navegação.

Ela fez uma cara feia.

– Eca. Navegação. Parece um assunto tão desregrado. Uma porção de princípios gerais que só valem em conjunto e que qualquer um pode des-respeitar, a seu bel-prazer, sem arcar com as consequências.

– Sim – zombou Sebastian. – Com toda a certeza é horrível, não é?

Violet revirou os olhos.

– Meu Deus, como isso é irritante! Por mais que eu odeie admitir, você tem razão. Preciso de um autômato mais inteligente. Esse aí me faria ser enxotada das casas que visito.

– Não – disse Sebastian. – Teriam que enxotar *seu autômato* das casas que você visita. Pense só nas vantagens disso.

Ele deu uma piscadela para ela e se inclinou, indicando que Violet se aproximasse.

Ela também se curvou para a frente.

– Você nunca mais teria que visitar essas casas – sussurrou ele.

Violet sorriu.

– Ora, não me faça rir, Sebastian.

– Por que não?

– Porque não. Vai me fazer esquecer... Vai me deixar à vontade...

Ele abriu um sorriso.

– Mas é esse o objetivo. Fique irritada quanto quiser. Grite comigo por horas. Fique sem jeito. No fim das contas, ainda assim vou levar maçãs para você e fazê-la rir.

Ela fungou, incrédula.

– Por quê?

– Porque sim.

Sebastian abaixou o tom da voz.

– Eu amo poder fazê-la rir.

Ela o encarou, franzindo o cenho, consternada. Depois desviou o olhar e pegou um biscoito da bandeja.

– Não tente fazer nada estúpido.

Outra pessoa acharia que ela estava sendo rude. Outra pessoa imaginaria que ela não tinha sentimentos. Outra pessoa pensaria que Violet era feita apenas de espinhos, sem nenhuma pétala macia e doce. Mas Sebastian a conhecia bem.

– Não seja ridícula, Violet – falou, por fim. – Sou esperto demais para cair nessa.

Capítulo oito

Quatro saquinhos com bolinhas de gude. Três baralhos. Uma garrafa de conhaque, duas de vinho da Borgonha, um tanto de laranjas... Sebastian marcou o último item da lista e olhou ao redor, fazendo um inventário da sala de jantar particular.

As paredes tinham sido decoradas com bandeirolas e as mesas estavam repletas de bandejas com comida que transbordavam de uvas, queijos, sanduichinhos, carnes, bolos, tortas, bolachas, folhados... tudo que se veria num banquete comemorativo.

Só faltava um item na festa de Sebastian: os convidados. E, de acordo com o relógio, eles chegariam...

A porta se abriu.

– Ah, meu Deus!

Oliver, o primo de Sebastian, paralisou na entrada. Ele correu uma mão pelos cabelos ruivos e ajustou os óculos no nariz, incrédulo.

Sim, o efeito era *mesmo* impressionante, modéstia à parte. Sebastian cruzou os braços e tentou não se envaidecer de um jeito óbvio demais.

– É para nós realmente comermos tudo isso? – perguntou Oliver num tom de voz abafado.

– *Nós*, não – respondeu Sebastian com solenidade. – *Você*.

– Tem um porco inteiro em cima da mesa. Eu preciso conseguir ficar de pé amanhã de manhã.

Oliver balançou a cabeça.

– Além disso, prefiro não vomitar durante o meu casamento. Jane pode entender errado...

– Robert e eu podemos segurá-lo para que você fique de pé. Era tarefa dele trazer o balde hoje. Vamos ver se... Ah, aí está você, Robert. Que bom que se juntou a nós.

– Sem balde – murmurou Oliver.

– Sem balde? – repetiu Robert, meneando a cabeça. – Sobre o que vocês dois estão resmungando?

– Ah, nada – falou Sebastian com um sorriso. – Vamos, entrem. Venham se deslumbrar com a magnificência que eu lhes apresento.

Ele deu um passo para o lado e deixou os amigos entrarem na sala. Oliver olhou ao redor, relutantemente impressionado.

Sebastian e Robert tinham feito juntos a faixa que estava pendurada em cima da mesa. "Parabéns*, Oliver!", dizia, em letras brilhantes e em várias cores. O asterisco levava a uma nota de rodapé, redigida em letrinhas pretas miúdas ao longo da parte inferior da faixa.

Oliver se aproximou e semicerrou os olhos.

– "Por convencer uma jovem encantadora e, sob outros aspectos, inteligente a se casar com você, o que deve ser sua maior conquista até o momento" – leu em voz alta.

No entanto, havia um sorriso em seu rosto.

– Vocês têm toda a razão. Ainda não consigo acreditar na sorte que tive.

– Pena que você não estava lá quando eles se viram pela primeira vez – disse Sebastian para Robert. – Foi uma *bela* de uma cena.

– Você também não estava presente quando nos conhecemos – falou Oliver e então franziu a testa. – Ou estava?

– Quando eles se viram pela segunda vez – corrigiu-se Sebastian, dando de ombros. – Ela enrolou Oliver de um jeito belíssimo e depois ele ficou olhando por cima do ombro e se recusando a falar sobre ela. Foi amor à segunda vista. Estava bem óbvio para todo mundo, menos para Oliver. Levou meses para ele perceber.

Robert soltou uma risadinha maliciosa.

– Nossa, *você* deveria ter visto como ele ficou se lamentando por causa dela. Foi catastrófico. Achei que tivesse acontecido algo terrível. E ele nem mencionava o nome de Jane.

– Eu estou bem aqui – anunciou Oliver. – Na frente de vocês dois.

À primeira vista, ninguém pensaria que Robert e Oliver eram parentes. O cabelo de Robert era louro e sua pele era muito clara, enquanto o cabelo de Oliver era quase laranja e ele tinha sardas no nariz. Contudo, tirando esses detalhes superficiais, os dois eram bem parecidos. Os mesmos olhos azul-claríssimos, o mesmo nariz fino. Também compartilhavam vários trejeitos. Os dois eram praticamente inseparáveis, e fora assim desde que tinham descoberto que eram meios-irmãos, anos antes.

– Ah, é mesmo – disse Robert, fingindo surpresa. – Você *está* aqui. Acho que vamos ter que guardar a fofoca para amanhã à noite, quando você estiver ocupado com outras questões. Hoje, pode celebrar a última noite antes do seu casamento ao melhor estilo dos irmãos excêntricos!

– Sim – disse Sebastian. – Aqui temos apenas as comidas excêntricas... e quem comer com a mão direita terá que tomar um copo cheio do meu famoso ponche.

Os três – e Violet – eram chamados de irmãos excêntricos desde a época em que os rapazes estudavam em Eton, em grande medida porque todos eram canhotos e sempre estavam juntos.

Oliver fez uma careta.

– Ah, por favor, não. Diga que você não vai fazer aquele ponche de vinho.

– Trouxe uma garrafa de trago bravo especialmente para isso.

Oliver balançou a cabeça. Robert fez uma cara meio enjoada. O sorriso de Sebastian alargou-se ainda mais. Trago bravo era uma bebida alcoólica feita por um dos inquilinos que moravam na propriedade de Sebastian e era tão ruim quanto o nome: verde, amarga e com pedacinhos de plantas flutuando. Era tão ardente que fazia a cabeça de quem a tomava voar para trás com violência. Quando tinha 19 anos, Sebastian havia praticado semanas para conseguir tomar o negócio sem fazer careta. Era uma das peças que mais gostara de pregar na faculdade. *Ei, prove isto aqui.*

– Então – disse Robert. – Lembrem-se: só a mão esquerda pode ser usada. Fácil para Sebastian e para mim, mas aqueles entre nós que forem excêntricos a ponto de conseguirem usar ambas as mãos com igual destreza – falou, e lançou um olhar na direção de Oliver com a testa franzida – devem se esforçar para manter o comportamento adequado. Hora de começar a festança!

– Esperem – pediu Sebastian e ergueu uma mão. – Não podemos começar. Violet ainda não chegou.

Robert se virou para ele. Depois, muito, mas muito devagar, soltou a respiração entre os dentes.

– Ah – murmurou Robert. – Ahn.

– Robert, onde está Violet?

Sebastian deu um passo para a frente.

– Ahn...

– Ela se recusou a vir? Sei que as coisas entre nós dois andam... hum... meio estranhas, mas eu não achei que ela fosse me evitar se vocês dois estivessem presentes também.

Robert mordeu o lábio.

– Sobre isso...

– Você *convidou* Violet, não convidou?

Robert desviou o olhar.

– Eu pensei que... ela é só um membro honorário...

– Um membro honorário! – ecoou Sebastian e deu outro passo à frente. – Você nem a *convidou*? É isso que está dizendo?

– Ela não é um irmão – interveio Oliver na defensiva. – Já que ela não é homem. Ela não estudou conosco em Eton. E nem escreve com a mão esquerda. Para ser sincero, esse negócio de membro honorário sempre me pareceu um presente. Ela não atinge nenhum dos critérios para ser um irmão excêntrico e é só porque ela...

– Porque nós crescemos com Violet – disse Sebastian com os dentes cerrados. – Porque ela estava lá durante os piores momentos da nossa vida e nunca reclamou nem sequer uma vez da dela. Porque *ela* ajudou Jane mês passado com o tio, algo que, na minha opinião, você deveria tentar lembrar, Oliver.

Oliver teve o bom senso de parecer envergonhado.

– E vocês querem deixá-la de lado apenas porque ela não é canhota?

Oliver contraiu os lábios.

– Tudo isso é verdade, mas, para sermos tecnicamente exatos, eu só a conheci quando tinha 15 anos.

Sebastian socou a própria mão.

– Irrelevante. Robert, eu pedi que garantisse que os irmãos excêntricos estivessem presentes. Era sua única função, além de ajudar com a faixa. Eu arranjei o porco, os folhados, os bolos de gergelim, a...

Ele engasgou de raiva.

– E você não pôde tirar três segundos do seu tempo para falar com Violet? – concluiu Sebastian.

– Eu esqueci! – exclamou Robert. – Ela não foi caminhar conosco, que era quando eu tinha planejado falar com ela. Além disso, quando estão juntos, vocês dois dominam o ambiente!

– Não é culpa nossa sermos as pessoas mais interessantes em qualquer situação – retrucou Sebastian. – Mas desta vez vai ser diferente. Nós não estamos... completamente à vontade na presença um do outro no momento. Por que acha que pedi que *você* a convidasse, em vez de eu mesmo cuidar disso?

Oliver se virou para Sebastian.

– Ainda? Estão brigando desde maio.

Sebastian deu de ombros.

– Por assim dizer. É complicado.

– Está brigado com Violet? – ecoou Robert. – Meu Deus, Sebastian. Mas *por que* você e Violet brigariam?

Às vezes, Sebastian se perguntava se os primos reparavam nele de verdade. Fazia anos desde que ele dera a primeira palestra, mas nenhum dos dois conseguia conectar o homem que conheciam à carreira de cientista. Isso na verdade costumava ser um ponto a favor deles, já que a carreira de Sebastian era baseada em falsidade e enganação. Ainda assim, às vezes ele se perguntava se os dois algum dia o levaram a sério.

Parte disso era escolha de Sebastian. Afinal, ele quase nunca agia com seriedade. Então, como resposta, apenas deu de ombros.

– O motivo varia. No momento é por causa do fato de eu ter passado metade da minha vida apaixonado por ela. Isso não se encaixa na forma como ela me vê, então ela gostaria que eu não tivesse lhe contado.

– Ah, claro – disse Oliver revirando os olhos.

Sebastian desviou o olhar.

– Sua opinião, por mais desinformada que seja, foi notada e descartada.

Robert suspirou.

– Francamente, Sebastian. Pare de besteira e fale sério.

Não. Era claro que eles não acreditavam em Sebastian.

– Pois bem. Me deem um momento.

Ele se virou com as mãos no rosto. Deixou-as ali por alguns instantes dramáticos, então abriu bem os braços.

– Eis aqui Sebastian Sério! Ele só pode falar sobre Coisas Sérias – disse, fazendo uma careta. – Neste momento, Sebastian Sério quer saber por que você não está morrendo de vergonha por ter esquecido Violet.

– Claro – disse Robert. – Já que essa aí é uma representação convincente de um homem sério.

Sebastian apontou um dedo para o duque.

– Sebastian Sério não achou engraçada sua tentativa de mudar de assunto. Sebastian Sério insiste que vá buscar Violet *neste instante*.

– Ah, vamos lá, dá para esperar um minutinho. Acabei de servir o champanhe e pensei que poderíamos fazer um brinde antes...

Uma coisa era Robert descartar Sebastian. Afinal, Sebastian conscientemente tentava aliviar todas as situações – um papel necessário quando os primos eram sérios demais. Mas descartar Violet? Violet, que era brilhante e frágil e que tinha nutrido o laço entre Sebastian e Robert para começo de conversa? Sebastian deu um passo à frente.

– Quer me ver falando sério?

Ele encarou Robert. O primo era alguns centímetros mais alto, mas, quando Sebastian deu outro passo em sua direção, ele piscou e se afastou.

– Aqui está. Estou falando sério. Violet está lá em cima num quarto, sozinha. Ela não conhece mais ninguém aqui, ninguém além de Jane, que está ocupada com a irmã esta noite.

Ele cutucou o peito de Robert com um dedo.

– Você a conhece desde que tinha 4 anos. E talvez não lembre, mas eu lembro. Ela inventou jogos para nós quando éramos criança. Metade de Eton jogava cartas seguindo as regras *dela*, só que eles nunca souberam quem as tinha inventado.

Com relutância, Robert franziu a testa.

– Acho que isso faz sentido.

– Pare de achar e use a cabeça. Ela é viúva. Ela não tem filhos. A mãe dela... não é acolhedora. A irmã dela é uma víbora que não mede esforços para fazer com que Violet se sinta inadequada.

– Lily? A pequena Lily? Estamos falando da mesma pessoa? – indagou Robert, semicerrando os olhos. – Ela até pode ser meio fútil, mas é uma pessoa doce. Pelo menos é o que sempre achei.

– Você é péssimo em julgar a natureza humana – murmurou Sebastian. – Nós *somos* amigos dela. Veja só o que ela fez por você. Ofereceu-se para ajudar Minnie a sobreviver àqueles primeiros anos depois do casamento. E Jane... Violet fez amizade com Jane no instante em que percebemos que Oliver estava se apaixonando por ela. E você simplesmente esqueceu que ela existe.

– Eu... – Robert olhou para baixo. – Tem razão. Eu agi mal. Assim que fizermos o brinde...

– Nada disso. Vá buscar Violet neste instante – vociferou Sebastian. – Ou eu vou embora daqui.

– É claro. Mas primeiro...

E foi a gota d'água. Sebastian não saberia dizer o que houve consigo, mas ele apenas ergueu um dedo, interrompendo o primo.

– Ora, veja só: o instante passou.

– Muito engraçado, Sebastian.

Ridículo. Uma piada. Nada sério. Eles nunca tinham levado Sebastian a sério – tampouco haviam apreciado Violet do modo que ela merecia.

Robert e Oliver tinham se conhecido com 12 anos e se chamavam de irmãos. Sebastian sempre ficara um pouco de fora daquela amizade. Era ele quem vestia a máscara de comédia, quem os fazia rir.

Sebastian normalmente não os culpava... muito. Robert fora muito solitário, enquanto Oliver crescera numa família que, mesmo com várias excelentes qualidades, não o preparara para transitar nos altos círculos sociais.

Sebastian tinha o próprio irmão, não precisara dos primos como eles precisaram um do outro.

Uma coisa era não dar muito crédito a Sebastian – ele estava acostumado com isso. Esperava que agissem assim, até incentivava tal atitude. Mas Violet? Ela jamais era vista. Era ela quem fazia tudo acontecer e, ainda assim, permanecia invisível até para as pessoas que mais amava. Para cada vez que ele fora menosprezado, ela fora trezentas vezes mais.

Ele estava mais do que furioso. Sempre pensara que "Nem consegui enxergar direito" fosse apenas uma expressão, mas naquele momento a sala se estreitou ao seu redor, a faixa que flutuava acima de sua cabeça escureceu.

– Certo – ouviu-se dizer a uma grande distância. – Para mim, chega.

Ele se virou.

– Quê? – disse Robert às suas costas. – Que diabo foi isso?

– Acho que ele estava *mesmo* falando sério – comentou Oliver.

Sebastian marchou para longe, batendo a porta na cara dos dois.

Uma batida educada soou à porta de Violet.

Ela piscou e ergueu os olhos. Estavam doendo – por quê? Ah. Porque já estava quase completamente escuro e ela estivera lendo sem uma lâmpada. Nem tinha notado a luz desvanecer. Acontecera de um jeito tão gradual que seus olhos foram se forçando e forçando...

Outra batida à porta. Violet balançou a cabeça, descartando a questão da iluminação e da leitura. Ela teve presença de espírito o suficiente para se lembrar de fechar seu exemplar de *La Mode Illustrée*. Não estivera examinando as xilogravuras de moda. O caso era que o tamanho da revista era tão perfeito que Violet costumava carregar um exemplar consigo. Gostava de cortar artigos científicos e posicioná-los entre as páginas do periódico. Assim, ninguém nunca se interessava pelo que ela lia.

Violet se preparou para ver Sebastian e, quando pôs uma expressão suficientemente indiferente em seu rosto, falou:

– Pode entrar.

A porta se abriu. Não era Sebastian. Era Robert e, atrás dele, Oliver.

– Meu Deus – disse Robert. – O que estava fazendo sentada aqui sozinha no escuro?

– Lendo – respondeu Violet.

– Sem uma lâmpada?

– Eu estava... entretida – explicou Violet.

Ela cruzou as mãos à sua frente e ergueu o queixo. Contanto que agisse como se suas pequenas manias fossem normais, a maioria das pessoas não faria muitas perguntas.

Robert olhou para a revista na mesa dela, pouco visível na escuridão do ambiente, e balançou a cabeça, confuso.

– Eu... entendi. Bem, Oliver e eu estamos aqui porque vamos fazer uma reuniãozinha dos irmãos excêntricos esta noite. Queríamos que você participasse.

Ela franziu a testa.

– Sou apenas um membro honorário...

Os irmãos trocaram um olhar aguçado. Em seguida, Robert deu o seu melhor para abrir um sorriso envolvente para ela.

– Não quero ouvir essa história de que é só um membro honorário. Isto é... Acho... O que quer dizer que *nós* achamos... – Ele respirou fundo. – Percebemos que chamar você de membro honorário é um insulto. Eu a conheço há mais tempo do que quase qualquer outra pessoa no mundo. Você estava lá durante momentos difíceis e... bem... eu agi como um idiota. Sinto muito.

Ele esticou a mão esquerda para ela.

Bem devagar, Violet esticou o braço e apertou a mão dele, mesmo que não tivesse a mínima ideia do porquê de ele estar se desculpando.

– Eu agi mesmo como um idiota – repetiu ele. – Sinto muito de verdade. Odeio sentir que fui deixado de fora de qualquer coisa, e pensar que fiz isso com você... – Ele balançou a cabeça. – Meu Deus. Eu realmente peço desculpa, Violet.

– Não se preocupe muito com isso – disse ela, bastante surpresa. – Em geral, nem percebo.

– Então quer se juntar a nós?

Violet se levantou e alisou as saias.

– É claro que sim. O que se faz num encontro dos irmãos excêntricos na noite antes do casamento de um dos membros? Vai ser tudo perfeitamente adequado?

– Ah, não – respondeu Oliver com alegria. – Esta noite, vamos fazer uma bela de uma jogatina. Pretendemos jogar para valer.

Violet ergueu uma sobrancelha.

– É mesmo? – perguntou. – Por acaso Jane sabe disso? Vai apostar alguma parte do dinheiro dela?

– Hum... – murmurou Oliver, um sorriso no rosto. – Ela não vai se importar.

Violet balançou a cabeça, perplexa, e os seguiu.

Nunca jogara cartas com Oliver, mas já jogara com Robert, que era péssimo. Ele tinha potencial para ser muito bom – contava as cartas direito e tinha um ótimo entendimento de estratégia –, mas sempre se distraía com o que *talvez* acontecesse em vez de focar no que era *possível* acontecer. Tendia a convencer a si mesmo de que sua mão era melhor do que realmente era e que, de algum jeito, não perderia nem com cartas medianas, porque a história seria mais interessante se ele ganhasse. Ele jogava com descontrole e de modo imprudente. Para sua sorte, nunca apostava dinheiro.

Oliver, por outro lado... Violet olhou para ele. Suspeitava que o homem seria o oposto do meio-irmão. Iria jogar com muita cautela. Extrema cautela. Seguraria as melhores cartas até que fosse tarde demais para que elas lhe fossem úteis.

– Ah, que bom – disse Violet, roçando uma mão na outra. – Não preciso de mais dinheiro, mas não faz mal, não é?

Oliver e Robert trocaram um olhar divertido.

– Está sendo um pouco presunçosa, não acha? – comentou Oliver.

– Não é presunção – disse Violet. – É um fato comprovado, baseado em larga evidência empírica.

Robert soltou uma bufada.

– Eu melhorei desde a última vez que jogamos.

Prova de que não era verdade. Se realmente tivesse melhorado, seria esperto o bastante para reter essa informação.

Eles a levaram a uma sala de jantar particular no andar de baixo. Oliver fez questão de abrir a porta para Violet e puxar a cadeira para que ela se sentasse. Depois Robert lhe perguntou o que ela gostaria de beber. Estavam sendo solícitos demais, então Violet começou a ficar desconfiada.

Ela encarou os dois com seu olhar mais temível.

– Achei que fosse um encontro dos irmãos excêntricos.

– E é! – disse Robert, um tanto animado demais.

– Então, onde está Sebastian?

Os dois homens trocaram um olhar.

– Ele... não está aqui – admitiu Oliver, por fim. – Mas vai voltar. Eu acho.

Violet cruzou os braços no peito.

– Ah, vocês fizeram de novo, não foi? – deduziu.

– Fizemos o quê?

– O que vocês sempre fazem. Ficam tão centrados um no outro que às vezes nem percebem. Aí ignoram Sebastian...

– Ignorar Sebastian? Como se isso fosse possível. Você já viu o homem?

– ... e fingem nem saber disso, depois de o deixarem completamente de fora – acrescentou Violet.

Ela fungou. Então prosseguiu:

– É algo bastante terrível. Pode ser que eu esteja... um pouco desconfortável na presença dele no momento, mas isso não significa que possamos começar sem ele.

Oliver e Robert trocaram um olhar longo e significativo.

– Então – disse Oliver –, sobre o que vocês dois andam brigando?

– Isso é você fazendo uma escolha prudente de palavras? – redarguiu Violet. – Porque, francamente, foi terrível. Me dói saber que um dos meus amigos chegou à avançada idade de 32 anos sem saber contornar um assunto de forma decente. Como é que espera um dia conquistar algo na política?

Oliver corou.

– Eu me saio melhor quando não é com pessoas que conheço.

Que ótimo. Ela conseguira distraí-lo. Violet fungou, descrente, depois analisou a sala.

– Sebastian vai voltar – comentou Robert. – Ele estava aqui mais cedo.

– Ah – fez Violet, observando a quantidade exageradamente exuberante de comida. – Deve ter estado mesmo. Agora percebo.

– Por que diz isso? – quis saber Robert.

– Ele exagerou – disse Violet. – Tem um porco inteiro e dois frangos assados. Além disso, vi bolos de mirtilo com gergelim. Não imagino que vocês dois lembrem que esse é meu sabor favorito.

Foi a vez de Robert corar.

– Não se preocupem – acrescentou ela. – Não vou julgá-los por isso. Só existe um Sebastian.

– É isso mesmo – concordou Oliver.

– Então, vocês mencionaram jogar para valer – retomou Violet. – O que vamos apostar?

Robert procurou em cima da mesa.

– Aqui... ah, sim... aqui está. Trouxemos fichas de apostas.

Ele pegou saquinhos de bolinhas de gude, cada um com bolinhas de cores diferentes. Oliver pegou as verdes, Robert escolheu as vermelhas. Depois de certa hesitação, Violet puxou para si o saquinho com as bolinhas de gude azuis.

Robert franziu o cenho.

– Não vai pegar as roxas?

– Por que eu pegaria? Só porque meu nome significa "violeta" eu deveria pegar as roxas?

– A ideia passou pela minha cabeça, sim. Além disso, você usa roupas roxas com frequência, achei que gostasse da cor.

– Eu gosto – concordou Violet. – Mas aí percebi que, se eu pegasse as azuis, Sebastian seria obrigado a ficar com as roxas. Desprezar os desejos dele me pareceu mais importante do que satisfazer o meu. Além disso, gosto de azul.

Oliver soltou uma risada.

– Mas ainda não respondeu minha pergunta. O que as bolinhas de gude representam? – perguntou Violet.

– A única coisa que realmente importa – proclamou Robert. – Representam glória. E triunfo. E honra.

– Besteira – respondeu Violet. – Ninguém quer a sua honra, Robert. Que coisa sem graça! Sugiro que as bolinhas representem favores.

– Favores?

– Favores – repetiu ela com determinação. – Se alguém ganhar a sua bolinha de gude, vai poder lhe pedir um favor. E você terá que cumprir. Você poderia me fazer dar vinte pulos se quisesse, ou me forçar a conversar por um tempo bem prolongado com sua mãe.

Se ele ganhasse, o que não iria acontecer.

Robert lançou um olhar de desconforto para o irmão.

– Mas... esses favores precisam de um limite. Não acha? Ninguém poderia pedir um voto no Parlamento ou...

Violet gesticulou e argumentou:

– Mas é aí que está a graça. O único limite é aquele imposto pela amizade, não acha?

– Mas...

– Ou não confia em mim?

– Não quero ofendê-la, Violet, mas, quando me olha assim, não. Não confio.

A porta se abriu e Sebastian entrou. Ele estacou ao avistar Violet. E então sorriu. Foi um sorriso brilhante – um fogo ardente de alívio e alegria. Por um instante, Violet se sentiu como um pavio pronto para se acender com Sebastian. Um sorriso surgiu no próprio rosto antes que ela pudesse impedi-lo – um que ultrapassou todas as suas barreiras e ameaçou consumi-la.

Ela desviou o olhar antes que isso acontecesse. Contraiu os lábios numa expressão vazia.

O sorriso de Sebastian se transformou num tristonho balançar de cabeça.

– Não se preocupem comigo – falou. – Já voltei.

Robert e Oliver olharam para baixo, remexendo os pés, e Violet se perguntou o que tinha acontecido antes de ela chegar.

Contudo, Sebastian apenas pigarreou.

– Sebastian Sério voltou – declarou. – Que comece a festa!

Capítulo nove

Eram quatro da manhã quando Violet voltou aos tropeços para o quarto. No trajeto, por algum motivo, dera diversos encontrões nas paredes, que não pareciam mais terem sido construídas em linha reta.

– Coitado do Robert – comentou.

– Cuidado com a cabeça.

Sebastian a segurou para que ela ficasse ereta.

– Viu a cara que ele fez quando dei todas as bolinhas dele para Oliver como presente de casamento? Nunca o vi tão pálido.

Violet ouviu algo que soou com uma risadinha. Não podia ter saído dela. Ela não dava risadinhas.

Mas – sua mente a alcançou – tinha sido sua própria voz. Ah... ela soltara uma risadinha. Estava bêbada.

– Maldito targag...

Não, aquilo não estava certo.

– Tarago.

Errado também.

– Trago bravo – por fim conseguiu dizer. – Não é justo. Perdi três vezes mais do que todo mundo. Não é justo que eu seja a única destra.

– E, ainda assim, ganhou no jogo de cartas – lembrou Sebastian com um sorriso. – Sua porta é esta. Sua criada vai aparecer logo.

Violet franziu o cenho.

– É claro que ganhei.

Ela se sentia levemente ofendida.

– Quando estou embriagada, fico ainda melhor em matemática, não pior.

– Só você.

Sebastian disse isso com aquele sorriso torto. Ele abriu a porta para ela e a ajudou a se sentar numa cadeira.

Violet se jogou no assento com gratidão.

– Vou dar as bolinhas de gude de Oliver para Jane. Ela vai aproveitar bem. A única coisa que me preocupa é...

Não. Ela não diria aquilo em voz alta. Mas foi o mesmo que tivesse dito.

– Isto aqui?

Ele tirou uma bolinha de gude do bolso. No escuro, ela não conseguia identificar a cor, mas sabia qual era. Havia observado aquela bolinha com bastante intensidade durante toda a noite – a única que perdera. Mas Sebastian se recusara a apostá-la depois de ganhá-la e, a noite inteira, aquela esfera de vidro azul havia cintilado para Violet do lado de Sebastian.

Seu brilho emanava possibilidades. Com aquilo, Sebastian poderia...

Ele poderia bloquear a porta de Violet para qualquer outra pessoa. Ela estava bêbada o bastante para até esquecer todos os motivos lógicos que recomendavam cautela. Por um momento, uma visão a atingiu – algo surgido do calor e do álcool: o corpo de Sebastian contra o dela, seus lábios se abrindo para os dele, pele roçando em pele.

Seria algo que aconteceria com outra pessoa. Outra Violet o convidaria para entrar no quarto. Outra Violet sofreria as consequências. Contanto que não fosse ela...

Mas *era* ela. Violet não estava bêbada a ponto de acreditar em outra coisa. Ela inspirou com uma força trêmula.

Só os limites da *amizade* naquele jogo? Como fora estúpida a ponto de permitir que tal possibilidade existisse? Mas Sebastian nem estava junto na hora que ela criara aquela regra e, por algum motivo, não ocorrera a Violet o que um homem que admitia desejá-la – que a desejava do jeito menos platônico possível – podia fazer com um favor que não tinha limites.

– Violet – disse ele com suavidade.

A mão dele tocou o cotovelo dela, que o puxou bruscamente.

– Você está tremendo.

– Não estou – insistiu ela. – Só estou com frio.

Ele segurou a mão dela.

– Pegue.

A bolinha de gude caiu na palma da mão de Violet, quente com o calor do corpo de Sebastian.

– Vou cobrar o meu favor.

Ela não conseguiu impedir o calafrio que percorreu seu corpo da cabeça aos pés. A mão de Sebastian se fechou ao redor da dela, pressionando os dedos de Violet em volta do vidro.

– Faça isso por mim, Violet.

Ele se aproximou com um passo.

Ela conseguia sentir o cheiro de Sebastian. Nele, a amargura da bebida se transformava em algo saboroso, algo verde e tentador.

– O que você quer?

– Quero que pare de ter medo – disse-lhe Sebastian. – Você me conhece bem demais para agir assim. Eu nunca lhe pediria que fizesse algo contra a sua vontade. Nem usando a bolinha de gude, nem de nenhuma outra forma.

Ela afundou na cadeira, aliviada. Aliviada e... e, talvez, por estar num nível de embriaguez bem avançado, com uma pitada de arrependimento também.

Violet procurou a mão de Sebastian no escuro. Os dedos dele estavam quentes. Como ele se mantinha tão quente? Nem parecia humano. Ou talvez – pior ainda – parecesse humano demais.

– Não entendo – disse ela e fechou os olhos. – *Realmente* não entendo. Por que não está irritado comigo? Se eu não...

Ela deixou a voz morrer, incapaz de continuar a expressar seu pensamento.

Contudo, o próprio pensamento continuou em alto e bom som na escuridão. *Sebastian* a queria. Ele a queria na cama, com pernas e braços entrelaçados, seu corpo esguio sobrepondo-se ao dela. As mãos segurariam Violet contra o colchão...

Não. Ela não queria isso. Não podia querer.

– Seu marido ficava irritado com você? – perguntou Sebastian baixinho.

A garganta de Violet se fechou. Ela apertou os dedos em espasmos ao redor dos de Sebastian, mas não falou nada.

– Às vezes – disse Sebastian –, às vezes eu fico irritado. Fico frustrado, porque, puxa vida, Violet, eu realmente a quero muito. Mas então lembro que somos amigos. E a parte de mim que é seu amigo quer me dar um soco. Não tenho nenhum direito de ficar irritado por você querer algo diferente.

– Mas... você deve desejar...

– Eu desejo todo dia.

A mão dele ainda apertava a dela.

– Todo dia, Violet. Mas eu via como era seu casamento e, se me perdoar por dizer isso, não acho que precise que outro homem fique irritado com você.

Ela expirou e o mundo entrou nos eixos. Aquele era Sebastian, não um demônio terrível. Ela podia confiar nele ao menos em relação a isso.

– Pegue – disse Violet, e colocou a bolinha de gude de volta na mão dele. – Não precisa de um favor para isso – assegurou ela.

Sua mente era uma confusão de imagens – a boca de Sebastian na sua, mãos entrelaçadas, unindo-se, puxando até que os corpos estivessem colados...

Não. Isso era para outra pessoa. Não para a Violet bêbada. Não para a Violet sóbria. Nunca para Violet. Ela era uma pilha de papéis, todos secos como poeira, e o nome de Sebastian estava escrito em cada um deles.

Violet fechou os dedos dele ao redor da bolinha de gude.

– Confio em você, Sebastian – afirmou. – Sempre confiei.

Contanto que ele tivesse a bolinha de gude dela em mãos, existia uma possibilidade, a mínima chance de que talvez um dia Violet tivesse algo a mais. Em algum outro lugar, outra Violet poderia ser beijada. Era só o que ela sabia desejar – a felicidade de outra pessoa –, mas desejou com cada pedacinho melancólico de seu coração.

Talvez um dia conseguisse se permitir imaginar que essa pessoa pudesse ser ela. Contanto que permanecesse apenas em sua cabeça, ela nunca sofreria.

Sebastian, porém, sorriu como se *essa* Violet – esta versão espinhosa, difícil e impossível de Violet – fosse suficiente para ele.

– Amigos?

A voz dele saiu baixa, tão baixa que Violet quase conseguia sentir a palavra reverberar pelo próprio peito.

Ela puxou a mão de volta.

– Amigos.

Talvez tivesse sido o casamento. Jane resplandecera na frente da pequena capela, adornada com joias do tipo que New Shaling nunca vira. Ninguém – sobretudo Oliver – conseguira tirar os olhos dela. Talvez fosse o retorno para Londres que se seguiu, com Robert e Minnie sentados lado a lado, de mãos dadas.

Talvez houvesse algo no ar veranil, porque, desde então, para onde quer que Violet olhasse, ela via casais. Casais passeando no parque, com os olhos da moça olhando para baixo de um jeito delicado enquanto o rapaz lhe sorria. Casais fazendo piquenique. Casais saindo de cabriolé, procurando curvas fechadas para terem uma desculpa para se inclinarem um na direção do outro. Havia casais felizes por *toda* parte.

Visitar a irmã apenas reforçara isso. Violet fora levada à sala de estar. Estava sendo obrigada a ouvir Lily recitar o que havia acontecido na noite anterior, os detalhes do sucesso contínuo de Amanda na temporada social, quando a porta se abriu e o marido da irmã adentrou o cômodo. Ele cumprimentou Violet com educação. Então o marquês de Taltley se aproximou da esposa pelas costas e murmurou algo em seu ouvido.

Violet desviou o olhar. Realmente desviou. Mas havia um limite de quanto uma pessoa conseguia virar o rosto de forma educada sem ficar com torcicolo, então ela não conseguiu não ver quando os dedos do marquês deslizaram pelo ombro de Lily.

Lily deu um tapinha divertido na mão do marido.

– Não, vá embora – falou com um sorriso insolente. – E pare de me olhar assim. Só faz sete meses que saí do resguardo.

Violet sorriu, mas os cantos de sua boca lhe pareciam frágeis – como se seu rosto pudesse rachar e virar pó com a mais leve das brisas.

Lily se levantou, pegou o marido pelo braço e o guiou até a porta. Violet tentou não notar a maneira como ele se inclinou para sussurrar algo mais no ouvido de Lily. Virou-se para não ter que ver o leve rubor na pele da irmã, um rubor que não tinha nada a ver com constrangimento e tudo a ver com algo bem mais íntimo.

Ela não queria ver a irmã apertar a mão do marido, não queria imaginar as promessas que estavam sendo trocadas aos sussurros.

– Vá – disse Lily por fim, segurando os dedos do marquês. – Você não tem leis para ler? Discursos para escrever?

– Sempre me saio melhor quando tenho inspiração.

Ele se curvou na direção dos lábios de Lily.

Violet apertou as mãos.

Lily apenas deu um passo para longe.

– Fora – falou. – As mulheres aqui têm muitos assuntos para tratar.

Ela fechou a porta na cara dele, mas ficou parada ali por um momento, com a mão na maçaneta, oscilando de leve.

Naquele momento, Violet odiou casais felizes. Ela sentiu a carga dessa emoção, um ressentimento pesado e indigno que a repuxava. Nunca havia se ressentido de Lily por nada, mas às vezes era injusto. Lily tinha tanto, enquanto Violet...

Lily abriu um sorriso sonhador.

– Sei o que está pensando – disse ela. – Está pensando nas regras da mamãe: "Uma lady nunca contradiz o marido e uma filha nunca contradiz o pai."

Violet exalou o ar devagar. Lily nunca sabia o que ela pensava. Era por isso que Violet a amava tanto. A irmã pegava todos os pensamentos mais horríveis de Violet e os transformava em algo quase humano.

– "Uma esposa aceita as decisões do marido" – continuou Lily. – "Debilitá-lo é perder o próprio lugar na sociedade."

– Não é isso que a regra aborda – contrapôs Violet. – Não se trata de se submeter ao marido, mas sim de percepção pública...

Ela deixou a voz morrer.

Lily revirou os olhos.

– Público, privado. Tem mesmo diferença? Eu me sinto péssima. *Tenho* que dizer não às vezes. Basta ele espirrar na minha direção, e eu engravido.

As unhas de Violet abriram sulcos nas palmas. Mas essa dor aguda era preferível a dar voz a seus arrependimentos, a permitir que um buraco surgisse em seu coração.

Os olhos de Lily se arregalaram. Ela se virou para Violet.

– Ah, meu Deus – disse, esticando-se na direção da irmã. – Sinto muito. Sinto muito mesmo. Eu não deveria ter dito... eu não estava pensando...

Violet escolheu as palavras com muito cuidado, imaginando cada uma delas como um tijolo de ferro da parede que a separava de seu ressentimento.

– Não tem por que pedir desculpa. Se não pudermos falar sobre filhos, não vamos ter muito assunto.

Ela respirou fundo e encontrou os olhos da irmã.

– E, se acha que eu não sabia que você é mais fértil que a terra dos melhores condados, deve me julgar a irmã mais desatenta do mundo. Depois da quinta criança, ficou óbvio até para os observadores mais imparciais que você tem facilidade em engravidar. E, como acabou de chegar ao décimo primeiro bebê...

Ela conseguiu dar de ombros.

– Verdade – concordou Lily, mas ainda parecia arrasada. – De todo modo, não tem motivo para eu esfregar isso na sua cara. Sinto muito mesmo. Me sinto péssima. Eu nunca deveria ter dito nada.

Se Lily se sentia tão péssima, então por que era Violet quem a estava reconfortando? *Porque é assim que Lily é.*

– Pare de se preocupar – disse Violet. – Se imagina que tenho inveja da sua capacidade de engravidar, não tenho. Juro.

– Mas...

– Juro pelo túmulo do nosso pai – disse Violet. – Alguma vez já menti para você?

A expressão da irmã ficou mais suave.

– Não.

Violet manteve o próprio rosto impassível. De um ponto de vista bem técnico, ela *nunca* mentira diretamente para Lily. Apenas levara a verdade para direções incertas e deixara que falsas premissas ficassem subentendidas. Lily – franca e crédula como era – nunca considerara a possibilidade de que Violet escondesse... tudo. E, depois de anos guardando segredos sombrios, não havia como Violet consertar a situação.

– Não choro pelo que não tenho – afirmou Violet, tentando usar um tom amistoso e familiar. – Amo seus filhos. São o suficiente para mim.

Lily abriu um sorriso um pouco triste.

– Você nunca chora, Violet.

– Por que chorar? Nada me deixa triste.

Lily era feita de raios de sol e franqueza. De acolhimento e sorrisos. Era tudo que Violet poderia ter sido se...

Havia muitos "se" no caminho para Violet se enxergar na irmã. Lily era uma versão sua mais acolhedora. Seria tolice dizer que Violet a invejava.

A inveja era algo vulgar e imperdoável. Não era possível amar de forma invejosa e, se havia algo de que Violet tinha certeza, era que amava a irmã. Observar a vida de Lily era o mais perto que Violet um dia chegaria de experimentar a normalidade: filhos, afeto, confiança, família, amor.

Não, Violet não invejava a irmã.

Mas, às vezes, quando estava perto de Lily, odiava o mundo.

– Então – disse Violet. – Falando de Amanda. Sei que você quer que eu converse com ela, mas... sabe que pode não gostar do que vou dizer para ela?

Lily soltou uma risada, como se tudo voltasse a entrar nos eixos no mundo.

– Minha nossa, Violet, é claro que não vou gostar. Você vai falar com ela com firmeza e lógica. Vai apresentar as opções à disposição dela. Vai ser racional, do jeito que apenas você sabe ser. Se eu *gostasse* da conversa que eu teria que ter com minha filha, eu mesma falaria com ela. Por que acha que lhe pedi?

❦

Violet se encontrou com a sobrinha um pouco mais tarde, depois da conversa com Lily. Puxou Amanda para uma sala, conduziu três dos meninos mais novos até o corredor com promessas de balas de hortelã e fechou a porta.

– Tenho um presente para você – informou Violet.

– É mesmo?

Violet colocou a mão na bolsa e tirou um cachecol azul-clarinho enrolado no formato de uma bola.

– Ah, que lindo! – disse Amanda com educação. – A senhora que...?

Ela se deteve quando suas mãos se fecharam ao redor do presente, sentindo as pontas quadradas escondidas sob a lã. Seus olhos se arregalaram.

– A senhora que fez?

– É claro que sim – disse Violet.

Amanda girou o cachecol e tirou dele um livro com capa de couro.

– "Orgulho e preconceito" – leu, sem muita emoção. – Mas, tia Violet, a senhora sabe que já li este.

Violet nem piscou.

– Essa versão, não.

– Humm.

Amanda abriu a capa.

– Eu mesma que fiz – reforçou Violet.

E tinha feito mesmo. Era especialista em esconder leituras inadequadas em embalagens aceitáveis. Ela mesma havia tirado as páginas de *Orgulho e preconceito* e substituído por outras. E nunca gostara mesmo daquela versão do livro – era uma primeira edição terrível, que, em vez do nome da autora, dizia apenas que era da mesma autoria de *Razão e sensibilidade*. Aquela falta de reconhecimento do mérito da escritora a incomodava bastante. Violet preferia as edições mais recentes, que vinham com o nome de Jane Austen em destaque na capa.

– O que é isso? – sussurrou Amanda.

Violet abaixou o tom de voz:

– Algo que não pode deixar que sua mãe descubra.

Amanda olhou para ela.

– Lembra que sua mãe lhe disse que você é a única que vê o casamento desse jeito? Que, se falar o que pensa, todo mundo vai rir de você?

Amanda assentiu.

– Bem, ela está errada. Você não está sozinha. E já tem idade o bastante para descobrir isso por conta própria.

Amanda suspirou.

– Ah, tia Violet.

Talvez fosse estupidez dar tal presente à sobrinha. Estupidez passar horas escolhendo o livro ideal. Estupidez gastar tanto tempo para remover a encadernação antiga e colar a capa de outra obra no lugar.

E, independentemente do que Lily dissera, ela não iria gostar da ideia. Ela esperava que Violet desencorajasse a sobrinha, que a fizesse sentir que não tinha escolha. Ficaria furiosa se um dia descobrisse. Ainda assim, quando Violet fitava os olhos de Amanda, via uma versão imaculada de si mesma. Não podia ficar quieta ou desmerecer as preocupações da garota.

Não se case com um conde, Amanda. Não arrisque se quebrar. Não se transforme em mim. Não vale a pena, não importa o que os outros digam.

– Não conte para ninguém, Amanda – repetiu Violet. – Lily vai me matar se descobrir.

Capítulo dez

Sebastian assobiava enquanto seguia para a casa do irmão. O sol brilhava, os pássaros cantavam, Violet voltara a falar com ele e aquela ideia inicial que ele tivera dera frutos.

Sorriu ao deixar a égua no estábulo e cumprimentou o mordomo e a criada com um aceno alegre de cabeça ao passar por eles nos corredores.

– Olá, Benedict! – cantarolou após ser conduzido até o escritório do irmão.

Benedict ergueu a cabeça.

– Sebastian. Que bom ver você.

Entretanto, Benedict não sorriu de verdade.

Sebastian passara para ver o irmão algumas vezes nas últimas semanas – uma implorando ajuda para entender os registros de navegação que obtivera, outra para lhe fazer perguntas sobre diversos produtos manufaturados. Aquelas tardes tinham sido boas, sem necessidade de falar sobre o futuro, sem motivo para se preocupar com o que estava por vir, só uma chance de conversar com Benedict de homem para homem.

– Tem mais perguntas para mim hoje? – quis saber Benedict.

– Hoje, não – respondeu Sebastian, tentando dar um tom de sobriedade à voz. – Hoje, não. Eu lhe disse que queria que visse do que sou capaz. Pois bem, aqui está um pequeno exemplo.

Benedict piscou com cautela quando Sebastian se aproximou da mesa e soltou nela a pasta de documentos que estivera carregando.

– Aqui está – anunciou.

O irmão esticou o braço, viu o selo na pasta e puxou a mão de volta.

– Isto aqui é da Wallisford & Wallisford – constatou Benedict, olhando perplexo para o irmão. – Tem algum motivo para me mostrar algo que veio dos advogados da família?

– Eu podia apenas lhe contar – disse Sebastian –, mas, desse jeito, é um pouco mais oficial.

– Oficial? Oficializamos alguma coisa?

– Bem... talvez – disse Sebastian, e tentou não soar animado demais.

Benedict deu de ombros e virou a primeira página. Ali, viu outro selo.

– "Por meio deste certificamos que esta via é verdadeira e exata... etc. etc." – murmurou consigo mesmo.

Ele virou outra página – esta, uma cópia de um livro contábil.

Sebastian se esforçou para não deixar o próprio orgulho à vista. Mordeu o lábio, mas o sorriso conseguia escapulir independentemente de quanto tentasse escondê-lo.

Na mesa, o irmão soltou um ruído sufocado.

Logo, Benedict lhe perguntaria como Sebastian tinha feito aquilo. Os dois iriam conversar – por horas – e, no final, Benedict perceberia que Sebastian era mais do que o jovem imprudente que ele imaginava.

O irmão virou uma página, depois outra, franzindo a testa.

– Sebastian – falou, por fim. – Isso não pode ser uma via verdadeira e exata.

– É, sim.

– Mas aqui diz que, ao longo dos últimos dezessete dias, você lucrou 22 mil libras.

– Sim – ecoou Sebastian. – É exatamente o que diz!

– Isso é ridículo. Ninguém consegue ganhar tanto dinheiro tão rápido assim. Não com um investimento inicial de... – Benedict olhou para a página. – ... *três mil e duzentas libras?*

Ele parecia ultrajado.

– Mas *eu* ganhei – assegurou Sebastian, esticando-se para virar a página. – Eu lhe disse que estava pensando em fazer negócios. Sei que é uma coisa de nada, nem se compara com o que você conquistou. Mas achei que era um enigma interessante. Eu estava pensando em navegação...

– Sei que estava pensando em navegação – interrompeu Benedict. – Mas leva meses para lucrar com navegação. Anos, até!

– Bem, não do meu jeito – disse Sebastian com simplicidade. – Pensei que seria interessante testar isso. Achei que se conseguisse...

Ele deixou a voz morrer.

O irmão não estava com uma expressão satisfeita. Não parecia nada interessado. Em vez disso, balançava a cabeça, uma careta no rosto.

– O que foi que você fez, Sebastian?

– Ah. Deixe-me explicar.

Quando Benedict entendesse, tudo ficaria melhor. Sebastian se acomodou numa cadeira.

– Eu tive uma ideia. Quando um navio zarpa, podemos comprar uma quota da carga. Se o índigo, por exemplo, estiver em alta quando chegar no navio, nós ganhamos um pequeno lucro. Se estiver em baixa, pode ser que nós percamos parte do investimento. E, se o navio afundar...

Sebastian balançou a cabeça.

– Bem, nesse caso perdemos tudo.

– Especulação – disse o irmão, torcendo o nariz como se tivesse sentido um cheiro terrível. – Você se envolveu com especulação.

– Só até certo ponto. Veja bem, quando os navios estão bastante atrasados, há um momento em que as pessoas começam a entrar em pânico e vender suas quotas. Afinal, ninguém quer ficar com uma quota que não vale nada. Melhor ganhar um pouquinho que seja por elas.

– Pior ainda. – Benedict esfregou as têmporas. – Você se envolveu com especulação de alto risco.

– Há inúmeros motivos para os navios atrasarem: tempo ruim, capitães incompetentes, acontecimentos estranhos e inexplicáveis. Vire a página.

Sebastian fez um gesto.

O irmão virou a página e franziu o cenho diante do mar de números presentes nela.

– Você conhece os métodos numéricos que começaram a ser usados em pesquisas científicas? Eu fui até o almirantado em busca de algumas informações. Eram umas trezentas páginas com a frequência com que certos capitães se atrasam, os portos em que os navios atracam e como isso contribui para que cheguem na hora ou não. Contratei umas poucas almas corajosas... os custos disso estão registrados na página sete... e, usando os métodos que mencionei, consegui determinar certas variáveis que causavam atraso dos navios. Fiz uma estimativa de como prevê-las, na página quatro. Nesse ponto, ficou fácil identificar as quotas que estavam abaixo do preço, isto é, quais navios que estavam atrasados não porque deveriam ser dados como perdidos no mar, mas porque certos fatores da viagem já sugeriam que se atrasassem.

Benedict o encarou, inexpressivo.

– Não entendi uma palavra do que acabou de dizer.

– Sim. Pois bem. Posso repassar as contas com mais detalhes depois se quiser – disse Sebastian. Ele fez uma pausa e pigarreou. – Ainda tenho centenas de quotas pendentes. Os navios talvez nunca cheguem ao porto... Alguns deles, é claro, não vão chegar, é uma questão de estatística... ou talvez cheguem ainda mais tarde. De qualquer jeito, eu quis tentar a sorte com essas negociações, para que você tivesse uma ideia do tipo de coisa de que sou capaz, de quem eu sou.

– Mas... mas...

Benedict balançou a cabeça.

– Na verdade, daria para ter me rendido 70 mil – continuou Sebastian. – Blotts & Snoffling, os seguradores... tenho certeza de que você já ouviu falar deles... descobriram que eu tinha um truque na manga e me ofereceram 50 mil libras para revelar qual é. Mas eu...

– Ah, meu Deus! – exclamou Benedict. – Cinquenta mil libras? Isso é ridículo!

– Foi exatamente o que eu disse! Cinquenta mil libras, quando consegui quase metade disso ao longo de algumas semanas? Eles acham que sou idiota?

Benedict correu a mão pelos cabelos.

– Isso... não é bem o que eu quis dizer.

– De qualquer jeito – falou Sebastian –, esse método básico só dá lucro agora porque estou aproveitando uma lacuna entre a informação que tenho e a informação que os investidores têm. Uma hora as pessoas vão perceber o que estou fazendo, aí não vai haver lucro nenhum. Então preciso ser mais sutil no futuro.

O irmão fechou os olhos e com muito, muito cuidado, deu uma batida na própria testa com o punho.

– Meu Deus – murmurou e se bateu de novo.

E de novo.

Sebastian sentiu o sorriso desvanecer no rosto e se tornar algo frio e mecânico. Ele umedeceu os lábios.

126

– Algum problema?

– Foi um golpe de sorte! – disse Benedict. – A droga de um golpe de sorte, enquanto você usava os métodos de investimentos mais arriscados que existem.

– Não, não! – retrucou Sebastian. – Veja: eu trouxe os valores. Não é arriscado, não do jeito que espalhei meus investimentos, em vários navios. É bem seguro. É uma das opções mais seguras que eu poderia ter feito! Usei informação que ninguém mais coletou de um jeito que ninguém mais entendeu, por isso deu certo. Assim que eu publicar o que descobri, todos os bancos da cidade vão sair correndo para contratar um especialista em matemática.

– Sorte ou... ou o que quer que isso seja – disse Benedict, fazendo que não com a cabeça –, é tão... tão a sua *cara*, Sebastian. Você não precisa de mais dinheiro. Eu queria que se envolvesse com negócios para que se acalmasse. Para que aprendesse a ser mais cuidadoso, a não correr... riscos terríveis com base em uma trapalhada progressista com os números. Até onde sabemos, pode ser que essa besteira numérica esteja completamente errada.

– A matemática nunca erra! – disse Sebastian, horrorizado. – Só é usada de modo errado!

Benedict descartou isso com um aceno de mão.

– Eu queria que você fosse responsável, que aprendesse sobre organização, sobre como as coisas funcionam. Não pedi que tratasse os negócios como um jogo em que o vencedor seria quem acumulasse o maior número de pontos no menor tempo possível. Isso é o oposto do que imaginei.

Benedict estava agindo como se Sebastian fosse uma criança que merecesse ser repreendida por ter feito algo proibido. No entanto, Sebastian era adulto e ainda não conseguia entender o que fizera de errado. Parecera uma boa ideia na hora: ele criara um interesse em comum com o irmão e, enquanto isso, se divertira um pouco.

– Entendo – disse Sebastian com frieza. – Então...

Ele tivera tanta certeza de que poderia apresentar os resultados para Benedict, de que o irmão prestaria atenção e talvez até sentisse um pouquinho de orgulho dele... Seria uma pequena afinidade, algo para substituir os anos de afastamento entre os dois. Fora o que Sebastian imaginara.

– Não estou bravo com você, Sebastian – disse Benedict. – Mas às vezes acho que nós dois moramos em países completamente diferentes, que falamos idiomas distintos. É como ter um cachorro. Dizemos "Não cace os coelhos", e o que ele ouve é "Coelhos!". E, quando percebemos, tem uma fera enorme, boba e babona jogando uma lebre aos nossos pés.

Sebastian desviou o olhar.

– Não que você seja um cachorro – acrescentou o irmão com rapidez. – Ou que seja bobo ou babão. É só que... você é leal até o fim, é entusiasmado e, ainda assim, de algum jeito, sempre acaba fazendo justamente o que não era para fazer. Especulação é um tipo de aposta, tão prejudicial quanto apostas feitas com cartas e dados.

– Tudo bem – falou Sebastian, decidindo usar essa deixa. – Então, vamos abordar as apostas como um tipo de negócio.

– Aposta *nunca* é um tipo de negócio.

– Não para quem aposta, é claro – destacou Sebastian. – Mas é um negócio excelente para o cassino. O cassino ganha e perde, mas ganha mais do que perde. Contanto que tenha os recursos para continuar os jogos, sempre vai ganhar no final. Isso aqui funciona da mesma forma. *É* como um jogo de aposta, só que da perspectiva do cassino, não do jogador, e com uma quantidade bem menor de despesas operacionais. Tive uma boa ideia quanto ao retorno esperado...

Benedict o encarou e balançou a cabeça.

– Só você, Sebastian. Só você para pensar que "meu método é como ter um cassino" conta como justificativa. Não é assim que funciona.

Sebastian corou. Sempre conseguia fazer justamente o contrário do que se esperava dele quando o irmão o observava. Sempre fora assim a dinâmica entre eles. Sebastian tinha tentado fazer o irmão elogiá-lo quando era mais novo. Uma vez, subira numa árvore de 4,5 metros e pulara num lago só para chamar a atenção de Benedict. Não dera muito certo. Benedict o reprendera e, depois, o proibira de nadar. Demonstrar a própria resistência ao correr pelado numa tempestade de neve lhe rendera um sermão. E ganhar honra ao mérito na escola lhe valera uma bronca, pois ele tentara ficar acordado a noite toda para memorizar as conjugações de latim. Sebastian *era* culpado por ter derrubado uma vela, mas o fogo só atingira um tapete. As marcas de queimado no chão eram quase imperceptíveis.

Ele continuara a tentar, ano após ano, porque não era o tipo de pessoa que desistia. E, agora que o irmão parecia mais distante do que nunca... Talvez eles *de fato* falassem idiomas diferentes, mas Sebastian não iria simplesmente desistir porque havia esbarrado num obstáculo.

– Olhe para mim – disse Benedict – e pense no que eu conquistei. Sou respeitado, sim, mas não saí por aí apostando, na esperança de que o dado desse os meus números. Eu *trabalhei* por isso.

Benedict se levantou. Por um segundo, a luz da janela às suas costas rebateu em seu perfil, fazendo-o parecer as silhuetas cunhadas nas moedas da Roma Antiga.

– Sou capitão do condado da Sociedade para o Aperfeiçoamento do Comércio Respeitável. É a organização mais distinta desse tipo de todo o país. Tem quase dois séculos e é dedicada à ideia de que comerciantes podem e devem ser tratados com respeito. Nosso pai foi membro antes de mim. Você acha que conquistei minha posição pulando por aí e jogando dinheiro para o ar como um tolo? – indagou Benedict, então se voltou para Sebastian. – É claro que não. Fui confiável. Fui correto. Fui responsável. Trabalhei durante anos, e agora veja onde estou.

Benedict estava morrendo. Sebastian não conseguia tirar os olhos do irmão, com medo do que iria perder.

– Ganhei o respeito dos meus colegas – continuou Benedict. – Sou um dos principais cavalheiros deste distrito por causa disso. Realmente conquistei algo.

Sebastian se levantou.

– As pessoas me respeitam também – falou baixinho. – Conquistei bastante coisa.

Benedict soltou um suspiro e desviou o olhar, descartando todas as conquistas de Sebastian.

– Não vou desistir, Benedict – afirmou Sebastian e se inclinou para a frente. – Já lhe disse...

– E eu já lhe disse – interrompeu-o o irmão – que não quero você arriscando tudo em especulações tolas. Já tenho preocupações suficientes nas minhas últimas semanas. Pare de tentar provar algo para mim, Sebastian. Suas chances de sucesso não são altas, e não vale a pena o risco.

A sensação de Sebastian foi a de ter levado um soco nos rins.

O irmão lhe deu um tapinha no ombro – um gesto fraternal de afeição –, como se Sebastian pudesse esquecer as palavras bruscas com facilidade.

– Agora, o que me diz de pegarmos Harry e irmos dar uma volta? – propôs Benedict.

– Que ridículo! – disse Violet. – Completamente ridículo. Apesar de que eu não deveria esperar menos de um homem tão ruim no croquet quanto Benedict.

– É meio ridículo mesmo – concordou Sebastian. – Julguei errado a situação.

De certa forma, tinha sido fácil para Violet retomar a amizade com Sebastian: encontrá-lo toda noite na estufa dela de Londres para falarem sobre seu dia, sem serem interrompidos pelos criados.

No momento ele estava de pé ao lado dela, entregando-lhe ferramentas enquanto ela trabalhava e contando histórias na intenção de fazê-la rir. Era quase como se nada tivesse acontecido – como se ainda trabalhassem juntos, como se ele nunca houvesse sussurrado uma palavra sequer sobre desejá-la.

Violet balançou a cabeça, recusando-se a contemplar isso. Teimosia era quase ignorância, quase êxtase.

– De qualquer jeito – disse Sebastian –, dei meu melhor para explicar... mas você me conhece. – O sorriso dele se enviesou um pouco. – O que saiu foi: "É como ter um cassino." Você deveria ter visto a expressão dele.

Sebastian sorria – como se contar para Violet que o irmão estava morrendo e sendo um idiota ao mesmo tempo fosse uma historinha divertida.

Violet cruzou os braços.

– Como eu disse: que ridículo.

– Eu sei. – Ele abriu um sorriso largo para ela. – E então percebi o que eu tinha dito e...

– Não me referia a você.

Violet fungou e se esticou para tirar outra folha amarela de um pé de feijão.

– Estava me referindo ao seu irmão – disse.

A expressão de Sebastian não mudou. Ele estava apoiado numa das colunas de metal que desciam pelo centro da estufa, de braços cruzados e com os lábios contraídos.

– Benedict? – perguntou ele, intrigado. – Benedict *nunca* é ridículo. Todo mundo sabe disso.

Ela soltou a tesoura e se virou para Sebastian.

– Sei que minha opinião quase não vale nada nessa questão. Mas confie em mim: seu irmão está sendo *ridículo*. Ninguém mais no mundo diria que você nunca conquistou nada. Ninguém.

Ele se inclinou para a frente e replicou num tom mais baixo:

– Isso não vale, Violet. Você sabe a verdade sobre mim. Podemos enganar o resto do mundo, mas, aqui dentro, nós dois sabemos o que eu realmente sou.

– Sim. Você não é capitão do condado de uma organização da qual nunca ouvi falar. Mas *é* um dos maiores especialistas do mundo sobre herança de características físicas.

O sorriso dele diminuiu.

– Ora, deixe disso, Violet. Nós dois sabemos que a especialista é você, não eu.

Nada mudara entre eles.

Tudo mudara entre eles. Antigamente, quando Sebastian falava assim com Violet – fitando-a nos olhos e abaixando o tom de voz –, ela conseguia julgar as faíscas que lhe subiam pelo pescoço como apenas uma resposta indesejada e equivocada de sua parte. Após a confissão de Sebastian, porém, ela sabia que não era a única a ter aquele tipo de reação. Uma parte elementar de Violet reconhecia que Sebastian a queria e que, mesmo quando dizia coisas como "Deixe disso, Violet", ele ansiava por ela. Violet tinha um novo nome para a vertigem que sentia, para aquela onda inebriante de calor que invadia suas bochechas.

Já não se tratava da atração *de Violet*. Isso ela era capaz de ignorar. O que havia entre eles, no entanto, era atração *mútua*. Como Sebastian não percebia? Como ele não sabia?

– Nós dois sabemos – disse ele – que, sem você, eu não seria ninguém. Você é a especialista. Eu sou... – Ele deu de ombros. – Nem seu porta-voz mais eu sou. Aprendi muito enquanto trabalhávamos juntos. E gostei do trabalho na maior parte do tempo e vou aceitar que sou inteligente. Mas não sou um homem sério, Violet, e Benedict sabe disso. Eu não tinha intenção de construir uma carreira de verdade com aquelas negociações. Só queria testar um truque bobo.

– Ora, isso que vá para o inferno! – ouviu-se exclamar Violet. – E Benedict que vá para o inferno também por fazê-lo acreditar nisso. Sim, você gosta de fazer piada. Isso não tem nada a ver com o que conquistou. Eu nunca disse que você era *o maior* especialista em herança de características físicas, disse que era um deles.

– Mas...

– Você não é um papagaio – afirmou Violet. – As pessoas precisam saber lhe fazer perguntas para conversar com você. Ainda que a fonte dos seus conhecimentos não seja verdadeira, os conhecimentos são. Além de mim, não existe uma única pessoa no mundo que saiba o que você sabe.

– Mas é só porque você...

– Não. É porque *você* trabalhou duro e fez perguntas e pensou e tentou – continuou Violet, sem piedade. – Você trabalha comigo há anos. Quando precisamos aprender matemática para continuar o trabalho, nós nos esforçamos juntos. Se nós dois fôssemos homens, o crédito pelo trabalho seria compartilhado entre nós. Poderíamos discutir sobre qual nome apareceria na frente, mas o seu nome teria lugar ao lado do meu. Você esteve comigo dia após dia, noite após noite. Um homem estúpido, um homem descrente, um homem irresponsável não conseguiria fazer o que você fez. E é um *disparate* que seu irmão diga que você nunca conquistou nada. É um insulto à definição de conquista.

– Mas...

– Não! – exclamou ela. – Não quero ouvir nenhuma desculpa para o que ele disse. Não quero. Você entendeu tão bem o que estamos fazendo que aplicou os princípios matemáticos que usamos e gerou um capital de 22 mil libras. Você não é um tolo ignorante, Sebastian, não importa o que o seu irmão diga. Você é um homem muito inteligente que, por acaso, também tem um senso de humor malicioso.

Por um momento, ele não disse nada. Apenas olhou para ela. Mas chamar aquilo de "olhar" era como chamar de "lanchinho" um banquete de dezoito pratos. O espaço entre Violet e Sebastian parecia carregado de eletricidade. Ela quase conseguia sentir seus cabelos se erguendo, fio a fio, de tão poderosa que era aquela carga. E os olhos de Sebastian, ah, os olhos... Eles faziam Violet querer se aproximar, tomar suas mãos entre as dela.

Em vez disso, porém, ela as colocou atrás das costas.

– Violet – ensaiou ele, com a voz um pouco rouca.

Ela respirou fundo.

– Francamente – disse ela e respirou fundo mais uma vez. – Fico ressentida por Benedict dizer tamanha estupidez.

E por forçá-la a se revelar e fazer com que Sebastian a fitasse com aquela intensidade, tão atraente.

– Isso me deixa muito irritada. Com ele.

Sebastian suspirou e desviou o olhar, esfregando os lábios. Violet *não* ia pensar em beijá-lo. Não ia.

– Você tem que admitir – disse Sebastian com toda a calma, como se nada tivesse acabado de acontecer – que Benedict tem certa razão. Independentemente do que eu tenha conquistado, não agi de forma muito respeitável.

Era essa falta de respeitabilidade que tornava tão impossível compreender o que ele lhe dissera. Declarar que a amava? Sebastian era um libertino, o amor nunca se envolvera em nada do que ele fazia.

Sebastian nunca falava sobre suas... aventuras. Nem com Violet, nem com ninguém. Era extraordinariamente discreto – um dos motivos para ser tão popular, suspeitava Violet. Até onde ela sabia, havia uma amante à espera de Sebastian aquela noite. Talvez houvesse três. Ele não podia *amar* Violet. Fazia muito mais sentido imaginar que ele a visse com uma... candidata em potencial. Ele só podia ter se referido ao amor no sentido físico. Ele sentia luxúria por ela, nem mais nem menos do que sentia por qualquer mulher que lhe chamasse a atenção.

Violet olhou para o nada.

– Benedict não tem como saber até onde vai sua respeitabilidade – pontuou. – Nem eu sei.

Sebastian a encarou.

– Você gostaria de saber?

Se ela queria saber sobre outras mulheres? Não. Definitivamente, não. Se Sebastian lhe contasse isso, Violet seria capaz de fazer algo vergonhoso – como se imaginar no lugar de uma delas.

– De todo modo – disse Sebastian, após uma pausa não longa o bastante para ser desconfortável –, você tem razão, mas é um pouco exagerada. Tentei fazer uma pesquisa científica ou outra por conta própria. Nunca lhe contei, porque fiquei com vergonha da minha falta de progresso. Talvez um dia eu apresente o trabalho como prova do meu fracasso.

Ele deu de ombros.

– Isso, pelo menos, seria verdadeiramente meu – concluiu.

– Que ridículo! – disse Violet.

– Não é ridículo. Eu poderia lhe mostrar.

– É ridículo, *sim*. Um projeto fracassado não é uma carreira fracassada. Projetos dão errado o tempo todo por infinitos motivos. Sabe disso.

Mais uma vez, ele não respondeu nada. Mas a fitou daquele jeito – daquele jeito intenso e sombrio que ele já não tentava esconder.

– Toda vez – falou ele baixinho. – Toda vez que tenho dúvida, toda vez que me pergunto se valho menos do que eu imaginava... Violet.

Ele não disse mais nada, porém não era necessário. Violet engoliu em seco e desviou o olhar. Não queria pensar nele daquele jeito, simplesmente não queria. A ignorância talvez não fosse um êxtase, mas pelo menos não oferecia riscos.

– Benedict – murmurou ela. – É tudo culpa dele. Ele está sendo teimoso demais ao se recusar a lhe dar o crédito que merece. É só isso.

– Eu não quero crédito, só quero meu irmão – afirmou Sebastian e fechou os olhos. – Mas... – Ele parou, abriu os olhos e a encarou. – Mas Benedict se preocupa com as coisas com as quais se importa – voltou a falar, mais devagar. – E, sim, tem razão: ele é bem teimoso quando está decidido. Ele *é* um tanto convencional, não tenho dúvida de que a matemática foi um pouco demais para ele. Mas ele é justo. Vai mudar de ideia quando perceber...

– Sebastian – disse Violet devagar –, o que está planejando?

– Bem...

Ele deu de ombros.

– Não preciso mesmo de dinheiro, mas alguém estava disposto a pagar 50 mil libras pela minha ideia. Benedict acha que ela não vale nada. E se eu o fizer entender que está errado?

Violet o encarou.

E Sebastian abriu um sorriso enorme.

– Sim – falou. – É isso mesmo. E se eu vender minha ideia para a preciosa Sociedade do Benedict?

Capítulo onze

O ar noturno de Londres era fresco, talvez até puro. Sebastian conseguira sobreviver àquela noite sem envergonhar a si mesmo. Mas tinha chegado perto, muito perto disso. Havia conseguido se afastar de Violet, atravessar metade do caminho entre as paredes dos jardins das casas dos dois, então parara e se escorara nos tijolos com uma agonia visceral.

Era noite de lua cheia e uma faixa de luz brilhante atingia o rosto de Sebastian, quase ferindo seus olhos.

Ele já vira Violet focada num assunto antes. Quando estava assim, ela ficava vibrante e cheia de cor. Ele já a vira animada sobre uma palestra que Sebastian daria, sobre um artigo que estavam escrevendo, sobre um experimento que tentavam desvendar. Mas essa fora a primeira vez que ele tivera todo o peso da atenção de Violet concentrado não nas palavras dela sendo ditas por Sebastian, mas diretamente nele.

Não é um tolo ignorante, Sebastian, não importa o que o seu irmão diga. Você é um homem muito inteligente que, por acaso, também tem um senso de humor malicioso.

Haviam bolado um plano simples. No fim, Violet assentira e lhe dissera: "Não podemos focar apenas em provar algo para Benedict. Temos que determinar se seu irmão está mesmo sendo ridículo. Se o resultado for o esperado e ele não conseguir aceitar, você vai saber que a culpa não é sua."

E, de alguma forma, com essas palavras, o mundo de Sebastian se realinhara. Ele não era um bobo da corte que fazia os outros rirem. Era mais do que isso. Ele queria ser mais. E, por Deus, queria ser mais para Violet. Ele a desejava desesperadamente. Queria beijá-la, segurá-la bem perto. Queria tomar o corpo dela nos braços e empurrá-la contra a coluna de aço da estufa, então beijá-la até que a respiração dela ficasse entrecortada e ela mal conseguisse ficar de pé.

Ele queria levá-la para casa, para a cama. Queria Violet ali, suada e molhada e pronta para ele. Queria dormir ao seu lado quando terminassem e acordar junto dela na manhã seguinte. Queria discutir com ela e fazê-la rir, observá-la trabalhar, reencontrá-la depois de um longo dia examinando registros de navegação. Ele a queria. Queria toda e qualquer coisa dela.

Se ela sentisse completa indiferença por Sebastian, ele teria sofrido, mas também teria conseguido desistir. O fato de ela se importar com ele – muitíssimo e, ainda assim, não o bastante – fazia da situação algo tolerável e, ao mesmo tempo, impossível.

Sebastian sentiu a parede às suas costas. Os tijolos não haviam sido assentados de modo uniforme: alguns cantos cutucavam sua coluna. Notou também o cheiro das folhas que apodreciam sob seus pés.

E ainda conseguia ver Violet, irritada a ponto de tremer, por não achar justo o jeito que Benedict o tratara.

Deus do céu! Se as coisas fossem diferentes entre eles... Se ao menos fossem...

Sebastian foi tomado por uma confusão de imagens e necessidade, um desejo físico que se acumulou em seu abdômen. Ele não queria voltar para casa – para sua casa fria e solitária, com apenas a cozinheira para cumprimentá-lo, o criado para lhe desejar boa-noite. Ele queria voltar para ela... voltar e...

E...

E possuí-la. Tirar aquelas plantas da mesa na parte norte da estufa, deitar Violet no lugar dos vasos e deslizar para dentro dela. As pernas de Violet se enroscariam ao redor de Sebastian e ela emitiria um ruído no fundo da garganta.

Estava escuro. Sebastian estava sozinho. E ele queria.

Foi fácil abrir a calça e tocar seu membro no frio ar noturno. Foi fácil se imaginar tomando Violet – investindo dentro dela, dizendo que a amava. Não foi preciso muita preparação. Algumas poucas carícias, e sua excitação confusa se transformou numa ereção dolorosa. Sua mão deslizou pelo membro em movimentos suaves, forçando-o. Sebastian ergueu o rosto para a luz do luar.

Levou-se ao ponto em que seu desejo físico ficou grande o bastante, agressivo o bastante, para dominar quase todo o resto do que sentia. Até que arfou com vigor e se derramou nas folhas aos seus pés, deixando que o orgasmo varresse os desejos de dentro de si.

Quando passou, ele afundou contra a parede.

Foi então que ouviu folhas estalando.

Sebastian se virou, mas já sabia o que – *quem* – era. Apenas duas pessoas tinham acesso àquele lugar.

Estava escuro, mas não tão escuro assim. Sebastian fechou os olhos e arrumou a calça.

Violet – e *era* Violet que estava ali, a três metros de distância – não disse absolutamente nada. Não por um longo minuto.

Sebastian não iria se desculpar. Não estava envergonhado. Só desejava... desejava... Ele desejava algo que não conseguia expressar em palavras. Desejava esse algo com todo o seu corpo e sabia que nunca o teria.

– Eu quero, sim, saber sobre as outras mulheres – disse Violet por fim, num tom de voz baixo.

Sebastian se recostou contra o muro e olhou para a luz do luar.

– O que gostaria de saber?

Ela ficou em silêncio por um tempo.

– Você tem alguém agora?

– Não. Faz meses.

Ela considerou a resposta por alguns momentos.

– Quantas já foram?

– Quantas mulheres?

Ele poderia lhe dar uma resposta direta. *Dezenas*. Ou ser mais específico: *37*. Se versões mútuas da ação que ele acabara de executar contassem – e, para Sebastian, contavam –, seriam 37. No fim das contas, porém, o que ele disse foi:

– Muitas. E não o suficiente.

O rosto de Violet estava nas sombras. Sebastian não sabia dizer se ela sentia desgosto ou se era apenas uma questão de curiosidade para ela.

Ela exalou.

– Quantas seriam o suficiente?

Ele sorriu com tristeza.

– Mais uma, Violet.

Ele a fitou. Olhou para seus braços, cruzados ao redor do corpo; sua cabeça, voltada para longe da dele, como se isso fosse o suficiente para distraí-lo da ferocidade de seu desejo.

– Eu sempre quis só mais uma.

Violet ergueu a cabeça e a balançou. A luz do luar recaiu sobre seu rosto. Seus braços comprimiram o aperto no próprio corpo.

– Eu sinto muito – sussurrou ela. – Eu sinto muito, muito mesmo.

Ele não podia tocá-la. Não podia tê-la nos braços. Principalmente não naquele momento.

– Não tem por que se desculpar. Você está feliz com nossa amizade do que jeito que ela é.

Ele esperava que ela concordasse. Que dissesse que tinha tudo que desejava – que a amizade dos dois era o suficiente, que mais não a agradaria.

Contudo, ela se virou para longe de novo.

– Não.

Ela disse "não".

Havia três metros entre os dois, três metros que, por instinto, Sebastian sentia que precisavam existir, senão Violet sairia correndo.

Ele podia ter pedido uma explicação. Podia ter ido até ela para descobrir se o *mais* que Violet queria era o mesmo pelo qual Sebastian ansiava. Mas ela precisava daquela distância. Se quisesse explicar, ela já o teria feito.

Violet ficou ali, no vão entre as paredes, impossivelmente longe, uma das mãos apertando a outra num sofrimento inexplicável.

Depois de uma longa pausa, Sebastian balançou a cabeça.

– Então eu também sinto muito, querida – falou, rouco. – Sinto muito mesmo.

∽

Por um acordo tácito, na vez seguinte que Sebastian viu Violet, eles não falaram sobre os sentimentos dele. Não comentaram nada sobre o que ela poderia ou não ter visto no vão entre os muros naquela noite. Não se dirigiram àquela noite de forma alguma.

Conversaram sobre navegação. Discorreram sobre a Sociedade para o Aperfeiçoamento do Comércio Respeitável, sobre sobrinhos e sobrinhas, sobre amigos em comum. Discutiram tudo que não fosse eles mesmos.

Sebastian não perguntou a Violet por que ela estava infeliz, e ela não ofereceu a informação voluntariamente.

A vida dos dois continuou como se nada tivesse mudado: Sebastian fez uma apresentação bem recebida pelos membros de Londres da Sociedade, Oliver e Jane voltaram da lua de mel e convidaram os amigos para jantar. Dias passaram devagar e verdades permaneceram não ditas.

No entanto, talvez Violet também sentisse falta de conversar, porque, uma noite, após terem esgotado todos os assuntos de sempre, ela olhou para Sebastian com uma expressão cautelosa.

– Lembra o primeiro artigo que escrevi? – perguntou.

Era uma noite de junho. As cigarras cantavam no crepúsculo cada vez mais escuro, e Violet e Sebastian estavam abrigados nos antigos aposentos de jardineiro nos fundos da propriedade dele, transformados em escritório anos antes para que os dois tivessem um lugar confortável onde conversar longe dos olhos bisbilhoteiros dos criados. No cômodo, que não era muito grande, havia apenas uma escrivaninha e um sofá. Era um espaço aconchegante para uma pessoa e apertado para duas.

Violet estava sentada, encolhida, no sofá bordado. Sebastian estava sentado à escrivaninha, tentando não contemplar a vista à sua frente e sendo bem-sucedido na maior parte do tempo.

– Como eu iria esquecer as bocas-de-leão? – disse ele.

Ela se virou e apoiou um cotovelo no braço do sofá.

– Já lhe contei como acabei escrevendo sobre elas?

Ele sempre imaginara que era porque Violet gostava de bocas-de-leão. Ela já gostava de jardinagem antes mesmo de começar a escrever artigos científicos. Havia enfrentado os canteiros com uma determinação inigualável pela maioria dos amadores.

Violet olhava através da janela para os vultos do jardim de Sebastian, observando o crepúsculo criar sombras cada vez mais longas.

– Não – respondeu Sebastian apenas.

– Meu pai era um jardineiro ávido. Nos batizou em homenagem às flores. Violet, violeta, e Lily, lírio. Ele costumava me levar junto aos jardins.

Ela não disse mais nada por um instante, como se tivesse que organizar os pensamentos.

– Ele costumava dizer – continuou Violet – que eu era o amuleto da sorte dele. Que, se eu estivesse presente, ele sempre alcançaria seus objetivos. E tinha uma coisa que ele queria mais do que qualquer outra: criar uma boca-de-leão rosa que só gerasse mudas rosa. Vinha trabalhando nisso fazia anos, desde muito antes de eu nascer.

Ela meneou a cabeça antes de prosseguir:

– Uma das minhas primeiras lembranças é de vê-lo plantando sementes. Lembro-me dele contando que precisava de mim ali, que eu faria com que todas as flores saíssem rosa. Fui até os canteiros dele na primavera e respirei em cada folhinha que nascia. Eu realmente acreditava que faria a diferença. Queria ser a boa sorte dele. Queria muito mesmo. Lily era bonita e realizada. Eu queria ser capaz de fazer *aquilo*. Naquele ano, o canteiro de flores experimentais nasceu todo rosa. Nós comemoramos. Ele disse que era tudo graças a mim, e eu fiquei animadíssima.

Mesmo que nunca tivesse ouvido a história, Sebastian sabia qual seria o fim. Havia apresentado o trabalho de Violet sobre bocas-de-leão muitas vezes para não prever sua conclusão. Ainda que sentisse pela decepção que estava por vir, porém, apenas observou Violet.

– Ele coletou as sementes com cuidado e me disse quanto elas eram vitais, como ele tinha conseguido fazer algo inédito. Essas mudas, quando brotaram no ano seguinte, ele chamou de "primeiras bocas-de-leão rosa verdadeiras".

Violet meneou a cabeça mais uma vez.

– Todo mundo em casa estava morrendo de ansiedade quando os botões iniciais se formaram. Dei meu melhor para ser o amuleto da sorte do meu pai e passei cada segundo que pude lá fora, encorajando as plantas. Esperamos ansiosos que as flores se abrissem e exibissem suas cores. E, quando isso aconteceu... era uma mistura. Rosa e branco e um vermelho bem vivo intercalado.

Ela cruzou os braços.

Ele conseguia ver a memória dessa tristeza refletida no rosto de Violet.

– Era claro – continuou ela – que as sementes precisavam ser aperfeiçoadas. Papai cruzou as flores rosa entre si e, na outra primavera, repetiu o procedimento. Pensei que talvez eu tivesse cometido algum equívoco no ano anterior, então me esforcei ainda mais. Incluí as flores dele nas minhas orações toda noite, e eram a primeira coisa em que eu pensava ao acordar. Eu nunca tinha me permitido desejar algo tanto quanto desejei que cada flor nascesse rosa.

Ela fez uma pausa.

– Saíram misturadas de novo – disse Sebastian.

Ela virou o rosto.

– Misturadas – confirmou. – Meu pai parou de me chamar de amuleto da sorte dele. No ano seguinte, quando o lote nasceu misturado de novo, ele me disse para não aparecer mais por lá.

Violet deu de ombros, não com indiferença, mas como se pudesse se livrar de um peso nas costas.

– Foi naquele ano que minha mãe me ensinou a tricotar.

Havia tanta coisa naquelas palavras – a expressão nos olhos de Violet, aquele sorriso triste. Sebastian conseguia ver uma Violet em miniatura desejando desesperadamente ser o amuleto do pai. Conseguia ver a mãe lhe ensinando mais do que apenas a empunhar agulhas: a tecer resignação a cada laçada da lã.

– Quando ficou claro que eu não conseguiria me sobressair do jeito que as mulheres normalmente fazem, comecei a plantar bocas-de-leão. Acho que eu queria provar para mim mesma que... bem, que não era culpa minha que tudo tivesse dado errado. Que, de alguma forma, não tinha sido eu quem havia destruído tudo para o meu pai. Não sei quando percebi a verdade, que não existe boca-de-leão rosa. Uma boca-de-leão rosa é só uma boca-de-leão que é metade branca e metade vermelha. Nada que ninguém faça pode tirar o vermelho dela. Não há como ela gerar flores rosa, porque ela não é rosa. Nossos olhos nos enganam. Só com anos de experiência é que se percebe a verdade.

Ela olhou para Sebastian.

Durante toda a história, a voz de Violet mantivera um tom prático – como se ela estivesse recitando uma aula em vez da história sobre seu pai culpá-la por uma lei inalterável da natureza. Sebastian queria abraçá-la, queria pegá-la nos braços e apertá-la até que Violet mal conseguisse respirar.

– Você olha para mim – disse ela – e seus olhos lhe mostram uma boca-de-leão rosa. É uma mentira. Não existem bocas-de-leão rosa. Não existe nada suave em mim que eu possa oferecer. Nem para você, nem para ninguém. Não importa o que você faça, nunca vai encontrar calor em mim. Simplesmente não existe. Há momentos em que eu digo a verdade e essa verdade traz conforto. Mas não deixe que seu coração se parta procurando algo que não existe.

Sebastian sentiu um desejo doloroso. Era uma sensação agridoce, como se ele fosse um soldado voltando para casa numa licença temporária. Poderia ficar ao lado dela por uma semana ou duas e amar cada segundo. Poderia invejar as almofadas do sofá por acariciarem o corpo dela.

Ele nutriu um ou três mil pensamentos fugazes em que a puxava para si e a beijava até que o gosto amargo da verdade fugisse deles. De fato, pensara – repetidamente – que ela precisava de tempo. Que, se ele esperasse, um dia tudo daria certo.

Afinal, todo soldado sonhava com o cessar-fogo.

Contudo, Violet nunca o deixara abraçá-la, e a paz não viria. Era um pensamento amargo, quase amargo demais para suportar, não importava quanto ele ansiasse por aquela mulher.

– Percebi anos atrás – disse Sebastian – que ter você como amiga não é um prêmio de consolação. Não é algo que deva ser desmerecido. É uma honra.

Ela olhou para ele, cautelosa.

– Meu coração não está se partindo por não poder tê-la.

– Não diga isso. Eu vi o jeito que estava me olhando agora há pouco. Podemos discutir sobre quais palavras usar exatamente, mas não me diga que não o faço sofrer.

– Meu coração não está se partindo por não poder tê-la – insistiu Sebastian. – Está se partindo porque você é uma pessoa difícil, que imagina que o que vejo em você é uma ilusão. Não é.

Violet o fitou. Seus olhos se arregalaram, ela firmou os pés com força no chão e se endireitou, como se estivesse se preparando para fugir.

Mas ele não se permitiu aproximar-se dela.

Violet cruzou os braços.

– Não sou o tipo de mulher por quem homens se apaixonam – falou com uma voz monótona. – Não sou acolhedora nem receptiva. Sou agressiva e fria. – Os olhos dela reluziram. – Não tenho interesse em relações sexuais. Talvez seja verdade que algum homem pudesse perder a razão e imaginar sentir algo semelhante a amor por mim, mas tenho todos os motivos para acreditar que seria um desvio temporário da realidade. Até os homens mais criativos e sinceros uma hora perceberiam a verdade. Mal sou uma mulher, Sebastian. Faça uma lista de qualidades femininas e verá que não tenho nenhuma delas.

Era como voltar para casa, um lugar que lhe era muito caro, e descobrir que o bosque havia queimado até o chão e que a casa estava em ruínas. Sebastian encarou Violet, horrorizado.

Ela o fitou. Sua expressão não mudou, não vacilou nem um instante.

– Já me foi informado com grande autoridade – pronunciou ela – que não tenho valor nenhum como mulher.

Dito isso, ela ficou de pé, se virou e abriu a porta com força. A noite já havia caído e a escuridão se estendia.

– Espere.

Sebastian foi atrás dela. Fez menção de pegá-la pela mão, depois se impediu, percebendo que essa ação só pioraria as coisas.

– Espere – repetiu. – Violet, me escute. Seu marido era um canalha.

Ela estacou, mas não se virou para olhá-lo.

– Estou falando sério – continuou Sebastian. – Não tenho ideia do que ele fazia com você, mas eu a observei enquanto isso acontecia. Quando escreveu aquele artigo, o primeiro sobre bocas-de-leão, o que eu apresentei em seu nome, eu temia que você não fosse sobreviver até o fim do ano.

Ela ergueu o queixo.

– Não sei do que está falando.

– Não diga besteira. Esteve doente por semanas naquele ano. Ele batia em você? Você estava escondendo os machucados? Ele lhe disse que você não valia nada? Que era inútil?

Ela estufou o peito.

– Não quero falar sobre meu marido.

– Mesmo depois que você se recuperou o bastante para sair da cama, mal era capaz de dar um passeio no jardim comigo. Tínhamos que parar a cada 20 metros para que se sentasse. Eu esperava que você conseguisse se recuperar do que quer que fosse a doença. Mas, dois meses depois, você estava doente demais para me ver de novo. Achei que estivesse morrendo, Violet.

Ela balançou a cabeça.

– É óbvio que você estava errado. Ainda estou aqui.

– Ainda está aqui. Seis meses depois de escrevermos o primeiro artigo, seu marido caiu da escada porque estava bêbado e quebrou o pescoço. E, de repente, depois de anos vendo-a batalhar contra problemas de saúde, você melhorou, sem recaídas, sem doenças repentinas. Então, não repita as palavras do seu marido para mim, Violet. Posso adivinhar a verdade.

– Não pode – disse ela, a voz estrangulada. – Você não faz ideia, Sebastian.

– O que quer que seu marido tenha lhe dito, o que quer que ele tenha lhe feito, ele estava errado. Ele estava completamente errado.

Violet o encarou.

– Você está mentindo para si mesmo. Está imaginando que a culpa é do meu marido, que ele arrancou o calor de mim. Está errado. É o contrário. Meu marido disse que eu não valia nada porque descobriu que eu não tinha calor nenhum para oferecer. Ele me disse que eu era egoísta, e não tenho certeza de que ele estivesse errado. Porque, quando ele morreu, não consegui ficar triste.

– Violet – disse Sebastian –, você cuidou de um filhote de coruja de asa quebrada por três meses, ignorou o fato de ele ter destruído os móveis antigos do cômodo onde o deixou e, quando suas criadas não tiveram coragem de caçar ratos para ele, você mesma os pegou.

Os olhos dela reluziram.

– Foi por mera curiosidade.

– Eu a ouvia conversar com a coruja como se fosse um bebê – disse Sebastian. – E que tal falarmos de Herman, o gato que você encontrou numa armadilha de aço?

Violet fingiu não ter ouvido.

– Meu marido nunca me bateu – disparou. – Nem uma vez. E, se acha que ele foi o único a dizer que eu não valia quase nada...

Ela respirou fundo.

– Eu era o amuleto da sorte do meu pai. Lily sempre dizia para todo mundo que papai nos amava demais para se matar. Mas eu sempre soube a verdade. Eu nunca fui o bastante.

Sebastian desejou, mais do que qualquer coisa no mundo, poder tomá-la em seus braços e ajudá-la. Apertar Violet com tanta força que todos os medos dela fugissem. Mas Violet não era desse tipo. Ela não receberia de bom grado o abraço de Sebastian. Não iria querer admitir que sentia emoções caóticas, muito menos que se deixava abalar por elas. Ficou encarando a escuridão com olhos límpidos e o rosto plácido.

– Então me esqueça – disse Violet, por fim. – Pare de querer saber. Todo mundo que me entende mais cedo ou mais tarde fica com nojo de quem sou.

– Eu não sou assim.

Ela voltou os olhos para ele.

– Você não sabe de tudo.

∽

Vinha ficando pior.

Quando Sebastian estava por perto, Violet pensava em coisas estranhas – em tocá-lo, em beijá-lo, em apenas mantê-lo bem perto e inspirar o calor reconfortante dele. Quando Sebastian não estava por perto, ela sentia a lembrança dele se prolongando, aguardando o momento certo para pegá-la desprevenida. Esses pensamentos indesejados lhe ocorriam nos momentos mais peculiares. Quando calçava uma luva, pensava nos dedos de Sebastian entrelaçados nos dela, naquele sorriso brilhante dele – só para Violet. Ele a puxaria para perto...

Então ela balançava a cabeça, expulsando a ideia antes que desse origem a um desejo verdadeiro.

Contudo, o desejo sempre achava uma forma de voltar sorrateiramente e, quando ela percebia, estava imaginando risadas do tipo que a fariam perder o fôlego. Do tipo em que ele a puxaria para perto enquanto o corpo de Violet vibraria de alegria.

Ela balançava a cabeça de novo, e a fantasia ia embora, envergonhada, derrotada, embora por pouco tempo.

Você não pode ser essa pessoa, lembrava a si mesma. *O desejo é perigoso para você.*

O pior momento era tarde da noite. Quando escurecia, quando até acender todas as lâmpadas apenas fazia as sombras se aprofundarem, Violet se lembrava das palavras de Sebastian.

Eu não a amo platonicamente. Eu quero você. Eu quero muito, mas muito mesmo. Se quisesse ir para a cama comigo, Violet, eu a levaria. Agora mesmo.

Tarde da noite, era difícil lembrar que ela era feita de gelo. Que o amor platônico era só o que se permitiria ter. Tarde da noite, ela lembrava o que era tocar, a sensação de pele deslizando na dela. Aquela sensação de calor no calor, da fricção deliciosa de dedos em seu quadril, puxando-a para perto...

Era uma recordação mais luxuosa do que a seda mais suave que existisse. Violet lembrava o que era se afogar num beijo, o que era esquecer tudo quando corpos viravam um só. Ela lembrava como era o sexo antes que tivesse ficado amargo.

Entretanto, ela se lembrava com a mesma nitidez do que tinha se tornado: aquela entrada em um vazio gélido; cada investida do quadril dele, uma tentativa de apagar Violet do mundo.

Ela se lembrava de tudo isso e desejava e temia.

Então ela fez o que sempre fazia: encontrou algo para tomar o lugar desse desejo cavernoso e traiçoeiro. Recortava jornais científicos, mesmo que o que descobrisse neles fosse apenas acabar em silêncio. Acomodava os artigos entre as páginas de suas revistas, folheando *La Mode Illustrée* não de vestido em vestido, mas de artigo em artigo, incluindo tópicos que iam de herança sexual aos últimos experimentos em fotografia de exposição múltipla para aprimorar resultados microscópicos. Ela se debruçava sobre desenhos de células enquanto fingia se importar com xilogravuras de sobressaias de tarlatana rosa.

Lia e lia e lia mais, até que não houvesse espaço para desejos. Até que se reduzisse a ideias e trabalho, a um ser sem sentimentos, sem sensações, sem desejos. Afinal, nada disso jamais lhe fora útil.

Só que os pensamentos eram traiçoeiros e, se havia algo que o trabalho científico lhe ensinara, era o seguinte: pequeno ou grande, quase todo organismo ansiava por se reproduzir. Era um desejo gerado em cada célula, e ela não podia afastá-lo, não importava quanto soubesse que era prejudicial. Ela apenas podia deixar esse anseio a distância.

Às vezes, à noite, não conseguia.

Ao sentir a cama sob suas costas naquela noite, lembrou-se da sensação do marido sobre ela, penetrando-a, aproximando o rosto do dela como se fosse lhe dar um beijo.

Nos primeiros anos, ele sussurrara palavras de incentivo e afeição. *Querida* e *amor* e *muito bem*. Depois, caíra em silêncio.

Perto do fim, porém...

Para que diabo você presta?, havia murmurado em seu ouvido ao tomá-la. *Vagabunda egoísta.*

Aquelas eram as palavras que pontuavam as investidas dele. E, a cada ciclo que passava – a cada intervalo de alguns meses –, ela provava que ele tinha razão ao sublimar como o gelo no inverno, transformando-se em muito vapor.

Egoísta. Inútil. Vagabunda.

De quantas mulheres você ainda precisa?

Só mais uma.

Entretanto, Violet nunca poderia ser a *mais uma* de ninguém. Ela era um quebra-cabeça feito por um ferreiro insano. Qualquer um que tentasse desvendá-la seria levado à loucura.

Ela soltou um suspiro na escuridão. Lily. Visitaria Lily no dia seguinte e Lily estaria precisando dela.

E, ah, como Violet precisava que precisassem dela. Naquele momento, mais do que qualquer outra coisa.

Capítulo doze

O sol estava alto no céu e a viagem de Sebastian partindo de Londres tinha sido agradável. Ele conseguira enterrar todas as revelações de Violet no fundo do coração. Ele as escondera no sol agradável, no ar muito úmido que anunciava uma tempestade vindoura.

Já se passara uma semana desde que vira o irmão e um pouco menos do que isso desde que se encontrara pela primeira vez com a diretoria da Sociedade para o Aperfeiçoamento do Comércio Respeitável. A resposta deles fora melhor do que Sebastian pudera esperar.

A do irmão, por sua vez...

Os criados o levaram até o escritório de Benedict. Ao entrar, Sebastian não disse nenhuma palavra. Apenas entregou a circular que levara.

Conseguia ouvir o relógio marcar os segundos que passavam. Não se atreveu a contá-los, não queria saber quanto tempo ia levar para que Benedict percebesse o que estava lendo.

O irmão esticou a página à sua frente na mesa, alisando-a, e balançou a cabeça. Parecia se mexer devagar. Pela terceira vez, franziu o cenho e recomeçou a ler.

Os lábios de Benedict se retorceram numa careta. Os dedos batucaram a mesa, como se ele pudesse mudar as palavras na circular caso a sacudisse com força suficiente. Releu o documento até o fim pela terceira vez e, depois que seus olhos pararam de se mover – muito tempo depois –, ficou apenas encarando o papel.

Sebastian não conseguia respirar. Uma parte dele ainda se sentia o caçula que vivia em volta do irmão mais velho exibindo alguma habilidade que o outro havia aperfeiçoado anos antes. *Olhe só*, queria dizer. *Olhe só o que eu fiz.*

Mas era mais do que isso.

Olhe só quem eu sou.

Por muitos anos permitira que o irmão lhe dissesse que ele, Sebastian, não valia nada, que a soma de suas conquistas eram as piadas que fazia e o ódio que recebia das pessoas respeitáveis ultrajadas pelas ideias que ele defendia.

Entretanto, Benedict estava errado.

Por fim, o irmão fechou os olhos e empurrou o papel para longe.

– Sebastian. – A palavra saiu num suspiro entristecido e ele balançou a cabeça ao falar. – Como foi que conseguiu fazer isso?

– É para eu sentir vergonha? – perguntou Sebastian, surpreso. – Fui visitar a Sociedade em Londres. Conversei com a diretoria lá. Ficaram bem interessados no meu trabalho com navegação e ainda mais interessados em saber como aplicar métodos numéricos ao comércio.

O irmão fez uma careta.

– Isso ficou bem óbvio. Mas...

Os segundos pareciam cada vez mais rápidos no relógio.

– Não precisa de nenhum "mas" – disse Sebastian. – Pode apenas dizer: "Muito bem, Sebastian. Estou ansioso para participar desse encontro."

– Participar? – rebateu o irmão e torceu o nariz. – Acha que vou participar? Deixei claro para você que a Sociedade é uma organização respeitável. E acha que vai provar algo ao deslumbrar a cabeça deles com uns truques de mágica matemática?

– Que inferno, Benedict! – praguejou Sebastian. – Isso...

Dói, era o que poderia ter dito. Mas só essa palavra não englobava a ardência que Sebastian sentia, a dor lá no fundo. Ele quisera fechar a lacuna entre os dois. Tivera esperanças de que fosse possível.

– Isso é injusto. – Ele desviou o olhar. – Não acho que eu possa lhe provar nada. Você deixou isso bem claro. Mas tive esperanças de que ao menos me daria uma chance.

– Uma chance? Uma chance de quê?

Sebastian ergueu o queixo e respondeu:

– Uma chance de provar que sou seu igual. Que, não importa quantos passos errados eu dê, podemos ter algo em comum.

Benedict cerrou a mandíbula.

– Só que você quer mais do que isso. Sei como você é. Claro que deseja minha aprovação. Você floresce quando está deslumbrando as pessoas. E o fato de não conseguir me enganar o irrita. Você é todo feito de brilho, sem nenhuma substância. Olhe só o anúncio neste papel. É ridículo. "Em honra às nossas festividades de bicentenário, temos o orgulho de apresentar uma série de palestras sobre o futuro dos negócios, ministradas pelo pensador do século." E então vem o seu nome.

Benedict soltou uma gargalhada.

– Diga, Sebastian. Como isto aqui *não* é uma piada?

O estômago de Sebastian revirou.

– "Pensador do século" é um pouco exagerado – concordou com rigidez. – Contudo, se as pessoas mais importantes e inteligentes da sua Sociedade acham que tenho algo interessante a dizer, você não poderia nem considerar essa possibilidade?

Benedict se levantou.

– Está esquecendo que eu o conheço bem. Eles não cresceram na sua companhia. Qualquer um que seja apresentado a você hoje fica deslumbrado, cego pelo seu brilho. Mas eu passei a vida olhando para você, portanto não consegue esconder a verdade de mim. Por trás das piadas e das palavras agradáveis e dos sorrisos, você não é nada.

Foi como se o irmão de Sebastian tivesse cravado uma espada na barriga dele. Benedict continuou:

– O resto do mundo vai lhe fazer todos os elogios que tiver para fazer. Mas alguém precisa lembrá-lo de quem você é de verdade, e essa pessoa sou eu.

Ele empurrou a circular de volta para Sebastian.

– Quer saber o que acho disso? Acho que minha Sociedade cometeu um erro, um maldito erro terrível, e que, quando você terminar de causar os estragos de sempre, quem vai ter que limpar a bagunça sou *eu*.

Sebastian não sabia o que dizer. Buscou palavras – qualquer uma –, mas todas lhe escaparam.

– Da próxima vez que quiser me deixar orgulhoso, não manche o nome de uma organização que eu amo.

Benedict falava como se estivesse oferecendo um conselho gentil e amoroso. As mãos de Sebastian estavam ficando frias.

O mais velho se levantou.

– Faça alguma coisa de verdade e vou reconhecer sua conquista. Mas isso aqui...

Deveria ter ficado óbvio bem antes, mas Sebastian não quisera admitir. O irmão estava à sua frente, o rosto retorcido numa nuvem tempestuosa e obscura, os braços cruzados. Benedict, o Perfeito. Benedict, que nunca dava um passo em falso. Benedict, que sempre estabelecia critérios tão altos com a própria conduta que era impossível que Sebastian conseguisse alcançá-los.

Benedict, o Perfeito, era um mentiroso.

– Entendo – ouviu-se dizer Sebastian. – Sempre acreditei que a culpa da distância entre nós fosse *minha*. Só que nunca agi sozinho. Não existe nada ao meu alcance que o faça me ver com bons olhos. Vai mandar Harry para a avó porque não julga que conquistei o bastante para criar seu filho? Quantas libras ela ganhou nos negócios?

Benedict franziu o cenho.

– Não é essa a questão.

– Não é? Você quer que seu filho tenha um exemplo de como ser um cavalheiro. Quantas palestras ela deu na sua maldita Sociedade?

– Está passando dos limites, Sebastian. Não pragueje.

– Você mesmo praguejou, não faz nem dois minutos!

Sebastian fulminou o irmão com os olhos.

– Quando ela entrou para a Sociedade Real? Quantos anos ela tinha? Que artigos publicou?

Sebastian deu um passo para a frente.

– Não se trata do que eu faço. Não se trata do que eu *não* faço. Se trata da mesma porcaria de sempre, Benedict, a que sempre esteve em questão: eu sou alguém, alguém inteligente e capaz, e *você* nunca viu nada de bom em mim. Bem, cansei de tentar provar que mereço seu respeito. Você nunca vai me respeitar, não importa o que eu faça.

Benedict se afastou, as bochechas ficando coradas.

– Que coisa terrível de se dizer.

– Ah, muito terrível, é mesmo. Imagine ter que viver isso – disse Sebastian. – Imagine crescer sabendo que a pessoa que você mais quer que o veja com bons olhos já decidiu que você não vale nada. Passei a vida toda permitindo que me dissesse que não passo de um tolo, que sou apenas um libertino ridículo e bobo, alguém que nunca fez nada de bom para o mundo. Mas quer saber? Tenho muito do que me orgulhar. Tente, Benedict. Tente me dizer *uma* coisa boa sobre mim.

O irmão mexeu o maxilar. Suas narinas se dilataram e ele desviou o olhar.

– Bem, é fácil gostar de você. Admito isso – começou a dizer Benedict. – Sempre foi a sua ruína, o fato de ser fácil gostar de você. Tudo sempre lhe veio fácil: amigos, mulheres. – Ele balançou a cabeça e prosseguiu: – Dinheiro. Prestígio. A vida é um jogo para você. As outras pessoas têm que se esforçar, dar seu melhor para conquistar o mínimo. Com você, lhe dão tudo de mão beijada, sem que precise fazer o menor esforço. Porque é *fácil* gostar de você.

Deus do Céu. Benedict não conseguia nem lhe fazer um elogio sem transformá-lo num insulto.

– Não é minha culpa se as pessoas gostam de mim – defendeu-se Sebastian e cruzou os braços. – E não é verdade que recebo tudo de mão beijada.

– Diga uma coisa, Sebastian, uma coisa que já quis e não conseguiu.

Sem encará-lo, Sebastian disse:

– Sua aprovação.

– Ah, *uma* dificuldade! Muito bem. Depois de mais de três décadas de vida fácil, descobriu uma coisa que não pode ser comprada com uma piada e um sorriso.

– Não.

Sebastian apoiou as mãos na mesa.

– Sua aprovação era a única coisa que eu queria quando era criança. Tudo que eu sempre quis foi que sentisse orgulho de mim. Que me olhasse nos olhos e dissesse: "Bom trabalho, Sebastian, eu sabia que você iria conseguir." Mas nada que eu fizesse jamais foi bom o suficiente para você. Tentei e tentei e tentei e, não importava o que eu conquistasse, não importava o que eu postasse aos seus pés, a resposta era sempre a mesma: o que eu tinha feito não valia nada.

Ele se inclinou para a frente.

– Isso é um *disparate*, Benedict.

Benedict jogou a cabeça para trás.

– Ora, nem tente me deixar com pena. Se você tivesse feito algo que prestasse...

– Sabe por que eu quero o seu filho? – interrompeu Sebastian. – Sim, é porque eu o amo. Sim, é porque ele é um garoto maravilhoso e seria uma honra cuidar dele. Mas é também porque eu vejo você fazendo com ele o mesmo que fez comigo. Nada do que ele alcança é bom o bastante para o pai. Você só sabe repreendê-lo. "Pare de brincar de faz de conta", "Você ainda não tem idade para trabalhar de verdade" e, ao mesmo tempo, "Você já está grande demais para brincadeiras". Nada que ele faz é certo. Eu o quero porque gostaria que ele soubesse que é bom o bastante. Porque sou a única pessoa no mundo que acredita nisso e... maldição!... não quero que ele cresça como eu.

Os olhos de Benedict se nublaram.

– Está questionando *minhas* habilidades como pai?

– Sim – afirmou Sebastian. – Estou. Você estragou tudo comigo e agora está estragando tudo com Harry. Não vou permitir que faça isso com ele.

Benedict suspirou e esfregou a testa.

– Acha que eu fui duro demais? – disse. Ele deu um passo à frente. – Acha que deu o seu melhor e que eu deveria ter recompensado seus esforços medíocres e tolos para não ferir seus sentimentos? – Seu rosto estava vermelho. – Você poderia ter conquistado meu respeito. Nunca o neguei. Só tinha que fazer por merecer.

– Diga uma coisa que eu poderia ter feito! – vociferou Sebastian. – Só isso. *Uma coisa*, Benedict, que eu poderia ter feito que o motivaria a dizer: "Ora, Sebastian, você realmente merece respeito."

A boca de Benedict abriu, mas logo fechou. Então ele falou:

– É só... só parar de ser preguiçoso e...

– Eu não sou preguiçoso! – gritou Sebastian. – Olhe para mim. Olhe mesmo para mim, Benedict. Veja só quem eu sou e tudo que fiz. As coisas que mostrei para você, elas não são meros *acidentes*. São quem eu sou. Não é minha culpa se só consegue enxergar uma pessoa imprestável.

– Eu vejo quem você é! – vociferou Benedict em resposta. – Você é uma fraude, ponto.

Sebastian se sentiu frio até os fios de cabelo.

– Não.

Mas havia verdade suficiente naquela acusação, de modo que o protesto saiu num mero sussurro.

– Você é uma fraude – repetiu Benedict – que brinca de ser homem. Você é uma fraude, uma fraude, uma fraude terrí...

Ele parou no meio da frase, respirando com força. Seu rosto estava muito vermelho e ele engoliu o resto do que ia dizer.

E, naquele momento, Sebastian soube que o irmão tinha razão. Ele era uma fraude – uma fraude terrível – e, mesmo que Benedict não soubesse todos os motivos, tinha toda a razão. Sebastian temera perder o irmão e, mesmo assim, lá estava ele, afastando-o.

Ele sabia que Benedict estava doente do coração e, apesar disso, o enfurecera. Por Deus, ele tinha consciência do que era certo. Apenas... esquecera. *Odiava* perder a cabeça. Isso sempre o fazia esquecer o que realmente importava.

Ele era mais do que o irmão acreditava – não apenas alguém que contava piadas, não apenas um homem que fazia as pessoas rirem. Mas Benedict estava certo. No fundo, Sebastian nunca quisera ser nada além do homem que fazia os outros sorrirem. Toda vez que ele se esquecia disso, as pessoas que amava pagavam o preço.

Ele *tinha* conquistado coisas, mas também era o homem que passara três anos cruzando flores na esperança de descobrir algo importante e, e em vez disso, colhera apenas confusão.

O rosto de Benedict estava contorcido em agonia. Sua mão desceu para o abdômen. *É isso que acontece quando você age com seriedade. Deveria ter mais cuidado,* pensou Sebastian.

Ele deu um passo adiante.

– Chega – falou gentilmente. – Chega. Você tem razão. Sinto muito. – Esticou a mão e afagou o ombro do irmão mais velho. – Não se irrite. Não quero que se irrite.

Benedict flexionou os dedos, cerrando o punho.

– Que se dane meu coração. Se não posso gritar com meu irmão...

As palavras saíram entrecortadas, como se ele falasse com dor.

– Se não posso gritar com meu irmão mais novo, não há motivo para viver.

Sebastian balançou a cabeça.

– Venha, sente-se. Sente-se agora. Vou chamar o médico.

– Não é nada – murmurou Benedict.

Entretanto, ele se sentou pesadamente, o punho fechado sobre a perna, pressionando-a com força como se para afastar a dor.

– Não é nada. Só uma indigestão.

Ele respirou mais fundo.

– Vai passar – insistiu. – Mas...

Seus olhos se fecharam.

– Certo – concordou Sebastian com um tom de voz suave. – Não é a melhor hora para conversar.

No entanto, ele sabia o que estava dizendo, na verdade. Nunca haveria uma boa hora para conversar. Não havia como acabar com a distância entre os dois. Benedict nunca o respeitaria.

Não importava. Sebastian respeitava a si mesmo – tanto que não precisava mais da aprovação do irmão. Não importava quão pouco Benedict apreciasse a habilidade do caçula de fazer as pessoas rirem, contanto que Sebastian mantivesse o mais velho sorrindo, poderia se considerar um sucesso.

E, se Benedict não visse valor em Sebastian por causa disso... pelo menos estaria sorrindo.

⌑

– Tio Sebastian – chamou uma vozinha enquanto Sebastian descia a escadaria. – O que está acontecendo com o papai?

Sebastian olhou para baixo. Harry estava sentado numa cadeira no hall de entrada. Era uma cadeira para adultos e as pernas do menino mal alcançavam o chão. Ele aguardava de braços cruzados, com a paciência que Sebastian nunca tivera naquela idade. Os cabelos escuros do sobrinho estavam espetados para todos os lados e o rosto demonstrava sua preocupação infantil.

– Por que o senhor e o papai estavam brigando?

Harry parecia assustado.

– Porque não conseguimos chegar a um acordo – foi o que Sebastian respondeu. – Às vezes isso acontece. As pessoas não concordam.

Harry deslizou da cadeira. Levava um cavalo de madeira nas mãos. Lentamente subiu as escadas, até encontrar Sebastian na metade do caminho.

Como o tio estava um degrau acima, o menino lhe pareceu ainda menor; mal passava da altura de seus joelhos.

– O senhor vai embora e nunca mais vai voltar? – perguntou.

– Não.

Mais uma pausa.

– O papai vai morrer?

– Por que... – Sebastian umedeceu os lábios. – Por que está perguntando isso?

– Porque o médico está sempre aqui. Que nem ele fez ano passado, com a mamãe.

Não cabia a Sebastian contar a Harry sobre a doença do pai dele. Mas também não conseguiria mentir.

– Pergunte ao seu pai – disse por fim.

O rosto de Harry se contorceu.

– Então quer dizer que sim.

– Ora.

Sebastian se sentou nos degraus ao lado do sobrinho, acabando com aquela diferença horrível de altura.

– Vai dar tudo certo, de um jeito ou de outro – garantiu ao menino e então soltou a respiração. – Andei irritando seu pai nas últimas semanas, e isso não é bom para ele.

Sebastian olhou para cima. Não sabia mais o que fazer com o irmão, não sabia mais o que era certo, exceto que gritar não mudaria nada.

– Não vou mais fazer isso – prometeu. – Vai ajudar. Não precisa chorar.

– Não estou chorando – disse Harry.

E não estava. Seus ombros chacoalhavam convulsivamente, mas ele não deixava escapar um ruído sequer.

– Não estou chorando – repetiu Harry. – Papai disse que homens não choram, então não estou chorando.

Não seja ridículo, Sebastian pensou em dizer.

Ou: *Você pode chorar quando está triste.*

Todavia, Benedict não iria gostar da interferência de Sebastian no jeito que ele criava o filho e, no fim das contas, Harry era filho de Benedict.

A decisão era dele, independentemente do que Sebastian achasse.

– Certo – disse o tio, colocando um braço ao redor de Harry. – Que bom. Você não está chorando. Vou ficar aqui, não chorando com você.

– Violet – disse Lily, pegando as mãos da irmã. – Como sabia que eu precisava tanto de você?

Elas estavam no escritório particular de Lily, com a porta trancada. Lily havia ameaçado os filhos com humilhação em praça pública se a interrompessem durante a hora seguinte, o que significava que as duas tinham no máximo quinze minutos. Lily estava sentada à escrivaninha, seus olhos arregalados e suplicantes.

Violet não sabia. Ela precisava de Lily – precisava ser lembrada que alguém precisava dela, mesmo que fosse apenas para ter uma conversa séria com Frederick sobre manter a dignidade de seus soldadinhos de chumbo e não os levar a excursões dentro do penico. Com Lily, Violet sempre conseguia um propósito, um propósito de verdade.

Violet apertou as mãos.

– Me ajude – pediu Lily. – Isso vai além do que uma mãe consegue suportar.

– Qual é o problema?

Se um dos filhos de Lily tivesse ficado doente, com certeza ela já teria chamado Violet.

– Olhe só o que encontrei nas coisas de Amanda.

As mãos de Lily tremiam quando ela tirou uma chave do bolso e destrancou uma gaveta da escrivaninha.

De repente, Violet teve um presságio ruim em relação ao que Lily tiraria de lá.

– Essa coisa.

Lily pegou um livro.

– Essa *coisa* – repetiu.

Sua voz estava trêmula. Foi apenas com muito esforço que Violet conseguiu manter uma expressão impassível.

– "Orgulho e preconceito" – leu calmamente. – E é a primeira edição. Minha nossa! São bem valiosas hoje em dia. Um pretendente deu a ela? Tem razão. Ela nunca deveria aceitar um presente desses de um homem, mesmo que seja bem-intencionado. Ela vai ter que devolver.

Não era mentira. Tampouco era a verdade, mas nada do que ela dissera era uma falsidade descarada.

– Abra a capa – pediu Lily e desviou o olhar. – Só... abra.

Violet abriu, mesmo que já soubesse o que veria. Não era o frontispício de *Orgulho e preconceito*.

Ergueu a cabeça e fitou a irmã.

– Emily Davies – disse, lendo o nome da autora com tanta calma que, se não sentisse o coração batendo freneticamente no peito, nem saberia quanto estava acelerado. – Nunca ouvi falar de uma romancista com esse nome.

Também era verdade. A Emily Davies que Violet conhecia escrevia ensaios – como aquele ali, que defendia que as mulheres também mereciam ter acesso ao ensino superior –, não romances.

– Ela escreve ficção inadequada?

– Não é uma romancista – disse Lily, cuspindo as palavras. – Ela é uma daquelas... mulheres medonhas. Escreve sobre os direitos das mulheres.

– Ah. Minha nossa.

– Eu sabia que você iria entender. Minha própria filha anda se esgueirando com esse tipo de literatura subversiva! Ela se recusa a me dizer qual amiga lhe deu o livro. Não sei quem está tentando levá-la para o mau caminho. Não basta que ela pense essas coisas desprezíveis; agora sob essa influência, ela também me diz falsidades.

– Falsidades? – repetiu Violet. – Com certeza ela não contou *mentiras*.

– É quase o mesmo – redarguiu Lily com escárnio. – Verdades pensadas com o objetivo de enganar são tão ruins quanto mentiras.

Violet umedeceu os lábios.

– Amanda a ama, você sabe disso. Ela não é dissimulada por natureza. Talvez tenha sentido que você não fosse receber bem uma conversa dessas.

– Ora, é claro que ela pensou isso! Não vou *mesmo* receber bem uma conversa dessas. Quem iria querer falar sobre esse assunto? Ninguém de uma família decente. Essa conversa de educação superior pode ser uma necessidade lamentável para mulheres que não têm como receber um pedido de casamento respeitável, mas não é a situação de Amanda.

Violet não disse nada.

– Você e eu – disse Lily –, nós entendemos. A esfera feminina não é inferior simplesmente porque é relegada ao sexo mais frágil. Não somos fortes como os homens, inteligentes como os homens, mas temos nosso propósito. Amanda querer fugir disso...

– Propósito – repetiu Violet com melancolia. Em seguida, depois de uma pausa, pediu: – Me lembre: qual é mesmo esse propósito?

Lily fitou a irmã. Por um momento, apenas a olhou, como se só naquele momento lembrasse que Violet não tinha nem filhos nem marido. Como se estivesse pensando como seria capaz de encarar a irmã depois de dizer abertamente que Violet não servia a nenhum propósito.

– É por isso que amo você – disse Lily, sem jeito. – Porque, independentemente de quais sejam nossas diferenças exteriores, você ainda me entende. Sabe o que está no meu coração, assim como eu sei o que está no seu.

Violet ficou sentada num silêncio paralisante, mal conseguindo balançar a cabeça em resposta. Sempre soubera que tinha que enganar Lily para que a irmã a amasse. Não apenas sobre suas atividades ou pensamentos: precisava mentir sobre tudo.

Nunca lhe ocorrera que Lily – acolhedora, doce e aberta como era – também mentisse e que Violet quisesse essa mentira, já que até a ilusão do amor era preferível à completa falta dele.

– Quando eu descobrir que demônio deu esse livro medonho para minha filha – disse Lily –, vou acabar com a vida dele. Ou dela. Essa pessoa traiçoeira, mentirosa, egoísta, duas caras, covarde.

Violet mentia para Lily.

Mentia para Sebastian.

Mentia para todos com quem se importava.

Não fazia ideia do que tinha dito para terminar a conversa nem de como se despedira da irmã. No caminho de volta, começou a garoar; ela ouviu os pingos no teto da carruagem. Ao chegar, foi recebida com um guarda-chuva e logo a apressaram para que entrasse em casa, onde era quente e aconchegante. No entanto, ali também não havia lugar para Violet.

Ela passou de cômodo em cômodo, olhando para as versões falsas de *La Mode Illustrée* – que usava para esconder de bisbilhoteiros as suas preferências – e para o tricô que fazia para parecer inofensiva.

Só começara a tricotar porque o pai a banira do jardim. Até o tricô era uma mentira, uma imagem calma que usava para esconder toda a turbulência dentro de si.

160

Tudo relacionado a ela era mentira. E por um bom motivo: a verdade era horrenda demais.

Tão horrenda que até Violet se encolhia diante dela, acovardada.

Ela trocou de roupa. Colocou um vestido simples e foi até a estufa. A chuva começara a cair para valer, mas Violet não pegou um guarda-chuva. Os pingos grossos que bombardearam sua pele lhe pareceram um castigo justo.

Até seu trabalho era mentira. Não era dela, ninguém o reconhecia como tal. E continuar a fazê-lo era inútil, pois não havia mais ninguém para apresentá-lo. Estivera mentindo para si mesma nas últimas semanas.

Ela olhou para baixo.

Colocar sementes de molho, tentando convencê-las a germinar? Aquela ilusão de fertilidade era a maior mentira de todas.

Ela era um quebra-cabeça de ferro sem solução. Seus defeitos nunca apareciam no começo dos relacionamentos, mas no fim – quando fazia todo mundo que se importava com ela ir embora. Era apenas questão de tempo até que todos descobrissem a verdade.

Violet não valia nada e não tinha nada a oferecer para quem fosse tolo a ponto de se importar com ela. Não merecia nada, então nada era o que ela recebia. Não importava quanto se esforçasse nem o que fizesse.

No fim das contas, ela era uma covarde egoísta, inútil e mentirosa.

Violet cobriu as orelhas com as mãos, porém, por mais que tentasse, não conseguia fazer os sussurros irem embora. Afinal, não era uma voz. Eram as próprias lembranças, duras e terríveis. Não conseguia fazê-las ir embora. Não conseguia provar a si mesma que estava errada. Talvez fosse hora de mostrar quanto estava certa. Lá no fundo, sempre soubera que se alguém descobrisse a verdade...

Bem. Até Sebastian entenderia que era impossível gostar de Violet. Ela pegou todos os sentimentos que guardara, todas as mágoas e todos os desejos perdidos, todas as coisas que não se atrevera a sentir.

E desejou. Desejou com tanta força que alguém a abraçasse que chegou a doer. Desejou que alguém lhe dissesse que ela estava errada, que ela era importante. Desejou parar de mentir.

Lá fora, um trovão rugiu. Violet jogou uma fileira de potinhos vazios no chão. Eles se partiram em pedaços afiados inúteis, que feriram sua pele. A chuva caía em tal quantidade que ela mal conseguia ver a parede dos fundos do jardim. Duvidava que Sebastian estivesse no próprio jardim, não com um aguaceiro daqueles.

Covarde. Mentirosa.

Violet não podia esperar. Uma coisa mísera como a chuva não a impediria de contar a verdade e perder tudo, de uma vez por todas.

Capítulo treze

Sebastian estava em sua estufa, tentando organizar os sentimentos, quando começou a chover forte, uma pancada que surgiu de uma hora para a outra numa fúria de água. A chuva encobriu a vista dos arbustos de Sebastian, que ficavam a menos de 10 metros dali, e pintou o mundo todo em tons de cinza. O ar ficou gelado e os painéis de vidro da estufa começaram a embaçar.

Ele estava em busca do guarda-chuva – tinha quase certeza de que o deixara perto dos ganchos de casacos na entrada – quando a porta se abriu.

Sebastian se virou. Esperava que fosse um de seus criados, talvez com o guarda-chuva de que ele precisava, mas era Violet.

Ele viu sua pele primeiro. Violet usava um vestido simples de musselina cinza, o tipo de roupa que vestia para trabalhar na estufa. E chamar aquilo de *vestido* era ser bem generoso. No momento, era um pedaço de pano enlameado e pingando que abraçava as curvas de Violet de formas que Sebastian suspeitava que ela não queria realmente que ele visse.

A estufa inteira sacudia, fustigada pelo vento. Violet jogou uma trança encharcada por cima do ombro e fechou a porta com força às suas costas. Sebastian não conseguia interpretar a expressão no rosto dela. Talvez fosse tristeza, talvez fosse um quê de desafio. Uma gota de água escorreu até a ponta do nariz dela e ela cerrou os punhos ao lado do corpo.

– Violet? – chamou Sebastian. – Mas o que aconteceu?

Ela empinou o queixo. Aqueles punhos pendendo ao lado do corpo se tornaram esferas comprimidas e ela caminhou até ele a passos ruidosos. Avançou para cima de Sebastian como se ele fosse uma força inimiga que precisava ser cercada. Tinha uns bons quinze centímetros a menos do que ele, e, ainda assim, aquela luz marcial em seus olhos fez com que Sebastian quisesse recuar.

Ela parou a meros centímetros dele.

– Violet – disse ele num sussurro.

– Estou escondendo algo de você.

Ela anunciou isso em tons gélidos. Relaxou um pouco as mãos e voltou a cerrar os punhos.

– Acha que não sinto nenhum desejo físico por você.

Seus olhos fitaram os dele em desafio.

Sebastian não sabia o que pensar. Seu corpo parecia pegar fogo, aguardando sem fôlego pela conclusão daquele pensamento.

– Acha que não o quero.

Ela secou alguns pingos de chuva do rosto.

– Está errado. Não consigo parar de pensar em você. Em como seria...

Ela engoliu em seco.

– Como seria abraçá-lo. E tocá-lo.

Mais uma pausa.

– Entende quanto estava errado? Eu o desejo.

Sim, uma parte dele entoava. *Sim, sim, sim.*

Mas aquilo estava completamente errado – o punho cerrado, como se Violet precisasse de proteção contra Sebastian, a afronta em seus olhos. O jeito que ela soltou a palavra "desejo", como se fosse uma faca que pretendesse usar para estripar Sebastian.

– Não entendo. – Ele deu um passo para trás. – Tem algo errado.

Os olhos dela cintilaram.

– Cale a boca – falou.

E, antes que Sebastian percebesse, Violet se jogou em cima dele. Não havia outra forma de descrever. Em um instante ela estava parada à sua frente, suja de lama, eriçada e cheia de fúria. No outro, suas mãos estavam nos ombros de Sebastian e seus lábios buscavam os dele.

Sebastian tinha imaginado beijar Violet tantas vezes que, a princípio, deixou acontecer. A boca dela estava fria e suas mãos tremiam, mas – ele disse a

164

si mesmo – era por causa da chuva, e melhoraria uma vez que ele a aquecesse. Ele não queria perguntar o que tinha mudado. Não se importava com o *porquê* de ela o beijar. Fazia anos que Sebastian a amava e agora ela estava ali.

Ele a abraçou e ela não se encolheu. Ela o beijava de um jeito não terno, mas feroz. Sua língua encontrou a dele antes que sequer tivessem a chance de se acostumar um com o outro. E, enquanto ele tentava puxá-la para perto, as mãos de Violet deslizavam por todo o corpo de Sebastian – descendo pelas lapelas do casaco, traçando os botões da calça.

Deus do céu! Ela estava abrindo a calça dele.

– Não espere, Sebastian – incentivou ela. – Não espere. Preciso de você agora.

O corpo dele não precisava de nenhum incentivo para ganhar vida. Ele sonhara em segurá-la, e ela finalmente estava em seus braços. O tecido molhado abraçava suas curvas – curvas suaves e delicadas que ele imaginava explorar fazia tanto tempo. Seu membro ficou rígido de imediato quando os dedos dela abriram a braguilha da calça.

– Preciso de você – disse ela. – Preciso muito de você.

Ele desejara as mãos dela ali – bem ali, abaixando as roupas íntimas dele com brusquidão, roçando a lateral de seu membro sem qualquer timidez – por tanto tempo que quase não queria questionar sua boa sorte.

Os dedos dela estavam frios, mas Sebastian estava quente o bastante pelos dois. E, se as mãos dela tremiam, pelo menos exploravam com vontade e ousadia. Sebastian não queria perguntar nada, não naquele momento, não com uma ereção que surgira cheia de surpresa e entusiasmo. Mas as malditas perguntas se recusavam a ir embora.

Ele se afastou dela.

– Violet, o que está fazendo?

Ela ergueu os olhos para ele.

– Por que parou? Você disse... – Ela fez uma pausa. – Você disse que... – Ela engoliu em seco e fez outra pausa, mais longa. – Você disse que não era platônico.

Deus do céu... Aquelas pausas. Ela não estava se interrompendo para procurar palavras. Mal soava coerente.

– O que está esperando? – perguntou ela, aproximando-se com uma provocação carregada de tristeza. – Você é um libertino e me quer. Já disse que me quer.

– Primeiro – disse Sebastian, tentando colocar os pensamentos em ordem –, sou um libertino que usa proteção e não tenho nenhuma aqui, na estufa. Segundo...

– Não precisa usar proteção – falou Violet.

– Preciso, sim. Não é só para evitar uma gravidez. Além disso, você não sabe se é estéril. Podia ser o seu marido.

Ela apertou o próprio corpo com os braços.

– E, pra concluir: eu disse que a *amava*. Que parte disso a faz pensar que eu iria saciar meus desejos com você completamente indiferente ao fato de que... de que...

– De que o quê? – rosnou ela.

– De que você está quase caindo no choro.

– Não estou. – Ela virou o rosto para longe dele, os ombros sacudindo. – Não estou quase caindo no choro. Eu não choro.

A pior parte era que Violet tinha razão. Sebastian nunca a vira chorar antes – nunca. Não chorara no funeral do pai. Não deixara escapar uma lágrima sequer ao longo do último ano do próprio casamento – estivera pálida e apática e se recusara a dizer qualquer palavra sobre o que vinha acontecendo, mas nunca chorara.

Sebastian arrumou a calça e fechou os botões.

– Violet – falou. – Querida, qual é o problema?

Ela caiu no chão e cobriu o rosto com as mãos. Não estava chorando, apenas sacudindo-se.

Um trovão rugiu perto deles. Sebastian não conseguiu ouvi-la com o eco do estrondo, e o som da chuva nas janelas de vidro abafava as palavras dela. Sebastian só sabia que Violet estava abalada por causa do jeito que seus ombros sacudiam. Ele se sentou ao seu lado e deslizou um braço por cima dos ombros encharcados dela.

Violet nunca teria deixado Sebastian abraçá-la assim se estivesse com a cabeça no lugar. Ele a envolveu e a puxou para mais perto, tentando, com sua respiração, aquecer pelo menos um pouco a pele de Violet, que estava fria por causa da chuva.

– Está tudo bem – garantiu Sebastian. – Tudo vai ficar bem.

Ela arfava no ombro dele.

– Sinto muito – falou ele. – Vou dar um jeito. O que quer que seja... eu vou dar um jeito.

Ela ergueu o rosto para Sebastian. Seus olhos estavam escuros, tão escuros que ele não conseguia ver o fundo deles.

– Não sou estéril – sussurrou Violet.

Sebastian precisou de um momento para entender as palavras, ditas tão baixinho no meio de uma tempestade, e, quando as entendeu, não conseguiu dar sentido a elas.

– Você disse que eu não sabia se era estéril. Sei que não sou. Já engravidei antes. Acho que engravidei na noite de núpcias. Fiquei tão feliz, tão animada quando o médico me contou.

Os olhos de Sebastian se arregalaram.

– Eu não fazia ideia.

– Era algo tão novo, não queríamos contar para ninguém.

Ela fungou.

– Sofri um aborto depois de sete semanas.

Sebastian não sabia o que dizer, então apenas a puxou para mais perto.

– Ah, Violet. Eu sinto muito mesmo.

– A segunda vez foi logo depois. Eu não estava pronta, mas o médico falou que abortos espontâneos eram comuns em jovens recém-casadas, e meu marido disse que, quando um cavalo nos joga no chão, precisamos montar de novo logo em seguida. Então foi o que eu fiz. Era tão *fácil* engravidar, Sebastian. Lily me disse uma vez que ela engravida até se o marido espirrar perto dela. Comigo é a mesma coisa. Não precisa quase nada para eu engravidar.

Os dedos dela se cravaram nos braços dele.

– Só que nunca dura. Oito, dez semanas. Foi assim comigo. Ano após ano.

– Ano após ano? – repetiu Sebastian, entorpecido.

– Eu continuei a subir no cavalo – disse Violet. – Dezenove vezes, de novo e de novo...

Ela inspirou bem fundo.

Deus do céu! Doía ouvir aquilo. Doía saber o que ela passara. Sebastian percebera que havia um problema na época, suspeitara de que existia um motivo para o comportamento dela. Mas aquilo?

– Depois de anos disso, o médico disse que tínhamos que parar de tentar. Que estava exigindo demais de mim. – Ela engoliu em seco. – Que, se ele não parasse, eu ia morrer. Mas meu marido não queria parar. Ele queria um herdeiro.

A voz dela começou a falhar. Então retomou:

– Eu disse não, sabe? Eu disse não, e ele nunca me forçou quando eu negava. Mas meu *não* nunca durava. Ele voltava e argumentava. Me adulava e explicava. Dizia que eu era egoísta por me preservar, que o condado precisava de um herdeiro, que não se tratava apenas de mim. Eu poderia ter recusado, me valendo daquele primeiro não, mas ele só precisava ouvir um sim. Um sim e ele estava em mim de novo. Um sim e ele fazia com que eu me sentisse como um nada, como se toda a minha vida, todo o meu corpo se resumisse à chance de eu engravidar. E eu era uma vagabunda egoísta e conspiradora por querer qualquer coisa além disso.

Sebastian se sentia enojado.

– Ele estava errado – falou.

Contudo, a raiva que cresceu dentro dele não tinha culpados além de um homem já falecido e não havia espaço para isso naquela conversa. Ele a abraçou mais forte.

– Ele estava completamente errado.

– Eu tentei pensar assim. Mas, quando ele morreu... foi um acidente horrível... ouvi todo mundo me oferecer condolências. E não consegui sentir nenhuma pena. Eu fiquei feliz.

Ela arfou.

– Fiquei muito, muito feliz por ele morrer. Fui tão egoísta! Ele não estava errado. Minha vida não significava nada para ele, mas a dele também não significava nada para mim.

– Calma, tudo bem – sussurrou Sebastian.

– E olha só o que fiz com você. Menti e o magoei, porque não consigo suportar a ideia de ter que dizer não para você assim. Isso acabou com meu casamento, Sebastian. Iria acabar conosco também. Não consigo suportar isso.

Os dedos dela se apertaram em seu braço.

– Do meu jeito, pelo menos, não tinha risco nenhum. Sou tão covarde, Sebastian! Sou uma maldita covarde mentirosa que permitiu que você achasse que eu não o queria.

A respiração de Violet tinha começado a desacelerar.

– E então você veio até mim – complementou ele com suavidade.

Ela fez uma careta.

– Às vezes eu o quero tanto que dá vontade de gritar. Mas... não posso me atrever a isso. Não posso me atrever a querer.

A voz dela se encolheu e seu corpo também. Não. Depois do que ela acabara de contar, Sebastian não tinha dúvida do porquê.

– Não posso ser ninguém além de mim mesma – sussurrou Violet. – Sou um quebra-cabeça de ferro frio e afiado. Se eu deixar que se aproxime, vou cortar nós dois até sobrarem apenas retalhos.

Ela fora até ali e se jogara em Sebastian. Se jogara em Sebastian, lhe dissera que ele não precisava usar proteção. Fora até ali achando que ele a aceitaria, que faria o mesmo que o marido dela.

Por Deus, como podia pensar que Sebastian faria algo assim?

Ela não o fitava nos olhos.

– Eu lhe devo um pedido de desculpa, Sebastian.

O marido de Violet lhe dissera que ela não valia nada. Não medira esforços para apagá-la, tomando-a apesar de saber o que isso significava. Sebastian se lembrava bem de Violet nos últimos anos do casamento dela – doente metade do tempo, mal conseguindo se mexer, e ainda assim tão determinada a viver, a *fazer* algo, a ver aquele artigo sobre bocas-de-leão publicado.

Ela pensara que era o fim de sua vida.

– De todas as coisas horríveis que já lhe fiz – estava dizendo –, acho que essa foi a pior. Vim aqui porque eu queria desaparecer. Porque estava com vergonha de mim mesma e achei que, se eu lhe dissesse o que sentia, se lhe desse permissão, você ajudaria a me apagar também.

Ele pensou em Violet desvanecendo daquele jeito e, devagar, muito devagar, encostou a cabeça na dela.

– Não, você não achou isso.

Ela bufou.

– Achei, sim.

– Não.

Sebastian se inclinou na direção de Violet, até que seus lábios estivessem próximos do ouvido dela.

– Você veio até mim porque eu a conheço melhor do que qualquer outra pessoa. Porque precisava que alguém lhe dissesse que é importante.

Ela parou de respirar.

– Porque, mesmo que tenha ficado invisível para o mundo todo – continuou ele –, eu sempre a vi.

Ela soltou a respiração bem devagar. Sebastian a puxou mais para si, molhada como estava, e correu as mãos pelos ombros dela. O rosto de Violet se ergueu. Sebastian poderia beijá-la. Sonhava com isso fazia tempo. Seu corpo ainda estava alerta de tanto desejo, cada parte dele querendo-a. Seria um beijo verdadeiro, não a fúria escaldante disfarçada de carícia que ela lhe atirara. Seria doce e gentil e amoroso, tão fácil quanto respirar. Seria... a coisa errada a se fazer quando ela continuava tão à beira das lágrimas.

Em vez disso, Sebastian tirou a gravata e a usou para secar as gotas no rosto de Violet.

– Doce Violet – falou. – Inteligente Violet. Linda Violet.

Ela suspirou e se encostou nele.

– Você veio até mim – disse Sebastian – porque sabia que eu nunca a machucaria.

Ela ergueu os olhos para ele. Estavam bem arregalados. Ela abriu as mãos devagar e sua respiração voltou a um ritmo estável.

– E viu só? – Ele abriu um sorriso para ela. – É verdade.

⌒

Violet já tinha imaginado inúmeros modos de despertar na manhã seguinte à confissão de que desejava Sebastian, mas nunca cogitara a possibilidade de que acordaria sozinha na cama.

Ela se sentou. Suas têmporas latejavam como se ela tivesse passado a noite numa entrega selvagem. Em vez disso, Sebastian a tomara nos braços. Sussurrara para ela. Contara piadas por quase uma hora, até que nem ela conseguisse conter a risada, embriagada de tristeza e confusão. E, quando a chuva abrandara e virara uma garoa leve, ele procurara entre seus pertences até achar um guarda-chuva e a mandara para casa.

Sozinha.

Era incompreensível.

Ela abrira a calça de Sebastian. Dissera em alto e bom som que fantasiava com o toque dele. E ele nem lhe dera um beijo de boa-noite.

Era desconcertante.

Isso fez com que a manhã tivesse uma sensação estranha de normalidade, como se a tempestade do dia anterior não tivesse acontecido. Como se Violet pudesse banir aquelas emoções caóticas e desconfortáveis para um galpão, onde ficariam armazenadas indefinidamente ao lado de outras tralhas abandonadas.

Ela se vestiu como sempre. Tomou o café da manhã rotineiro: torrada e arenque.

Foi até a estufa e notou que nada mudara – nada que indicasse que a noite anterior tinha mesmo acontecido, exceto por janelas levemente embaçadas e pelos cacos dos potinhos que ela jogara no chão. As janelas desembaçaram em questão de minutos e não demorou muito mais do que isso para catar os cacos e descartá-los.

Parecia ridículo fingir que a rotina de sempre podia continuar, mas ninguém a interrompeu, então ela começou a plantar as sementes que deixara de molho na noite anterior. As sementes tinham inchado bem na água. Violet as pegou, uma a uma, e plantou em potinhos minúsculos. O trabalho era familiar e reconfortante, e o solo, bom e frio em suas mãos. Pouco a pouco, ela se perdeu no ato de plantar.

Não percebeu quanto havia se entretido até ter plantado quase metade das sementes e, do nada, lhe ocorrer que fazia pelo menos cinco minutos que ela não se virava para pegar um potinho. Piscou para o buraco que fizera na terra, sua consciência retornando aos poucos, e ergueu a cabeça.

Sebastian estava ao seu lado, segurando um potinho na direção dela. Já o havia enchido de terra.

Toda a confusão – aquela massa enorme e emaranhada de emoções – voltou e se alojou dentro dela.

– Sebastian – falou, perdida. – Quando chegou aqui?

– Há quinze minutos.

Ela fez uma careta.

– Por acaso eu o cumprimentei?

Ele fez que não.

– Não é a primeira vez que fez isso e, certamente, não vai ser a última.

No entanto, havia um tom acolhedor na voz dele, o que fez Violet se lembrar da realidade. Sebastian estava ao seu lado, tão perto que ela conseguia sentir o calor de seu corpo. Ele ofereceu o potinho mais uma vez e ela o pegou.

Agora que estava ciente da presença de Sebastian, estava *muito* ciente. Seus dedos roçaram a palma da mão dele, calor no calor.

Nada mudara entre eles. Nada, exceto uma mísera informação: agora Sebastian sabia que ela o queria. Violet desejou ter como enterrar esse fato como enterrava as sementes, cobrindo-as com terra a exatos 6 milímetros de profundidade. Desejou que aquela verdade criasse apenas raízes, escondida da luz do sol, e nenhuma folha, daquelas que insistiam em roçar no consciente de Violet.

Nervosa, ela voltou a olhar para Sebastian.

Ele sabia que ela não era tão indiferente quanto fingira ser. Sabia que ela pensava em beijá-lo. Meu Deus, provavelmente sabia que ela estava pensando em beijá-lo *naquele instante*.

Havia um brilho nos olhos dele que nunca estivera lá, algo quente e desconcertante. Fazia os dedos dela se contorcerem e se embaralharem. Fazia Violet querer se virar e sair correndo. O olhar de Sebastian foi dos olhos dela para a boca.

Ele sabia. Ele *sabia* o que ela estava pensando. Sem querer, ela sentiu sua língua sair e tocar seus lábios. Era uma questão de centímetros. A mão dele estava livre. Ele a puxaria para perto e depois...

Violet sabia bem pouco sobre como os libertinos agiam, mas tinha certeza de uma coisa: Sebastian iria beijá-la. E ela não tinha ideia de como responderia.

Só que ele não beijou. Apenas se virou e pegou outro potinho.

Deus, como ela desejava poder voltar à ignorância de antes. Como desejava não ter ideia de que ele estava ali, tão perto. Toda vez que ela lhe dava as costas, sentia os pelos na nuca se eriçarem de expectativa. Toda vez que pegava um potinho das mãos de Sebastian, seus dedos formigavam onde tocavam a pele dele.

Ele iria beijá-la.

Ela se sentia um rato, apenas esperando que o gato atacasse.

Mas esse gato nunca atacou. Apenas lhe entregou os potinhos. Enquanto ela estava concentrada em plantar as sementes, Sebastian foi em busca dos palitos de laranjeira. Colocou os rótulos das sementes por Violet – ele já conhecia o sistema – e garantiu que cada potinho tivesse sido devidamente anotado nos registros dela.

Era como se Sebastian fosse as próprias mãos de Violet, fazendo as coisas que ela teria feito – varrer os cacos de um potinho que ela deixou cair, anotar o que era necessário, limpar o que fosse preciso, tudo e qualquer coisa que Violet pensasse em fazer.

Tudo exceto uma única coisa: ele não a beijou.

E continuava sem ter beijado quando ela terminou de enterrar a última semente. Não houve nenhum beijo enquanto ele a ajudava a empilhar os potes de argila sujos, nem depois, quando os devolveu à área de trabalho, de onde seriam pegos para serem lavados por um dos assistentes do jardineiro.

Ele não a beijou quando ela lavou as mãos e, depois que ela terminou, lhe entregou uma toalha para secá-las sem dizer nem ao menos uma palavra. Violet quase teria acreditado que a noite anterior não tinha acontecido – que ela nunca fora até Sebastian, se atirara nele e confessara tudo. Entretanto, de vez em quando ele a fitava e, naquele olhar...

Violet não queria ver aquela expressão nos olhos dele, não queria saber o que ele estava pensando. Claro, ele lhe daria um beijo de despedida. Estava esperando a hora certa, deixando Violet à vontade – mesmo que ela ficasse menos à vontade a cada segundo que passavam juntos –, fazendo com que ela pensasse que aquele beijo nunca chegaria.

Quando terminaram de organizar tudo, ele não a puxou para si. Apenas foi até a entrada da estufa. Tirou o avental, colocou o casaco e o chapéu e, com um toque em sua aba, se despediu. Enquanto Violet observava, perplexa, ele se virou e saiu. Saiu sem beijá-la.

Enquanto ele se afastava, Violet ficou encarando suas costas com um misto de confusão, receio e mágoa.

Impossível. *Ele ia embora sem beijá-la.*

Violet ergueu o queixo e marchou atrás de Sebastian. Ele já passava pelo próprio portão quando Violet chegou à passagem entre os muros. Xingou o caminho e a saia que vestia, tão desajeitada naquele pequeno espaço. A renda da barra ficou presa em ervas daninhas e galhos. Violet se sentia como uma criatura imensa passando aos tropeços por um espaço minúsculo.

Ele estava na metade do caminho de tijolos até a própria casa quando ela saiu dos arbustos e apareceu atrás dele.

– Sebastian! – chamou.

Ele se virou e a viu. Devagar, refez o caminho até ficar mais perto dela.

– O que foi?

Havia mil coisas que ela poderia ter dito.

Obrigada pela ajuda.

Sinto muito por ontem à noite.

Mas o que ela disse foi:

– Que *diabo* está fazendo?

Por um segundo, ele piscou, confuso, depois cruzou os braços.

– Está brava comigo?

Deus, como ele era perfeito. Talvez ela tivesse imaginado aquela malícia em seus olhos mais cedo. Talvez fosse uma tola por achar que ele queria beijá-la. Era ridículo até pensar no que ele lhe dissera. *Estou apaixonado por você, Violet.*

Não podia estar. Talvez não estivesse mais.

No instante em que ela aceitou tal possibilidade, percebeu que deveria ser verdadeira. Violet tinha admitido que não era indiferente a ele. Ela não passara de um enigma para Sebastian e, após tê-la solucionado, ele perdera o interesse.

Minha nossa, ela deveria ficar aliviada. O interesse de Sebastian não era algo que ela conseguisse aguentar. Então, por que tinha vontade de sacudi-lo?

– Por que não me beijou? – exigiu saber Violet.

Sebastian esfregou os olhos.

– Meu Deus do céu! – murmurou contra a própria mão. – Não me diga que quer isso.

Ela queria. Ela não queria. Ansiava por isso quase na mesma medida que temia a possibilidade. Era estupidez se sentir rejeitada simplesmente porque ele não tinha feito algo que ela não queria que ele fizesse. Violet odiava se sentir estúpida.

– É bem simples, na verdade – falou ela, tentando manter a voz num tom suave e inabalado. – Você é um libertino. Admitiu que se continha e não tentava me seduzir porque achava que eu era indiferente a você. Mas eu lhe contei que não é verdade. Longe disso. – Ela ergueu o queixo. – Então, por que não me beijou?

– Esperava que eu pulasse em cima de você? – perguntou ele com a voz seca.

Soava tão bobo quando ele colocava dessa forma. Não, claro que ele não a queria assim. Talvez sentisse certo afeto por ela, mas Violet não era o tipo de pessoa que inspirava paixões duradouras. Já acabara o... Ela balançou a cabeça.

Aquela noite, algumas semanas antes – era só para isso que ela prestava. Alguns minutos de sexo solitário atrás de um muro, uma distração momentânea, logo esquecida.

Mas isso era bom, no fim das contas. A última coisa que ela queria – a última coisa de que *precisava* – era inspirar paixão num homem. Paixão levava a sexo, sexo levava a aborto. Algo que, em certa quantidade, a mataria. O Universo havia demonstrado, sem sombra de dúvida, que Violet não era o tipo de mulher que podia ter paixões. Por que ela deveria ficar incomodada com o fato de que Sebastian tinha juntado a própria voz àquele coral avassalador?

– Você ouviu o que me contou? – disse Sebastian. – Você disse que, durante o sexo, seu marido fazia você se sentir como se não valesse nada. Como se sua morte fosse um risco que ele estava disposto a correr.

Ela não conseguia encará-lo.

– Isso não significa que meu corpo reaja com completo silêncio em relação a isso.

Ele desceu o resto do caminho para ficar à frente dela.

– Violet – murmurou –, em que mundo você acha que eu lhe diria que não vale nada para mim?

Ela ergueu os olhos. Eles ardiam. Ela mal conseguia respirar.

– Eu só... Eu pensei...

Ela não conseguia dizer.

– Achei que talvez você não quisesse... – arriscou-se a dizer Violet.

– Acha que não quero beijá-la? – Ele ergueu uma sobrancelha. – Violet, você sabe bem a verdade.

Ela engoliu em seco.

– Não quero fazer com que se sinta inútil. Não quero que pense que a única coisa que importa é o meu desejo.

Ele esticou uma das mãos e muito, muito devagar, a pousou na bochecha de Violet.

– Quando eu disse que a amo, Violet, o que achou que eu quis dizer?

Ela não conseguia responder. Sua garganta estava apertada demais e, além disso, nem tinha certeza de que conseguiria acreditar na verdade. Estivera fugindo dela fazia tempo demais para aceitá-la agora.

– Eu quis dizer – continuou Sebastian com suavidade – que você é valiosa para mim.

Violet abraçou o próprio corpo. Queria que ele a desejasse desenfreadamente. Queria acreditar que era capaz de fazê-lo perder a cabeça, perder o controle. Se ele fizesse isso, ela o odiaria.

– Não sou uma mulher justa – disse, com a voz sufocada. – Quero coisas impossíveis e contraditórias. Sou feita de bordas duras, Sebastian. Bordas duras e pedaços amassados e caquinhos de vidro. Não tem como você ganhar.

Ele não a contradisse. Apenas roçou o maxilar dela com o polegar, para a frente e para trás, uma carícia hipnotizante que fez Violet querer fechar os olhos e se jogar nos braços dele.

– Só tem uma coisa que eu sei – disse ela, por fim. – Uma coisa de que tenho toda a certeza.

Ela o fitou nos olhos.

– Você também é valioso para mim – afirmou.

Ele fechou os olhos e soltou a respiração.

– Você deve estar furioso comigo – disse Violet. – Sou... impossível. Completamente impossível.

Mas ele abriu um sorriso.

– Não – falou. – Você é uma pessoa difícil. Mas, Violet, se existe alguém capaz de solucionar um problema impossível, é você. Confio em você.

Estúpido, tão estúpido. Acreditar que havia uma saída daquela confusão?

A garganta de Violet se fechou. Ele era um *idiota*. Ela queria gritar com ele, mandá-lo fugir, se salvar. Apaixonar-se por outra mulher, uma que não visse o amor como uma série de farpas no próprio coração. Ela queria fazer tudo isso – e, ainda assim, não queria que ele fosse embora.

– Não confie nisso – disse ela. – Eu mesma não confio em mim, nem um pouco.

Ele, porém, não se afastou dela.

– Eu sei – falou. – Por isso vou confiar o bastante por nós dois.

Ela não conseguia falar nada. Em vez disso, esticou a mão e ele a tomou, fechando os dedos ao redor dos delas. Ali eles ficaram, palma com palma, o coração de Violet batendo descompassado, de nervosismo e excitação.

Sebastian apertou a mão que segurava.

– Nunca achei que fosse assim que iria acontecer – falou, por fim. – Quando finalmente conversássemos sobre isso. Achei...

– O quê?

– Sinceramente?

Ele abriu um sorrisinho para ela.

– Há alguns anos, comecei a fazer uma pequena pesquisa científica por conta própria. Tinha a ideia de que, quando eu terminasse, quando solucionasse tudo e mapeasse a pesquisa com precisão, eu poderia lhe mostrar. De alguma forma, sempre acreditei que, quando eu fizesse essa apresentação, você finalmente entenderia o que sinto.

Ela inclinou a cabeça para cima e o fitou com perplexidade.

– Que tipo de pesquisa científica diz...?

Ela não conseguia fazer a palavra *amar* sair dos lábios.

– ... diz que você se importa com uma mulher?

– Ah. São só uns cruzamentos de flores – explicou ele com um aceno de mão. – Nunca deu em nada. É... meio constrangedor. Talvez um dia eu encontre a solução. Desse jeito... é melhor para todos nós.

Ela ainda segurava sua mão.

– Talvez – falou suavemente. – Mas fiquei curiosa.

– Como assim? Você quer a apresentação científica?

Ele sorriu.

– Violet, não sou idiota a ponto de tentar conquistá-la com conjuntos de dados confusos.

– Obviamente não me conhece tão bem quanto acha. Conjuntos de dados confusos são minha especialidade.

Ela respirou fundo. E seria muito mais fácil tentar aceitar o que ele dissera se fosse um conjunto de dados: algo exposto como um problema que precisasse de solução.

– Não é nada como o seu trabalho, nem chega aos pés dele, mas...

Ele balançou a cabeça. Soava *nervoso*, por mais incrível que parecesse. Depois de tudo que haviam feito juntos, tudo que tinham dito um para o outro...

– Ora, vamos lá, Sebastian – insistiu Violet. – Você pode apresentar um pequeno relatório inicial num dos seminários semanais. Todo mundo amaria. E sei que disse que não iria mais apresentar meu trabalho, mas esse é seu.

Ele não respondeu nada.

– Faz uma semana que fui a Cambridge – continuou ela. – Os jardineiros cuidam das minhas plantas para que não morram, mas ainda sou responsável por todos os cruzamentos. Não acha que poderia...?

Ela queria que ele esclarecesse isso. Queria que esse fosse um enigma intelectual, um que ela pudesse avaliar com a cabeça, em vez de usar o coração.

– Ora, pois bem – concordou Sebastian. – Mas... Violet, não diga que não avisei.

Ela olhou para ele.

– Então é bem, bem explícito?

Ele balançou a cabeça.

– Não.

O sorriso que abriu era triste.

– A única pessoa que talvez ache qualquer coisa questionável nele é você.

Capítulo catorze

— Você sabe o que está acontecendo? – perguntou Jane.

Violet se remexeu na cadeira na frente do salão e chegou alguns centímetros mais perto da amiga.

Jane Marshall estava vestida de modo quase recatado – para ela –, com um vestido azul-escuro que tinha apenas um leve excesso de babados. Dois assentos depois dela estava a cunhada, Frederica Marshall. A Srta. Marshall – conhecida pela família como Free – tinha implorado para ir, para assistir a uma verdadeira palestra de Cambridge. O evento não era bem isso, mas, ainda assim, a jovem corria os olhos pelo salão com avidez. Parecia apreciar cada detalhe: os painéis de madeira nas paredes, as cadeiras, gastas e arranhadas em razão dos anos de uso, todas viradas para a frente do cômodo.

– Oliver me falou – continuou Jane num sussurro – que Sebastian anda agindo meio estranho por causa dessa palestra. Nervoso e misterioso. Como você e ele são amigos há tanto tempo, achei que...

Ela abriu as mãos. As luvas, pelo menos, eram medonhas: cobertas com minúsculas lantejoulas de vidro que haviam sido costuradas no couro no formato de penas de pavão.

– Ele me falou bem pouco sobre o tema – disse Violet. – É uma palestra informal, sobre uma pesquisa que ele ainda não terminou.

Jane olhou ao redor de modo expressivo.

– Uma palestra informal? – perguntou, divertida. – Qualquer outra palestra informal atrairia um público de o quê, nove ou dez pessoas?

Havia quase dez vezes esse número de espectadores ali.

– Bem – disse Violet. – É *Sebastian*.

Três assentos atrás delas estava o mesmo casal irritante que perturbara a última palestra de Sebastian. Violet franziu o nariz e desejou que eles, pelo menos, não estivessem presentes.

– E ele não lhe contou nada? – indagou Jane de cenho franzido. – Que estranho. Ele visitou Oliver há três dias para pedir que ele viesse. Agiu como se fosse importante. Mas é um evento pouco divulgado e, quando Oliver perguntou, Sebastian disse que iria apresentar um trabalho que tinha pouco valor científico. Nós dois não conseguimos entender direito.

– Bem, por que ele falaria comigo sobre as palestras que ministra? – questionou Violet com seu tom de voz mais sensato.

– Verdade – concordou Jane após uma pausa. – Verdade. Ainda assim, não consigo deixar de imaginar que talvez ele esteja planejando alguma surpresa terrível.

Violet vinha pensando o mesmo. Sebastian ficara muito nervoso ao lhe contar sobre essa pesquisa. Um projeto secreto, um que ele havia escondido dela por anos? Um que teria revelado o que ele sentia? Não fazia sentido.

Três fileiras atrás dela, a mulher com a voz aguda se remexeu.

– Isso vai ser horrível – previu. – Não vai, William?

Violet se recusava a permitir que aquela mulher determinasse qual seria a atmosfera da palestra. Ficou olhando para a frente. Por sorte, a resposta do marido foi baixinha demais para chegar até os ouvidos de Violet.

– Como vou suportar? – dizia a mulher. – Precisamos dar um fim nisso tudo.

Violet fungou e se virou para Jane. Mas não tiveram tempo para continuar a conversa. A porta lateral do salão se abriu e Oliver e Robert vieram se sentar ao lado delas, Oliver à direita de Jane, Robert à esquerda de Violet.

– Descobriu alguma coisa? – perguntou Jane a Oliver num sussurro que Violet captou.

– Nada, só que nunca vi Sebastian assim – respondeu o marido dela no mesmo tom de voz.

A porta voltou a se abrir e os sussurros se abafaram. Sebastian e um homem de cabelos grisalhos surgiram. Sebastian não parecia nervoso, mas nunca demonstrava nervosismo quando estava em público. Parecia tranquilo, sorrindo como se a multidão fosse um grupo de velhos amigos.

– Bem-vindos, bem-vindos – cumprimentou o homem mais velho que havia acompanhado Sebastian. – Bem-vindos ao nosso pequeno... rá!... seminário semanal sobre botânica.

As nove pessoas no público que normalmente frequentavam a versão menos popular do seminário riram.

– Hoje, temos a honra de receber o Sr. Sebastian Malheur apresentando uma versão informal de seu último trabalho, que ele descreveu de um jeito bem modesto. Mas tenho certeza de que nenhum de vocês quer me ouvir falar, então dou a palavra ao Sr. Malheur.

Aplausos educados soaram e Sebastian foi à frente.

Sebastian nunca olhava para Violet enquanto dava as palestras; tinha lhe dito uma vez que, se olhasse, temia que ela o fizesse cair na risada no meio de uma frase. Mas essa vez era diferente. Normalmente Violet sabia cada palavra que sairia da boca de Sebastian. Pela primeira vez em cem palestras, ela não fazia ideia do que ele diria. Ele ergueu os olhos e os correu pelo salão. Por fim, os pousou nos dela.

Violet parou de respirar. Meu Deus, ele estava olhando para ela daquele jeito na frente de todo mundo.

– O tema de hoje – começou Sebastian – é muito importante e querido para mim. É algo que tenho estudado há anos na esperança de conseguir desvendar seus segredos.

Ele ainda não havia desviado o olhar. As mãos de Violet ficaram frias.

– Eu queria entender tudo – continuou Sebastian. – Mas algumas coisas não são compreensíveis, pelo menos não para mim. Então esta palestra aborda o fracasso também.

Só então ele tirou os olhos de Violet.

– É uma palestra que trata de soberba também. Uma palestra a respeito de como um homem achou que poderia enfrentar algo que sabia ser maior do que ele.

Ele fez uma pausa, como se quisesse criar um efeito dramático, e então voltou a fitar Violet. Seus olhos penetraram os dela.

– Essa palestra – disse calmamente – é sobre violetas.

O corpo de Violet congelou por dentro. Ela mal conseguia permanecer sentada. Sua cabeça girava. Pelo modo como ele a tinha olhado, Violet teve certeza de que as tais violetas eram uma referência ao nome dela, "violeta", em inglês. Ele iria contar... Todo mundo iria saber...

Deus do céu, a mãe iria matá-la. Lily nunca falaria com ela de novo. Todo mundo descobriria. Isso era um desastre. Isso era... Então ele continuou:

– Gênero *Viola*.

Violet relaxou as mãos e alisou a saia. Tinha interpretado mal o olhar dele. Sebastian não a exporia afinal.

Ela inspirou e tentou relaxar.

Sebastian se virou para o cavalete coberto na frente do cômodo e tirou o pano que o cobria.

– Aqui temos um espécime típico. – Ele dobrou o pano enquanto falava. – A flor que dá cor a jardins em toda a Inglaterra. Ela – falou, indicando a primeira ficha no cavalete, um desenho colorido – ... é a *Viola tricolor violacea*, a violeta dos jardins do nosso país, reconhecida pelas pétalas grandes e tricolores e pelas estípulas palmadas das folhas.

Violet mal conseguia pensar, inundada pelo alívio. Ia matar Sebastian por assustá-la daquele jeito. Por fazê-la supor que ele falaria sobre ela na frente de todo mundo, quando estava apenas se referindo a flores.

– Muitos – disse Sebastian – acham que a violeta é uma flor comum. Isso é um equívoco, cometido apenas por aqueles que nunca a estudaram direito. Na verdade, a violeta é uma das flores mais surpreendentes. Podemos encontrá-la em bosques e cercas vivas, em regiões alpinas desoladas e em jardins planejados. Suas cores vão do dourado chamativo da *Viola lutea* ao branco brilhante da *Viola tricolor alpestris*. Algumas espécies do gênero *Viola* atingem o tamanho do meu punho, enquanto outras são bem pequenas, quase imperceptíveis.

Sebastian sorriu e Violet se pegou retribuindo o sorriso.

– As pessoas acham a *Viola* tão comum que a julgam algo que não merece ser estudado. Hoje em dia, quando vemos um canteiro de violetas, nem prestamos atenção, saímos em busca de flores mais impressionantes. Mas, como vou demonstrar, a violeta é incomparável.

E foi nesse momento que Violet entendeu. Ele *não* estava falando sobre flores, mesmo que todas as outras pessoas presentes naquele cômodo pensassem que sim. Sebastian estava falando sobre ela.

Ele começou descrevendo os cruzamentos que havia feito entre diversas subespécies da *Viola tricolor*. Mas Violet não conseguia ignorar o linguajar que ele usava. Sebastian sempre tivera talento para se apresentar, pois, em vez de palavras complicadas e frases insípidas, usava um estilo mais expressivo e coloquial. Dessa vez, porém, suas palavras não pareciam uma conversa, e sim uma carícia.

Em vez de falar sobre a *Viola alba*, ele a chamou de "bela violeta". *Viola tricolor alpestris* se tornou "resiliente violeta"; *Viola odorata* foi "doce violeta". Ele estava anunciando repetidamente, para todos ali, o que sentia em relação a Violet.

Violet passara as semanas desde a confissão de Sebastian evitando pensar nos sentimentos dele, transformando-os em emoções tépidas e seguras. Não se permitira pensar que era amor. Não podia ser amor. As pessoas não a amavam, não depois de a conhecerem.

Contudo, ele estava detalhando uma pesquisa – uma pesquisa que levara anos e na qual registrara com dedicação cada aspecto do gênero *Viola* – feita apenas para que pudesse se apresentar na frente de uma multidão e falar sobre violetas. Lindas violetas. Resilientes violetas. Inteligentes violetas.

Como Violet era tola! Sebastian tinha dito que essa palestra revelaria o que ele sentia. Mas isso não era uma palestra, era uma... uma... Violet não sabia o que era. A palavra mais próxima em que conseguia pensar era *sedução*.

Cada elogio a envolvia como um abraço, um que ela não ousava aceitar. Ficou sentada com as costas retas na cadeira, com medo de se mexer um centímetro sequer. Com medo de chamar atenção para si mesma – com medo que, se respirasse pesado demais, o público a visse desenhada nos cavaletes de Sebastian, todos os segredos dela expostos.

Só que ninguém sabia. Para eles, Violet não tinha importância. Se sabiam que ela existia, pensavam nela como condessa de Cambury.

A mão de Jane deslizou para a de Violet.

– Respire – sussurrou. – Você precisa respirar, Violet.

Ou... talvez, algumas pessoas notassem.

Sebastian continuou a palestra, falando sobre os cruzamentos que fizera entre espécies. Sobre como a *Viola tricolor alpestris* e a *Viola tricolor violacea* se reproduziam maravilhosamente bem, mas a *Viola tricolor alpestris* e a *Viola calcarata* se recusavam a germinar. Ele passou por todos os experimentos: cruzamentos fracassados, cruzamentos com germinação deficitária, cruzamentos que resultaram em plantas atrofiadas cujos brotos se recusavam a abrir.

Terminou com um gráfico dos cruzamentos que havia tentado, uma teia de aranha feita de marcações confusas que apresentou com um bom humor modesto.

– Tenho certeza de que existe um princípio animador que explique por que é possível cruzar algumas espécies, e outras, não – falou. – Mas que princípio é esse, eu não sei. Tenho a impressão de que, se ao menos um fato minúsculo, um pedacinho esquecido, fosse revelado, poderíamos entender tudo.

Não tenho solução, pensou Violet. *Só lâminas.*

– Mas, até lá – continuou Sebastian –, vou continuar procurando. Porque prefiro fracassar com violetas a ter sucesso com qualquer outra coisa.

O aplauso foi leve, e as perguntas, bem-humoradas. Deus do céu! Ela não sabia o que Sebastian queria dela. Não sabia o que deveria fazer. Como conseguiria encará-lo depois daquilo?

A três assentos de Violet, a mulher com a voz aguda cruzou os braços.

– Não teve nada questionável nessa palestra – reclamou. – Nem uma coisinha sugestiva sequer.

Ali estava a prova. Algumas pessoas nunca entendiam nada do que ouviam.

⸎

Sebastian ainda não tivera oportunidade de falar a sós com Violet após a palestra. Haviam voltado para a casa dele em Cambridge com os amigos, em carruagens separadas. Depois o grupo se reuniu para uma refeição leve e, mais tarde, sentaram-se todos para conversar.

Ele se sentia estranhamente exaurido, cansado e, ao mesmo tempo, eufórico. Como Sebastian esperava, Robert e Minnie, Jane e Oliver e Free tomaram conta da conversa, dando a Violet tempo para refletir. Para pensar e entender o que Sebastian dissera. Ela não lhe dirigira a palavra desde a palestra.

Jane – que Deus a abençoasse – estava fazendo Violet rir. E, se Violet conseguia rir, talvez não estivesse furiosa com Sebastian.

– O que foi que aconteceu com o seu vestido? – perguntava Violet. – É quase elegante.

Jane fez uma careta.

– Foi um acidente – lamentou. – Um acidente terrível. Não tive intenção nenhuma de usar algo tão respeitável assim. Estava parado no meu guarda-roupa havia meses, aí Oliver me contou sobre esse evento. – Ela deu de ombros e continuou: – Achei que seria bom não ser o centro das atenções, para variar.

Jane normalmente trajava cores fortes – laranja, rosa e verde, tão brilhantes que pareciam pertencer a uma das mostras de mata selvagem do Jardim Botânico de Cambridge, em vez de a uma sala de estar inglesa. Vestia tais cores com a mesma naturalidade que outra mulher usaria seda marrom e ficava muito confortável com o peso da atenção de todos.

– Vou ter que compensar – disse Jane – com uma criação escandalosa. Algo tão ruim que tire o fôlego das pessoas. Mas sinto que cheguei a um limite de quanto consigo ofender. Preciso me esforçar mais. Alguém tem alguma ideia?

Ela se dirigiu ao grupo. Minnie olhou ao longe com uma expressão pensativa. Oliver coçou a cabeça.

– Já pensou em usar itens que não sejam de tecido? – sugeriu Violet. – Madeira? Metal?

– Penas – acrescentou Oliver. – Se bem que, sinceramente, gosto de penas.

Jane abriu um sorriso doce.

– Argila – sugeriu Free, a irmã de Oliver. – Mas ficaria pesado. E meio frágil.

Jane soltou uma risada bufada.

– Já imaginou? Entrar num salão de festas com um vestido de argila e ter que evitar que ele encoste nas pessoas, porque senão a saia poderia se desfazer.

– E deixar uma trilha ao longo do chão do salão – continuou Robert. – Seriam como migalhas de pão. Quem quisesse encontrá-la, teria que seguir os cacos.

– O que todos nós teríamos que fazer – acrescentou Sebastian. – Já que você estaria escondida, porque sua saia teria sido destruída pela multidão.

Todos fizeram uma pausa, sorrindo com a ideia. Todos incluindo Violet. Deus do céu, contanto que ele ainda conseguisse fazê-la rir...

– Isso me lembrou algo – comentou Minnie. – Tinha um vestido no *La Mode Illustrée* no outro dia que me fez pensar em você. Era... Ah, puxa vida, não consigo lembrar. Eu ia trazer a revista para você.

Violet franziu o cenho.

– Aquele com uma meia capa nas costas? Porque eu pensei o mesmo. Aquelas meias capas duplas são bonitas, mas também tinha uma ilustração com três meias capas. Mais sempre é melhor, não é? E se fossem, digamos, dezoito meias capas?

– Isso seria o equivalente a nove capas completas – comentou Jane, divertida. – Não acho que eu conseguiria ficar de pé.

– Não eram as meias capas – disse Minnie. – Eram... Maldição! Por que não consigo lembrar? Eu costumava lembrar tudo. Aí tive um filho.

Ela balançou a cabeça com uma melancolia divertida.

– Tenho vários exemplares – disse Violet. – Vou pedir que tragam aqui.

Ela se levantou e tocou um sino. Quando uma criada apareceu, Violet lhe sussurrou o pedido. Alguns minutos depois, a mulher voltou com a bolsa grande que Violet carregava consigo com frequência. A conversa avançara – a sugestão que Jane considerasse um vestido feito de pão não tardou a levar ao assunto de *folhados*. Sebastian tinha bastante certeza – mas não absoluta – de que todo mundo parara de falar sério fazia bastante tempo.

Ele se recostou na cadeira, sem prestar muita atenção no que estava sendo dito, apenas observando enquanto Violet procurava algo na bolsa. Pelo jeito, todos os outros achavam que ela podia ser ignorada, mas até isso, uma ação tão prosaica, o fazia sorrir.

– Eu gosto de creme amanteigado – dizia Robert.

– Sua opinião não vale – retrucou Oliver. – Você não vai comer o vestido da minha esposa. Não acho que seria adequado.

Violet começou a esvaziar a bolsa. Lã. Agulhas. Mais lã. Um cachecol pela metade.

A essa altura, ninguém olhava para ela – ninguém além de Sebastian. Ninguém além de Sebastian a viu sorrir ao encontrar o que buscava. Ninguém a viu tirar a revista de moda com um floreio.

O floreio foi um erro. Ela ergueu a revista com triunfo e, ao fazer isso, folhas de papel deslizaram de entre as páginas, caindo em cascata no chão. Violet empalideceu.

De onde estava sentado, Sebastian não conseguia ler os papéis, mas reconheceu o estilo. Duas colunas, aquele cabeçalho de aparência rígida, desenhos que, mesmo dali, Sebastian sabia que representavam organismos unicelulares.

186

Artigos científicos. Violet guardava recortes com artigos científicos entre as páginas da revista de moda, e eles estavam espalhados pelo chão. Se alguém os visse, poderia descobrir o segredo dela.

Sebastian queria cair na gargalhada. Se fizesse isso, porém, os outros olhariam para Violet. E, para o bem ou para o mal, aquele era um segredo apenas dos dois. Violet chutou uma página para debaixo da saia.

– Jane – chamou Sebastian de um jeito caloroso, inclinando-se para a frente de modo que todos olhassem para ele, em vez de fitarem o outro lado da sala. – Tem uma coisa que eu não entendo. Como se encomenda um vestido por acidente?

Deu certo. A atenção de todo mundo se voltou para ele.

– Ah – murmurou Jane e franziu o cenho. – É o seguinte. Tenho uns vestidos maravilhosos. São das cores mais brilhantes do mundo. A minha favorita é a fúcsia, que é um rosa brilhante que a pessoa precisa ver para crer.

Ao lado dela, Oliver abriu um sorrisinho.

Pelo canto do olho, Sebastian viu Violet se inclinando com muitíssimo cuidado para catar os papéis. Um deles fez barulho. Ela fez uma careta, mas ninguém se virou.

– A tinta usada no tecido – continuou Jane – é um derivado da anilina. É uma invenção nova. Tinha outra tinta de anilina verde que eu adorava, mas o vestido dessa cor, infelizmente, foi destruído numa tempestade.

– Posso atestar isso – disse Oliver com um sorriso torto. – Tenho lembranças muito caras desse vestido.

Violet pegou mais uma folha, depois outra, até que terminou de juntar todas. Tudo que faltava era enfiá-las na bolsa. Sebastian soltou um suspiro. Violet endireitou a coluna, abriu a bolsa.

– E então eu pensei – continuou Jane – que precisava expandir meu guarda-roupa. A fúcsia dá um susto na primeira vez que a vemos, mas, depois de usar vestidos dessa cor em público cinco ou seis vezes, as pessoas começam a se acostumar.

Violet parou. No meio da sala, olhou para o artigo que tinha em mãos. E, para horror de Sebastian, ela franziu o cenho e...

Ah, meu Deus, não! Ela começou a ler.

Sebastian quis sacudi-la, pegá-la pelo braço para que ela se lembrasse de onde estavam, do que ela estava fazendo. *Agora não, Violet. Não se distraia agora.* Mas ele não se atrevia a chamar atenção para ela.

Quando Sebastian tinha 12 anos, ele apostou com Lucas Jimmeson que seu cachorro era o mais rápido de todos. Os dois organizaram uma competição, na qual iam jogar um graveto para ver qual cachorro o pegava primeiro. Jogaram o graveto, começaram a contagem e, no três, os cachorros foram soltos. O de Sebastian imediatamente assumiu a dianteira, correndo com um fervor que humilhava o adversário. E então, a 60 centímetros de fechar os dentes ao redor do prêmio, o bicho parou, se virou... e saiu correndo atrás de um esquilo.

Sebastian estava experimentando a exata sensação daquele dia. Violet não era um cachorro, mas o mesmo sentimento de frustração bem-humorada o preencheu. *Competição errada, Violet. Está tentando ganhar a competição errada.*

– Então encomendei uma quantidade da tinta – falava Jane –, cheia de esperança. Mas vejam só que frustrante. Era só *azul*. Anilina azul. Que decepção.

Foi nesse momento que Minnie ergueu a cabeça e viu Violet parada no meio do cômodo, fitando aquelas páginas.

– Achou o vestido? – perguntou.

Violet não respondeu.

– Violet?

A qualquer instante eles iriam ver. O subterfúgio deles ia ser destruído. A qualquer instante alguém iria perguntar...

– Violet, o que está lendo?

Bem isso.

Sebastian se levantou.

– Ah, é um dos meus artigos científicos? – perguntou num tom de voz divertido. – Devo ter deixado na mesa. Pode me dar os papéis aqui, Violet.

Ele deu um passo na direção dela, que não respondeu.

– Me dê os papéis, Violet.

Ele não ousou sequer lançar um olhar expressivo para ela, com receio de que mais alguém visse. Mas, com olhar ou não, ela não cedeu.

– Violet – chamou Sebastian, um pouco mais alto. – Pode deixar isso comigo. Vá conversar com os outros.

Não dava para dizer que ela não estava se mexendo. Estava, na verdade. Balançava muito de leve, como se houvesse um vento dentro da sala que apenas ela sentisse. Seus olhos correram pela página. Seu rosto se iluminou.

E foi então que Sebastian percebeu que a situação era verdadeiramente precária. Violet não estava apenas distraída. Ela estava correndo pela floresta, uivando com todas as forças atrás de uma ideia que apenas ela conseguia ver.

– Violet.

Ele colocou a mão sobre o resumo do artigo, bloqueando a visão dela, e abaixou o tom de voz.

– Pare. Você não quer fazer isso. Não agora. Não aqui.

Por um momento, ele teve certeza de que ela o ouvia. Ela piscou e ergueu os olhos para fitá-lo. E, então, meneou a cabeça.

– Não – falou. – Você estava errado, Sebastian. Completamente errado.

– Tenho bastante certeza...

Os olhos dela cintilavam.

– São as bocas-de-leão de novo – falou ela, o que não fazia sentido. – Suas violetas. Não tem como cruzá-las, é claro, nem todas as espécies conseguem, não importa quanto pareçam semelhantes. Mas tenho uma ideia.

– Do que está falando?

– Eu tenho uma ideia – repetiu.

Em seguida, se virou para os outros.

– Jane, preciso de toda a sua anilina azul.

– O quê?! – soltou Jane.

Contudo, Sebastian poderia ter lhe garantido que, naquele momento, Violet não ouvia de verdade. Ela estava em algum lugar dentro da própria cabeça, tentando dar sentido a um conceito que fazia seu corpo inteiro vibrar.

– E – continuou Violet – também preciso de um microscópio. Preciso de um microscópio neste instante.

Aquilo estava errado. Ela precisava parar. Iria revelar tudo se já não o tivesse feito. E, ainda assim, havia algo na voz de Violet, algo urgente e animado, algo que fez um arrepio percorrer a coluna de Sebastian.

– Neste instante?

– Neste instante – confirmou ela, assentindo. – Também preciso de todas as suas espécies de *Viola*.

– As minhas espécies de *Viola*? Por que precisa delas?

Violet sacudiu os artigos que segurava.

– Está tudo aqui. Acho que sei por que o cruzamento de algumas espécies não deu certo e por que o de outras teve resultados inferiores.

Todo mundo a encarava. Não havia como ocultar aquilo. Só o que restava era lidar com as consequências.

– Não dá para esperar.

Ela empurrou na direção de Sebastian o artigo que estivera lendo.

– Também preciso de Bollingall.

Sebastian olhou para o artigo. O título era "Um estudo da divisão celular em organismos unicelulares". Escrito por Simon T. Bollingall.

– Ele não está em Cambridge – disse Sebastian. – Não foi à minha palestra hoje. Enviou um pedido de desculpa, então...

– Não estou falando de Simon – retrucou Violet. – Você não entendeu? Nós não estávamos prestando atenção. A Bollingall de quem precisamos é Alice.

Capítulo quinze

— Lady Cambury – cumprimentou-a a Sra. Alice Bollingall, convidando Violet a entrar numa sala de estar pouco iluminada.

Ela indicou um assento ao lado de uma mesa.

– É uma grande honra receber uma visita sua. Tenho que admitir: eu não a esperava.

Enquanto as duas se acomodavam, a Sra. Bollingall olhou discretamente para o relógio que ficava quase escondido atrás de um peixe de porcelana. Na verdade, o cômodo parecia estar cheio de peixinhos de porcelana, peixões de metal e esculturas de mármore de trutas saltando numa água de pedra. Alguém naquela casa gostava muito de peixes.

Era o horário em que as pessoas distintas jantavam. Violet sentiu cheiro de frango assado, ouviu o tilintar de louça sendo posta à mesa, mas não conseguia pensar em comer. Não conseguia pensar nem em algo refinado para dizer. Sua cabeça estava tomada, o que afastava qualquer esperança de entabular uma conversa formal.

– Como posso ajudá-la? – perguntou a Sra. Bollingall.

Na rua, as pessoas provavelmente passavam por Alice Bollingall sem olhar duas vezes. Ela era uma mulher pouco excepcional, atarracada e com um rosto simpático. Os cabelos começavam a ficar grisalhos e estavam presos num coque no topo da cabeça. Sua aparência era apenas comum.

Ela havia enganado Violet, afinal.

– Sinto muito por interromper sua noite – disse Violet. – Não estou aqui numa visita qualquer.

A outra mulher sorriu em resposta.

– Imaginei que não, considerando a hora. Aconteceu algo?

O sorriso dela era amigável, enrugado nos cantos.

– Veja – disse Violet –, não sei bem como falar sobre isso, não sem ser indelicada. A senhora é fotógrafa, certo?

O sorriso da Sra. Bollingall aumentou com sua confusão.

– Que gentil da sua parte se lembrar de um detalhe tão inconsequente. Depois de todo esse tempo. A senhora gostaria que eu tirasse uma fotografia?

– Sim – afirmou Violet. – Gostaria, sim.

– É da senhora? Seria uma honra que posasse para mim. Talvez amanhã?

– Não é de mim. E não pode ser amanhã.

A Sra. Bollingall pareceu ainda mais perplexa.

– De outra pessoa?

– Não é uma pessoa. É uma coisa.

– Uma paisagem? – sugeriu a Sra. Bollingall, falando devagar. – Uma estrutura arquitetônica? Um vestido?

Violet fez que não com a cabeça a cada palpite.

O sorriso da outra mulher ficou incerto.

– Do quê, então?

Não havia como falar a verdade, não sem revelar o segredo de ambas. Violet vivera com o próprio segredo por muito tempo. Ninguém além de Sebastian soubera a verdade, ninguém até sua mãe descobri-la.

– Vou lhe contar uma história – disse Violet. – Uma história que, se minhas suspeitas estiverem corretas, será familiar para a senhora.

A Sra. Bollingall apenas meneou a cabeça.

– Há anos – disse Violet –, pessoas que olhavam para pequenos organismos através de microscópios acreditavam que o núcleo das células fosse vazio. Acreditavam nisso porque não viam nada. Foi um assunto muito discutido. Qual era o objetivo do núcleo, no fim das contas? Será que era um depósito para a célula? Ou continha um fluido nuclear invisível, usado para algum propósito desconhecido?

Alice Bollingall umedeceu os lábios.

– Durante todos esses anos – continuou Violet –, as pessoas acreditaram que, apenas por não verem o que existia dentro do núcleo, não havia nada ali.

– Que história fascinante.

Muito devagar, a outra mulher se recostou na cadeira.

– Mas isso mudou – disse Violet. – Há alguns anos, uma pessoa inventou uma tinta, uma que era diferente das que estavam disponíveis até aquele momento. Veja: tem, *sim*, algo dentro do núcleo. Foi só quando os cientistas começaram a tingir as células com anilina azul que finalmente puderam ver o que era. Estruturas dentro do núcleo, estruturas que antes eram invisíveis, mas agora tinham sido tingidas.

– De fato.

A respiração da outra mulher tinha ficado rasa.

– Meu marido... é com isso que ele trabalha. A senhora tem razão. A história não me é estranha.

– Há um mês – continuou Violet –, seu marido disse a Sebastian Malheur que era bastante comum que esposas se envolvessem no trabalho do marido. Não sei por que não entendi na hora o que ele quis dizer. Egocentrismo, creio eu. Eu estava preocupada com outras coisas.

Violet deu de ombros.

– Até hoje, o significado do que ele disse não tinha me ocorrido.

O rosto da Sra. Bollingall congelou.

– Meu marido nunca diria algo tão... tão...

Indiscreto, suspeitou Violet, era a palavra que a Sra. Bollingall queria.

– Mas, no fim da tarde de hoje – prosseguiu contando Violet –, eu estava ouvindo uma amiga falar sobre anilina azul usada para tingir um vestido. E olhei o seu artigo.

– *Meu* artigo, não. A senhora não está falando de um artigo *meu*.

Violet se sentira invisível a vida toda. Era como se estivesse prestes a tingir a si mesma com anilina azul, expondo seu núcleo secreto. A única coisa que a impedia de entrar em pânico era saber que não estava mais sozinha.

– Seu artigo – repetiu Violet. – O artigo *é* seu, pelo menos em parte, não é? É um artigo sobre divisão celular, sobre as pequenas estruturas que podem ser observadas por meio de técnicas modernas de fotografia. A senhora é a fotógrafa. Espero que eu tenha razão, porque preciso que a senhora tire uma fotografia de divisão celular.

A expressão da Sra. Bollingall estava congelada. Ela esticou as mãos na mesa.

– Ah.

193

A respiração dela ficara rápida.

– Ah – repetiu. – Claro que não. Não, não.

– Sim – disse Violet. – A senhora tirou as fotografias.

A mulher não parava de arfar. Seu rosto estava pálido.

– Não sei o que dizer.

Violet se inclinou para a frente e tomou a mão da outra mulher nas suas.

– Por favor – implorou. – Veja bem, se eu estiver certa, teremos a resposta que procuro há anos. Preciso que a senhora me ajude a testar minha teoria.

A Sra. Bollingall fechou os olhos e respirou fundo várias vezes. Quando voltou a abri-los, fitou Violet.

– A senhora? – perguntou baixinho. – A *senhora* procura?

Outra pessoa acabava de enxergar Violet. Outra pessoa saberia seu segredo. Violet reconhecia o pânico da outra mulher. O medo tremulava dentro dela.

Não conte para ninguém. Qualquer pessoa que descobrir vai odiar você.

Ela não tinha espaço para sentir medo. Isso viria depois. Por ora...

– Sra. Bollingall – falou –, por que acha que seu marido estava conversando com Sebastian Malheur sobre o trabalho feito por mulheres?

Por um longo momento, a outra apenas a encarou. Em seguida, se levantou.

– É melhor me chamar de Alice. Vou pegar meu casaco.

～

– O que está acontecendo? – perguntou Oliver a Sebastian.

Eram quase nove da noite e, nas últimas três horas, a sala de jantar de Sebastian havia sido completamente reorganizada. Seus planos de passar uma noite calma e alegre com os amigos tinham virado de cabeça para baixo.

Sebastian pousou a mão no quadril.

– Eu diria que dispensa explicações.

Oliver olhou ao redor de um jeito indagador. Os talheres de prata haviam sido empilhados ao acaso em um canto da mesa para abrir espaço na despensa, que virara uma câmara escura. Havia um pesado microscópio na cabeceira da mesa e diversos vasos com violetas nas cadeiras. O cheiro de ácido acético e clorofórmio permeava a casa.

– Não – respondeu Oliver, falando devagar. – Estou olhando e ainda preciso de explicações.

Sebastian considerou o que iria dizer.

– É a cromatina – falou, por fim. – Veja bem, até alguns anos...

– Não quero saber sobre a ciência – interrompeu Oliver, exasperado. – Eu nem ia entender direito mesmo.

– Então – disse Sebastian. – Todo o resto dispensa explicações, certo?

Oliver o fitou e depois desviou o olhar. Violet e a Sra. Bollingall estavam trancadas na despensa, revelando uma série de negativos fotográficos. Lâminas de vidros, rotuladas e manchadas, estavam empilhadas ao lado do microscópio.

– Sebastian – disse Oliver devagar –, quando fiquei na sua casa, há alguns meses, você me disse que tinha uma coisa que *não* estava fazendo e que ninguém tinha percebido.

Sebastian assentiu.

– Fiquei louco tentando descobrir do que poderia estar falando. Se não estava comendo, dormindo, levando mulheres para a cama... – ponderou Oliver.

Sebastian não disse nada.

– Era ciência – declarou o primo. – Você não estava fazendo ciência.

Fazia anos que Sebastian imaginava esse momento – o momento em que outra pessoa descobriria a verdade. Às vezes, se imaginava admitindo-a para os amigos. Em outras, se imaginava revelando o segredo em seu leito de morte para um grupo de familiares, que logo deduziriam que ele havia perdido a lucidez.

– Sim – confirmou. – Apesar de não ser tão simples assim.

– Meu Deus, Sebastian! – Oliver balançou a cabeça. – Somos seus melhores amigos. Como pôde não nos contar?

– Violet não queria que soubessem.

Oliver contemplou isso em silêncio. Ele olhou para a porta fechada da despensa. Depois observou a sala e, por fim, pegou uma *Viola odorata*, a planta mais próxima deles, e virou o vaso para que pudesse examinar as pétalas roxas da flor.

– Violet – falou devagar. – E era razão suficiente para esconder a verdade de nós?

– Eu contei parte dela a vocês – falou Sebastian e sorriu. – Contei na noite antes do seu casamento.

Oliver balançou a cabeça.

– Você disse que... – Ele deixou a voz morrer e fechou os olhos. – Que passou metade da sua vida apaixonado por Violet. Por Deus, Sebastian! Está falando sério?

– Olhe para ela – sugeriu Sebastian. – Olhe de verdade para ela um dia.

O amigo passou um dedo na violeta, balançando a cabeça de novo.

– Olhe para mim – pediu Sebastian. – Passei anos fazendo cruzamentos de violetas, mas foi ela quem olhou uma só vez para o que eu tinha feito, juntou isso a um artigo que tinha acabado de ler e...

Ele parou e abriu as mãos.

– Ela pegou algo que teria sido um fracasso completo da minha parte e veja só o que fez – disse.

Oliver soltou a respiração.

– Sabendo de tudo isso... Eu me preocupo, Sebastian. Você é tão... você. E ela pode ser tão... espinhosa.

– Flores só têm espinhos porque precisam deles para sobreviver.

Ele sorriu.

– Veja só o que ela conseguiu fazer tendo que esconder quem é. Podemos discutir sem nunca chegar a um acordo, por quanto tempo quisermos, mas, no fim das contas, com ou sem espinhos, Violet é quem é.

– Sebastian! – chamaram da despensa. – Precisamos de você.

Oliver se virou para Sebastian.

– E quem é você? – perguntou Oliver.

Sebastian apertou o braço do amigo.

– Sou a pessoa de quem ela precisa.

Capítulo dezesseis

Violet colocou uma mecha de cabelo atrás da orelha e olhou para a fotografia. Não era fácil controlar a inquietação – aliás, o cansaço – crescente, mas ela deu um jeito.

– Precisamos de um nome melhor para essas coisas – disse e abafou um bocejo. – Elementos individuais cromáticos é complexo demais. Não dá para usar cromatina. Maldito seja quem usou esse termo primeiro.

Ao lado dela, Alice estava jogada numa cadeira, massageando as têmporas com os dedos.

– Trocinhos – disse ela com a voz carregada de exaustão e alegria. – Venho chamando de trocinhos há meses. Sei que não é aceitável na nomenclatura científica. Vou perguntar a Simon quando ele voltar.

Ela bocejou.

– Como se diz trocinhos em grego?

– Acho que é ameba – respondeu Violet.

Provavelmente não era engraçado, mas as duas caíram num surto de gargalhadas movido a cansaço profundo.

– Que tal cromossomo? – sugeriu alguém do lado oposto a elas na mesa.

– Cromossomo – repetiu Alice.

As duas caíram na risada de novo.

– Ah, o som é engraçado – falou Alice. – Parece coisa de ópera.

– Cromossomo – cantarolou Violet e, após a primeira vez, Alice se juntou a ela. – Cromossomo, cromossomo cromossomo cromossomo!

197

– Estou aprendendo grego. Cromossomo significa "corpo colorido".

Violet franziu o cenho, avaliando a informação. A inquietação voltou e, dessa vez, mesmo que Violet tentasse expulsá-la, não foi embora. Muito devagar, ela parou de contemplar uma fotografia e ergueu a cabeça. Era... de manhã. Como já podia ser de manhã? Ela não se lembrava de ter dormido. Não se lembrava de nada além de um borrão de filmes negativos e lâminas de vidro. Seus dedos estavam tingidos com uma tinta azul-escura e a luz do sol matinal refletia em pilhas de colheres de prata bem à sua frente.

Logo atrás dos talheres, observando tudo com uma expressão fervorosa, estava Frederica Marshall. Tinha sido *ela* quem acabara de falar.

Por um momento, Violet foi preenchida por uma confusão incompreensível. Meu Deus! O que ela fizera?

– O que está fazendo, Violet? – perguntou uma voz às suas costas.

Ela se virou no assento. Robert e Oliver estavam parados à porta. Os cabelos de Robert ainda estavam úmidos e ele segurava uma xícara de algo fumegante e quente que fez o estômago de Violet roncar.

– Aaah – murmurou Alice e se levantou, cambaleando. – Minha nossa! Veja só a hora. Estou velha demais para passar a noite acordada. Não fazia isso desde que tinha 22 anos.

– Violet? – insistiu Robert.

Violet piscou devagar. Não havia nada que pudesse fazer exceto encarar a situação com bravura.

– Você não sabia? – falou com um tom de voz leve. – Uma das grandes incógnitas da biologia é como as características físicas são passadas dos pais para os filhos. Já houve diversas teorias.

Robert balançou a cabeça, sem expressão.

– Agora Alice, Sebastian e eu temos nossa própria teoria.

Violet franziu o cenho.

– Ou... quero dizer... o professor Bollingall e Sebastian. Não sei bem o que quero dizer. De qualquer forma, acreditamos que as características físicas são passadas de pai para filho por meio disso aqui.

Ela bateu um dedo na fotografia em cima da mesa.

– Cromossomos. Correlacionamos o gráfico de Sebastian das tentativas de cruzamentos de violetas com o número de trocinhos observados nas células dessas espécies...

– Bem, isso é explicação suficiente sobre esse assunto – interrompeu

Robert, e tomou um gole de café. – Ainda estou cheio de perguntas. Perguntas como: por que você está fazendo isso agora?

– Eu não poderia ter feito antes – ressaltou Violet, então franziu o cenho. – Tive essa ideia ontem à noite, quando Jane começou a falar sobre anilina azul bem na hora em que eu olhava para as fotografias de divisão celular de Alice. E daí...

– Não, não – intrometeu-se Oliver, chegando para se sentar ao lado de Violet. – Violet. Meu Deus! Não é disso que Robert está falando. Só queremos saber... – Ele engoliu em seco. – Por que nunca nos contou que era uma das maiores cientistas do planeta?

O mundo de Violet parou. Sua consciência voltou a registrar tudo sobre o que não queria pensar. Anos se escondendo com tanto cuidado, e, com uma ação egoísta, ela jogara no lixo aquele segredo que lhe custara tanto. Àquela altura, todos ali já deviam saber.

– Eu... – Ela umedeceu os lábios. – É que...

Se a verdade fosse revelada, ela nunca mais seria aceita na alta sociedade. Lily iria cortá-la completamente de sua vida. Sua mãe... Violet nem conseguia pensar no que a mãe faria.

Ainda assim, não estava com medo. Talvez estivesse cansada demais para sentir medo. Talvez estivesse animada demais. Deveria estar tremendo. Normalmente, uma lista dos horrores que estavam por vir seria suficiente para amedrontá-la, para lembrar a Violet de que ela precisava ficar calada e de cabeça baixa.

Naquela manhã, entretanto...

Jane tinha se juntado ao marido na sala. Também encarava Violet. Todos aqueles olhos, todos focados nela.

Por que Violet não estava com medo?

– Pelo amor de Deus! – ouviu-se dizer com desdém. – Por que vocês querem saber?

Ela não podia esperar a resposta, não podia ver seus amigos se afastarem dela, agora que sabiam a verdade. Sentia-se exposta, realçada em cores vibrantes, quando tudo que sempre quisera era se esconder.

Violet se levantou.

– Agora, se me derem licença, tenho que... tenho que...

Por Deus, o que tinha que fazer?

– Dormir – falou. – Trocar de roupa.

Se esconder.

Ela tocou o ombro de Alice.

– Vou chamá-la quando nós duas tivermos descansado.

Nariz empinado. Não olhe para ninguém. Não deixe que percebam quanto você se importa.

Essas eram as regras de sua mãe e, apesar do fato de que a mãe teria odiado vê-las usadas em tais circunstâncias, Violet se sentia grata por tê-las. Sua mãe lhe ensinara como se portar quando fosse confrontada, a fingir que nada importava. Era fácil para Violet – era fácil passar por Oliver e Robert usando aquele jeito arrogante.

Só que, então, Jane deu um passo para a frente.

– Violet – falou com carinho. – Queremos saber porque amamos você.

Violet encarou a amiga por um momento, tão confusa que nem conseguia piscar. Aquelas palavras não faziam sentido. Será que Jane não tinha percebido o que Violet acabara de revelar? O que ela fizera? Quem ela era?

Jane pousou a mão no ombro de Violet, solidária. Violet, porém, não entendia solidariedade. Não conseguia entender nada do que estava acontecendo. Sentia-se vazia. Vazia e muito frágil.

– Estou indo.

Ela se virou e fugiu.

– Não – ouviu Sebastian falar para os outros. – Deixem que ela vá. Violet precisa de um tempo para compreender o que sente.

Mas ele estava errado. Violet já sabia como estava se sentindo. Vazia. Absolutamente vazia.

⁓

Violet se sentia vazia ao fugir para o escritório de Sebastian. Estava completamente desprovida de sentimentos verdadeiros.

Era bom estar num lugar familiar – ali, à mesa dele, onde haviam revisado tantos artigos juntos. O relógio fazia um barulho reconfortante, o tique-taque constante desacelerando o coração de Violet. Os livros carregavam o cheiro de Sebastian.

Ela se sentou na cadeira que sempre usava e apoiou os cotovelos na mesa.

Deus, que confusão! Duas pessoas eram capazes de guardar um segredo. Até a inclusão de Alice, nada estaria comprometido – ela e o marido também tinham os próprios segredos e teriam se sentido motivados a se unirem à farsa.

No entanto, assim que a ideia surgira na cabeça de Violet, ela a perseguira sem parar, sem prestar atenção ao fato de Oliver, Robert, Jane, Minnie e Free – *Free*, pelo amor de Deus, *Frederica Marshall* era praticamente uma desconhecida para Violet – estarem todos presentes. No que ela estivera pensando?

– Eu não estava pensando – vociferou em voz alta. – Foi esse o problema.

Contudo, assim que deu voz àquelas palavras, ela as reconheceu como mentira.

Tinha pensado. Por uma fração de segundo, enquanto olhava os desenhos no artigo e aquele esboço de ideia lhe ocorrera, *tinha* pensado. *Não pode fazer isso. É melhor esperar.*

Ela não quisera esperar. Fora egoísta e ignorara todos os pensamentos em relação a seu futuro, sua reputação, sua família. Ela se deixara ser arrebatada pelo brilho de uma ideia, pelo medo de que, se a ignorasse, ela sumisse.

Mesmo agora, Violet não estava com medo, não de verdade.

Passou os braços ao redor do próprio corpo. Como podia ter causado uma confusão daquele tamanho? Um momento de egoísmo. Um momento, e todo mundo com quem se importava pagaria o preço.

Egoísta. Era isso que ela era.

Fugira para o escritório de Sebastian para que pudesse ficar sozinha, para acalmar seus pensamentos e conseguir dormir. *Sabia* que estava cansada – incrivelmente exausta. O escritório era decorado em tons de azul e prateado. Havia uma pequena escrivaninha num lado e estantes de livros que preenchiam as paredes. Um espelho de corpo inteiro ficava ao lado da mesa, refletindo as lombadas dos livros para Violet.

Ela se levantou e puxou o espelho em sua direção. Seus olhos a encararam no reflexo, escuros e solenes. Sua aparência não era nada impressionante. Quando se dava ao trabalho de se arrumar, talvez pudesse ser chamada de "elegante", mas, se – por exemplo – passasse a noite toda com o olho enfiado num microscópio, ficava descaradamente feia.

Estava com olheiras. Sua pele estava oleosa e os cabelos poderiam ser confundidos com um ninho de cobras escuras que sibilavam em torno de seus ombros. Era só incluir umas verrugas para Violet virar uma megera de livro infantil.

Nada bonita, além de egoísta. Egoísta por sentir orgulho do que tinha feito. Egoísta por querer...

Ela se olhou no reflexo do espelho, inclinando a cabeça.

Não estava funcionando. Normalmente, quando chamava a si mesma de egoísta, conseguia não pensar mais nas coisas que desejava para si. Naquele momento, contudo, não estava funcionando. Talvez ela estivesse cansada demais mesmo.

– Violet egoísta – falou em voz alta.

As palavras que em geral eram convincentes, porém, soaram falsas sem o peso da vergonha.

Egoísta?

Não. Ela não era egoísta. Aquelas palavras tinham perdido o espaço no coração de Violet. Havia outro refrão em sua cabeça naquele instante, um que estivera tocando tão baixinho que ela não o ouvira até aquele momento.

Violet inteligente. Violet resiliente. Violet doce. Naquela lembrança sussurrada, não havia espaço para *egoísta*.

Será que o que ela acabara de fazer era mesmo *egoísta*? O que essa palavra significava? Violet contemplou o espelho. Quando seu marido a chamara de egoísta por se recusar a dormir com ele, o que ele quisera dizer de verdade?

Meu direito de ter um herdeiro é mais importante do que seu direito de viver.

Quando Lily mencionara que seria egoísmo de Violet se envolver com Sebastian, o que ela quisera dizer?

Minha presença em bailes é mais importante do que sua felicidade.

Quando Violet chamava a si mesma de egoísta, era isso que afirmava: que não tinha direito ao que desejava. Felicidade. Reconhecimento. Talvez até à própria vida.

Ela tocou o espelho com os dedos.

– Fundamentalmente impossível de amar – falou em voz alta.

Era o que sempre dizia a si mesma, com o que tinha se conformado. Alguém fundamentalmente impossível de amar não merecia... nada. Ela acreditara nisso com tanta força que fora incapaz de entender Sebastian quando ele lhe dissera que a amava. Quando Jane dissera "Nós amamos você", ela até balançara a cabeça, incapaz de compreender que poderia ser verdade: que alguém poderia saber tudo sobre ela e, ainda assim, amá-la.

A pessoa que a encarou no reflexo do espelho parecia diferente da mulher que ela vira ali com o passar dos anos, mesmo que ainda não houvesse nenhuma beleza para mascarar a intensidade do olhar, nenhum truque para disfarçar quem ela era.

Estivera se escondendo por tanto tempo que sequer vira a si mesma. Ela não era impossível de amar. Não era egoísta. Por admitir que queria algo, que merecia? Por pensar que talvez tomasse decisões diferentes caso se guiasse pelos próprios desejos, em vez de temer pelas pessoas ao seu redor?

Esses pensamentos pareciam quase obscenos.

Violet inteligente. Violet doce.

Obsceno imaginar que ela fosse alguém importante.

Veio uma batida à porta. Violet havia apenas começado a se virar quando a porta se abriu e Sebastian entrou no escritório. Ele olhou para ela – para o rosto corado, para os cabelos desgrenhados. Os lábios dele se curvaram, divertidos.

Ele não zombou, porém. Em vez disso, disse:

– Violet, sei que Bollingall pode ajudar com essa questão, mas o trabalho dele é principalmente feito através de um microscópio.

Ele engoliu em seco.

– Vai precisar de outra pessoa para que possa continuar com o trabalho. Comecei a preparar uma lista.

A cabeça dela girava.

– Uma lista?

– Sim. Vai precisar de alguém que possa trabalhar com você. Alguém que entenda de ciência bem o bastante para conseguir apresentá-la de um jeito plausível. Alguém que respeite você.

– Eu não preciso de uma lista – ouviu-se dizer Violet. – Já encontrei alguém.

Sebastian inclinou a cabeça.

– Encontrou? Vai deixar que Bollingall leve todo o crédito, então?

O coração dela martelava, tum-tum-tum-tum, os batimentos embaralhando-se até que ela mal conseguia ouvir as próprias palavras.

– Não.

Ela sabia que sua aparência estava um horror. Ainda assim, o olhar de Sebastian se fixou nela como se ela fosse estonteante.

Sebastian era bonito, rico e desejável. Violet não quisera acreditar que ele a amava. Fizera tudo a seu alcance para se convencer do contrário, de que entendera errado e o que ele sentia era apenas amizade, de que não podia se importar com Violet daquela forma. Ainda assim, a cada vez que ela se convencera daquilo, Sebastian tinha feito algo que acabava com todas as suas teorias.

Ele não a levara para a cama. Não a machucara. Nem a beijara, porque achava que isso a faria sofrer. Aquela apresentação sobre violetas... Violet tentara entender qual era seu significado, mas o melhor em que conseguira pensar era em *sedução*.

Não fora sedução. Fora uma carta de amor, e ela não poderia ter entendido até aquele momento. Até perceber que merecia ser amada, fora incapaz de acreditar que ele a amava.

Finalmente entendia. Sentia-se incandescente. E não importava qual fosse a aparência dela ou que os cabelos estivessem horríveis.

– Essa pessoa – disse Violet com um pequeno nó na garganta – é perfeita. Ela sabe tudo que eu penso. Essa pessoa consegue explicar o que eu descobri de um jeito que todo mundo entende.

Ela chamou Sebastian com o dedo.

– Vou mostrá-la a você.

Ele a fitou com precaução, mas, apesar do receio, foi até ela, passo a passo.

Ele dormira tão pouco quanto Violet. Os cabelos estavam desgrenhados de um jeito casual e perfeito. Aquela sombra de barba por fazer o fazia parecer um cafajeste, mas caía bem nele. Por meio de uma alquimia estranha, ainda estava com um cheiro bom. Não era justo que ele cheirasse tão bem – um Sebastian intensificado, um almíscar maravilhoso que fazia Violet querer fechar os olhos e apenas inalar. Ele avançou até estar ao lado dela.

– Violet, sei o que vai dizer – falou com suavidade. – Você quer que eu apresente. Mas... – Ele engoliu em seco. – Isso não mudou. Nada mudou. Sei quanto essa descoberta é importante, mas essas mentiras... elas arruínam as coisas entre nós.

Violet pegou a mão dele e o girou para o espelho.

– Eu sei quem vai levar o crédito por essa descoberta – sussurrou.

E então ergueu a mão livre e apontou para o próprio reflexo, tão perdidamente desarrumado e, ainda assim, completamente perfeito.

– Ela.

Sebastian soltou a respiração no silêncio que se seguiu. Os olhos dos dois se encontraram no espelho. Violet percebeu que ainda segurava a mão dele, que ainda o tocava. Que os dedos de Sebastian estavam quentes junto aos dela, que o corpo dele estava próximo, tão próximo do seu. Era um momento estranha e nitidamente íntimo.

– Violet – sussurrou Sebastian.

Ela enlouquecera, tinha se preparado para ouvir quanto estava sendo tola.

Nunca vão deixar que apresente a pesquisa.

Ninguém vai ouvir.

Pense no que isso vai significar para sua família.

Tudo se resumia à mesma coisa: *Egoísta, egoísta. Você não merece reconhecimento. Não merece nada.*

Só que aquele era Sebastian, e Sebastian não disse nada disso. Ele apenas se voltou para ela. Violet não queria fitá-lo nos olhos. Trocar olhares através do espelho era uma coisa, mas ele estava segurando sua mão, tão perto dela. Violet tentou desviar o olhar, mas ele pousou a mão no ombro dela e virou-a para si.

Devagar, muitíssimo devagar, ela ergueu a cabeça.

O corpo inteiro de Violet pegou fogo. Encarar Sebastian... Ah, isso não podia dar certo. Não quando ele segurava a mão dela. Não quando estavam tão próximos que podiam trocar respirações do mesmo jeito que já haviam trocado frases, terminando a inalação e a exalação do outro como se fossem uma única pessoa.

Sebastian sempre sorria – era uma de suas marcas registradas. Mas ele não estava sorrindo naquele momento. Observava Violet, olhava para ela, a contemplava. E ela não estava se afastando dele. Por Deus, que erro terrível. Ela não podia fazer aquilo.

Contudo, ele ergueu a mão até o rosto de Violet e roçou a palma na bochecha dela. Violet não se afastou. Talvez até tivesse se aproximado um pouco. Iria ser difícil. Impossível, na verdade. Ela não tinha a mínima ideia de como prosseguir. Sua irmã iria odiá-la. Sua mãe... Qual era a expressão que ela usara? "Nojo"? Sentiria nojo dela. O *mundo todo* a detestaria.

Mas não Sebastian.

Ele apenas encostou a testa na de Violet.

– Faz bem, Violet – sussurrou. – Desta vez, posso fazer as pessoas prestarem atenção em você. E, pode acreditar, vou fazer isso.

Ela não se importava com o resto do mundo.

Sebastian ergueu a outra mão, desenhando o maxilar dela com o polegar. O corpo de Violet despertou com o toque. Ele a queria... e, ah, ela o queria. Como queria!

Ele estava se inclinando para a frente, sua respiração no rosto de Violet, seus lábios a meros centímetros dos dela. Ele ia beijá-la. Ele ia beijá-la.

Uma onda de pânico a atingiu.

Ele ia beijá-la.

Ela se afastou.

– Sinto muito.

Ela não conseguia pensar em nada além daquelas palavras.

– Sinto muito. Eu preciso... Eu preciso...

Ela apontou em silêncio para a porta.

– Sinto muito.

Ela foi para a saída.

– Tenho que pensar.

E, com isso, fugiu.

Capítulo dezessete

Violet pensou.

Ela pensou em beijar Sebastian enquanto fugia para o quarto que havia sido preparado para ela no andar superior. Pensou em beijá-lo enquanto chamava a criada. Louisa a ajudou a se despir, mas Violet só conseguia pensar no calor da mão de Sebastian em seu ombro. Aquela muralha que construíra, que usara para se proteger durante tanto tempo – ela fora vencida. Já não havia segurança.

Violet solicitou que lhe preparassem um banho e, quando ficou pronto, pediu que a criada se retirasse.

Pensou nos lábios de Sebastian nos seus quando entrou na grande banheira de cobre, cheia de água fumegante. Pensou nas mãos dele, cujas costas eram pinceladas com uma camada fina de pelos escuros. Pensou nessas mãos roçando suas coxas.

E pensou em como a expressão de Sebastian ficava quando ele não estava sorrindo – aquele foco em Violet, como se ela fosse a única coisa que importava. Ela engoliu em seco e se remexeu e, quando esfregou o sabonete entre as mãos e lavou as pernas, não sentiu a própria pele. Em sua imaginação, sentiu a de Sebastian.

O calor da água a rodeava – quente quase a ponto de ser intolerável, do jeito que Violet gostava. Ela esfregou o sabonete até gerar um frenesi de espuma e depois afundou na água, segurando o nariz. Não ajudou. A água era como um abraço de corpo inteiro. Fez com que Violet se sentisse muito ciente da própria pele, de Sebastian.

Ele provavelmente não estava onde ela o deixara. Teria ido trocar de roupa. Talvez também estivesse tomando banho.

Melhor não pensar nele sem roupas. Melhor mesmo.

Pensar, percebeu Violet, não estava ajudando em nada. Pensar era traiçoeiro. Seus pensamentos vagaram até os aposentos de Sebastian, até o banho dele. Ela se imaginou nua, enrolada apenas numa toalha, abrindo a porta de Sebastian e entrando na ponta dos pés...

Pensar não era a resposta. Não ia adiantar de nada. Não pensar lhe ajudara tanto quanto qualquer outra coisa.

– Idiota – repreendeu o próprio corpo. – Não quer isso. Pode matar você.

Ela lavou os cabelos e se forçou a pensar em assuntos racionais e frios. Pensou em todos os gatos que já tivera e em quantos deles tinham quatro, cinco ou seis dedos. Esfregou os próprios dedos do pé e pensou no processo para fazer sabonetes prensados a frio.

Como nada disso ajudou, saiu do banho quente, se postou de pé no ar frio e se forçou a lembrar-se de uma série de xilogravuras de autópsias reproduzidas em um dos artigos que lera. O coração humano, repreendeu a si mesma, era um órgão nojento, todo feito de ventrículos e átrios, uma massa muscular grande e feiosa.

O coração era um dos pedaços de carne mais nojentos do corpo. Até os intestinos tinham uma aparência mais agradável. Violet não permitiria que algo tão ridículo assim tomasse decisões por ela.

Ela assentiu, finalmente no controle de si mesma.

Chamou a criada. Quando Louisa a ajudou a pôr o vestido de novo – um roxo escuro, com gola alta, mangas compridas e luvas combinando –, Violet já não pensava em nada inapropriado. Estava melhor, muito melhor. Conversaria com Sebastian. Pediria desculpa – afinal, ela não deveria ter segurado a mão dele nem se virado para ele daquela forma. Não deveria tê-lo quase beijado. Certamente não deveria ter pensado nessas coisas.

Pediria desculpa e eles voltariam a ser amigos. As malditas válvulas em seu coração podiam continuar a se agitar, ela não se importava. O coração era um músculo como qualquer outro de seu corpo.

Louisa cuidou de suas mãos e dos cabelos. Depois, escovou o vestido uma última vez e, por fim, pegou o espelho. Já não estava feia; Violet podia voltar a se dizer quase elegante. Era o melhor que podia esperar. Encarou a si mesma no espelho. Os olhos no reflexo brilharam para ela.

Não é egoísmo querer ser abraçada.

– Fique quieta – ordenou Violet a si mesma.

– Perdão? Senhora, eu não disse nada.

Violet acenou com a mão num pedido de desculpa.

– Eu estava falando com ela – explicou, apontando um dedo para o espelho.

– Ah, sim. Tudo bem – assentiu Louisa. – A senhora precisa de algo mais?

Violet negou com a cabeça e foi atrás do melhor amigo. Teria que lhe dizer algo. O problema era que Sebastian a conhecia bem demais. Não acreditaria em nenhuma das mentiras de Violet.

Pode ser que eu tenha lhe passado uma impressão enganosa, mas, na verdade, não quero beijá-lo. Foi só um reflexo infeliz, uma contração involuntária do coração. Sim, pois bem, lembra que somos amigos? E como somos bons amigos! Como é maravilhoso ter um bom amigo, alguém que você não queira beijar!

Não iria funcionar. Ele saberia que ela estava mentindo.

Eu quero, sim, beijá-lo, mas parece uma péssima ideia.

Eu quero, sim, beijá-lo, mas tenho medo.

Se ela lhe contasse a verdade, ele exporia argumentos racionais – como: *É só um beijo* e *você não precisa fazer nada que possa levar a um aborto*. Verdade. Mas o beijo a assustava. Um beijo era um começo, não um fim. Beijar era como lhe abrir uma porta para uma terra deslumbrante, iluminada pelo sol, e depois lhe dizer: "Fique tranquila, você não precisa ir lá fora." Violet se conhecia bem demais. Se abrisse a porta, iria sair.

Ainda não tinha decidido o que dizer quando chegou à porta de Sebastian. Ficou lá, parada, encarando-a. A maçaneta era uma bela obra de metal; imitava as pétalas de uma flor se abrindo. Violet poderia tê-la examinado por horas, ainda mais tendo motivo para procrastinar.

– Coração estúpido – murmurou, traçando a borda de uma pétala. – Por que não podia ter escolhido algo assim?

Algo inanimado e frio. Algo que nunca a faria sofrer. Ela ergueu a mão para bater à porta...

– Coração estúpido – murmurou de novo. – Não vou aceitar isso. Ninguém controla meus músculos, só eu. Vou bater, sim, mas apenas quando eu estiver pronta e...

A porta se abriu. Sebastian estava ali. Seus olhos se arregalaram ao ver Violet, mas ele não disse nada. E... ah... como Violet estivera errada. O coração não era apenas um músculo. Era o músculo que bombeava sangue por todo o corpo. Ela tentou pensar nele apenas como um movimento rítmico de ventrículos e átrios, mas, com Sebastian à sua frente, era mais do que isso. Era um rubor fraco de calor espalhando-se por tudo, era uma tontura leve à medida que o sangue entregava mais oxigênio aos tecidos do que eles precisavam. O funcionamento de seu corpo estava interligado ao sorriso de Sebastian e, quando ele abriu um para ela, todos os esforços de Violet de expurgar seus desejos fracassaram.

Ela deu um passo à frente. Ele não se mexeu. Parecia inevitável naquele momento. Ela queria poder dizer que não tinha mais controle de seus músculos, mas não era verdade. Foi ela quem esticou a mão para tocar os cabelos de Sebastian – ainda levemente úmidos. Então ele tinha mesmo tomado banho.

Sebastian abaixou a cabeça, deixando que os dedos de Violet passassem por seus cabelos, deixando que ela puxasse seu rosto para perto do dela.

– Sebastian – sussurrou ela.

– Às ordens.

Ela o beijou. Já o beijara uma vez antes, com fúria e agonia. Mas dessa vez era diferente. Esse era um beijo que vinha de cada ventrículo de seu coração, de cada válvula. As quatro câmaras de seu coração bombeavam por Sebastian. E ainda bem que ele não sabia o que ela pensava, senão perceberia que Violet perdera a cabeça.

Não. Ele a conhecia bem demais. Provavelmente iria rir com ela, o que não seria tão ruim assim, só que ela queria que ele a beijasse também.

E ele beijou. Roçou os lábios dela de leve a princípio, e então de novo, com ainda mais ternura. E depois deslizou um braço ao redor de Violet e a puxou para dentro do quarto. Ela mal ouviu a porta fechar, mas sentiu a placa de madeira contra suas costas, o atrito das pernas de Sebastian contra as dela. Mãos seguraram seu rosto e os lábios de Sebastian se abriram.

Ela pensou que a língua dele viria em seguida, mas, em vez disso, ele parecia contente em apenas compartilhar o ar entre os pulmões dos dois.

– Violet – falou. – Minha maravilhosa Violet.

Lábios roçaram.

– Violet. Doce Violet. Inteligente Violet.

O beijo dele a dominou. Ela sempre imaginara que, no calor da paixão, todos os pensamentos iriam parar. Mas não pararam. Ela estava *pensando*. Não conseguia parar de pensar – no jeito que os dedos de Sebastian roçavam suas terminações nervosas, encontrando todos os lugares mais sensíveis como se os tivesse examinado sob um microscópio. Ela estava ciente demais do batimento do músculo que a levara até ali – aquele tum-tum sequencial do átrio bombeando sangue, seguido pelos ventrículos. Já ouvira pessoas falarem sobre sentir o sangue correndo nas veias, mas ela sentia o sangue em suas artérias, em cada tubo capilar, mandando oxigênio para seus tecidos famintos.

Ela sentiu tudo isso, até que Sebastian se endireitou e a contemplou. Ainda havia uma mão no ombro dela, roçando a clavícula.

– O que foi isso? – perguntou Sebastian.

– Um beijo.

Violet ergueu o queixo.

– Caso não tenha ficado muito claro...

– Não é isso. Quero dizer, o que aconteceu? Mais cedo, pensei que você quisesse algo a mais, mas daí saiu correndo, então achei que eu tivesse entendido errado.

O que ela poderia dizer? Que seu cérebro entrara numa briga com o coração e que o coração triunfara?

– Não seja ridículo – disse para Sebastian. – Eu estava fedendo. Tinha que tomar um banho. Só isso.

Ele sorriu como se conseguisse ver a verdade.

– Violet. – Ele se inclinou. – Só para você saber, não ligo a mínima para o seu cheiro.

– Bem, eu ligo.

Ela cruzou os braços e encarou um canto no outro lado do quarto.

– E, só para você saber, meu coração é um idiota.

Ele a encarou.

– Entendo. Ele carrega fardos pesados por longas distâncias.

Ele se inclinou para beijá-la de novo.

– Não foi o que eu quis dizer – protestou Violet.

Como tinha parado de beijá-lo, os motivos para não fazer nada disso voltaram a aparecer. Mas ela não podia tomar aquele beijo de volta, agora pertencia a Sebastian.

– Isso nunca vai dar certo. Só pense, Sebastian. Não posso fazer sexo, e você ama o ato.

Ele não disse nada por um tempo. Apenas segurou a mão dela, acariciando-a com o polegar, como se pudesse afastar todos os medos de Violet com esse movimento gentil.

E talvez pudesse, porque, quando ele a tocava, Violet sentia esses medos começarem a se dissipar.

– Eu poderia discutir com você – falou, por fim. – Mas não vou. Espere só, Violet, e vai ver do que somos capazes. Vai ser mais fácil do que imagina.

No final, Sebastian tinha razão.

Foi fácil para Violet voltar à sala principal da casa. Foi fácil contar aos amigos o que vinha fazendo, o que queria. Foi fácil deixar Minnie assumir o controle do que precisava acontecer como um general que tomasse a frente de um plano de batalha.

Foi fácil fazer uma lista de itens como *Agendar uma palestra* e *Contar para minha mãe*, fingindo se tratar de uma lista de compras. Foi fácil ser ela mesma, rir, não ter mais que contar mentiras.

Foi fácil. E foi isso que a deixou nervosa.

Porque ela sabia que não seria assim sempre.

Capítulo dezoito

— Ah, graças a Deus! – disse Lily, entrando na sala onde Violet estava sentada. – Não sei como faz isso. Sempre sabe quando preciso de você.

Violet ficou no assento e piscou. Lily se jogou no sofá ao seu lado, tão perto que as saias das duas roçaram. Depois, esticou o braço e pegou a mão de Violet.

– Violet, querida – disse Lily –, estou num momento crítico. Você sabe que Amanda não me escuta mais. Passamos os últimos dias gritando uma com a outra. *Gritando!* Ela foi uma filha tão boa até o ano passado. Não sei o que aconteceu. Diga que vai conversar com ela.

Como Lily parecia inocente e doce! Violet quase teve vontade de concordar, de evitar o motivo daquela visita, mas... bem...

– É por causa daquele livro terrível – confidenciou Lily. – Não o tirei dela a tempo. Como se não bastasse ela se recusar a casar com o conde que planeja lhe fazer o pedido, agora não quer se casar com ninguém.

Violet poderia ficar calada. Mas, independentemente de Lily amar Violet de verdade ou apenas achar a irmã convenientemente útil, Violet a amava. E uma irmã não surpreendia a outra com anúncios públicos chocantes.

– Não vim aqui para falar sobre Amanda – disse Violet.

Lily piscou com uma expressão surpresa.

– Pois bem. – Ela contraiu os lábios. – Talvez não. Mas tenho certeza de que podemos deixar de lado o que quer que a trouxe aqui por um momento, enquanto eu...

– Não podemos – interrompeu Violet. – Estou prestes a jogar nossa família no escândalo mais intenso que possa imaginar.

Lily empalideceu e se afastou.

– Malheur – sussurrou, apertando as mãos. – Ah, meu Deus, sabia que isso iria acontecer. Eu deveria ter sido mais direta.

Ela soltou a mão de Violet.

– Ele a seduziu. Vocês foram pegos em flagrante.

Violet engoliu em seco.

– Isso seria algo normal. É pior.

Seu coração começou a bater mais rápido.

Os olhos de Lily se arregalaram.

– Como pode ser algo *pior* do que isso?

Violet voltou a engolir em seco.

– Sabe o trabalho que ele vem fazendo sobre herança de características físicas?

A irmã retorceu o lábio.

– Procuro não saber nada. O que isso tem a ver?

– Não é dele – contou Violet.

Lily franziu o cenho e se remexeu no assento.

– O trabalho não é dele – reforçou Violet. – É meu, na maior parte. E finalmente vou reivindicá-lo em público.

Ela soltou essas palavras e prendeu a respiração.

Talvez esperasse que os olhos de Lily ficassem mais suaves. Que ela soltasse um gritinho de alegria. Que pegasse Violet pela mão e dissesse: "Ah, querida Violet, como você é inteligente!"

Secretamente esperara que Lily a abraçasse. Esperara com tanto fervor que nem percebera a força desse desejo – não até aquele momento, quando os dedos frios da decepção se fecharam ao redor de seu coração.

Porque Lily não fez nada assim. Em vez disso, ficou encarando Violet como se ela tivesse anunciado que publicaria um livro de receitas cujo ingrediente principal fossem bebês.

– Ha, ha – soltou a irmã por fim, sem a menor sombra de divertimento. – Ha. Que piada engraçada, Violet, meu bem. Eu quase acreditei.

Violet se sentia longe dali – como se observasse uma mulher desconhecida sentada no sofá com a irmã. Aquilo estava acontecendo com outra pessoa. Era outra pessoa que sentia o coração ser esmagado por um torno. Era outra pessoa – não Violet.

– Não foi uma piada.

Essa fala foi respondida pelo silêncio. A irmã se virou para longe de Violet, se levantou e marchou até a janela.

– Só pode ser – disse Lily com mais firmeza. – Não me importa o que esteja pensando agora, só pode ser uma piada. Pense no que isso vai significar para mim, para meus filhos. Ninguém mais vai querer ser visto conosco. Amanda já vai ter a pior reputação de todas por rejeitar o conde de um jeito tão brusco. Isso, ora, isso vai fazer de nossa família motivo de chacota. Eu a conheço, Violet. Você nunca faria algo tão egoísta assim.

– Egoísta? – ecoou Violet. – Egoísta?

– Sim, *egoísta*. Você nunca pensa em ninguém, só em si mesma, no que vai agradá-la, no que vai lhe dar um momento de prazer. Nunca pensa em como suas ações vão *me* afetar.

Violet sentiu algo curioso – como se tudo que houvesse de importante no mundo estivesse sendo destruído. Não era outra mulher sentada naquele sofá, por mais que parecesse. Aquilo não estava acontecendo a uma estranha. Estava acontecendo com *Violet*.

– Escute a si mesma – disse ela. – Você me chama de egoísta como se eu nunca tivesse direito a algo só meu.

Ela se levantou, então continuou:

– Não estou fazendo isso por mim. Estou fazendo por toda esposa que teve que sumir por trás do marido. Estou fazendo por Amanda, que não quer se casar e nunca foi informada das opções que tem.

Os olhos de Lily se arregalaram e ela deu um passo para a frente.

– Foi *você* quem deu aquele livro para ela.

– Você me pediu para falar com ela – vociferou Violet. – Eu falei.

– Você enfiou isso na cabeça dela, essa ideia de que ela pode recusar um casamento perfeitamente adequado. *Você* fez isso.

– Sinto dizer que ela mesma teve essa ideia.

Violet deu de ombros.

– Se fosse mesmo um casamento adequado, por que ela iria recusar?

– Bem, ela não tem escolha! – rosnou Lily. – Entre tudo que poderia querer, ela disse que queria estudar. Nós não vamos permitir isso, pode ter certeza. Não enquanto ela morar na minha casa. Não com o meu dinheiro. Pronto, que tal agora, Violet? O que acha disso? Acha que está fazendo o que é certo para ela agora?

– Se não a quer, ela pode vir morar na *minha* casa – vociferou Violet – e ser educada com o *meu* dinheiro. Não vou encorajar Amanda a se encolher até não restar nada só porque seus nervos não conseguem suportar a possibilidade de que sua filha seja mais do que uma esposa. Certamente não vou me diminuir só para agradar a você.

– Se não vai pensar em mim, pense nos meus filhos – disse Lily. – Rejeitados, excluídos, ridicularizados! Nem você tem um coração tão duro assim, a ponto de lhes desejar tal sina.

Egoísta de novo.

– Se você não fosse recebida na alta sociedade sem cortar o próprio pé – falou Violet –, quanto tempo levaria até que o cortasse fora? E me chamaria de egoísta se eu desse asilo a Amanda e a protegesse de um ato tão brutal assim?

Lily franziu o cenho.

– Isso é diferente.

– Sim – disse Violet. – É bem diferente. Se o que eu tenho a dizer não tiver nenhuma importância, todo mundo vai esquecer dentro de um ano. E, se tiver... Bem, seus filhos terão uma tia famosa. Corte laços comigo por completo e dê seu melhor para conquistar de novo as boas graças da sociedade. Seus filhos podem decidir eles mesmos o que querem fazer.

Talvez ela esperasse que, mesmo naquele momento, Lily protestasse. Que ela dissesse que amava Violet, que nunca cortaria relações com ela.

Em vez disso, a irmã balançou a cabeça.

– Se é assim que precisa ser.

Nenhuma palavra de apoio. Nenhuma palavra de amor. Nem mesmo uma sombra de arrependimento. Não havia indicação nenhuma de que Violet fosse um pouquinho importante sequer para a irmã.

– Lily – tentou Violet uma última vez. – Pense no que isso significa para mim. Faz quase uma década que eu oculto a verdade. Escondi o que sei fazer, o que penso, quem eu sou. Sou a maior especialista do mundo na ciência da hereditariedade. Você não sente nem um pouquinho de...

Ela deixou a voz morrer.

Orgulho?

– Desgosto? – completou Lily, jogando a cabeça para trás. – Estou tentando não pensar no que deve ter feito, nas coisas que devem ter passado pela sua cabeça. Estou tentando não pensar no tanto que você andou escondendo de mim durante todo esse tempo. Mas, sim, Violet. Me dá *desgosto*.

A lista de coisas a fazer diminuía aos poucos, mas ainda assim Violet não se sentia mais tranquila.

– Só posso imaginar o que vai acontecer quando eu contar para minha mãe – disse naquela tarde.

Estavam em Londres, no pequeno galpão que Sebastian usava como escritório. Ele a cumprimentara com um abraço e um beijo e, mesmo estando a sós, ainda não havia tentado seduzi-la ou convencê-la a fazer nada além disso.

Era desconcertante. Ele agia como se nada tivesse acontecido, como se ainda fossem apenas amigos.

Amigos que se beijavam.

– Sempre pude contar com Lily – continuou Violet. – Toda vez que eu me sentia péssima, podia ir até lá e ela teria algo para eu fazer. Estou tendo dificuldade para imaginar um mundo sem ela.

– Talvez ela mude de ideia – disse Sebastian.

Violet fez que não com a cabeça. Mesmo que mudasse, já não seria igual. Sempre se perguntara se a irmã se importava com ela ou se Violet era apenas conveniente para Lily. Agora sabia a verdade.

Estava sentada no sofá, muito ciente do fato de que duas pessoas ficariam bem confortáveis nas almofadas fofas. Não seria tão diferente de uma cama. Sebastian se aproximou e sentou ao seu lado e, depois, quando Violet se encostou com cautela no ombro dele, a puxou para perto. Ele a envolveu com o calor de seus braços, o corpo dos dois aconchegando-se, encaixando um no outro. Era estranho estar nos braços de Sebastian, os dois tão próximos no pequeno escritório. Não tinham ficado a sós, apenas o dois, desde o dia anterior, quando tinham se beijado em Cambridge.

E então...

A pele de Violet formigava, ansiosa, mas havia um nó de pavor em seu estômago. Por mais que quisesse ser reconfortada por Sebastian, não conseguia bloquear os pensamentos no que viria a seguir.

– Você realmente acha que sua mãe vai ser pior? – perguntou ele.

Violet estremeceu.

– Lily chora e reclama, mas ela só faz barulho. Já mamãe? Bem, ela vai acenar a cabeça e sorrir, depois vai encontrar um jeito de sabotar a história toda. Já sei o que ela pensa de mim. Minha mãe é daquelas que agem, não das que apenas falam.

Sebastian se inclinou até que Violet conseguisse sentir a respiração dele em sua nuca.

– Sim – falou ele –, mas a reação peculiar de Lily... É assim que Lily é.

Violet começou a se virar na direção dele.

– E não – continuou Sebastian –, não vou dizer mais nada porque ela é sua irmã e eu não sou idiota. Mas... – Ele fez uma pausa. – Não. Não vou dizer isso também. Continuo não sendo idiota.

Mesmo contra sua vontade, Violet abriu um sorriso.

– É difícil para ela. Lily tem onze filhos. Tem que os colocar em primeiro lugar.

– Hummm.

– Ela nunca soube lidar com segredos difíceis – continuou Violet. – Quando nosso pai morreu, ela conseguiu se convencer de que as circunstâncias eram bem diferentes da verdade.

– Hummm.

– É muita pressão para ela – acrescentou Violet. – Depois de tudo por que passou com o papai, ainda pedir que ela aceite isso?

Sebastian virou Violet para que ela o encarasse e se aproximou de modo que seus narizes roçassem.

– Violet – falou baixinho –, tem uma diferença enorme entre um homem se suicidar e uma mulher descobrir o segredo da vida biológica. São duas situações que geram rebuliço, mas uma é motivo para luto, enquanto a outra é motivo para comemoração.

– Mas... de qualquer jeito, estou quebrando uma regra social inviolável.

– Qual delas? – perguntou Sebastian, com interesse.

– A que diz que mulheres não devem pensar sobre certas coisas e que não devem falar sobre tais coisas em público.

Violet engoliu em seco.

– Ah, a regra que diz que mulheres não podem ser inteligentes.

Ele roçou os lábios na testa dela num beijo.

– Bote fogo nessa regra até não sobrar nada, Violet, e dance em cima das cinzas. E qualquer um que lhe diga que fazer isso é *egoísmo* pode ir para o inferno.

Violet não conseguiu conter o sorriso. As mãos de Sebastian desceram pelos seus ombros, deixando uma trilha de calafrios no caminho.

– Bote fogo em tudo, querida.

Ela estava sendo seduzida – seduzida até o âmago de seu ser. Os dedos de Sebastian se fecharam ao redor de suas costelas, puxando-a mais perto. O coração de Violet martelava; suas mãos formigavam.

– E o que você acha? – perguntou ela num sussurro.

– Vou cobrir tudo com óleo de parafina.

A respiração dele estava quente nos lábios de Violet; suas mãos queimavam o quadril dela.

– Eu lhe diria para pegar um fósforo, mas você sempre teve a própria faísca – completou ele.

Violet ardia enquanto se inclinava na direção de Sebastian. Ansiava para tocá-lo, correr as mãos pelas mechas escuras dos cabelos dele. Seu corpo queria o dele, queria a cada pulsar silencioso e tentador, com o calor líquido que começara a se acumular enquanto Sebastian esfregava seu torso.

Contudo, ela lembrava essas etapas bem demais. Sabia o que significava ser persuadida. E não conseguia parar de pensar no medo percorrendo seu corpo, naquela memória escondida no fundo da pele sobre o que vinha depois da paixão.

Ela soltou um suspiro trêmulo e segurou a mão dele.

– Sebastian – disse e suspirou de novo. – Não posso fazer isso.

Ele paralisou, suas mãos ficando imóveis.

– Fazer o quê?

– Ser seduzida.

Ela engoliu em seco.

– Especialmente por um libertino tão eficiente quanto você.

– Um libertino.

Ele se afastou e passou a mão pelos cabelos.

– Diz isso como se *libertino* fosse uma espécie identificável.

– Eu sei reconhecer um libertino quando ele me beija – disse Violet, sombria.

Ele pousou a mão com bastante deliberação no quadril de Violet. Seus dedos esquentaram a pele dela por baixo do vestido.

– Não é tão simples assim.

Ele começou a fazer um gesto curto, uma carícia circular que a distraiu.

– Você tem que levar em consideração a filogenia do libertino.

– A *filogenia* do libertino?

Violet fechou os olhos.

– Sei o que está fazendo. Está tentando me distrair com ciência.

– É claro que estou.

Ele deu uma piscadinha para ela.

– E vai funcionar.

– Está tentando me distrair com ciência *falsificada* – acusou Violet. – Ser um libertino é uma característica comportamental que se aprende, não é uma designação de espécie.

– Mas só me escute. A questão é: acho que você me confundiu com o *Libertinus indifferentus*, o libertino que tem como objetivo dormir com o maior número possível de mulheres, indiferente a tudo, exceto se o buraco que usa é apertado e úmido. Esse tipo de libertino não se importa com os riscos. A possibilidade de uma gravidez é irrelevante para ele. Os sentimentos da mulher, a reputação dela, até o consentimento dela, para falarmos a verdade, não lhe interessam. Se ele conseguir abrir as pernas dela, vai abrir.

– Estou preparando uma lista com todos os erros na sua classificação de espécie.

Sebastian arregalou os olhos numa inocência fingida.

– Excelente. Continue a fazer essa lista enquanto eu continuo a citar erros.

Violet se remexeu. Sebastian sorriu e deslizou uma mão ao seu redor, puxando-a para perto, descendo e subindo os dedos pela coluna dela.

– O *Libertinus indifferentus*, infelizmente para ele, mas felizmente para nós, tem uma longevidade mais curta. Quando não é morto pelas mulheres que toma como presas ou pelos homens que se importam com essas mulheres, com frequência pega gonorreia e padece. É uma espécie muito vulnerável a essa doença.

Mesmo contra a vontade, Violet se pegou sorrindo.

– E também temos o *Libertinus precauticous*.

– *Libertinus precauticous?* – repetiu Violet com um tom de voz que entoava dúvida. – Não me parece uma nomenclatura válida.

– Não interrompa, a hora das perguntas é no final. Esse é um libertino que entende as regras do jogo. Ele se limita a mulheres que estão interessadas. Pode usar proteção ou contratar médicos para realizar exames em parceiras em potencial para proteger os próprios... digamos... os próprios bens.

Sebastian deu de ombros.

– Em geral, o *Libertinus precauticous* ou fica tão fascinado com o ato que passa por uma metamorfose e se transforma no *Libertinus indifferentus*...

– Isso realmente não pode ser uma identificação adequada de espécie.

Sebastian a ignorou.

– ... ou fica tão cansado de ter que tomar tais precauções que se limita a uma ou... hum... às vezes, a algumas poucas mulheres por longos períodos de tempo.

Violet torceu o nariz para ele.

– E você é um *Libertinus precauticous* prestes a passar pela metamorfose, é isso?

Sebastian a empurrou à distância de um braço.

– Cara senhora – falou com um tom decoroso completamente desmentido pelo brilho em seus olhos –, não sou. Essas duas espécies são dignas de pena.

– Ah.

Ela inclinou a cabeça e o fitou.

– Que espécie você é, então? *Libertinus giganticus*?

Ele abriu um sorriso torto.

– Não, mas essa é boa. Vou ter que usar como subespécie.

– *Libertinus indecentus?*

– Estou muito magoado e ofendido.

Ele não parecia nem magoado nem ofendido. Parecia alegre.

– Certamente já ouviu falar do humilde, brilhante e muito procurado *Libertinus perfectus*, não?

Ele ergueu as sobrancelhas. Violet caiu na risada, inclinando-se para a frente.

– Por favor, não tem por que fazer reverência só por minha causa – disse Sebastian. – É completamente desnecessário. Ajoelhar-se seria suficiente.

Violet se endireitou e colocou as mãos sobre o coração.

– Não me diga que é verdade! Estou mesmo na presença do *Libertinus perfectus giganticus*? Preciso buscar meu bisturi para realizar uma dissecação neste exato momento.

– Não será necessário, o estudo já foi concluído.

Ele poliu as unhas no casaco.

– Veja bem, o *Libertinus perfectus* surge quando um... bem, vamos chamá-lo de homem qualquer, mas, ora... – Outro sorriso. – Nem eu sou capaz de uma modéstia tão desiludida assim. Quando um homem *extraordinário* se apaixona perdidamente por uma mulher que não pode ser sua.

Violet sentiu o sorriso sumir do rosto.

Ele deu de ombros.

– Pode ser que ela esteja casada com outro – disse ele. – Pode ser que ela não o ame. Pode ser que ele seja um viúvo que perdeu o amor da sua vida.

– Isso está ficando bem lúgubre – afirmou Violet.

– O *Libertinus perfectus* sabe que não vai se apaixonar por outra pessoa, não enquanto estiver pensando *nela*. Mas ele não gosta da ideia de machucar os outros. – A voz dele ficou mais baixa ao prosseguir: – Não enquanto estiver pensando *nela*. Seus encontros podem diminuir em número, mas ele cuida tanto do próprio bem-estar quanto do das parceiras, porque, bem...

Ele desviou o olhar.

– ... talvez ele imagine que, um dia, alguém possa se envolver com a mulher que ele ama. Se isso acontecer, ele espera que essa pessoa a trate do jeito que ele...

Sebastian não terminou a frase. Violet o fitou.

– Sebastian – disse ela. – Você é libertino desde que virou adulto.

Ele respirou fundo.

– Lembra-se da véspera do seu casamento, que você estava nervosa? Lembra-se de que eu brinquei que você deveria largar seu marido e fugir comigo?

– Eu tinha 18 anos – disse ela, encarando-o. – Você tinha *16*. Ainda estava na escola.

– É, pois bem.

Ele engoliu em seco.

– Eu não estava brincando.

Ela não sabia o que dizer.

– Não pode estar falando sério. Isso foi há dezesseis anos. Você era um menino.

– É bem disso que estou falando – comentou ele, falando baixinho. – Eu era um menino e, naquela época, a princípio, imaginei que fosse crescer e superar. E superei, na verdade. Por um tempinho. Só que... depois deixei de superar.

Ele deu de ombros.

Violet balançou a cabeça.

– Com o passar dos anos, a situação mudou. Transformou-se. Já faz dezesseis anos e, durante todo esse tempo, eu não tive relações com você.

A mão dele se fechou ao redor do punho dela, o indicador fazendo uma pressão leve na pele.

– Sei que até pensar nisso faz você entrar em pânico.

Violet soltou a respiração devagar. Ela sentia seus batimentos cardíacos martelando contra o dedo dele.

– Eu o conheço bem, Sebastian – disse ela. – Você gosta de sexo, e sexo, para mim, é um desastre.

Ele simplesmente ergueu uma sobrancelha.

– Deixe eu lhe contar mais sobre o *Libertinus perfectus* – falou. – Ser libertino significa garantir que todo mundo fique satisfeito e a salvo. Certa vez uma mulher com quem eu estava mudou de ideia depois que subiu até o quarto do hotel que eu tinha reservado. Passamos a noite jogando cartas, apostando centavos.

– Você está abrandando a narrativa?

Sebastian pensou um pouco.

– Sim. Na verdade não foram centavos; apostamos meios centavos. Mas achei que era um detalhe desnecessário.

– Não ficou furioso com ela?

– Por que ficaria?

Ele deu de ombros.

– Ganhei 3 xelins.

Ele estava brincando com os cabelos de Violet, torcendo uma mecha com os dedos.

– Ainda somos amigos, ela e eu.

– Não pode estar falando sério.

– Geralmente não falo – disse Sebastian. – Mas quanto a isso? O *Libertinus perfectus* passa boa parte do tempo aprendendo a encontrar satisfação sem arriscar uma doença ou uma gravidez. Isso torna a vida muito, muito mais feliz.

– Mas jogando cartas? Sério?

– Gosto que as pessoas gostem de mim.

Sebastian deu de ombros de novo.

– Quando uma mulher cai no choro no quarto porque percebeu que não quer prosseguir, ela fica bem feliz se você lhe oferecer um baralho.

Violet conseguia imaginá-lo fazendo isso.

– Acontece que ela também diz para todas as amigas que você é um amante extraordinariamente atencioso, e elas contam para as outras pessoas, e, quando você percebe...

O sorriso dele brilhou.

– De um ponto de vista puramente egoísta, descobri que garantir que minha companheira saia com um sorriso no rosto, seja qual for o motivo, é sempre uma boa escolha.

– Mas...

Sebastian sorriu para Violet.

– Acontece que eu também gosto muito, muito mesmo de sexo.

Ela exalou o ar, sentindo o calor florescer.

– Mas também gosto de beijar – continuou Sebastian, inclinando-se para a frente e tocando o osso esterno dela com os lábios. – E de tocar. Entre os extremos de jogar baralho e dar o meu melhor para engravidar alguém, há inúmeras possibilidades. E estou muito, muito, muito...

Ele fez uma pausa, pressionando os lábios contra o corpo dela.

– Muito – repetiu –, muito interessado em descobrir de quais dessas possibilidades você gosta.

Violet não conseguia pensar, não enquanto ele fazia aquilo. Não enquanto a respiração dele lhe fazia cócegas no peito e as mãos a reivindicavam.

– Espere – disse ela. – Ainda não consegui lhe dizer o que penso das suas supostas classificações.

– Ah, é?

Ele a beijou de novo.

– São uma grande besteira – afirmou Violet.

– Verdade. – Ele deu uma piscadela. – Mas você está sorrindo. É tudo parte do meu plano maligno.

– Tem um plano maligno?

– É claro que tenho. Antes que a noite acabe, tenho intenções de convencê-la a jogar baralho comigo. Só nós dois.

Violet deu o seu melhor para esconder o sorriso e falhou miseravelmente.

– Vamos chegar lá aos poucos – disse Sebastian com um tom de voz provocativo. – Um libertino que se preze não saca as cartas no primeiro sinal de consentimento. Agora vou fazer uma massagem nas suas costas.

Violet se afastou dele.

– Você está abrandando a narrativa?

Sebastian franziu o cenho e olhou para cima.

– Sim, estou – falou. – Quando eu disse "costas", também estava me referindo aos seus ombros e pescoço.

Violet engoliu em seco, só pensando no que isso significaria. As mãos de Sebastian acariciando-a, massageando sua pele. Persuadindo-a a relaxar.

– E o que vai acontecer quando terminar?

Ele se aproximou dela.

– Vou parar de tocá-la. Promessa de libertino.

Violet soltou uma respiração trêmula. Mas sabia que podia confiar em Sebastian em relação a isso – se ele disse que iria parar, então iria.

Ele se levantou e indicou que ela se deitasse de bruços. Violet respirou bem fundo e se virou no sofá.

Estava tensa à espera do primeiro toque, tão tensa que, quando sentiu a palma da mão de Sebastian tocar sua lombar, quase deu um pulo. Mas ele não a tocou mais para baixo. Não abriu suas pernas, como Violet temera. Apenas fez pressão com a mão na lombar dela, sem se mexer, até que o coração de Violet parasse de martelar e ela respirasse com mais calma. Até que, mesmo com os sinos de aviso ressoando na mente, os músculos dela começassem a relaxar.

E então ele traçou toda a coluna dela, até chegar aos ombros.

– Aqui – falou. – Os seus músculos estão bem tensos, bem aqui.

– Desculpe.

– Não se desculpe. Vai se sentir melhor se conseguir relaxar um pouco. Bem assim.

Era uma massagem persuasiva e gentil, os dedos de Sebastian fazendo uma leve pressão na pele de Violet. Não era o tipo de toque irritado e cheio de expectativa que um marido poderia fazer nos ombros da esposa – uma troca que basicamente gritava: "Olhe só o que estou fazendo por você, é bom que abra as pernas para mim ou, da próxima vez, não ganhará nada."

– Você fica o tempo todo curvada em cima daqueles canteiros na estufa – disse Sebastian. – Está embolado bem aqui.

Ele fez pressão num ponto das costas dela e a respiração de Violet saiu num sibilo.

– E bem aqui.

Outro local dolorido.

– E... bem, já entendeu. Você carrega o trabalho do dia na pele. Vamos ver se não consegue soltá-lo por alguns momentos.

Era como se Sebastian apenas estivesse interessado em ajudá-la a aliviar as dores nas costas. Ele poderia ter feito da massagem algo mais sensual. Quando se inclinou sobre ela, poderia ter roçado o corpo no de Violet. Quando apertou aqueles nós com os polegares, fazendo pressão, poderia ter beijado a nuca de Violet... e, sensível como estava, tão ciente do corpo de Sebastian perto do seu, ela teria sentido calafrios.

Ele poderia tê-la tocado não apenas nas costas, mas também nas laterais, encontrado os seios, os mamilos eriçados. Violet estava ciente, bem ciente de todas as formas que Sebastian não a tocava. De todas as coisas que ele poderia fazer. De quanto ela estava vulnerável sob ele – de como seria mínimo o esforço de prendê-la contra as almofadas e obrigá-la a ficar ali, por mais que Violet protestasse.

Ela nem sabia ao certo se iria protestar.

Entretanto, Sebastian prometera que não a importunaria e não importunou. O toque dele a aqueceu e depois a fez relaxar – e, gradualmente, Violet se pegou entrando num estado de contentamento.

Depois de um tempinho, Sebastian se afastou dela.

– Pronto – falou. – Eu sabia. Você está sorrindo.

Ela se virou e Sebastian se sentou ao seu lado.

– Mas você quer mais – comentou Violet.

Ela via o contorno da ereção dele mesmo sob a calça larga.

– E...

Tinha medo de admitir algo assim, mas não conseguia esconder dele.

– E está me fazendo querer mais. E isso significa...

– Significa o que quisermos que signifique – completou Sebastian, dando de ombros. – Querer não é uma sina. Somos adultos. Querer é para ser divertido.

– Mas qual é o nosso objetivo? Para que todo esse esforço?

– Sua completa e total rendição – declarou Sebastian.

Violet respirou bem fundo.

– Não vou ter realmente vivido – continuou ele, com um olhar malandro – até ter me esbanjado da sua pele virtuosa e ter sugado o tutano dos seus ossos.

Violet o cutucou nas costas.

– Muito engraçado.

– Viu só? *Você* não acredita que eu queira algo terrível. Não de verdade.

Ele podia dizer isso, mas não ficaria satisfeito se fosse só o que conseguisse dela. Alguns toques por noite? Podia dizer que era divertido querer, mas, depois de duas semanas querendo, começaria a perder o bom humor. Seria nesse momento que os comentários começariam – frases sarcásticas sobre ela ser frígida, sobre ser egoísta por rejeitá-lo. Ele ia mencionar quanto tempo tinha passado desde o último orgasmo. Os homens não eram feitos para o celibato, muito menos Sebastian.

Ela abriu a boca para responder, depois a fechou. Querer deveria ser divertido, era o que ele dissera, mas fazia muito tempo desde a última vez que Violet encarara a ideia de querer com qualquer sensação que não fosse terror. Querer era uma ferramenta usada contra ela. Quanto menos quisesse...

– Sebastian – disse Violet. – Não podemos continuar assim.

– Por que não? – respondeu ele. – Se as coisas ficarem muito difíceis, minha mão esquerda funciona muito bem. – Ele a encarou. – A sua também.

Violet balançou a cabeça.

– Sua mão esquerda não funciona? – perguntou ele com um tom inocente. – Bem, sem problemas. Posso ajudá-la com a minha.

Violet arfou de calor diante dessa imagem – as mãos astutas de Sebastian deslizando entre suas pernas, encontrando o âmago do desejo dela –, mas ele apenas se inclinou e a beijou.

Capítulo dezenove

Era a manhã do dia seguinte e, mesmo com a convocação pesando no bolso – e Sebastian não podia dar outro nome àquela mensagem sucinta que não fosse *convocação* –, ele se sentia estranhamente alegre.

Sorria quando o levaram até o escritório do irmão, e nem mesmo a indiferença e a cautela de Benedict, que se recusou a erguer a cabeça quando Sebastian entrou, foi capaz de acabar com esse bom humor.

Ele havia tomado uma decisão na última vez que vira Benedict. Discutir nunca daria em nada. Sebastian dera o seu melhor. Não havia motivo para chatear o irmão.

Benedict não lhe deu atenção por cinco minutos, até que, por fim, Sebastian se sentou no outro lado da mesa e começou a assobiar.

Era um truque barato de irmão mais novo, mas funcionava. Depois da terceira repetição desafinada de "Deus salve a rainha", a irritação de Benedict superou sua habilidade de ignorar Sebastian.

– Dá para parar? – exigiu Benedict, finalmente fitando o caçula.

– Parar o quê? – perguntou Sebastian com inocência. – Eu estava fazendo algo?

– Essa melodia terrível.

– Ah, perdão – disse Sebastian, com um tom exagerado de desculpa. – Não sabia que não gostava da rainha Vitória. Eu deveria ter escolhido outra canção.

229

– Eu gosto da rainha...

Benedict parou de falar. Mesmo contra a vontade, sorriu.

– Não, Sebastian. Você não vai me afetar assim.

Sebastian abandonou qualquer fingimento de inocência e se inclinou para a frente.

– Só para constar – falou –, foi você quem me chamou para tratar de um assunto *urgente* e depois me ignorou quando cheguei. Se não quer que eu faça o papel de irmão mais novo irritante, pare de agir como o irmão mais velho que é importante demais.

Benedict encarou Sebastian e suspirou.

– Às vezes – murmurou – você tem razão. Pensei no que me disse na última vez que nos vimos. Sobre como, talvez, eu o tenha julgado de forma dura demais. Fiquei pensando se havia justiça nos seus comentários.

Sebastian prendeu a respiração e se acomodou mais para a frente no assento.

– Ah. Nesse caso, eu sinto muito *mesmo* por ter ficado assobiando.

Benedict não piscou.

– Pensei sobre isso por semanas, até ver um aviso no jornal, uma descrição bem pequena, de pouco mais de um centímetro, sobre uma palestra que você deu em Cambridge. Uma palestra científica.

Sebastian engoliu em seco.

– Sim. Pois é.

– Você me disse que tinha parado com o trabalho científico.

– Sim. Eu... parei. Mais ou menos. Essa palestra foi... mais para finalizar os assuntos, veja bem, para apresentar certas conclusões.

– Foi o que pensei – disse Benedict. – Mas agora vejo que eu estava criando desculpas para você. O que diabos é isso?

Ele ergueu o jornal e apontou para uma nota. "Malheur vai se apresentar em seminário sobre hereditariedade em dois dias." O subtítulo dizia: "Promete ser explosivo e polêmico."

– Ah – fez Sebastian. – Ah, rá, rá. Certo. Isso aí. Entendo o que parece.

– Certo? – repetiu Benedict, descrente. – *Isso aí?*

– É... – Sebastian se inclinou mais para a frente. – Pode guardar um segredo? – perguntou com esperança.

– Um segredo potencialmente explosivo e polêmico? – disse Benedict, seco. – Talvez. Depende. Que tipo de segredo é?

Violet havia contado para a irmã. Todo mundo saberia dentro de dois dias. E o irmão merecia ouvir a verdade direto de Sebastian. Ele expirou.

– Meu trabalho com herança de características físicas – começou. Ele engoliu em seco. – Você tinha razão. Eu sou uma fraude.

As sobrancelhas de Benedict arquearam.

– Quê? Do que diabos está falando?

– Você se lembra de Violet Rotherham? Agora ela é Violet Waterfield, condessa de Cambury.

– Como eu iria esquecer? – disse Benedict. – Ela morava a menos de 1 quilômetro de nós quando éramos crianças. Mas não entendo por que ela é relevante.

– O trabalho não é meu – disse Sebastian. – É dela. E, em alguns dias, vamos anunciar a verdade. Então, veja, não vou ser *eu* quem vai apresentar a palestra. Vai ser ela.

Benedict se recostou na cadeira e soltou a respiração.

– Não. Não entendo.

– Sabe tudo que eu apresentei nos últimos anos? As ideias são de Violet. Todas elas – disse Sebastian. – Eu ajudei um pouco. Trabalhamos juntos em parte. Mas é ela a cientista brilhante, não eu.

O irmão esfregou a testa e sua boca formou uma linha reta.

– Você realmente consegue tudo de mão beijada.

– Não, não. Na verdade, deu bastante trabalho – disse Sebastian. – Tive que aprender tudo do jeito que ela pensava e... ah...

– De mão beijada – repetiu Benedict. – Meu Deus. Você nem *tenta*. Realmente não tenta. É como se os anjos tivessem caído do céu e lhe ungido com conhecimento científico, só que não foram anjos, foi Violet.

– Sim. Ela é bem inteligente, sabe?

– Não, eu não sabia. Ninguém sabia, só você.

Benedict se levantou.

– Como consegue fazer isso? É sério, Sebastian, como consegue? Eu *sabia* que você não passava de uma fraude, mas isso vai além até da minha habilidade de compreensão. É como se o Universo estivesse conspirando para permitir que você trapaceasse na vida.

– Não – rebateu Sebastian. – Eu sempre gostei de Violet de verdade, sabe? Sempre soube que ela era incrível, mesmo que ninguém mais percebesse.

Benedict ignorou essa fala.

– É como se Deus lhe entregasse pessoalmente alguns trunfos para esconder na manga. Como consegue que algo assim caia do céu no seu colo?

– Eu não sei! – disse Sebastian. – Talvez seja apenas porque as pessoas gostam de mim.

O irmão cruzou os braços no peito e o encarou.

– Ah, vai jogar *isso* na minha cara agora, é? Saiba que as pessoas também gostam de mim. Várias pessoas. Eu tenho amigos, muitos.

– Tenho certeza que tem – concordou Sebastian, perplexo.

– Tenho amigos e, ainda assim, *eu* nunca levei crédito por um dos maiores avanços científicos dos nossos tempos.

Sebastian encarou o irmão. Tinha feito um voto de que não iria discutir, mas aquilo ia além dos seus limites.

– Quando você acreditava que o trabalho era *meu*, ele não valia nada. Agora que sabe que não fui *eu* que fiz, é um dos maiores avanços científicos dos nossos tempos?

Benedict o encarou – o encarou sem piedade e em silêncio, o encarou até Sebastian querer desviar o olhar. Depois bateu com o punho na mesa.

– Inferno!

Ele se jogou na cadeira com uma expressão dolorida no rosto.

– Que inferno! – repetiu.

– E agora está praguejando – reclamou Sebastian. – Até hoje, nada do que eu disse nunca fez você perder a compostura desse jeito, mas *isso*, pelo visto, é o suficiente para tirá-lo do sério.

– Não – disse Benedict com dificuldade. – Escute, Sebastian. Preciso que me faça um favor.

A respiração dele estava ficando irregular.

– Que favor? – vociferou Sebastian.

– Lembra quando eu disse que, se não pudesse gritar com meu irmão, não teria motivos para viver?

Uma camada fina de suor havia aparecido no rosto de Benedict. Sua pele ficou oleosa e pálida e a respiração saía apressada e rasa.

Sebastian sentiu o próprio corpo gelar.

– Bem – disse Benedict com sobriedade –, eu estava errado. Prefiro viver.

Ele encarou Sebastian.

– Chame o médico. Por favor.

Sebastian ficou esperando por horas, andando de um lado para o outro no corredor de madeira, até que sabia de cor cada tábua que rangia. Suas mãos estavam frias; seu coração, pesado. Quando o médico por fim saiu do cômodo, Sebastian o abordou.

– Como ele está?

O homem olhou para Sebastian brevemente.

– Vivo – respondeu. – Consciente.

– Graças a Deus.

Sebastian soltou um suspiro de alívio.

– Ele quer ver o filho.

– É claro. É claro.

Sebastian assentiu.

– Vou pedir que tragam Harry imediatamente.

O médico o fitou.

– O senhor é o irmão dele? Sebastian Malheur?

– O que houve?

– Não leve para o lado pessoal – disse o médico. – Mas orientei o Sr. Benedict que descanse por um tempo. Ele precisa evitar qualquer coisa que o perturbe.

– Ah, que bom – disse Sebastian. – Então ele finalmente vai seguir o seu conselho?

O médico o encarou.

– Sim – falou com a boca franzida, como se fosse dar uma notícia desagradável. – Ele me pediu que lhe dissesse para ficar longe por alguns dias, até ele ter certeza de que o senhor não vai incomodá-lo.

Capítulo vinte

— Em suma – disse Sebastian –, acho que hoje conseguimos ofender ou acabar com todos os nossos vínculos mais próximos.

Ele estava do outro lado do barracão. Violet abriu um sorriso, porque sabia que era isso que Sebastian esperava dela. Porque conseguia ver, pelo jeito que ele olhava ao redor, tão distraído, com um sorriso que não assentava direito no rosto, que estava preocupado com o irmão. Porque piadas – mesmo as terríveis – ajudavam a transformar coisas horríveis em toleráveis.

– Seus primos ainda são seus amigos – disse Violet. – E ainda não falei com minha mãe, então amanhã teremos uma catástrofe novinha em folha.

– Ah, sim. Meus primos. Talvez pudéssemos jogar sua mãe em cima de Robert e Oliver. Se existe alguém capaz de botá-los para correr, é ela. Deus nos livre de termos um amigo sequer.

– Só você faria piada num momento como esse – disse Violet.

– Ah, dois dias antes de o mundo descobrir a verdade?

Ele abriu um sorriso largo, como se não houvesse nada no mundo além de Violet. Como se a palestra dela e suas preocupações fossem as únicas coisas que importassem, enquanto as dele nem existissem.

– Eu estava falando sobre o seu irmão.

Ele serviu um copo de conhaque e o levou até Violet.

– Vamos comer, beber e ser felizes, pois amanhã... bem, depois de amanhã... seremos párias.

Ela o olhou de esguelha, mas deixou o assunto morrer. Se Sebastian queria fazer graça da situação, quem era Violet para impedi-lo?

– Fale por si – disse, mas com um tom leve. – Amanhã vou conversar com minha mãe. Tenho mais medo disso do que de qualquer outra coisa. Depois dela, o resto do mundo vai parecer fácil.

– Mais um motivo para beber.

Ele ofereceu o copo de novo e, dessa vez, Violet aceitou. O líquido era da cor de âmbar e sacudiu um pouco, deixando marcas no vidro. O aroma, denso e inebriante, preencheu o ar. Até o vapor que saía da bebida era forte.

– Está tentando me deixar embriagada – comentou Violet.

– Para que eu possa fazer o que quiser com você.

Era brincadeira, mas o coração de Violet deu um salto. Era essa a questão com Sebastian: ele fazia tudo parecer piada, principalmente os momentos que mais lhe eram importantes. Violet o contemplou por cima do copo.

Até o medo começava a desaparecer. Ele passara os últimos dias abraçando-a sem exigir absolutamente nada, permitindo que Violet se acostumasse com a sensação de ser desejada, de desejar de novo. Como se ele soubesse que, uma vez que o desejo se tornasse familiar, aquele pânico começaria a dissipar, viraria uma névoa na mente.

– Uma vez bebi meia garrafa de trago bravo – informou ela. – Se acha que um dedo de conhaque vai me derrubar, está muito enganado.

Ela inclinou o copo. A bebida queimou na língua – uma ardência agradável.

Sebastian não estava bebendo.

Para entender Sebastian, era necessário prestar atenção aos mínimos detalhes. Ele usava sorrisos e piadas como outro homem usaria uma gravata – um item de vestimenta que não seria removido exceto na presença das pessoas mais íntimas e, ainda assim, apenas sob pressão.

Ele relatara a história sobre o irmão de um jeito desinteressado, mencionando apenas por alto a discussão e o que fora dito com um simples "Ele ficou irritado e tinha toda a razão", depois contara que havia terminado a visita indo buscar o médico. Não comentara nada sobre o que sentia, como se não quisesse compartilhar suas preocupações.

– Você não pegou um copo – comentou Violet.

– Não peguei. É um truque maligno da minha parte.

– É mesmo?

Violet o fitou. Sebastian sorria como se nada estivesse errado, como se ele não tivesse nenhuma preocupação. Como se quisesse aliviar os fardos dela e os dele também.

Ela o chamou com um gesto do dedo.

– Venha aqui comigo.

Ele se sentou ao lado dela.

Violet tomou mais um gole da bebida – um mais longo – e soltou o copo. Antes que pudesse perder a coragem, beijou Sebastian. Lábios se encontraram. A boca dele se abriu para a dela e Violet compartilhou aquele gole de conhaque com ele. Línguas se encontraram numa mistura inebriante de calor e álcool. Mãos a puxaram para mais perto. Violet poderia se perder no gosto de Sebastian, no calor das mãos que circularam sua cintura, mas não dessa vez.

Dessa vez, ela queria que Sebastian se perdesse nela. Fez com que o começo fosse apenas um beijo suave, doce e reconfortante, depois deixou que crescesse, correndo as mãos pelo peito de Sebastian, até que houvesse algo mais entorpecente entre os dois que o conhaque que compartilhavam. Trocaram beijos até que Violet se sentisse quase embriagada.

Quando o gosto do conhaque se dissipou, ela se afastou.

– Viu? – falou Sebastian, respirando com dificuldade. – É um truque maligno. É o que acontece quando se beija um libertino da minha estatura. Não tenho que fazer quase nada. Você seduz a si mesma.

Violet se inclinou para a frente.

– Ah, eu não diria isso – falou. – Eu já fui seduzida.

Estava perto o bastante para ver as pupilas de Sebastian se expandirem, para ouvir a respiração dele sibilar quando ele respirou fundo. Mas essa primeira reação involuntária foi logo recoberta por um sorriso largo.

– Bastavam dois goles de conhaque? Eu deveria ter tentado isso há anos.

A ideia do que estava prestes a fazer deveria deixá-la em pânico, mas o fato de que era *ela* quem estava agindo – que não era ele quem lhe exigia isso – fez toda a diferença. Ela apoiou as mãos nos ombros de Sebastian, depois as deslizou para o peito dele. Sebastian soltou a respiração outra vez.

– Ainda assim, aqui estou eu – disse ela. – Deixando que pegue em mim, sentindo calafrios quando me beija. Quando tremo só de pensar em falar com minha mãe, é você quem me faz rir.

Ela se sentou no colo dele e se curvou para roçar o nariz no dele.

– Quando eu sorrio, é para você que olho primeiro, porque sei que vai entender a piada. Então, sim, Sebastian. Fui seduzida.

Ele respirou fundo mais uma vez.

– Durante todos esses anos – disse Violet –, nunca entendi quanto importa para mim que você me faça sorrir. Mas agora é a minha vez de retribuir.

As palavras estavam ficando ardentes.

– Você merece ser seduzido.

– Isso... não vai ser muito difícil, posso lhe garantir.

Ele engoliu em seco.

– Mas, Violet, tem certeza...

– Tenho certeza disso.

Ela deslizou do colo dele e se ajoelhou no chão à sua frente. Suas mãos subiram até os botões da braguilha da calça. Sabia, ao abri-los, que não era tão versada quanto Sebastian. Mas, a julgar pelo jeito que ele respirou, isso não importava. Não importava se ela tivesse dificuldade com a calça dele ou se suas mãos fossem inexperientes ao afastar o tecido. Não importava se precisasse de um minuto para encontrar a posição certa, se ele tivesse que a guiar até o melhor lugar ou se ajeitar no sofá.

O que importava era: Sebastian se entregara a ela durante todos aqueles anos, apoiando-a quando ela precisava de apoio, amando-a – e, se ela era merecedora de algo tão profundo, ele também era.

Quando a calça de Sebastian finalmente estava caída aos pés dele, Violet pôde se concentrar no prêmio: *Libertinus erectus*. O membro já estava duro e grosso, erguido a certo ângulo. A respiração de Sebastian saiu entrecortada quando ela passou a mão nele, explorando a superfície com leveza – enganosamente macia ao primeiro toque, dura quando ela investigava mais a fundo. Aquela cabeça escura, ainda mais macia.

– Violet – sibilou Sebastian, as palavras pareciam estar sendo arrancadas dele. – Não precisa fazer isso.

– É claro que não preciso – respondeu ela. – Eu quero.

Ele arfou. E então – antes que Violet pudesse perder a coragem – ela o tomou na boca.

Por Deus. Ela nunca tinha entendido o objetivo daquilo antes. Quando ouvira os primeiros sussurros entre as mulheres casadas, aquilo lhe parecera uma imitação fajuta de sexo. Mas, de certa forma, era algo ainda mais

238

íntimo do que o coito em si. Ela podia explorar a veia na parte inferior do membro dele com a língua, a maciez da cabeça. Podia apertá-lo e ouvir a respiração de Sebastian falhar.

Ele tocou a cabeça de Violet, enroscando os dedos nos cabelos dela.

– Me diga – pediu ela, murmurando ao redor do membro dele. – Me conte no que estaria pensando se estivesse usando essa sua mão esquerda tão habilidosa.

– Em você.

A voz dele estava rouca.

– Em você, sempre em você. Não faz ideia de quantas vezes pensei em você. Quantas vezes quis você.

Uma pausa.

– Meu Deus! Isso... Assim. Faça assim.

Ela sugou a cabeça do membro de novo, deixando que a língua circulasse a ponta. Sentiu o corpo de Sebastian ficar tenso em resposta, as mãos dele apertarem seus ombros.

– Às vezes eu pensava em jogar no chão todas as plantas de uma das suas mesas da estufa. Em colocar você sentada ali, erguer suas saias e possuí-la.

Ela fez uma pausa e ergueu a cabeça.

– Espera, pensou em fazer *o que* com as minhas plantas?

– É uma fantasia! – protestou ele. – Se realmente vamos analisar tudo, não acho que uma mesa feita de tábuas e cavaletes aguentasse os movimentos feitos nesse ângulo em especial.

Ela fungou.

– Bem. Creio que sim. Mas escolha outra. Vou ficar distraída pensando nos detalhes.

Ele soltou uma risada suave.

– Lembra quando fomos de trem para New Shaling, para o casamento de Oliver?

Ela assentiu.

– Você estava me ignorando. Ficou conversando com Minnie o tempo todo. Só parou de falar com ela por uns dez minutos, quando se levantou e saiu para o corredor. Acho que disse que queria esticar as pernas. Vez ou outra eu a via enquanto você andava de um lado para o outro no corredor. Pensei em me levantar. Em ir até você.

As palavras soavam obscuras e perigosas.

– Pensei em apenas cobrir sua boca com a minha mão. Você iria entender o que eu queria.

Violet percebeu que estava ficando molhada só de imaginar. Ela se inclinou e tomou Sebastian na boca de novo. Ele estava ainda mais duro, duro e enorme em sua língua.

– Eu a teria colocado contra a parede, bem naquele cantinho em que você não ficaria visível para os outros passageiros.

As mãos dele desceram para os ombros dela. Seu quadril fez uma flexão quase involuntária.

– Eu queria possuí-la bem assim – sussurrou. – Bem assim, Violet. Onde eu pudesse deslizar uma das mãos pelo seu corpo para tocar seus seios, enquanto a outra descia.

A respiração dele estava ficando mais errática. Tinha começado a investir dentro da boca dela.

– E, meu Deus, seria tão gostoso ter você em volta de mim.

Sua voz estava grave como Violet nunca ouvira.

– É tão gostoso ter você em volta de mim. Meu Deus!

Ele era como aço na boca de Violet, aço aquecido quase a ponto de queimar. O membro entrou e saiu com mais força, mais insistência. E Violet nunca tinha se sentido tão poderosa quanto naquele momento. Sebastian tremia, tremia com força, e, ainda assim, continuava.

– Eu a levaria ao clímax três vezes – continuou ele. – Até que, no final, você teria que morder minha mão para controlar os gritos.

E então ele se afastou dela. Segurou o membro com a própria mão e friccionou uma, duas vezes, rápido. Depois pegou um lenço e o colocou ao redor da ponta um segundo antes de grunhir e atingir o ápice com vigor, seu rosto se contorcendo numa careta.

– Minha nossa, Violet! – Ele respirou bem fundo. – Pelo amor de Deus, Violet.

Outra inspiração. Ele a puxou para que se sentasse ao seu lado e a abraçou. O beijo que lhe deu foi profundo e intenso; Violet o sentiu no corpo todo.

E, naquele momento, percebeu quanto ele estivera se contendo – quanto tinha guardado de puro desejo. Porque, mesmo naquele instante, mesmo depois que ele havia se esgotado, ela ainda o sentia. Sentia esse desejo na mão que desceu pelo seu corpete, segurando seu seio. Quando o polegar dele desenhou um círculo lento e experiente no mamilo, o próprio desejo insistente de Violet irrompeu até chegar ao ponto de combustão.

– Confie em mim – murmurou Sebastian em seu ouvido. – Confie que não vou machucá-la.

Era fácil assentir. Fácil, quando tudo que ela sentia era desejo.

Sebastian deslizou para o chão e se ajoelhou diante dela. Colocou uma das mãos sobre o estômago de Violet, uma pressão forte e poderosa. Ela o fitou, insegura de repente. Seu coração martelava, mas o desejo não tinha sumido: preenchia Violet também. Ela simplesmente olhou para Sebastian, incapaz de falar, incapaz de fazer qualquer coisa além de se equilibrar no limite entre o medo e o desejo.

No entanto, ele não a estava forçando a ficar ali. Não a estava machucando. Lentamente, ergueu a saia de Violet, deixando que o ar frio tocasse o corpo dela. Ela tremia, nervosa e desesperada por aquele primeiro toque.

Sebastian se apoiou nos calcanhares e então muito, muito devagar afastou as pernas de Violet. Ela se sentiu aberta e exposta, vulnerável. Conseguia ouvia o eco da voz do marido.

Você é egoísta.

Ela não era egoísta. Ela merecia aquilo.

– Violet inteligente – disse Sebastian. – Violet linda. Violet doce. A melhor Violet do mundo todo.

Ele deslizou as mãos, subindo pelas coxas dela, e Violet arfou.

– Violet amada – falou baixinho. – No que está pensando?

– Em você – respondeu ela. – E em mim.

– Tem alguma fantasia em especial que queira confessar?

Por muitos anos ela tentara não ter nenhuma fantasia. No momento em que uma se intrometia, Violet a esmagava sem dó, recusando-se a se render. Ela soltou a respiração.

Sebastian se ajoelhou novamente entre suas pernas.

– Ou que tal lhe darmos uma para recordar?

– Só tem uma – sussurrou ela. – Uma que nunca consegui vencer.

Enquanto ela falava, Sebastian abriu mais as pernas dela e se inclinou. Violet sentiu a respiração dele em suas coxas, um ar úmido e quente que a fez cerrar as mãos com urgência.

– Não pare de falar – murmurou ele. – Conte mais.

– Mas você... você...

– Ah, ah. Não pare de falar.

– Parece tão boba, tão juvenil, comparada com a sua.

Ele tocou o sexo dela com a boca e Violet se imobilizou.

– Sebastian. Ai, meu Deus. Não sei se...

– Se quiser que eu pare, é só dizer. E não se preocupe, não existe isso de ser uma fantasia juvenil. Me conte.

A língua dele fez algo que Violet não conseguiu compreender direito – algo fabuloso, algo que se irradiou em ondas a partir de seu botão do prazer.

Violet arfou.

– Sebastian.

– Não pare de falar – pediu ele. – E não vou parar também.

– Não é sobre... sexo. Toda vez que eu começava a pensar em algo assim, eu me detinha.

Sebastian não parou. Deus, como ele não parou! Violet não sabia o que ele estava fazendo, como estava fazendo. Um polegar fazia pressão na pele dela, lábios a abriam e a língua – ah, Deus, era como se a língua de Sebastian estivesse por toda parte, persuadindo o desejo a sair de Violet.

– Nem era beijar – confessou ela. – Ou tocar.

Ele estava usando as duas mãos, abrindo-a bem, a boca faminta no sexo dela.

– E é algo que aconteceu de verdade. Então, uma lembrança, não uma fantasia.

Ele iria achar que Violet era tão fraca e sem graça. Mas, ah, meu Deus. Ele enfiou um dedo nela. Fazia tanto, tanto tempo desde a última vez que ela tinha se permitido pensar nisso. Percebeu que paralisava, cada medo e preocupação atingindo-a como uma enchente.

A boca de Sebastian ainda a tocava, quente, ardorosa.

– Não pare – murmurou ele. – Me conte.

– Foi alguns anos depois de o meu marido falecer. Antes disso... não acho que eu conseguiria ter sentido qualquer desejo, nem se um bando de libertinos caísse sobre mim, determinado a me seduzir. Você e eu estávamos conversando. E... não consigo me lembrar do que falávamos.

Sebastian era implacável. Sua língua a tocou de novo, procurando aquele botão do prazer. Cada toque fazia calafrios irradiarem e, ao mesmo tempo, se concentrarem naquele ponto.

– Mas eu disse que eu era uma aberração. E você falou...

– "Não, Violet" – citou Sebastian. – "Você é magnífica. E eu queria que todo mundo pudesse saber disso."

Enquanto falava, ele fazia mais – sua boca a tomou com força. O prazer varreu Violet, difícil de ignorar.

– Isso – disse ela. – É bem isso. Foi isso que me fez tremer de prazer, a única coisa que eu nunca consegui ignorar. É a ideia de que talvez, talvez eu contasse a verdade para uma pessoa e ela não se afastasse de mim.

Sebastian não parou.

– Levou anos até eu entender que já era verdade.

Sua respiração saía em arfadas, cada frase dita entre lampejos de prazer.

– Que eu já tinha contado para alguém. E que, durante todos aqueles anos, ele vinha me dizendo, repetidamente...

Cada célula do corpo de Violet pareceu explodir e estremecer. O prazer a tomou, forte e implacável. Sebastian não cedeu. Seus dedos esticaram-se dentro dela, expandindo o momento, e sua boca arrancou ondas de prazer de Violet. Ela fechou os olhos com força e deixou o orgasmo percorrê-la, expurgando-a de tudo. Quando passou, ela caiu de costas, tremendo. Esperando que Sebastian tirasse vantagem do momento. Esperando que ele surgisse acima dela e a tomasse enquanto ela estava fraca demais para dizer não.

Só que ele não fez isso. Claro que não.

Era Sebastian. Ele nunca a machucaria. Violet sempre soubera disso e, naquele instante, entendia. Entendia com uma clareza que, até o momento, nunca tivera.

– Obrigado – disse Sebastian com sobriedade, estendendo uma mão para ela.

Violet a aceitou e ele a puxou para que se deitasse ao seu lado. Um braço se enroscou de forma natural ao redor dela, com afeição. Ele se aconchegou no pescoço da amada.

– Eu precisava disso – murmurou Sebastian.

Ele não disse nada sobre o irmão. Violet não disse nada sobre a mãe.

– É o seguinte – retomou. – Amanhã... tem sempre como melhorar as coisas. Aconteça o que acontecer, temos como melhorar. Não sei o que as pessoas vão achar ou o que vão dizer, mas, contanto que estejamos juntos, não tem como ser tão ruim.

Ele entrelaçou as mãos ao redor dela.

– Eu te amo.

Eu te amo. Parecia errado aceitar isso, errado deixar Sebastian amá-la quando tudo ainda podia dar tão errado.

Ela estremeceu, mas ele a puxou mais para perto.

Capítulo vinte e um

De manhã, nem mesmo a lembrança da noite anterior conseguia aquecer Violet. A casa da mãe sempre parecia escura e, naquele dia, estava quase sombria. As cortinas haviam sido fechadas até a metade, para conter o pior do sol de verão. Os móveis escuros absorviam o que restava da luz. A casa ganhara um ar abafado e úmido, uma floresta envolta em nuvens.

Violet tinha uma boa ideia do tipo de tempestade que estava prestes a causar. Havia certas coisas que a mãe nunca perdoaria. Sua mãe, sempre tão prática, a mulher que protegera Violet quando o pai a dispensara e que lhe ensinara o passo a passo do tricô, iria odiar o que Violet tinha a dizer.

Apesar das preocupações, Violet endireitou os ombros na entrada da sala de estar da mãe. Assentiu para o lacaio como se não houvesse nada de errado e entrou no cômodo.

– Mãe – cumprimentou respeitosamente.

A baronesa estava sentada diante de uma mesa, lendo o jornal. Estava de óculos – um modelo de lentes grossas – e, ainda assim, segurava os papéis a pouco mais de um palmo do rosto, muito concentrada. Uma parte do cérebro de Violet percebeu o que isso significava – quanto a visão da mãe estava ruim –, mas ela não iria se atentar a tais detalhes. Estava ali para entregar uma mensagem.

Ela se acomodou diante da mesa sem esperar pelo convite.

A mãe ficou sentada, o jornal cobrindo o rosto. Como se já soubesse o que Violet iria dizer. Depois de alguns minutos, abaixou os papéis devagar.

– Violet – falou o nome da filha como se sentisse um gosto amargo. – O que está fazendo aqui? Por que está me olhando assim?

Não havia por que mentir. Não havia por que guardar segredo, como exigiam as regras.

– Porque a senhora vai ficar bem descontente comigo.

Sobrancelhas brancas se ergueram.

– Vou, é?

Ela dobrou o jornal com um grande floreio.

– Pois bem. Não fique só sentada aí desse jeito. Conte o que supostamente vai me aborrecer.

– É...

Violet respirou fundo. Então disse:

– É por causa daquela coisa que conversamos outro dia. Aquele escândalo antigo.

– Aquela coisinha?

As palavras da mãe soaram negligentes, mas sua mão tremeu, fazendo o jornal balançar como um leque.

– Pelo amor de Deus, Violet. Não há motivos para falarmos sobre aquela coisinha. Achei que tínhamos concordado sobre isso.

– Infelizmente, mamãe...

Violet deixou a voz morrer. Não conseguia encarar a mãe. Simplesmente não conseguia.

– Infelizmente, mamãe, há motivos, sim. Veja bem, esse escândalo está prestes a se tornar público.

– Não, não está. – A voz da mãe estava monótona de um jeito curioso. – Não vai. Diga quem vai revelar essa informação e eu acabo com a pessoa. – As mãos da baronesa tremiam. – Com todo o meu considerável poder.

A garganta de Violet estava seca como um deserto. Tentou umedecer os lábios, mas a língua também secara. Ela sempre fora a decepção entre as filhas. Lily tinha filhos. Lily tinha um ótimo casamento. Lily era bonita, acolhedora e receptiva. *Lily* nunca precisara fingir.

E Violet estava prestes a fazer com que a odiassem ainda mais.

– Vou ser eu – conseguiu dizer, por fim.

Os olhos da mãe se arregalaram. Ela soltou um suspiro trêmulo. Abriu a boca, com olhos grandes e assombrados.

– Você...? – A voz dela falhou e, de repente, a mulher soou tão velha quanto aparentava. – Vai contar para todo mundo? Mas, Violet... Por quê?

– Porque estou cansada de viver uma mentira.

– Isso não é motivo – vociferou a mãe. – Está cansada de viver também? Lily não teria entendido, mas achei que *você* entenderia.

– Cansada de viver?

Violet balançou a cabeça.

– Sei que já fizeram algumas ameaças por causa de toda essa questão, mas não acho que foram sérias. Terei que mudar algumas coisas na minha vida e não sei se Lily vai me perdoar um dia, mas...

– Ah, *você* vai ter que mudar algumas coisas na sua vida.

A mãe bufou.

– E está preocupada com Lily acima de todo mundo? Lamento pelas suas mudanças. Lamento pela sua irmã. Mas não são vocês duas que serão enforcadas por assassinato.

Violet paralisou. Seus olhos se arregalaram e ela apoiou as mãos espalmadas na mesa, a mente em turbilhão.

– Sério mesmo, mamãe? – conseguiu dizer. – Está ameaçando me matar porque acha útil usar seus exageros numa hora dessas? Ou só quer mesmo fugir ao decoro?

A mãe não explodiu de raiva como Violet previra. Em vez disso, franziu o cenho, contemplativa. Suas sobrancelhas se arquearam e ela olhou para Violet como se a visse pela primeira vez. Fungou como um gato e meneou a cabeça. Depois de um longo tempo, se inclinou para a frente.

– Violet – sussurrou –, quer dizer que não está se referindo a... bem... você sabe... aquela coisa? Aquela coisa sobre a qual falamos no outro dia? Sabe aquele evento em especial relacionado a você que aconteceu em 1862?

Violet assentiu.

– É claro que estou. Apesar de que se referir a isso como um *evento*... imagino que pode ser confuso para quem não estava presente desde o início. Começou em 1862, mas continua acontecendo até hoje.

– Ah, minha nossa!

A mãe se recostou na cadeira. Parecia aliviada, por mais incrível que parecesse. Soltou um suspiro profundo.

– Então... deixe para lá. Sabe o que eu acabei de dizer? Pode esquecer. Não falei nada. Talvez você precise me contar outros aspectos dessa... hum...

dessa questão que não presenciei desde o início. Talvez isso me faça mudar de ideia.

Violet olhou para a mãe com o olhar mais severo de que era capaz.

– Mãe.

– Sim, querida?

– A senhora não faz ideia do que estou falando, não é? Esse tempo todo, nós duas estávamos falando de escândalos *diferentes*?

– É claro que sei do que está falando – assegurou a mãe com desprezo. – Sou sua mãe. E, quando me contar todos os detalhes, vou saber ainda mais.

Ela sustentou o olhar de Violet e disse:

– Se trata do... Se trata do... Bem, você sabe.

Deus do céu! A mãe não era tão onisciente assim, afinal. Violet não sabia se era para rir ou chorar. E imaginaria que iria fazer uma simples declaração e ir embora enquanto a mãe ficava gaguejando com indignação.

Não havia mais como preservar a dignidade.

– Talvez você possa compartilhar alguns detalhes só para que nós duas tenhamos certeza de que o assunto é o mesmo – disse a mãe, pensativa.

Violet soltou um ruído divertido.

– Bem, fique à vontade para me interromper quando eu mencionar algo que a senhora já sabia.

A mãe abriu um sorriso melancólico e isso, de certa forma, fez com que a situação fosse mais agradável. Como se fosse um jogo que consertaria tudo entre as duas, um em que a mãe fingia saber e Violet fingia que ela sabia.

Aquela esperança antiga ressurgiu: *Pode ser que ela não odeie você.* Violet a esmagou sem piedade. Não iria aguentar se essa esperança lhe fosse arrancada mais uma vez.

Ela respirou bem fundo.

– Tem a ver com Sebastian Malheur.

– Está mesmo tendo um caso com ele? – perguntou a mãe. – Porque isso não é tão ruim assim. Na verdade, imagino que ele seja muito bom no que faz.

Violet sentiu o rosto queimar.

– Apesar de que, se vem acontecendo desde 1862...

A baronesa fez uma pausa.

– Desde antes de seu marido... hum... falecer, Violet? Sério? Isso não é do seu feitio.

– "Uma lady sempre mente sobre sua vida amorosa" – pegou-se citando

Violet, sem pestanejar, embora soubesse que o rubor nas bochechas não ajudasse em nada. – "Se for ruim, compartilhá-la a deixará exposta a fofocas. Se for boa, esse tipo de conversa apenas causará inveja."

A mãe fungou de modo tímido.

– De qualquer modo, não tem a ver com minha vida amorosa – continuou Violet. – Sabe o trabalho que Sebastian vem apresentando?

– Não sei precisamente do que se trata, mas o pouco que conheço parece ser sólido.

Ela deu de ombros.

– Atrai a ira de várias pessoas, mas muitas verdades têm esse efeito.

– Bem... – Violet tomou fôlego. – O trabalho não é dele. É meu.

Silêncio. Silêncio total.

– Escrevi o primeiro artigo sobre bocas-de-leão em 1862 – continuou Violet. – Sobre a cor delas e por que não é possível que bocas-de-leão cor-de-rosa passem adiante essa característica. Tentei publicá-lo com meu nome, mas se recusaram até a lê-lo. Então Sebastian o apresentou e, quando percebemos...

Violet gesticulou com a mão.

– ... estávamos envolvidos até o último fio de cabelo numa parceria secreta. Eu fazia o trabalho. Ele apresentava.

A mãe a encarava, inexpressiva.

– Eu deveria ter prestado mais atenção no trabalho dele – comentou a baronesa devagar. – Não percebi que ele... que *você*... tinha escrito sobre bocas-de-leão cor-de-rosa em especial.

Ela engoliu em seco e tocou os cabelos.

– Se soubesse disso, já teria percebido – concluiu.

– Mas Sebastian se cansou do trabalho. Ele não gosta de viver uma mentira e, de fato, eu também não. Pensei por um tempo que eu poderia abandonar as pesquisas, mas acabei de descobrir algo. Uma coisa nova, tão importante que estou louca para contar para todo mundo. Quero contar.

Suas mãos tremiam.

– Sei que, quando a verdade for revelada, quando as pessoas entenderem que era eu quem estava por trás de tudo, isso vai destruir minha reputação. Escrevi artigos que discorrem sobre relações sexuais e órgãos reprodutivos em plantas e animais. Vai ser uma confusão extraordinária. Sei que estou sendo egoísta. Sei que estou arriscando o bom nome da nossa família. Sei que...

Ela fez uma pausa e prendeu a respiração.

– Sei que a senhora talvez nunca mais fale comigo, mamãe, mas isso é *meu* e quero ser ouvida. Não me importa o que a senhora diga ou que ameaças faça. Quero meu trabalho de volta.

Até que esse sentimento ganhasse voz, nem ela mesma sabia quanto queria isso, quanto lhe era importante.

– Quero meu nome no trabalho – concluiu. – Quero que as pessoas saibam que é meu. Faz tempo que venho desaparecendo. Ao longo dos últimos anos, minha voz ficou calada. Eu *quero* isso.

A mãe levou uma das mãos até a boca. Os olhos estavam arregalados. Violet nunca a vira tão sem palavras. Levaria alguns momentos até ela entender tudo, mas quando entendesse...

Bem, Violet já tinha ouvido bastante dos seus conselhos. Sabia exatamente o que a mãe diria. Estariam uma contra a outra.

– Violet – disse por fim a baronesa. – Violet, eu não tinha ideia.

A filha abaixou a cabeça, incapaz de continuar a encará-la.

– Sinto muito. Eu deveria ter lhe contado antes.

– Deveria mesmo. Deveria ter me contado imediatamente.

A mãe batucou os dedos na mesa, sem dizer mais nada.

– Se tivesse me contado na hora – falou por fim –, teríamos dado um jeito naquele primeiro artigo.

Violet ergueu a cabeça.

– Foi por isso que não contei. Não queria que a senhora interferisse. Eu queria que a informação fosse divulgada e, se a senhora tivesse intenção de abafá-la...

– Pelo amor de Deus, Violet!

Os olhos da mãe demonstravam seu assombro.

– Por que eu faria isso?

– Eu... – Violet fez uma pausa, de súbito insegura em relação a tudo. – Eu não sei?

– Não, claramente não sabe. Minha filha acabou de me contar que é a maior especialista em herança de características físicas no Império Britânico. Acha que eu quero esconder esse fato?

Deus do céu! Era demais. Tudo que Violet nunca se permitira esperar e além. Ela sentiu os olhos arderem.

– Quero que *todo mundo* saiba. Quero esfregar na cara delas, de toda mulher que se compadeceu por eu não ter filhos homens, porque não tenho ninguém que vá conquistar algo. Quero que saibam que minha filha é mais inteligente do que todos os filhos delas juntos.

Violet se sentia à beira das lágrimas. Ainda assim, se pegou rindo – uma risadinha que tinha gosto de puro alívio.

– Nós protegemos o que é nosso – disse a mãe com firmeza. – E isso... isso é *seu*. Você vai tomá-lo de volta.

– Sim, mãe – concordou Violet.

– Vamos descobrir a melhor forma de proceder. Tenho algumas ideias. Ela franziu o cenho.

– Vou admitir: não vai ajudar sua reputação social, mas, ora, quem se importa com essas coisas? Lily, creio eu.

– Ela tem seus motivos, sabe?

A mãe descartou o comentário com um aceno.

– Ela não sabe colocar as prioridades em ordem. Qual é o objetivo de se ter uma reputação perfeita se significar que você não pode reivindicar algo como *isso*? Vai dar trabalho. Vamos ter que envolver outras pessoas para revelar a verdade da melhor forma possível. Você é amiga da duquesa de Clermont. Ela parece ser uma boa pessoa. Ela vai apoiá-la?

– Vai – afirmou Violet, sua mente em turbilhão. – Ela já está envolvida. Temos um plano, na verdade.

– Quando é a palestra?

– Amanhã à noite.

A mãe arregalou os olhos, mas não a repreendeu.

– Todos vocês vão para Cambridge amanhã, então?

Violet assentiu, sem confiar na própria voz.

– Então, não temos tempo a perder com conversas inúteis. Venha, agora. A mãe se levantou.

Violet sentia como se seu mundo tivesse virado de ponta-cabeça – como se tivesse aberto um armário esperando encontrar prateleiras vazias e, em vez disso, visse diante de si todas as suas comidas favoritas.

Mas havia uma última questão, uma pendência que ressoava na mente de Violet. Ela esticou a mão e segurou a manga da mãe.

– Espere um pouco.

– Não temos tempo a perder. Precisamos...

Violet a puxou e a mãe se calou.

– Espere, por favor – pediu Violet. – Tem outro escândalo.

– Não, não tem – rebateu a mãe. – Não sei do que está falando.

– Tem outro escândalo, um relacionado a mim. Uma coisa que aconteceu em 1862.

O rosto da mãe ficou impassível de repente.

– Realmente não sei do que está falando.

De súbito, Violet entendeu. *Não são vocês duas que serão enforcadas por assassinato*, era o que a mãe tinha dito. *Me enche de desgosto. Ainda tenho pesadelos.*

Ela entendeu e, agora que sabia, não tinha como negar a verdade.

– Mãe – falou com suavidade. – Mãe, quando meu marido morreu...

– Foi um acidente – vociferou a baronesa. – Precisamos ir.

– Sim, é claro.

Violet tomou coragem.

– Mas... veja, tem algo que, na época, não contei a ninguém. Veja, eu sofri abortos. Sofri vários abortos.

A boca da mãe se retorceu.

– Diz isso como se fosse novidade para mim, Violet. Sei como uma filha minha fica quando está grávida e sou capaz de determinar que ela não está mais esperando um filho, mesmo quando nenhum bebê nasce.

– Entendo.

Violet engoliu em seco, insegura sobre como continuar.

– Imagino que a senhora soubesse que, em determinado momento, o médico disse ao meu marido que precisávamos parar de tentar ter um filho porque isso poderia me matar.

– Se eu sabia disso?

A mãe bufou.

– Fui eu que sugeri que ele falasse. Aquele homem estúpido não ia dizer nada. Queria deixar a escolha na mão de vocês. Fui *eu* quem disse a ele que sua vida estava em risco. Qualquer um conseguia ver. Você estava ficando cada vez mais fraca.

– Ah – murmurou Violet. – E imagino que a senhora também tenha notado que... meu marido não queria parar.

Os olhos da mãe cintilaram.

– Depois desse aviso, sofri mais dois abortos. Se ele não tivesse falecido, não teriam sido os últimos.

– Sim – disse a mãe com suavidade. – Eu sabia disso. Assim como sabia que, depois do último aborto, você ficou de cama por três semanas. Achei que fosse perdê-la, Violet.

Violet assentiu, incapaz de falar.

A mãe desviou o olhar.

– É um inferno ser mãe. Se sentir incapaz de fazer algo para salvar as pessoas que amamos mais do que tudo no mundo. Uma lady deve proteger o que é seu, mas como é que se faz isso?

Violet tentou encontrar palavras.

– Quando meu marido morreu, foi como um presente inesperado. Eu me senti horrível por pensar assim... Horrível e egoísta, como se não merecesse ter minha vida de volta. Eu não sabia...

E ali estivera ela, supondo que a mãe estivesse apenas exagerando ao dizer que iria para a forca por homicídio.

– Venha, Violet – chamou a mãe, dando-lhe um tapinha na mão. – Foi uma tragédia terrível quando seu marido caiu das escadas. Seria extremamente deselegante da nossa parte se rotulássemos tal acontecimento como algo oportuno. Uma lady sempre evita a verdade quando for algo deselegante.

– Mãe.

Violet engoliu em seco mais uma vez.

– Eu... eu... não sei o que dizer.

A mãe apenas deu de ombros.

– É a primeira regra. Eu protejo o que é meu.

Ela apoiou uma mão gentilmente no ombro de Violet.

– E você – sussurrou –, você é minha.

Capítulo vinte e dois

"Encontre-me na Livraria Castein, na Euston Road. Seu servo mais fiel, Sebastian."

A mensagem havia sido entregue na mão de Violet às sete da manhã do dia seguinte. Ela ia ministrar a palestra naquela noite e planejara ensaiar até perto do meio-dia, quando seguiria para Cambridge com a mãe e os amigos. Assim que leu essas palavras, porém, seu coração começou a bater com um medo frio. Pediu que lhe trouxessem o casaco e a carruagem e saiu de casa imediatamente. Só quando estava na metade do caminho lhe ocorreu que talvez fosse uma armação. Lily não tentaria algo tolo para impedir Violet de comparecer à palestra, tentaria?

Mas não. A mensagem fora escrita pela mão de Sebastian, continha sua assinatura desleixada. E "seu servo mais fiel" era parte do código – significava "venha agora". Lily nunca saberia algo assim.

De fato, Sebastian a encontrou na carruagem em frente à livraria.

– Ótimo – disse ele. – Não temos tempo a perder. Mande sua carruagem embora.

Violet mandou. Sebastian apoiou a mão dela no próprio braço e começou a descer a rua.

– Não vamos entrar na Castein?

– Não. Isso foi para despistar.

O coração de Violet bateu mais rápido. Então ele suspeitava *mesmo* de uma armação.

– Para despistar quem?

Ele não pareceu ouvir. Apenas continuou a marchar rua abaixo, passando às pressas por um grupo de homens que saía da estação de trem. Seguiu com Violet, deixando para trás uma barbearia, uma casa de câmbio e uma banca de jornais. A estação King's Cross ficava logo adiante e o tráfego nas ruas estava intenso. Os cocheiros tentavam passar com suas carruagens de aluguel e gritavam xingamentos uns para os outros.

Inabalado, Sebastian guiou Violet através de um emaranhado de pessoas com chapéus-coco, todas a caminho de mais um dia de trabalho nos bancos e escritórios de contabilidade.

– Sebastian – repetiu Violet –, quem estamos despistando?

– Não temos tempo – murmurou ele no ouvido dela. – Depois eu explico.

Ele a levou estação adentro. O cheiro pungente de fumaça e óleo de motor a assolaram, mas Sebastian não parou. Guiou Violet ao redor de vendedores de jornais e vendedores de doces, passando por uma plataforma onde aos poucos as pessoas entravam em vagões de trem.

Ele soltou o braço dela e tirou um relógio de bolso. Depois de consultá-lo, olhou para o relógio grande na parede, semicerrando os olhos para conferir a hora.

– Sebastian, estamos esperando alguém?

– Estamos.

– Quem?

Ela deu um passo para mais perto dele.

– Qual é o problema? Preciso me preocupar?

– Não, não – respondeu ele, distraído. – Ainda não.

"Ainda não" não soava muito promissor.

– Vai me apresentar a alguém? O professor Bollingall? Ou...

Uma ideia lhe ocorreu e ela arfou.

– Ah, meu Deus, Sebastian, se você me trouxe para conhecer Charles Darwin em uma estação de trem, eu vou... eu vou...

– Tenha mais fé em mim – pediu ele e sorriu. – Você só vai ser apresentada ao Sr. Darwin hoje à noite.

Nada reconfortante. Contudo, antes que Violet tivesse a chance de entrar em pânico, o condutor soou o apito e chamou: "Todos a bordo!" A locomotiva mais próxima deles rugiu ainda mais alto.

E, antes que Violet conseguisse entender direito o que estava acontecendo, Sebastian a ergueu pela cintura e a colocou no trem.

– O quê?! Pelo amor de Deus, Sebastian...

Ele também subiu a bordo e fechou a porta atrás deles.

– O que está fazendo? – perguntou Violet.

Ela deu um empurrão no peito dele, mas ele bloqueava a única saída.

– Desculpe, Violet – disse ele com um sorriso brilhante. – Isso era para despistar você.

– O quê?

– Surpresa! – Ele sorriu ainda mais. – Vou levá-la para o litoral.

– Eu não quero ir para o litoral! Vou dar uma palestra hoje à noite. Preciso ensaiar!

O apito do trem soou e ele deu um solavanco para a frente.

– Não – disse Sebastian. – Não *precisa*. Já a ouvi dar essa palestra perfeitamente quatro vezes. Cinco, seis... Não importa quantas vezes mais você ensaie. A única coisa que vai fazer é ficar ansiosa.

O apito soou de novo. O trem ganhava velocidade, balançando para os lados ao acelerar nos trilhos.

Violet cruzou os braços.

– É fácil para *você* falar. Já deu cem palestras. Eu, não.

– Já deu, sim. Toda palestra que eu dei, você estava lá, me observando, sabendo cada palavra que eu ia dizer antes que saísse da minha boca.

Ela bufou.

– Isso não conta. O público não estava olhando para mim.

Sebastian mordeu o lábio e desviou o olhar.

– Pois bem. Meus motivos são completamente egoístas. Até agora, fui o único que sabia do que você é capaz. Hoje à noite, todo mundo vai saber. É tão errado assim que eu queira passar essas últimas horas com você?

– Ah.

Violet fez uma pausa.

Sebastian a fitava com aquele olhar esperançoso – tão inocente e desejoso ao mesmo tempo que nem ela tinha um coração tão frio assim a ponto de recusar.

– Creio que... – começou a dizer de má vontade, mas então avistou um brilho triunfante nos olhos dele. – Não! Seu traiçoeiro!

Ela o empurrou, mas não conseguia parar de sorrir.

257

– Quase acreditei. – Ela ergueu a mão. – *Quase*. Quase me enganou com esse teatrinho de *ah, tenha dó de mim, coitadinho do Sebastian*. Você não estava pensando em nada tão sentimental assim.

– Verdade – admitiu ele. – Eu só queria fazê-la sorrir. Se continuar daquele jeito, vai entrar em pânico.

– Você não tem jeito.

– Verdade. Mas sua mãe está pegando o material da sua apresentação agora mesmo. Não tem nada com que se preocupar. Você vai ser magnífica.

Ela tentou lançar um olhar bem severo para ele.

– Você me sequestrou. Estamos num trem em movimento indo para... Aonde vamos, afinal?

– King's Lynn. Vamos pegar o trem do começo da tarde para Cambridge e chegar com horas de folga.

– Eu não trouxe as minhas anotações – comentou Violet. – Como é que vou revisar?

– Se quiser mesmo, a nossa troca de trem é em Cambridge. Você pode descer lá e esperar sua mãe, que deve chegar meia hora depois. Você pode esperar em casa e ficar louca de preocupação. Ou...

Ele deixou a pausa se prolongar e deu uma piscadela.

– Ou pode fingir que não lhe dei escolha. Pode caminhar nas docas, respirar o ar marinho e se divertir, murmurando o tempo todo que é tudo culpa minha.

Violet o fitou com um olhar determinado.

– E *é* tudo culpa sua – disse com severidade. – Se eu der um sorriso sequer, o único culpado vai ser você.

Sebastian abriu um sorriso largo em resposta e – muito de repente – parou de sorrir. Deu um tapinha nos bolsos do casaco, uma vez, duas, depois conferiu o bolso do colete, a calça. A expressão em seu rosto ficou cautelosa.

– Algum problema? – perguntou Violet.

– Vamos fazer um jogo – disse Sebastian, com uma voz que estava um pouco calma demais, com um tom um pouco controlado demais. – É um jogo de adivinhar que se chama "Será que Sebastian se lembrou de trazer as passagens de volta?".

Por apenas um segundo, Violet quase caiu na armadilha – fez um cálculo rápido de quanto as passagens deveriam custar, estimou quanto teria com as moedas que levara consigo.

Em seguida, encarou Sebastian.

– Muito divertido.

– Como você é sem graça! – disse ele, de cenho franzido. – Como sabia?

Violet deu de ombros.

– Você só finge ser cabeça de vento – comentou –, mas é óbvio que planejou cada segundo disso. Nunca cometeria um erro tão ridículo assim.

⁂

Sebastian a fez gargalhar quatro vezes. Ela sorriu o tempo todo – enquanto subiam até o topo de uma torre e olhavam o mar, enquanto desciam e andavam ao longo das docas, observando os mastros das embarcações flutuarem para cima e para baixo com as ondas. Cada segundo da felicidade de Violet parecia uma vitória de Sebastian.

E, como foi ela quem estabeleceu a regra que proibia ciência – quem mencionasse ciência seria obrigado a comprar sorvete para ambos –, ele suspeitou que ela estivesse se divertindo.

A tal regra foi quebrada duas vezes, de propósito. A primeira tinha sido por causa de uma discussão sobre gaivotas. O debate em relação ao comportamento de pedinte das aves – era herdado ou aprendido? – se tornou cada vez mais ridículo à medida que eles andavam ao longo da praia e concebiam possíveis experimentos para os inocentes pássaros. Para a sorte das gaivotas, nenhum dos dois tinha interesse em executar os experimentos, então, em vez disso, eles compraram sorvete.

A segunda vez foi quando passaram na frente da sorveteria de novo, na volta para a estação. Violet avistou a placa com a lista de sabores enquanto caminhavam e, então, deliberadamente perguntou se Sebastian achava que o sorvete era uma mistura ou uma emulsão antes de ser congelado.

Na viagem de volta, depois de consumirem os sorvetes, o sorriso de Violet se apagou, substituído por uma testa franzida e uma intensa concentração. Sebastian não se atreveu a perturbá-la. Apenas a acompanhou até a casa dela em Cambridge e, em seguida, foi para a própria casa.

O humor de Sebastian ficou mais sóbrio. Não quisera pensar no que poderia acontecer, mas não sabia como as pessoas reagiriam ao que eles estavam prestes a revelar. Esperava o melhor, mas temia o pior. Se a multidão reagisse mal, quem sabia ao que Violet seria exposta? Ele não teria como protegê-la daquilo – e um passeio no litoral não seria cura para tal dano.

Foi nesse clima tenso que ele seguiu para o salão. Era verão e, mesmo que já fossem quase oito da noite, ainda estava claro. Não foi com Violet, mas sozinho.

As pessoas tinham aparecido em massa. Fazia anos desde a última vez que Sebastian dera uma palestra diante de uma plateia mesmo que parcialmente vazia e, do jeito que aquela fora divulgada, não seria exceção. Já havia mais de cem pessoas do lado de fora brandindo cartazes.

"Acabem com Malheur."

"Deus, sim. Evolução, não."

Também havia apoiadores. Uma faixa grande nas mãos de um grupo de alunos de Cambridge declarava: "Estamos com Malheur."

Sebastian saiu da carruagem e a multidão rugiu.

– Obrigado, obrigado!

Ele fez uma reverência, abaixando o chapéu com um floreio.

– Canalha! – gritou uma mulher e atirou um nabo na direção dele.

O nabo voou por uns bons seis metros e caiu nos paralelepípedos na frente de Sebastian, saltitando duas vezes antes de rolar os últimos centímetros que faltavam até tocar o sapato dele.

Ele fez um gesto na direção da carruagem. Havia se preparado para isso. Um lacaio saiu e colocou um barril no chão.

– Vejo que muitos dos senhores estão armados com legumes – gritou Sebastian. – Sem dúvida ouviram falar da minha iniciativa, Salve Sua Alma, Salve os Pobres.

Essa fala foi respondida com olhares vazios.

– Se fizerem o favor de depositar a comida que trouxeram nesse barril – informou-lhes Sebastian –, vamos garantir que seja distribuída aos pobres da paróquia.

Uma batata voou por cima do povo em direção à cabeça de Sebastian. Ele ergueu o braço e pegou o legume transgressor antes que o atingisse.

– Isso! – disse Sebastian, e jogou a batata no barril. – Obrigado pela sua generosa contribuição.

– O quê? Do que ele está falando? – exclamou uma mulher.

– Mas, é claro, os senhores não precisam do meu agradecimento – comentou Sebastian. – Estão apenas fazendo o que bons cristãos fazem, alimentando os pobres e famintos.

Ele inclinou a cabeça mais uma vez e, antes que a multidão pudesse começar a aprontar de novo, entrou no salão.

Violet chegou alguns minutos depois. Não olhou para ele enquanto entrava de braços dados com a mãe. Ainda assim, Sebastian deu uma piscadela na direção dela e marchou até a frente.

– Jameson – disse ele para o botânico de cabelos brancos que estava ali. – É o senhor quem vai fazer a apresentação hoje, certo?

– Sim, senhor. Gostaria do mesmo de sempre?

– Na verdade, pensei em fazer eu mesmo a apresentação hoje.

Sebastian abriu o sorriso mais charmoso de que era capaz.

Jameson franziu o cenho.

– O senhor quer apresentar a si mesmo? Isso... não se faz. Não é assim que se faz, senhor.

– Ora, pois bem – concordou Sebastian com um suspiro.

Pelo canto do olho, viu Robert entrando. Estava sozinho; Minnie não gostava de multidões e, se a memória de Sebastian não lhe falhava, ela tivera uma experiência ruim em uma das palestras dele. Oliver e Jane entraram depois, acompanhados por Free. Sentaram-se ao redor de Violet e da mãe dela, um grupo tranquilo, trocando sorrisos entre si.

– Talvez o senhor pudesse fazer uma apresentação bem curta. Todo mundo aqui já me conhece. Uma ou duas frases, se for possível.

– Pois bem, senhor.

Depois disso, não havia nada a fazer além de esperar. Esperar enquanto os assentos eram ocupados. Esperar enquanto o relógio batia cada vez mais perto das 20h. Esperar alguns segundos depois da hora marcada, até que as portas fossem fechadas e os porteiros assentissem para Jameson, indicando que os últimos retardatários já haviam se sentado.

Então Jameson foi para a frente do salão.

– A palestra de hoje será ministrada pelo Sr. Sebastian Malheur. Ele dispensa apresentações, dado que suas descobertas em relação à ciência da herança de características físicas são conhecidas por todos. Eu lhes apresento o Sr. Malheur.

Sebastian se levantou e correu os olhos pelo mar de rostos à sua frente. Alguns eram familiares, outros ele nunca vira. As palestras sempre tinham lhe parecido uma piada secreta, uma que apenas ele e Violet entendiam. Naquela noite ele carregava uma sensação de gravidade, como se sua vida inteira tivesse se resumido a um instante. Cada uma de suas piadas o levara até ali: um palco na frente de todo mundo, prestes a revelar a verdade.

Ele respirou fundo. Sua parte era fácil. Era só apontar para Violet e depois observá-la brilhar.

Sua vida o levara àquele instante, e tudo iria mudar. Ele tomou fôlego e começou, projetando a voz:

– Não é culpa do Sr. Jameson, mas cada palavra dessa apresentação foi mentira. Não sou eu quem vai ministrar a palestra desta noite.

Um murmúrio surpreso reverberou pela multidão.

– Nunca fiz nenhuma descoberta sobre a herança de características físicas, exceto uma coisinha de nada que apresentei há um tempo sobre violetas. E hoje estou aqui por um único motivo: para apresentar a pessoa que vocês deveriam ter conhecido há muito tempo.

Ele não conseguia olhar para Violet, não enquanto dizia essas palavras, mas a sentia na primeira fileira. Sentia o desconforto e a esperança dela tão profundamente como se fossem suas próprias emoções. A multidão fora calada pela incredulidade.

– Venho levando o crédito pelo trabalho que apresentei até hoje – continuou ele –, mas, na verdade, meu papel sempre foi mais de ajudante, digamos assim. Então me permitam apresentar a pessoa que vai ministrar a palestra de hoje. Essa pessoa fez toda a pesquisa do trabalho que eu venho apresentando, foram dela todas as descobertas brilhantes por trás de cada palavra que já falei. Exceto, é claro, as inadequadas. – Ele abriu um sorriso e complementou: – Essas palavras eram minhas.

E, nesse momento, ele olhou para Violet. Ela estava com os olhos arregalados, a boca bem aberta. Ele sorriu para ela – não conseguiu se conter – e olhou para o resto da multidão.

– Eu lhes apresento Violet Waterfield, a condessa de Cambury. A condessa vai...

Um estrondo ressoou pela multidão, mil murmúrios de surpresa e descrença.

– É uma piada? – exclamou alguém de um lado.

Logo eles saberiam que Sebastian falava sério. No momento em que Violet começasse sua apresentação, reconheceriam a autoridade dela.

– A condessa – gritou Sebastian por cima do ruído – vai apresentar sua última descoberta, a qual, como logo verão, é a mais empolgante até o momento.

Por um segundo, ele achou que Violet iria passar mal. Ela ficou no assento, respirando com força e de olhos fixos no chão. Mas então Jane, sentada ao lado, apertou sua mão. A baronesa lhe deu um tapinha no joelho. Violet respirou fundo, o tom esverdeado sumiu de seu rosto e ela se levantou.

Foi até o palco, se virou e...

E sorriu. Sorriu como apenas Sebastian já a vira sorrir, um sorriso que preencheu o salão, feroz e poderoso.

Isso não é uma piada, era o que o sorriso dizia. *Vocês vão ter que lidar comigo do meu jeito, de agora em diante.*

Sebastian nunca sentira tanto orgulho. Ele roubou o lugar que ela desocupara e se acomodou entre Jane e a mãe de Violet.

– Senhoras e senhores – disse Violet. – Hoje, eu lhes apresento o cromossomo.

Até aquele momento, apenas Sebastian vira aquele lado dela – o que não tinha espinhos afiados, o que era feito apenas de pura exuberância. Qualquer um que dissesse que ela não era deslumbrante que fosse para o inferno. Ela era magnífica.

– Os senhores não sabem o que é um cromossomo... ainda.

Ela abriu um sorriso grande para a multidão.

– Mas vão conhecê-lo em breve. Vamos começar com o trabalho de um dos meus colegas. O Sr. Malheur é um deles e desmereceu bastante suas contribuições. Eu não teria conseguido fazer isso sem o trabalho extenso e abrangente dele sobre violetas, como vocês verão. Também preciso dar o mesmo crédito a Bollingall, daqui de Cambridge, cujo trabalho foi essencial.

Ela não mencionou o primeiro nome, só o sobrenome, uma escolha que Sebastian suspeitou ser proposital. Violet conversara sobre a questão durante horas com a Sra. Bollingall.

E então ela começou. Não hesitou. Não se retraiu. E, mesmo que Sebastian estivesse ciente de um casal sussurrando às suas costas – reclamando, na verdade, porque, aparentemente, o fato de Violet ministrar a palestra no lugar de Sebastian tinha atrapalhado certo plano ridículo do casal –, os olhos dele miravam apenas Violet. Ela estava incandescente.

Ele notou o homem às suas costas apenas quando o cavalheiro se levantou e foi embora depois de vinte minutos – uma escolha muito grosseira.

Violet não vacilou com essa indelicadeza. Sebastian estava bem certo de que ela nem percebera.

Quando ela começou a mostrar os desenhos ampliados que fizera das fotografias de Alice Bollingall, os murmúrios que ganharam o salão não tinham nada a ver com o fato de Violet ser mulher, mas com seu trabalho. Quando ela chegou à conclusão triunfante da palestra, Sebastian não era o único que estava de pé, gritando e aplaudindo.

Mal registrou que o homem que saíra mais cedo havia voltado e se postara de pé perto de Sebastian.

Jameson por fim acenou até que o público ficasse em silêncio. As pessoas relutantemente pararam e voltaram a se sentar – todas exceto aquele homem, que permaneceu de pé. Sebastian o fitou. O homem tinha um bigodinho ridículo e segurava um papel.

– Isso foi esclarecedor, tenho certeza – disse Jameson. – E tenho certeza que temos perguntas que vão se estender por anos. Contudo, o cronograma nos dá apenas vinte minutos. Então, senhores...

Ele franziu o cenho e olhou para Violet, depois balançou a cabeça, confuso.

– E... hum... senhoras. Se puderem...

O homem do bigodinho deu um passo para a frente.

– Nenhuma pergunta será feita – anunciou com uma voz estrondosa.

Jameson franziu a testa.

– Quem é o senhor?

– Sou John Williams, policial de Cambridge.

Ele estendeu um papel com um floreio.

– E, com base nas atividades observadas esta noite, obtive um mandado do magistrado.

– Um mandado?

Jameson deu um passo à frente; Violet, um atrás.

– Um mandado – confirmou o homem. – Para a prisão de Violet Waterfield, sob as acusações de incitar motim, pronunciar declarações lascivas e indecentes num espaço público e perturbar a paz.

Capítulo vinte e três

A multidão engoliu Violet e o policial como uma ameba estendendo seus pseudópodes ao redor de um pedaço de comida.

Uma ameba, pensou Violet com fervor. Um trocinho. Trocinhos a tinham levado àquele momento, agora trocinhos a levavam embora. Ela estava ciente de que seus pensamentos não estavam muito coerentes.

Eles se moveram como um só até o tribunal de primeira instância, a algumas ruas dali. Em meio à pressão das pessoas que a rodeavam, Violet não conseguia ver aquelas que realmente importavam – Sebastian, sua mãe, seus amigos. Ainda não compreendera direito o que acontecera. Sabia quem era o policial. Era William – aquele que tinha a esposa de voz estridente que vivia reclamando – e, sem dúvida, fazia séculos que ele vinha esperando uma oportunidade para fazer aquilo.

– Sou uma condessa – sussurrou para ele quando a levaram diante do tribunal. – Vou cassar seu distintivo por isso.

Ele a observou sem lhe dar muita atenção.

– Tive que dar uma saída para ajustar o mandado – falou por fim. – Eu tinha intenções de prender Malheur, mas a senhora vai servir. Já cansei dessas perturbações. Se esse trabalho indecente é seu, espero que goste de ser tachada de criminosa.

Ele até havia conseguido reunir três magistrados. Ali estavam, a encará-la, com vestes escuras e perucas brancas.

Antes que o processo pudesse começar, a mãe de Violet foi até a frente.

265

– Meritíssimos – falou –, os senhores não têm direito de deter minha filha. O mandado de prisão é em nome de Violet Waterfield, mas seu policial foi negligente ao não lhes informar que ela é a condessa de Cambury. Sendo uma aristocrata, ela poderia ser acusada de um crime apenas pela Câmara dos Lordes.

Os magistrados se entreolharam, de repente em dúvida.

– Meu Deus – murmurou um deles, alto o bastante para que Violet o ouvisse. – Que confusão.

– O marido dela está presente? – perguntou outro.

– Ele já faleceu.

– Então ela é apenas a viúva do conde anterior? – quis confirmar ele, franzindo o cenho.

– Não, ela continua sendo a condessa atual – garantiu a mãe de Violet. – O novo conde de Cambury não é casado, tem apenas 11 anos.

Ele franziu o cenho de novo. Um dos magistrados esfregou a testa.

– Os privilégios da aristocracia incidem sobre mulheres aristocratas cujos maridos já faleceram?

– Como é que eu vou saber? – respondeu o outro magistrado. – Nunca acusamos uma aristocrata antes.

Perucas brancas se uniram numa discussão silenciosa.

Quando os três se afastaram, o homem sentado no meio bateu o martelo com firmeza.

– Vamos suspender a sessão até amanhã de manhã – falou –, a fim de determinar que órgão deve lidar com essa questão.

Ele olhou para Violet.

– Espero que possamos contar com a presença de Vossa Senhoria amanhã.

– É claro – assegurou Violet e se levantou bem a cabeça. – Estarei aqui.

– E nós também. A sessão está suspensa até amanhã de manhã, às nove horas.

⁓

– Não posso deixar que isso aconteça.

Sebastian enfiou as mãos nos bolsos, sentindo o peso reconfortante da bolinha de vidro que guardava ali. Fazia apenas algumas horas desde que a palestra de Violet tinha terminado em desastre e aquela ideia vinha ecoando em sua mente desde então.

– Não posso deixar que isso aconteça com você.

Violet estava no meio da estufa, a luz do luar jorrando sobre as plantas e beijando o rosto dela com um brilho pálido e cintilante.

– Não acho que teremos escolha. – Ela cruzou os braços e olhou para longe. – Robert e Oliver estão discutindo sobre as leis. Mamãe contratou conselheiros jurídicos. Não sabemos o que vai acontecer amanhã. Como podemos evitar o desconhecido?

Ela estava muito calma, como um carvalho num dia tranquilo. Nenhuma folha farfalhava. Sebastian não sabia como ela conseguia permanecer tão calada e firme no meio de um redemoinho. Não fazia ideia do que lhe dizer, de como reconfortá-la. Só sabia que tinha que encontrar uma solução.

Violet abraçou o próprio corpo.

Deus do céu!, pensou Sebastian. Ele deveria ter sido o responsável por mantê-la a salvo. Devia ter lhe dito o que significava tomar seu lugar. Se tivesse sido mais prudente nas palestras, se não tivesse antagonizado tanto as pessoas, talvez não estivessem naquela situação. Se ele mesmo tivesse ministrado a palestra... O mundo estava inflamado de "ses" e todos apontavam para a mesma direção: a culpa era de Sebastian e ele não podia permitir que isso acontecesse.

Violet se virou para ele, mas, em vez de ter uma expressão acusatória, seu rosto estava iluminado, cheio de empolgação.

– Sei que eu deveria estar preocupada – disse ela –, mas, ai, meu Deus, Sebastian, você me viu? Você me *viu*?

Ela soltou uma risada maravilhada.

Ele não conseguiu conter um sorriso.

– Vi.

Deslizou as mãos ao redor dos ombros de Violet e a puxou para perto.

– Eu vi. Você foi incrível.

Seria tão fácil inclinar a cabeça na direção da dela, sentir a maciez de lábios que ele não tinha o direito de beijar, segurá-la com a maior força que ousasse para que Violet não escorregasse de seus braços.

– Mas temos que pensar sobre amanhã – falou para ela.

– Humm.

Ela deu de ombros.

– Tenho que admitir: não consigo acreditar direito que amanhã vá mesmo chegar. Esta noite toda parece um sonho estranho que está acontecendo com outra pessoa.

– Que estranho.

Sebastian se inclinou e roçou os lábios na testa de Violet.

– Parece um sonho estranho para mim também.

Ele tomou o rosto dela entre as mãos.

– Um que está acontecendo com outra pessoa quando deveria estar acontecendo comigo – disse.

– É *mesmo* ridículo.

– Não.

Ele respirou fundo.

– Violet, me escute. É culpa minha que isso tenha acontecido. Antagonizei as pessoas que se mostraram contra o que eu dizia. É mesmo de surpreender que finalmente tenham revidado? Não é você que eles querem que sofra, sou eu.

Violet franziu o cenho e virou para longe dele.

– Mesmo que seja verdade – falou –, isso é porque eles pensam que você sou eu. É um ciclo sem fim, Sebastian.

– Se fosse você quem tivesse dado as palestras, teria sido um pouco mais prudente.

– Talvez.

Violet deu de ombros. Prosseguiu:

– Provavelmente, não. Você sempre teve um jeitinho de descartar as críticas com risadas. Vi o que fez com o barril hoje. Foi genial. Não acho que nenhuma daquelas pessoas tenha entendido aquele seu comentário sagaz sobre alimentar os pobres como bons cristãos.

Ela soltou uma risada dissimulada.

– Violet.

Sebastian tomou as mãos dela e as apertou entre as suas.

– Leve a situação a sério. Podem mandá-la para a prisão. Vão fazer isso para que se cale, para que *eu* me cale. Não posso deixar que tal fato aconteça com você.

O silêncio os pressionou de todos os lados na escuridão e, de repente, Violet voltou a ser aquele carvalho sombrio e imóvel.

– É mesmo?

– Tem uma coisa sobre a qual não falo muito – disse Sebastian. – Uma coisa... bem... Lembra quando minha irmã Catherine morreu?

– Ela caiu do cavalo – falou Violet.

– Bem. Sim.

Ele tomou fôlego antes de contar.

– Fui a última pessoa que a viu. Eu estava lá em cima, no palheiro, vendo uma ninhada de gatinhos, quando ela entrou no estábulo. Estava chorando, não sei por quê. Fiquei sentado ali, vendo-a chorar e imaginei que, se eu lhe mostrasse os gatinhos, ela iria se animar e sorrir.

– Sebastian, você devia ter 5 anos na época.

Ele deu de ombros.

– Decidi não dizer nada por causa do motivo mais bobo do mundo: eu estava ocupado demais para descer as escadas. Se eu a chamasse, assustaria a mãe gata. E ela só estava chorando, no fim das contas. Então fiquei quieto e a vi ir embora.

– Não pode se culpar por isso.

Culpa? Não era tão simples assim. Ele balançou a cabeça.

– Não, não é isso. Mas ela estava chateada e não prestou atenção no que fazia. Se tivesse prestado...

– Foi um acidente terrível – disse Violet. – Você não tinha como saber o que iria acontecer. E, mesmo que tivesse falado algo, talvez o acidente acontecesse ainda assim.

– Talvez. – Sebastian se virou. – Mas talvez não. A única coisa em que eu conseguia pensar quando soube era: *na próxima vez, mostre os gatinhos para ela.*

Ele respirou fundo.

– E acho que é isso que venho fazendo desde então. Sempre que posso fazer as pessoas rirem, é o que eu faço. Não gosto de ver ninguém se afastar de mim com tristeza. Faz eu me sentir estranho. Então, quando tenho a chance de fazer alguém sorrir, eu faço.

Violet soltou um ruído de protesto, mas ele pôs os dedos nos lábios dela.

– Me incomoda ver uma pessoa de testa franzida quando eu posso mudar a situação – continuou. – Violet, como acha que vou me sentir se você for julgada amanhã? Se a condenarem a uma pena de prisão?

– Duvido que vá chegar a esse ponto – disse Violet. – Os advogados disseram que mulheres aristocratas, contanto que não casem de novo depois da morte do marido, só podem ser acusadas de crimes na Câmara dos Lordes.

– Os advogados também disseram que podem acusá-la de uma contravenção – retrucou Sebastian.

Ela ficou em silêncio por mais tempo.

– Bem, se me acusarem, não há nada que eu possa fazer além de responder às acusações, não é?

Ele soltou um suspiro.

– Tem mais uma coisa – disse. – Se não conseguir escapar da situação com qualquer ladainha jurídica que Oliver, Robert e Minnie estejam preparando, diga que foi tudo uma brincadeira. Que eu estava por trás de tudo. Que foi tola o bastante para confiar em mim, mas que a culpa foi minha.

Violet ficou quieta e se afastou dele. Virou-se para encarar a própria casa, onde uma janela solitária ardia iluminada. Seu maxilar tremeu.

– O quê? – falou ela, por fim, com um toque de desprezo. – E deixar que você vá para a prisão no meu lugar? Como se eu fosse capaz de fazer algo tão covarde assim.

Ele sabia que ela iria recusar. Tinha esperado isso.

– Além do mais – continuou ela –, isso apenas incriminaria nós dois.

– Eles não perderiam essa chance – disse Sebastian. – Vou me dispor a me declarar culpado, a não contestar absolutamente nada, contanto que eles a deixem sair impune.

– Isso pressupõe que eu estaria disposta a contar uma mentira para salvar minha pele.

Ela tirou as mãos das dele.

– Você me conhece bem demais para acreditar nisso.

– Em primeiro lugar – insistiu Sebastian –, não seria uma mentira, apenas a verdade, distorcida só um pouquinho.

– Tão distorcida que ficaria irreconhecível – retrucou Violet, soltando uma bufada.

– Em segundo lugar... – Ele colocou a mão no bolso e tirou algo. – Em segundo lugar, Violet, se vale de algo... não, eu não imaginei que você fosse concordar com o meu plano. Então...

Ele apresentou a bolinha de gude que havia guardado desde o casamento de Oliver.

Violet encarou o objeto que brilhava à luz do luar na palma de Sebastian.

– Até bolinhas de gude têm limites – sussurrou ela.

– Os limites da amizade.

Ele a encarou, pedindo que entendesse.

– Entre nós dois, Violet, até onde vai nossa amizade?

Ela se virou para longe dele e colocou a mão na testa, aflita.

– Há quantos anos nos conhecemos? A vida toda. Há quantos anos eu a amo? Há mais do que consigo contar. Não faz tanto tempo que você começou a... – Ele engoliu em seco. – Que começou a retribuir meus sentimentos mais profundos, sei disso, mas...

– Faz mais tempo do que imagina – redarguiu ela, com a voz rouca.

– Se você se importa um pouco que seja comigo, deixe que eu faça a diferença. Não me faça vê-la ser levada embora quando posso mudar as coisas. Deixe que eu faça isso por você.

Ela o fitou, os olhos arregalados.

– Mas tudo bem eu ter que assistir a *você* ser levado?

– Não pense assim. Não tem como eles me machucarem se eu souber que você está a salvo – disse Sebastian. – Você é meu coração, Violet, é a pessoa mais importante da minha vida. Deixe que me joguem na prisão e irei com um sorriso e uma piada. Eu não iria aguentar se tivesse que ver você sofrer.

– Mas...

Ele apertou a bolinha de gude contra a palma dela.

– Você fez as regras, Violet. Com uma bolinha de gude, posso lhe pedir qualquer coisa dentro dos limites da amizade. Trair esse pedido iria manchar o nome de tudo que existe entre nós. Pegue a bolinha de gude, Violet, e me deixe fazer isso por você.

Ela fitou a bolinha de vidro por um momento como se encarasse os olhos de uma cobra. Então fechou os próprios olhos e cerrou os dedos ao redor da bolinha com uma careta.

– Graças a Deus – disse Sebastian. – Não quer saber o que eu teria feito se não tivesse concordado.

Ela não disse nada, apenas guardou a bolinha de gude no bolso.

– Então – disse ele, engolindo em seco. – Acho que é melhor tentarmos dormir um pouco.

Ela pousou a mão no peito de Sebastian.

– Você acha mesmo que, depois de ter dito isso para mim, eu vou permitir que vá embora?

Ele engoliu em seco mais uma vez. Sua garganta estava ressecada.

– Não quero me impor.

– Se impor... – Ela sorriu. – A bolinha de gude é uma imposição. Mas você diz que me ama, que faz qualquer coisa para garantir minha segurança, e espera que eu lhe dê as costas e vá para a cama sozinha? Que tipo de libertino é você?

– O tipo de libertino que a ama.

Ela pegou a bolinha de gude e a rolou na palma da mão, olhando-a sob a luz da lua. Não disse nada – não respondeu à declaração, não tomou a mão de Sebastian. Apenas ficou encarando a peça de vidro, como se imaginasse o que fazer com aquilo.

– Sebastian – falou, por fim, ainda sem olhar para ele –, se fosse fazer sexo comigo e não quisesse me engravidar, o que você faria?

Um lampejo de prazer percorreu o corpo de Sebastian. Ele queria puxá-la para si. Mas ela ainda não o encarava.

– Eu usaria um preservativo. – A voz dele soou rouca. – Não é algo completamente garantido, então eu também sairia antes do momento mais crítico. Mesmo assim tem riscos. Não são grandes, mas...

Ele buscou a sanidade.

– Violet, não quero...

Mas *queria*. Queria com uma ânsia intensa.

– Se você não quiser... Você disse...

Foi então que ela o fitou. Sebastian não saberia descrever o que viu nos olhos dela. Tristeza. Cobiça. Ela sorriu para ele, um sorriso longo, lento e hesitante que pareceu se enroscar ao redor do âmago de Sebastian.

– Eu tive medo – disse ela com uma voz baixinha. – Tanto medo. Medo que esse ato, que era um tapa na cara vindo do meu marido, não pudesse ser um ato de amor vindo de você. Que isso estaria para sempre fora do meu alcance.

– Violet.

O corpo todo de Sebastian tinha pegado fogo. Ele queria puxá-la para si, beijá-la. Contudo, se fizesse isso, não sabia se conseguiria parar.

– Me leve para a cama – sussurrou ela – e prove que todos os meus medos estão errados.

Capítulo vinte e quatro

— Não pedi para assumir a culpa na intenção de conquistar sua gratidão – dizia Sebastian enquanto caminhavam até a casa dele.

Na escuridão da noite, pequenos ramos se prendiam na saia de Violet, puxando-a para trás como se o próprio jardim quisesse avisá-la de que era uma péssima ideia.

– Fiz isso porque...

Violet se virou para ele. Tinham chegado às árvores que separavam as propriedades dos dois. No topo de uma colina grande e coberta de grama, avistava-se a casa de Sebastian. Violet levou a mão aos lábios dele.

– Sebastian – falou.

Ele parou.

– Estou tentando. Violet, não quero machucá-la nunca, de jeito algum.

– Não posso passar a vida fugindo dos riscos – disse ela. – Já tentei. Uma vida assim é uma em que digo a mim mesma que não sou digna de me arriscar. É uma vida sem esperança.

No dia seguinte, ele iria lembrar que ela dissera essas palavras. Iria entendê-las num contexto bem diferente. Mas por ora...

– Se as coisas seguirem como o planejado – disse Violet, muito deliberadamente não especificando de quem era o planejado –, pode ser que eu não o veja por um bom tempo.

– Com certeza isso é dramático demais. No máximo vão pedir que eu responda às acusações. O julgamento em si vai acontecer no futuro breve e, nesse meio tempo...

– Dizer que temos uma noite ou três não faz diferença. Ainda não é o bastante. Não para mim.

Ela respirou fundo. Não tinha se sentido tão vulnerável assim no salão de palestras, quando estivera prestes a mudar o mundo.

– Sebastian, não sei o que eu vou fazer sem você.

Ele havia pedido que ela o deixasse assumir a culpa em nome da amizade deles, em nome de tudo que existia entre os dois. Ela esticou os braços em sua direção, pousando as mãos nos ombros de Sebastian. Ele era alto, e sua pele estava quente. Ele se inclinou para perto de Violet.

Nunca pedira um beijo dela. Nunca pedira para levá-la para a cama. O único pedido que já lhe fizera era que Violet o deixasse mantê-la a salvo.

Ela não podia dizer que o amava – não quando estava prestes a lhe negar a única coisa que ele já lhe implorara.

– Amanhã... – começou Sebastian.

Ela cobriu os lábios dele com um dedo.

– Não vamos falar sobre amanhã. Eu quero saber de hoje à noite.

Ele soltou um suspiro ardente e a puxou para perto.

– Deus, Violet! Eu deveria dizer não. Eu deveria...

– Você deveria me levar para a cama.

Só que não levou. Ele a pegou pelos cotovelos e a puxou. Lábios encontraram os dela e os dois se beijaram na escuridão. Violet se sentia faminta e, ainda assim, nada a satisfazia. Sebastian tinha o gosto absurdo de café e creme: rico, amargo, adoçado com uma dose generosa de açúcar. Assim como o café, o beijo não roubou os sentidos de Violet. Ele os deixou mais vivos, a fez ficar ciente do crepitar de gravetinhos sob seus pés, da brisa noturna fresca que fazia cócegas em seu pescoço.

Violet tinha consciência das mãos de Sebastian, lentamente descendo por sua coluna, segurando seu traseiro e puxando-a para ele. Através do vestido – graças a Deus ela se trocara e vestira algo mais informal, algo que não precisava de armação sob as saias –, o quadril de Sebastian encontrou o seu.

Ele estava duro de prazer, e a ideia de que a tomasse...

Só uma pitada de medo, logo banida. Sebastian nunca tinha sido o tipo de pessoa que tomava as coisas – ele apenas se doava e doava. Bom, havia uma coisa que Violet não permitiria que ele lhe desse.

Ela tomaria os beijos doces e tenros dele, lábios envolvendo os dela de novo e de novo. Tomaria o roçar das mãos dele em seu corpo, pele contra tecido, aquecendo-a até seu âmago. Mas nunca permitiria que ele lhe desse sua segurança, não à custa do coração de Violet.

– Violet, meu amor – sussurrou ele. – Minha maravilhosa Violet.

– Sebastian.

Não, ele não seria o único a dar algo. Ela se afastou, mas apenas o suficiente para pegar a mão de Sebastian e guiá-lo até a casa. Entraram sorrateiros, como criminosos, esgueirando-se pela porta do escritório e depois subindo as escadas dos criados, passando longe das luzes da biblioteca, onde os amigos dos dois sem dúvida ainda estavam acordados, discutindo. Entraram nos aposentos dele de mãos dadas. Após fechar a porta, Sebastian a beijou de novo.

– Me impeça – pediu ele. – Me impeça na hora que quiser...

– Não vou querer.

Ele abriu o vestido dela torcendo os botões. Deslizou o tecido pelos ombros de Violet, até que caísse no chão. Então a beijou de novo. Mas, dessa vez, não era apenas a boca dele na dela, nem apenas mãos passando pelo tecido do vestido. Dessa vez, as mãos de Sebastian subiram até o peito de Violet, deixando rastros de eletricidade por onde passavam. O espartilho dela abria na frente, e os dedos hábeis dele em sua pele afrouxaram e desfizeram as presilhas até que a peça também caísse.

Então, entre as palmas de Sebastian e o peito de Violet, restou apenas a combinação dela. Ele tocou os seios habilmente, fazendo algo que mandou uma faísca de pura luxúria pelo corpo de Violet. Repetiu a ação outra vez e mais uma e, depois, quando Violet já esperava pelo atrito de suas mãos, Sebastian se inclinou e tomou um mamilo na boca através do tecido.

As pernas de Violet bambearam.

– Sebastian – sussurrou, segurando-se nele. – Ah, meu Deus! Sebastian. Você nem tirou as roupas ainda.

– Bem – sussurrou ele em resposta –, isso é tarefa sua, não?

Ela tentou. Ah, como tentou. Mas a calça dele a frustrou na escuridão. Os dedos de Violet mal tiveram a chance de segurar algo antes que Sebastian removesse a anágua dela. O ar fresco tocou-lhe as pernas – momentaneamente – e, em seguida, antes que ela conseguisse abrir sequer o primeiro botão, Sebastian se afastou.

– Acho que está trapaceando – acusou ela.

Ele segurou os calcanhares de Violet e ergueu a cabeça para olhá-la. O sorriso que abriu foi pretensioso e selvagem.

– Tenho certeza de que estou.

E subiu as mãos. Subiu por debaixo da combinação, até encontrar o linho da calçola dela. Subiu ainda mais, passando pelos joelhos, pelas coxas, deslizando até chegar ao cós da calçola.

De alguma forma, conseguiu desfazer o nó com uma das mãos apenas. No escuro. Por baixo da combinação. Abençoados fossem os libertinos.

– Devo trapacear mais um pouco? – perguntou ele.

Ele não esperou pela resposta. Inclinou-se para a frente e lhe beijou o umbigo por baixo da combinação. E depois – porque havia erguido o tecido até a cintura de Violet e estava deslizando a calçola para baixo – a boca de Sebastian roçou na pele dela, descendo, descendo.

– Por favor – implorou Violet, arquejando. – Pode trapacear quanto quiser.

Sebastian deslizou a língua entre as coxas dela e, dessa vez, as pernas de Violet bambearam de verdade. Ele a segurou com gentileza, a deitou na cama e se inclinou sobre ela. Deus, como era bom! Tão bom poder relaxar sob a magia do toque de Sebastian e deixar que o resto do mundo sumisse.

Como era bom não temer nada. Ele varria todas as preocupações dela, afogando-as em doces prazeres. Na pressão da boca de Sebastian no centro do prazer dela, na força dos dedos dele a deslizar por seu corpo. Estava tão perto... tão perto daquele momento...

Ele ergueu a cabeça.

– Por Deus, Sebastian, não pare.

– Mas eu ganhei – anunciou ele.

– Você... ganhou?

O corpo inteiro de Violet ecoava de desejo, tão perto do ápice que ela quase vibrava de urgência.

– Ganhei, sim.

Ele exibiu a combinação, que havia desemaranhado dos braços dela.

– Tirei suas roupas primeiro.

Ela poderia ter argumentado – se fosse ter outra noite com Sebastian, provavelmente teria argumentado. Mas só tinha aquela.

Ergueu-se num cotovelo.

– E qual é o seu prêmio? Algo pecaminoso?

– Algo maravilhoso – disse ele, solene.

Sim. Ela podia lhe dar isso. Algo perfeito. Algo para aquela noite, algo para lembrá-lo dela. Sebastian tirou o casaco, o colete. Abriu o cinto, dando uma piscadinha. Abaixou a calça e a roupa íntima, revelando as barras amassadas da camisa, coxas fortes com uma camada fina de pelos escuros, panturrilhas musculosas. A boca de Violet ficou seca.

Sebastian tirou a camisa pela cabeça, exibindo o peito esguio ao mesmo tempo que seu membro grosso e duro apontava na direção dela.

Ele se virou para longe por um momento e depois voltou.

– Veja – disse ele, colocando algo na mão dela. – Isso é um preservativo.

Era feito de um material flexível. Não do intestino de algum animal, como Violet esperava.

– Borracha vulcanizada – explicou ele, como se tivesse acompanhado a evolução dos pensamentos dela. – E, se me perguntar como é feita neste exato momento, vai me dever dois sorvetes.

Ela não conseguiu conter um sorriso na escuridão.

– Meu prêmio é este: quero que me ajude a colocar – disse Sebastian.

Ela deslizou a mão pelo membro dele. Era longo e liso, firme ao toque.

– Dá para desenrolar – orientou o libertino.

A mão dele cobriu a dela, ajustando a borracha por cima da cabeça do membro. Estava escura e inchada. Violet a tocou de leve e depois, quando Sebastian respirou fundo, sibilando, com mais firmeza.

– Meu Deus, Violet.

Era quase uma pena cobrir tal magnificência, mas ela cobriu, deslizando o preservativo pela cabeça e depois pelo resto. Concluiu a tarefa – e então percebeu que não havia mais nada a se fazer.

Nada além de...

Sebastian se inclinou e a beijou de novo, um beijo lânguido, como se os dois não estivessem à beira do sexo, como se os braços e as pernas dele não estivessem emaranhados nos dela. Foi um beijo que a fez acreditar que eles tinham todo o tempo do mundo. Mentiras, esses beijos. Só tinham aquela noite.

No entanto, ela deixou que os beijos de Sebastian sussurrassem doces mentiras. Até se permitiu acreditar nelas – entregando-se ao toque gentil daquelas mãos, ao roçar do peito dele em seus mamilos, ao toque do membro rígido em seu quadril, depois em sua coxa. Deixou-se afundar num sonho de que isso poderia acontecer com regularidade.

Não todo dia; o risco era grande demais. Mas talvez uma vez a cada lua crescente, uma vez a cada poucas semanas. Com frequência o suficiente para iluminar os recantos mais escuros das lembranças de Violet e varrer os medos dela para longe.

Quando Sebastian entrou nela, a cada investida paciente, pareceu inevitável. Inevitável que ele a preenchesse daquela forma. Inevitável que o prazer de Violet a atingisse tão rápido. Inevitável que as mãos dos dois se encontrassem, se apertassem. Inevitável que se conectassem assim, o quadril dele procurando o dela, que subia para encontrá-lo.

– Eu te amo – sussurrou Sebastian.

Eu te amo, disse Violet com as carícias. *Eu te amo*. Suas mãos entrelaçadas nas dele, seu corpo aninhado no de Sebastian. Esperava que ele conseguisse ouvir quanto ela o amava. Que se lembrasse disso nas noites solitárias que estavam por vir.

Sebastian não usou força em nenhum momento. Ele a tomou movendo-se com ela, estocando e seduzindo-a até que cada movimento fizesse Violet arfar, aquela faísca de puro prazer flutuando no ar como se tivesse sido acesa por uma centelha.

Violet pegou fogo sob Sebastian. E, mesmo então, ele não acelerou o ritmo. Continuou com as investidas até o último arquejo de Violet, tomando cada gota do prazer dela até que estivesse esgotada. Só quando ela estava completamente saciada ele intensificou os movimentos, segurando o quadril dela com as mãos, as investidas mais intensas, mais rápidas, sua respiração entrecortada...

Ele saiu dela e grunhiu, os quadris ainda se mexendo.

Violet mal conseguia pensar, e ele tinha feito exatamente o que prometera – usara preservativo, saíra dela antes do momento crítico. Nem uma gota a mais de risco do que o necessário. Ela sabia que ele faria isso. Sebastian nunca teria mentido para ela sobre algo assim.

Não podia dizer o mesmo de si.

Em vez disso, se esticou e enrolou os cabelos dele nos dedos, aproximando-se tanto que seus lábios poderiam roçar os dele. Uma verdade. Ela poderia lhe dar uma verdade, mesmo que ele não acreditasse nela na manhã seguinte.

– Eu te amo – disse Violet.

Ele retribuiu o beijo.

– Eu sei.

～

Era natural, disse Sebastian a si mesmo, que Violet estivesse um pouquinho nervosa naquela manhã.

Era raro que a corte de magistrados de Cambridge fosse importunada por algo além das traquinagens de universitários movidas a vinho barato ou do roubo de tais bebidas.

Esses magistrados, sem dúvida, já tinham se encontrado algumas vezes com a aristocracia, mas a situação atual – uma acusação contra uma condessa e por tais motivos – era novidade. E novidades atraíam multidões. As pessoas se enfileiravam nos bancos de madeira, conversando entre si. Sentavam-se tão próximas umas das outras que a temperatura não estava apenas quente daquele jeito desconfortável das manhãs de verão, mas queimava como no inferno.

Violet não o fitou – nem mesmo um vislumbre qualquer, um lampejo reconfortante de seus olhos na direção de Sebastian. Estava sentada três metros à sua frente, mas parecia desesperadamente distante.

A manhã começou bem do jeito que Sebastian previra. Os magistrados entraram e as pessoas se levantaram. O tribunal entrou em sessão e o mais velho dos homens se pôs de pé.

– Embora seja verdade que a condessa de Cambury, uma aristocrata do reino, não está sujeita à nossa jurisdição em relação a crimes graves, o privilégio da aristocracia não se entende a contravenções. Mediante acordo com o procurador, o termo de indiciamento foi modificado para refletir apenas as infrações mais leves.

Houve uma agitação. Um documento foi entregue ao advogado e Violet o leu por cima do ombro do homem. Os próprios ombros de Sebastian ficaram tensos. Era exatamente aquilo o que mais os preocupara, afinal: que escolhessem acusar Violet de algo leve em vez de deixá-la escapar por entre seus dedos.

E foi nesse momento que Sebastian percebeu que algo estava terrivelmente errado. Ele soubera que Violet estava incomodada – sentada com as costas retas demais, os lábios contraídos. Esperara que ela ficasse ainda mais inquieta com esse desdobramento. Quando o magistrado fez o anúncio, porém, Violet abriu um sorriso – um sorriso firme e feroz.

Dadas as circunstâncias, era desconcertante. Era o pior resultado possível. Por que ela estava *sorrindo*?

– Como a acusada se declara? – perguntou o magistrado.

O advogado ao lado de Violet soltou a respiração e ela se levantou.

– Como acabaram de me apresentar esse termo de indiciamento modificado – falou –, eu gostaria de garantir que entendo as acusações.

Não era isso que eles tinham combinado. Não era para Violet dizer isso. Era para ela culpar Sebastian, apelar à misericórdia dos magistrados. As palavras que ela acabava de dizer não faziam sentido nenhum.

Ela se pronunciava com clareza, projetando a voz. Lembrou a Sebastian de como se apresentara na noite anterior: com confiança e força. Estava de queixo erguido e suas mãos pendiam de forma relaxada.

Ela estava deslumbrante, mas Sebastian sentiu um nó frio crescendo no estômago. Algo estava errado. Terrivelmente errado.

– Vossa Senhoria pode fazer perguntas – permitiu o magistrado.

– Vejo agora que há apenas duas acusações no termo de indiciamento – disse Violet. – A primeira diz que falei sobre assuntos lascivos e indecentes em um evento público ontem à noite.

– Sim.

– Com isso, posso entender então que não estou mais sendo acusada da palestra ministrada aqui em Cambridge em outubro de 1862? – continuou Violet.

– Isso mesmo, Vossa Senhoria – confirmou o magistrado com um traço de deferência. – Não está mais sendo acusada disso.

– Que curioso. – Violet ergueu o queixo. – Também sou responsável por ela.

Sebastian sentiu seu coração se apertar. Não. Violet *não* tinha acabado de falar isso. Não podia ter falado isso. No que estava pensando?

– Na verdade, ao longo dos anos entre 1862 e 1867, posso contar 97 palestras que foram apresentadas por Malheur. Também não estou sendo acusada de ter relação com elas. Entendi certo?

O magistrado se recostou na cadeira, parecendo um pouco irritado.

– Entendeu. Vossa Senhoria não está sendo acusada de ter relação com esses eventos.

– Que estranho – disse ela. – Porque as ideias que ele apresentou eram minhas.

– Vossa Senhoria está *tentando* aumentar as acusações? – perguntou o homem de peruca à direita, confuso.

– Apenas estou tentando entendê-las, para que eu possa fazer uma declaração adequada.

Sebastian estava com um pressentimento ruim – um pressentimento *muito* ruim – em relação ao que estava prestes a acontecer. Ele apertou as mãos, mas, por mais que as comprimisse, não ajudava em nada.

Violet olhou para o papel à sua frente.

– Quanto à acusação de perturbar a paz. Entendo que apresentar meu trabalho em público em Leicester em 1864 quase levou a um tumulto envolvendo um rebanho de cabras. Esse incidente não está incluído no termo de indiciamento?

– Não – respondeu o magistrado. – Acredito que Vossa Senhoria já entendeu as acusações muito bem. Como se declara?

Violet ergueu o queixo em desafio.

– Está me perguntando se eu anunciei ontem que tinha descoberto um mecanismo pelo qual a reprodução sexual transmite características físicas? Está me perguntando se mostrei a uma multidão um desenho de uma célula reprodutora masculina, ampliada milhares de vezes para exibir o que há dentro do núcleo?

– Não – respondeu o magistrado com um traço de impaciência. – Estou pedindo que Vossa Senhoria responda às acusações. Pode continuar em silêncio e presumiremos que sua declaração será de "inocente". Pode também se declarar culpada. Mas o que não pode fazer é continuar a recitar esses itens. Se continuar, vou prendê-la por desacato ao tribunal.

– A resposta exige que eu considere se havia circunstâncias atenuantes – disse Violet. – Se eu estava sujeita a influências indevidas, se fui eu quem instigou tais eventos ou se outra pessoa me levou a agir assim.

Sebastian prendeu a respiração, agoniado. Ela tinha que dizer. Haviam planejado tudo na noite anterior. Ele selara a participação dela com a bolinha de gude, pelo amor de Deus.

– A resposta exige que Vossa Senhoria diga se é culpada ou não – vociferou o magistrado.

– A resposta – disse Violet – é *não*.

Ah, graças a Deus. Ela não tinha perdido completamente a cabeça.

– Não – continuou Violet –, não havia circunstâncias atenuantes.

Por um momento, todos no recinto ficaram tão aturdidos quanto Sebastian, tão silenciosos que ele conseguia ouvir a própria respiração sibilando de pura e traída agonia.

– Não, ninguém além de mim instigou essas pesquisas. Recebi o auxílio de outras pessoas e darei a elas o devido crédito quando for a hora certa, mas a ciência de hereditariedade sempre foi *minha* e somente minha. Foi minha escolha falar sobre ela ontem à noite, foi minha escolha fazer a apresentação. As palavras eram minhas, o trabalho era meu, e prefiro que me condenem ao inferno antes de deixar que outra pessoa leve o crédito pelo meu trabalho.

Sebastian soltou uma respiração desconcertada e trêmula.

– Vossa Senhoria está desacatando o tribunal – berrou o magistrado. – Vai responder às acusações ou não?

– Ainda não ficou óbvio?

Violet estava de pé, com as costas bem retas e os olhos brilhando.

– Sou culpada. Culpada das duas acusações, Meritíssimo. Sou culpada e me orgulho disso.

Sebastian não conseguia pensar. Não tinha ideia do que dizer. Mesmo depois de tudo que ela dissera, o magistrado fez uma pausa.

– Tem certeza? Está voluntariamente se declarando culpada, de livre e espontânea vontade? – Ele franziu o cenho. – Está consciente de que há um período de encarceramento associado a essas ofensas?

– É claro que sei disso – desdenhou Violet. – Mas querem me impedir. Querem me calar... me calar e calar qualquer um associado ao meu trabalho. Se eu mostrar medo, nunca vão parar. Sempre serei forçada a me defender de acusações disparatas.

Ela ergueu o queixo.

– Precisam saber que não têm ao que recorrer. Que não tenho medo deles, nem se jogarem todo o peso da lei sobre mim. Então, sim, Meritíssimos:

descobri a verdade e a revelei para o mundo. – Ela endireitou a postura e os encarou. – Sou culpada – concluiu.

Os homens se reuniram por um momento, murmurando entre si. Sebastian ficou sentado, paralisado no assento, incapaz de compreender o que acabara de ouvir. Ela dissera... Violet acabara de...

Os magistrados se voltaram para a frente de novo.

– Vossa Senhoria tem algo a dizer em sua defesa?

– Meramente que os anos provarão que estou certa.

– Então a sentenciamos a quatro semanas de prisão sob as acusações presentes no termo de indiciamento... e a dois dias pelo desacato.

O martelo bateu.

– Declaro encerrada a se...

O resto da frase se perdeu no rugido das pessoas presentes, cem gargantas gritando de uma só vez.

Sebastian se levantou.

– Violet! – chamou, mas a palavra foi engolida pela algazarra.

Ele deu um passo na direção dela, mas a multidão era densa. Só conseguiu chegar perto o suficiente para segurar seu pulso.

– Violet.

Ela se virou para ele. Seu rosto estava incandescente.

– O que você fez? – perguntou Sebastian, desamparado.

Ela pousou a mão sobre a dele, soltou os dedos que lhe seguravam o punho e virou a palma de Sebastian. Disse-lhe algo, mas ele não conseguiu ouvir. E, em seguida, com um sorriso frágil, colocou uma bolinha azul na mão de Sebastian.

Desculpe. Ele sabia exatamente o que ela sentia, mesmo que não ouvisse suas palavras. Seus dedos pareciam incapazes de segurar a bolinha de vidro. Ela rolou de sua palma.

Violet sorriu para ele – um sorriso triste – e depois se virou e se deixou ser levada para a prisão.

Capítulo vinte e cinco

Violet não se iludia: sua estada na prisão era substancialmente mais agradável do que a da maioria das detentas. Para começo de conversa, ela era uma condessa e, além disso, conhecia muitas pessoas poderosas. E, mais importante ainda, o cenário de sua condenação fazia dela alvo de curiosidade.

Contara com isso ao se declarar culpada. O fato de que provavelmente receberia um tratamento favorável pesara na decisão de se recusar a se render ao assédio desprezível a que a haviam submetido.

Ela ficava sozinha numa cela – que fora limpa para a estadia de Violet. O colchão de palha na cama era novo e os lençóis haviam sido lavados e não tinham furos. Uma vez, anos antes, Oliver fora jogado numa cela sob acusações forjadas, e até então ainda falava com eloquência sobre as pulgas e os piolhos. Mas o cheiro de óleo de parafina permeava o espaço e, se um dia houvera insetos nocivos ali, tinham sido cuidadosamente erradicados.

Depois do segundo dia, o odor até deixou de lhe causar dor de cabeça. Forneciam-lhe água para se lavar de manhã e a esposa do diretor da prisão lhe emprestou alguns livros, sobre os quais conversaram depois de Violet terminar de lê-los, a mulher tratando-a com evidente reverência. Ela podia receber visitas às quintas-feiras e, embora o benefício se estendesse apenas à família, era o suficiente.

Tinha direito a uma hora de caminhada na prisão todo dia, contanto que não tentasse conversar com outras prisioneiras que estivessem no banho de sol na mesma hora. Elas andavam como fantasmas nos trajes da prisão, de cabeça baixa para evitar repreensões dos guardas.

Até recebia pão relativamente fresco e carne de verdade no jantar. Alguns anos antes, ela lera nos jornais algumas reportagens sobre a alimentação oferecida em prisões que tinham sido investigadas e, embora soubesse que as refeições haviam melhorado um pouco desde aqueles relatos terríveis, suspeitava de que essa melhora não incluísse a presença de carnes e legumes. Depois do segundo dia, começou a desconfiar que o diretor lhe servia comida da própria mesa. Sem dúvida ele temia o que poderia acontecer com o emprego dele caso ela fizesse comentários desfavoráveis sobre as condições da prisão.

Passou uma sessão de visita em relativa paz com a mãe. A baronesa não lhe levara nenhuma mensagem de Sebastian nem notícias do mundo lá fora além de "Você causou um belo de um alvoroço".

Violet não tinha certeza se esperava que Sebastian lhe mandasse alguma mensagem, mas ficou grata por ele não ter sido mencionado. Tentava não pensar nele. Se permitisse a si mesma pensar na expressão no rosto dele quando ela lhe dera as costas, na forma como a pele dele perdera toda a cor, no jeito que os dedos se recusaram a segurar a bolinha de gude, Violet poderia perder a compostura.

E sua compostura era a única coisa que levara consigo para dentro daquela cela. Não podia se dar ao luxo de perdê-la.

Sabia apenas que o amava – e que não se arrependeria da decisão que tomara, mesmo que tivesse feito Sebastian sofrer.

No décimo segundo dia na prisão, o diretor foi vê-la.

– Vossa Senhoria – saudou ele ao abrir a cela –, agradeceria muito se me acompanhasse.

Violet já tinha ouvido como algumas das outras prisioneiras eram tratadas no pátio – com repreensões ríspidas e sendo chamadas por um número, em vez de, respeitosamente, por um título.

Ela se levantou e alisou o tecido desconfortável do uniforme.

– Aonde o senhor está me levando?

– A senhora vai ser liberada.

Ele fez uma pausa, balançando-se, e esfregou a cabeça calva.

– Sei que foi um grande tormento. A senhora o tolerou de forma digna.

Violet olhou para ele e pensou nas mulheres que tinha visto a distância.

Perguntou-se o que elas comiam, que insetos rastejavam por seus colchões de palha. Em vista disso, parecia tolice chamar o que tinha acontecido com ela de *tormento*. Fora fácil para Violet, ela sabia. Nem tinha cumprido a pena completa. Receber um elogio apenas por ter sobrevivido a fez se sentir vagamente enojada.

Ela meneou a cabeça.

– Imagino que o tempo que passou deu a todo mundo a chance de se acalmar – comentou ela e deu de ombros. – Agora pelo menos vou ter a chance de ir para casa em paz.

O homem a observou com uma expressão confusa.

– Não conte com isso – falou, por fim.

A prisão era composta de seis construções de tijolos escuros, sebosos e sujos de fuligem, todos enclausurados por um muro. Este, por sua vez, era rodeado por outro, mais alto. Violet foi conduzida a uma sala onde lhe devolveram seus pertences. Permitiram que ela vestisse as roupas com as quais havia chegado e, depois disso, a acompanharam até o muro de dentro.

Foi nesse instante que ela começou a ouvir o barulho. No portão interior, parecia um zumbido; após percorrerem os quase trinta metros de ervas daninhas que havia entre as duas paredes, o ruído se tornou um rugido.

– Que barulho é esse? – perguntou Violet.

– Esse barulho – disse o diretor com amargura, colocando as chaves na porta que levava para o lado de fora – é a sua comitiva.

– Comitiva? – Violet franziu o cenho. – Eu não tenho uma...

A porta de madeira se abriu para uma estrada de chão estreita que cortava a charneca. A via estava tomada. Carroças e carruagens estavam paradas em desordem ao longo do caminho. Ali, na frente da prisão, havia mais pessoas do que Violet jamais vira na vida. Não reconhecia nenhuma delas.

Por um momento, ao ver esse mar de rostos desconhecidos, sentiu o pânico tomá-la. Mas, em seguida, os olhos recaíram em sua mãe. Ela estava de mãos dadas com Amanda, por mais surpreendente que fosse, e Violet não conseguia imaginar o que isso significava. Ao lado delas estavam Alice e o professor Bollingall e, próximo a eles, Free, Oliver e Jane. Free segurava a ponta de um cartaz que declarava "Libertem a condessa!".

Quando Violet pisou na estrada, um grande grito surgiu – um som que não foi de ódio nem raiva, mas de júbilo. Foi tão alto, tão primitivo, que Violet até conseguiu senti-lo reverberando através de sua caixa torácica. Ela parou e encarou a multidão ali reunida.

Esperara que as pessoas que não gostavam dela a procurassem, como iam atrás de Sebastian. Provavelmente ainda iriam fazer isso, mais tarde. Ali, porém, nos campos varridos pelo vento do lado de fora da prisão, sem nada à volta exceto o quartel dos guardas, as pessoas presentes apenas lhe desejavam o bem.

Havia milhões de pessoas na Inglaterra. Dessas, uma boa parcela deveria ter ouvido a história de Violet. Ela sabia disso. Entretanto, imaginara que sua história seria apenas uma curiosidade para elas, não que milhares de pessoas se importassem com o que lhe aconteceria depois. Mas ali estavam elas – uma multidão –, gritando juntas.

– Meu Deus do céu! – murmurou Violet. – Eu *tenho* uma comitiva.

Uma pessoa não estava presente. Essa ausência se tornou gritante quando a mãe de Violet solicitou que a multidão de apoiadores – por Deus, uma multidão de apoiadores, como foi que ela conseguira uma? – recuasse, dizendo que a condessa precisava descansar. Se Sebastian estivesse presente, ele teria aberto caminho até ela.

– Obrigada – disse Violet, atarantada. – Muito obrigada a todos. Não fazem ideia de quanto isso significa para mim.

Ninguém conseguia ouvi-la por conta do rugido da multidão. Mas tudo bem. Eles não tinham como saber quanto aquele gesto significava para Violet, nem ela sabia. Entendia vagamente que aquelas pessoas, quem quer que fossem, deviam ter tido algum papel na sua libertação antecipada. Mais do que isso, ela não conseguia compreender.

– Obrigada – repetiu. – Sou eternamente grata.

A mãe de Violet a pegou pelo cotovelo e, com gentileza – mas vigorosamente –, a guiou para uma carruagem assinalada com o brasão dela.

– Obrigada – repetiu Violet, no momento em que mais algumas pessoas subiram na carruagem atrás dela: sua mãe, Amanda, Oliver, Jane e, alguns segundos depois, Free.

Free fechou a porta e abriu um sorriso enorme para Violet.

– Milady! – falou com alegria. – Conseguimos! Nós conseguimos!

– Sim – disse Violet.

Ela sabia que não era uma mulher desmiolada, então por que seu cérebro não estava funcionando?

– Nós conseguimos.

Ela esfregou a cabeça.

– O que nós conseguimos mesmo?

Não queria realmente escutar, mas Free queria lhe contar. Violet mal conseguia entender tudo que tinha acontecido durante sua ausência. Os relatos nos jornais. O ultraje do público.

– Prender a senhora – disse Free – foi a maior estupidez que eles poderiam ter cometido. A duquesa de Clermont disse isso, até riu, na verdade. Ela pede desculpa por não estar aqui, por sinal, mas ela sabia que haveria uma multidão agitada.

– Não tem problema – comentou Violet, meio perdida.

– A senhora se tornou uma heroína – continuou Free. – Precisava ter visto as manchetes. "Condessa de Cambury anuncia descoberta extraordinária e é sentenciada a um mês de trabalho forçado."

– Não teve trabalho nenhum – comentou Violet. – O diretor da prisão até que foi bem gentil, só não me deixou fazer tricô.

Ela deu de ombros.

– Por causa das agulhas, sabe como é.

Free piscou.

– Bem – continuou a jovem. – Alice Bollingall escreveu um relato para o *Times* de Londres em que descreveu a parceria que tem com o marido e falou sobre como sempre dividiram o trabalho. Detalhou precisamente quem fez o que na descoberta da senhora. A sua parte, a parte dela, a parte de Sebastian.

Violet umedeceu os lábios.

– E o que...

Antes que ela pudesse perguntar o que Sebastian tivera a dizer sobre isso, Free continuou:

– Tem caricaturas da senhora acorrentada gritando "Eureca!" enquanto homens ao seu redor exigem que a amordacem.

– Não fui acorrentada – corrigiu Violet. – Na verdade, foi bem tranquilo. Quase como tirar férias.

Férias fedorentas em que não havia falado com ninguém e não tinha escolha sobre como passar os dias.

– Humm – fez Free. – Talvez seja melhor não mencionar isso em público. Mas não lhe contei tudo ainda. Robert conseguiu uma audiência com a rainha há três dias. Ele e Sebastian foram falar com ela. Ela ouviu todos os detalhes e exigiu que a senhora fosse perdoada.

– Ah.

Foi só esse som que Violet conseguiu soltar. Sebastian *estivera* envolvido. Mas o que ele estava pensando dela? Quanto ela o magoara? Será que um dia voltaria a confiar nela? O que diria na próxima vez que se vissem?

– Falando nisso...

– Sim, falando na rainha! – exclamou Free. – Ela quer se encontrar com a senhora. Ela a perdoou de todas as acusações, exceto a de desacato. Parece que ela disse que a senhora mereceu essa.

Violet se encolheu no assento. Free era uma força da natureza e tentar pará-la ou fazê-la mudar de curso era como tentar assoprar um ciclone para longe.

– E agora a senhora é famosa – continuou a jovem – e todo mundo quer conhecê-la. Jane contratou seguranças para sua casa em Londres, espero que não se importe, mas vai precisar deles durante os próximos meses. A senhora está morrendo de felicidade, não está?

– Estou – respondeu Violet.

E então, para seu espanto, caiu no choro. Nunca tinha chorado antes, não desde a infância. Jamais deixara lágrimas rolarem. Simplesmente não fizera isso. Nem tinha ideia de por que fazia naquele momento. Nem estava triste.

Mas Jane cruzou a carruagem e colocou um braço ao seu redor e Free tomou sua mão.

– Não é nada – tentou lhes dizer Violet. – Não é nada mesmo.

Não era verdade, porém. Ela sabia como se preparar para o fracasso e para a decepção. Sabia como sorrir enquanto suas esperanças eram lentamente destroçadas.

Durante todo o tempo, lá no fundo do coração, sempre acreditara que, se a verdade viesse à tona, todo mundo a odiaria. Tinha acreditado que seu eu verdadeiro era sombrio e desesperado, que seus amigos apenas a toleravam por causa de um excesso de amabilidade.

Mas Violet não era um monstro.

A vitória não era doce, mas devastadora e incompreensível. Ela a reduzia a destroços quando Violet teria aguentado ouvir palavras bruscas. Continuou a chorar, vazando como um tinteiro rachado.

– É só que... lavaram minha cela com um produto químico – explicou. – Para matar os piolhos. E quem diria? Acho que a falta dos gases está irritando meus olhos.

Jane lhe entregou um lenço verde brilhante e ninguém contradisse essa declaração, mesmo que fosse evidentemente absurda. Elas a abraçaram até que ela conseguisse parar de se constranger.

– Amanda – chamou Violet, por fim. – Por que você está... Por que veio...

Ela não conseguia terminar a frase, não conseguia perguntar se Lily tinha mudado de ideia.

– A vovó me acolheu – disse Amanda. – A mamãe disse...

Uma pausa mais longa.

– A mamãe mandou lhe dizer que, se eu quiser...

Contudo, Amanda também não conseguiu terminar a frase. Ela engoliu as palavras e desviou o olhar.

Violet se perguntou se todas as vitórias eram agridoces assim. Tinha ganhado, mas à custa daqueles que amava. Lily, Sebastian... Seu coração doía.

– Então você vai ficar comigo – conseguiu dizer com calma.

– Por alguns anos – falou a menina, olhando para longe. – Mamãe me pediu para lhe dizer que ela tem que pensar nos meus irmãos. Pelo bem deles, ela não pode... continuar conosco. Mas me garantiu que, quando tivesse uma chance, iria...

Violet engoliu um nó na garganta.

– Certo – falou. – Tudo bem.

E não falaram mais sobre o assunto.

Havia uma multidão na estação de trem quando por fim chegaram lá e uma aglomeração ainda maior de pessoas no terminal de Londres, três horas depois. Alguém devia ter mandado uma mensagem antes com a novidade. Mas, de alguma forma, a mãe de Violet conseguiu levá-la por entre todo o povo.

Violet não fez a pergunta que a corroía por dentro até chegarem em casa, até que houvessem aberto caminho pela multidão do lado de fora da porta e tivessem se trancado numa sala com as janelas fechadas.

– Mãe – sussurrou –, onde está Sebastian?

A baronesa a fitou.

– Esperando para ver se você vai falar com ele.

Violet sentiu seu nariz se torcer.

– *Se* eu vou falar com ele? Por que ele duvidaria disso? É um *idiota*?

– Provavelmente – disse a mãe. – Devo mandar chamá-lo?

– Sim – concordou Violet, mas logo em seguida acrescentou: – Não. Tenho que tomar um banho antes.

A mãe a observou com cautela.

– Violet, suspeito de que ele não vá se importar com o seu cheiro.

Violet baixou a cabeça e inspirou. Não conseguia mais sentir o próprio cheiro, o que era um mau sinal. Se estivesse limpa, teria notado.

– Eu me importo.

E então se passou quase uma hora até que Violet entrasse na biblioteca no térreo e encontrasse Sebastian andando de um lado para o outro nos fundos do cômodo. Ambos paralisaram quando ela passou pela porta – Sebastian, no meio de uma passada, com o corpo virando na direção dela, os olhos iluminados e um sorriso nos lábios.

E Violet... Ah, ela não fora capaz de pensar em Sebastian por um momento sequer durante os últimos dias. Teria sentido saudade demais. Ele estivera mexendo nos cabelos enquanto andava e parecia exausto. Mas então aquele sorriso brilhante que ela conhecia tão bem tomou conta do rosto dele e todo o cansaço pareceu sumir.

– Violet – murmurou.

– Sebastian.

Ela queria atravessar a biblioteca correndo até ele, mas ainda não estava segura do que ele estava sentindo. Quanto ela o magoara ao lhe dar as costas quando ele havia implorado que não fizesse isso?

Ele a encarou por mais um momento, como se tentasse determinar por onde começar. Por fim, falou:

– Trouxe presentes.

– Presentes?

– Papelada, na verdade. Andei atuando como seu assistente na última semana e meia.

– Ah.

Violet sentia a cabeça girar.

– Fui convidada a muitos bailes?

– Por mais estranho que pareça, não – respondeu ele com bom humor. – Nem um baile sequer. Mas, no King's College, aqui de Londres, disseram... bem, disseram várias coisas, mas, antes de tudo, que vão dispensar os requisitos residenciais de doutorandos, porém você precisa defender uma tese. Versões modificadas de artigos antigos servem.

Violet piscou, confusa. De tudo que tinha imaginado, isso era o mais distante de sua compreensão.

– Por que fariam isso?

– Para que possam lhe oferecer um cargo.

– Um cargo! Que tipo de tolo quer me oferecer um cargo?

– O tipo de tolo que está tentando construir um corpo docente renomado mundialmente – disse Sebastian com uma piscadela. – Cambridge também fez propostas, porém há algumas questões internas que precisam resolver antes que possam ter mulheres lá. Vai levar anos até que solucionem tudo. Mas tem outras escolhas. O professor Benoit... você o conhece, é da Universidade de Paris... ele pegou um barco para cá três dias depois que saiu a notícia. Trouxe um belo de um dossiê e também uma carta extremamente educada do embaixador francês prometendo que, na França, a terra da liberdade, você nunca seria presa de um jeito tão bárbaro por ser genial.

Violet se sentou, dura.

– Ele *não* disse isso.

Sebastian caminhou até uma mesa e remexeu numa pilha de papéis. Ergueu um para Violet, indicando com o dedo.

– Veja. Bárbaro. Genial. Não preciso exagerar. Se não gostar da França, Harvard... essa fica nos Estados Unidos... mandou um telegrama e...

– Eu sei onde Harvard fica – interrompeu Violet, sentindo-se tonta. – Pare. Não consigo entender nada disso. Eu estava na prisão hoje de manhã.

Ela olhou para o teto.

– Era tão calmo lá.

– Quer voltar?

– Era silencioso. Ninguém queria nada de mim. Sair disso e ir para...

Ela abriu as mãos.

– Não sei o que fazer, Sebastian.

Ele falou mais baixo:

– Bem, se quiser, posso escondê-la no meu sótão. Eu lhe dou uma tigela de mingau por uma janelinha no começo da manhã e podemos fingir que você vai cumprir o resto da sentença.

Ela engoliu uma risada.

– Pronto, pronto – disse ele. – Não é melhor assim?

– O sucesso é atordoante.

Ela soltou um suspiro.

– Sebastian... Sobre você...

Ele desviou o olhar, desconfortável, e Violet sentiu o coração afundar. Ali estava a resposta. Claro que ele ainda era seu amigo. Claro que havia lidado com as propostas. No entanto, mais do que isso... Um homem não fazia o tipo de apelo que Sebastian fizera à mulher amada e depois perdoava quando ela rejeitava o pedido.

Mas o que ele disse foi:

– Desculpe por não ter ido encontrá-la hoje de manhã. Eu queria. Mas... tenho andado ocupado... e Benedict...

Claro. O irmão dele ainda estava doente, além de todo o trabalho que Violet lhe dera.

– Ele mudou de ideia, então? – perguntou Violet com cuidado.

– Bem... – Sebastian não a encarou enquanto falava. – Temos conversado. Eu o faço rir. E não adianta incomodá-lo sobre Harry ou nada além disso, então achei que...

Violet percebeu que estava de pé.

– Este mundo. – Ela jogou as mãos para o ar. – Ele está completamente louco. Insano. Estúpido. Do avesso e de ponta-cabeça.

Sebastian a observava com uma expressão estranha no rosto.

– Violet? Tem alguma coisa errada?

– Tem – respondeu ela. – Está tudo errado. Será que estou furiosa? Ganhei o direito de ficar.

Ela apontou para Sebastian.

– Sente-se aí. Você ganhou o direito de se sentar aí.

Ele pareceu ainda mais confuso.

– Está indo embora? – perguntou ele, sem acreditar.

– Por um momento – respondeu Violet. – Só... espere. Espere aqui.

294

Capítulo vinte e seis

A casa de Violet estava cercada. Bastou uma olhada rápida pela janela para ver que não havia como alguém sair às escondidas e passar por aquela multidão.

Ou pelo menos... não havia como sair às escondidas pela frente.

Violet pegou a bolsa e se esgueirou para o lado de fora, descendo a escada dos criados até chegar ao jardim. O portão atrás da hera se abriu quando ela o forçou e Violet deslizou para dentro do vão entre as paredes. Aos poucos, à medida que caminhava pela passagem, o rugido da multidão enfraquecia. Quando ela chegou à propriedade de Sebastian, ouvia apenas um murmurinho abafado.

Então as multidões não sabiam que as propriedades eram interligadas.

Excelente. Não havia mais nada a fazer, exceto continuar com ousadia.

Ela marchou até o quintal ao lado da casa, onde ficava o estábulo de Sebastian. O cocheiro dele estava perto de uma porta lateral, fumando e conversando com um lacaio. Os dois olharam para Violet quando ela se aproximou. O lacaio derrubou a cigarrilha.

– Vossa Senhoria!

O cocheiro se endireitou, derrubando cinzas do cachimbo no chão de cascalho.

– Hum... o que a traz aqui?

Sem dúvida tinham ouvido falar da sórdida história da prisão dela, mas, se era o caso, sabiam do envolvimento do próprio patrão na questão. E eram treinados bem demais para perguntar coisas como "O que está fazendo aqui?" ou "Fugiu da prisão?".

– O Sr. Malheur me mandou – mentiu Violet. – Tenho que cuidar de uma questão e minha rua está um pouco movimentada demais no momento.

– Ah, imagino que sim.

– Ele ofereceu seus serviços. Se não for muito incômodo.

– Será um prazer, senhora – assegurou o cocheiro e franziu o cenho. – Para onde?

Violet tinha pedido a Sebastian que esperasse na biblioteca. Claro que ela não planejara direito. Já passava do meio da tarde e seu destino ficava a mais de 15 quilômetros dali. Sebastian esperaria por um bom tempo. Contudo, não havia nada a se fazer quanto a isso.

– Para a casa do Sr. Benedict Malheur – disse Violet. – É claro.

Não reclamaram nem questionaram. Apenas prepararam os cavalos, a ajudaram a subir na carruagem e, em seguida, foram embora.

Violet levara sua bolsa consigo, o que significava que tinha seus itens para tricotar. Pegou um amontoado de lã – algo com que não trabalhava fazia semanas – e o encarou. Um cachecol. Um cachecol com listras verdes e cinza. Era isso que estivera fazendo. Contou as fileiras verdes para recordar onde parara – faltavam cinco fileiras para trocar de cor – e recomeçou a tricotar.

⁓

– Ele não está recebendo visitas – disse o mordomo a Violet.

Ela estava nos degraus largos da entrada, a carruagem de Sebastian às suas costas, e piscou para o homem à sua frente.

Ainda de manhã estivera na prisão. Percorrera mais de 150 quilômetros, ouvira milhares de vozes gritarem seu nome. A luz do sol desaparecia e, se ela desse meia-volta naquele instante, sua viagem não daria em nada – nada além das perguntas perplexas de Sebastian.

Ela não aceitaria ser recusada por um único mordomo por causa das regras de etiqueta.

Contudo, não havia motivo para apelar para a grosseria. Ainda não.

– Naturalmente – disse Violet. – Mas não sou uma visita.

O homem semicerrou os olhos.

– Cresci na propriedade ao lado – continuou ela do jeito mais doce que conseguia, dadas as circunstâncias. – Quando eu tinha 5 anos, Benedict Malheur me salvou de uma praga de sapos causada pelos Jimmesons a menos de 1 quilômetro daqui. Vim assim que soube que ele não estava bem. Considerando tudo isso, mal conto como visita.

O homem franziu o cenho diante dela.

– Pegue – insistiu Violet, entregando-lhe seu cartão de visitas. – Leve isto para ele. Deixe que decida.

O homem aceitou o papel grosso. Nenhuma sombra de expressão passou pelo rosto dele quando olhou para o nome dela. Talvez não soubesse quem Violet era, embora parecesse pouco provável. Havia mais chances de que soubesse que o nome de Violet fora ligado ao de Sebastian e tivesse entendido essa conexão.

De qualquer forma, não podia deixar a condessa de Cambury aguardando na porta, então pediu que ela entrasse.

– A senhora pode esperar na sala – falou. – Vou ver se meu patrão está acordado e se sente bem o bastante para conversar.

Isso, Violet entendeu, era o jeito educado de dizer "Vou fingir perguntar antes de mandá-la embora".

Ainda assim, porém, ela assentiu de modo agradável.

– Obrigada – falou.

Sentou-se numa poltrona confortável e, para deixar o mordomo à vontade, tirou o tricô da bolsa e começou a próxima fileira.

Tricotar faz a pessoa mais ardilosa do mundo parecer inocente. A mãe de Violet tinha razão. Por algum motivo, era raro que mordomos suspeitassem que uma mulher que começara a tricotar parasse o trabalho para bisbilhotar pela casa. Era bem ignorante da parte deles. Eram agulhas de tricô, não algemas.

Violet focou nas agulhas, tricotando como se não tivesse nada em mente além do fio de lã entre os dedos. Pelo canto do olho, viu o homem subir as escadas. Ele virou num corredor e sumiu.

Violet enfiou as agulhas na bolsa e, com cuidado, se esgueirou atrás dele.

A casa estava silenciosa, como se todo mundo fizesse pouco barulho na esperança de que isso ajudasse o patrão a se recuperar. Os passos de Violet soaram altos demais. A madeira rangeu quando ela apoiou seu peso num degrau. Mas não havia como voltar. Só podia torcer para que ninguém notasse.

Chegou ao topo da escadaria justo a tempo de ver o mordomo abrir uma porta e entrar.

Não havia por que ficar esperando até ser pega. Não tinha tempo a perder. Ela marchou até o fim do corredor e abriu a porta com tudo.

O quarto estava pouco iluminado e com as cortinas fechadas. Benedict Malheur estava sentado na cama – Violet esperava que fosse um bom sinal –, com o mordomo à sua frente, de braço esticado, entregando-lhe o cartão de Violet.

Os dois homens se viraram para Violet. O mordomo franziu o cenho, mas Benedict pareceu apenas conformado.

– Peço perdão – disse ela sem uma gota de arrependimento na voz. – Mas, depois que entreguei meu cartão, percebi que me esqueci de dizer o propósito da minha visita. Espero que não se importem com a interrupção.

O mordomo deu um passo na direção dela.

Violet estivera contando com Benedict – educado e bem-humorado como era – para acertar as coisas.

– Claro que não me importo – disse ele. – Não tem nada mais entediante que um leito de enfermo. Ficaria grato por um pouco de companhia.

O mordomo bufou.

– Contanto que ele não se agite demais...

– Não se preocupe – disse Violet. – Não tenho nenhum desejo de ver seu patrão morto.

Benedict sorriu – uma expressão tão parecida com a de Sebastian que ela sentiu vontade de lhe dar um tapa na cabeça pela ousadia de lembrá-la dele.

– Pegue uma cadeira para a condessa de Cambury – pediu Benedict com um sorriso – e, depois, Smith, pode nos deixar até que eu o chame.

– Pois bem, senhor – concordou o mordomo, falando com um leve tom de desaprovação.

Ele pegou uma cadeira perto da parede – a que tinha a almofada mais fina de todas, notou Violet – e a colocou a uma boa distância da cama, a um ângulo desconfortável. Violet se sentou e, depois, quando Benedict assentiu com a cabeça mais uma vez, o criado sumiu.

– Ora, Vossa Senhoria – disse Benedict. – Fico feliz em vê-la, apesar de que eu preferiria que as circunstâncias fossem mais favoráveis. Isso obviamente é um lembrete de que não devo esperar uma doença para rever velhos amigos.

Nenhum comentário sequer sobre os acontecimentos recentes.

Violet nunca tinha confiado no sorriso nem no comportamento agradável de Benedict. Ela o fitou com um olhar calculado.

– Devo chamá-lo de Sr. Malheur? – perguntou. – É difícil, Benedict. É difícil ser formal quando...

Quando ele estava sentado numa cama com uma aparência tão horrível.

– ... quando lembro como você é ruim no croquet – finalizou. – *Eu* o derrotei quando tinha 7 anos, e você, 14.

– Sim – disse ele. – Derrotou, não foi?

Não era uma pergunta. Havia algo leve demais no tom de voz dele.

Violet semicerrou os olhos.

– Ah, então foi isso! Eu não o derrotei, derrotei?

– Ah.

A hesitação ficou óbvia. Ele deu de ombros, evasivo.

– É claro que derrotou.

– Você me deixou ganhar. Durante todos esses anos, achei que...

Violet balançou a cabeça.

– Bom, isso encerra o assunto. Me recuso a deixar que me chame de "Vossa Senhoria" quando me declarou campeã do croquet sob falsas premissas. Se pode mentir para mim, deve me chamar de Violet.

Ele sorriu para ela de novo.

– É ótimo revê-la, Violet. Não consigo pôr em palavras quanto fico feliz com a visita.

Violet bufou.

– Você sempre foi legal demais para o meu gosto.

– Eu sei – disse ele com bom humor. – É um dos motivos de eu nunca ter feito nenhum esforço para conquistá-la.

Ela contraiu os lábios.

– E outro motivo é que você já era casado quando eu cheguei à idade para esse tipo de coisa.

– Sim – concordou Benedict. – E também porque meu irmão era apaixonado por você. – Ele sorriu. – Você é a única coisa que Sebastian sempre quis e nunca conseguiu. Não faz ideia de quanto eu a apreciava por isso.

Quanto a isso...

Violet engoliu em seco. Não era boa em bajular as pessoas ou convencê-las do seu ponto de vista. Era muito boa em intimidá-las, mas Benedict nunca tinha sido suscetível à intimidação. E até Violet hesitaria antes de repreender um homem com um coração fraco.

– Quando eu era mais nova – falou devagar –, sempre desejei que você estivesse escondendo um segredo sórdido. Você era legal demais.

Ela bufou.

– Não faz ideia de como me irrita que seu segredo sórdido seja um problema no coração e não, por exemplo, um homicídio duplo cometido à luz da lua.

– Repugnante – comentou ele. – Fico desolado por não ter como atender às suas expectativas.

– Eu sei – disse Violet. – Foi um pensamento bobo. Você costumava se desdobrar para acionar as armadilhas do guarda-caça sempre que as via. Não suportava a possibilidade de ver um coelhinho sentindo dor. É por isso que acho tão difícil entender o que está fazendo agora.

Ele riu.

– Não estou fazendo quase nada. Se não percebeu, estou confinado à minha cama até segunda ordem, o que é extremamente entediante.

– Estou me referindo – falou Violet – ao que está fazendo com Sebastian.

Os olhos dele se cerraram. Ele não fingiu entender errado. Em vez disso, suspirou e desviou o olhar.

– Ah. Eu deveria saber que meu irmãozinho pediria ajuda. – Benedict balançou a mão para Violet. – Diga a ele que não vou deixá-lo ganhar trapaceando.

– Ele não pediu para eu vir – rebateu Violet. Engoliu em seco. – Na verdade, eu o deixei completamente sozinho sem nenhuma explicação. É só que... – Ela engoliu em seco mais uma vez. – Eu queria conversar com você sobre seu irmão, porque acho que não o conhece bem.

Do lado de fora do quarto, um degrau da escada rangeu bem alto.

Benedict soltou um ruído grosseiro.

– Eu conheço meu irmão – retrucou. – Eu o conheço muito bem. Sei como é eficiente em conseguir que os outros façam o que ele quer. Sei que é persuasivo e atraente, que só tem que estalar os dedos e o mundo cumpre os seus desejos. Ele é superficial. Tudo é fácil para Sebastian, não sabia? E, por causa disso, ele fica vagando... de pessoa em pessoa, de coisa em coisa, indo e vindo como uma borboleta.

A mandíbula de Benedict estava firme, como se ele tentasse convencer a si mesmo, não a Violet.

300

– Você o conhece bem demais para acreditar nisso – disse Violet. – Teve um momento na minha vida em que fiquei ainda mais doente do que você está agora. Eu mal conseguia levantar a cabeça da cama. Meu marido viajava a trabalho e eu ficava presa na propriedade dele, longe dos meus amigos e da minha família. O único que morava por perto era Sebastian.

Ela desviou o olhar antes de continuar.

– Ele me visitou todos os dias. E sabe o que fez nas visitas?

– O que ele fez? Não. Mas sei exatamente *por que* fez – falou Benedict com firmeza. – E... peço perdão, mas já foi casada. É óbvio o que ele queria.

– Ele queria me fazer rir.

Ela fulminou Benedict com o olhar.

– Era a única coisa que me trazia expectativas enquanto eu estava deitada naquela cama sem força sequer para erguer um copo de água. Eu dormia e acordava e olhava para o relógio e ficava imaginando quando ele iria chegar.

– Sim – disse Benedict, desconfortável. – Creio que...

– Se acha que ele queria me seduzir quando eu estava doente demais para me mexer, você é uma péssima pessoa.

Foi a vez de Benedict desviar o olhar.

– Creio que sim.

Ele suspirou.

– Não. Sei que sim – afirmou.

– Você teve a chance de ver como Robert e Oliver são – continuou Violet. – Mas não sei se sabe como eles seriam sem Sebastian. Os dois são tão sérios.

Ela fez uma careta.

– Tudo é questão de vida ou morte para eles. Precisa ver o que acontece quando Sebastian chega. Já os vi discutirem sobre uma questão por três horas. No instante em que Sebastian entra na sala, ele zomba dos dois, faz uma piada à própria custa e, no minuto seguinte, os dois chegam a uma conclusão.

– Sim – disse Benedict de novo, desta vez com um tom mais seco. – Sei bem que meu irmão se vê como um comediante.

– Comediante? – ecoou Violet. – Não. É ele quem conecta tudo. Quando ele entra num lugar, todo mundo olha para ele. Alguns o odeiam, alguns o amam, mas ninguém o olha com indiferença. Quando não sei o que pensar, quando estou presa num problema, ele vem e, de algum jeito, toda e qualquer dificuldade fica mais fácil.

Benedict soltou a respiração bem devagar.

– Eu... – Ele fechou os olhos e sua voz se tornou um sussurro. – Eu sei.

– E não é só comigo – insistiu Violet. – Ele faz as pessoas sorrirem. Todo mundo. As coisas que você considera superficiais nele não são superficiais, na verdade. Não farão com que o nome dele seja homenageado numa placa... Isso ele vai conquistar de outras maneiras. Mas o dom que ele tem de fazer as pessoas rirem é o que faz o mundo valer a pena. Sebastian nunca vai travar guerras, mas é por causa de pessoas como ele que o restante de nós não tem que enfrentar tantas batalhas. Ele faz com que todo mundo à sua volta consiga ser uma pessoa melhor.

Benedict suspirou.

– Então ele a conquistou também – falou com tristeza e balançou a cabeça. – Eu deveria saber que isso aconteceria.

– Me diga, Benedict – pediu Violet. – Há várias semanas, você disse a Sebastian que nunca confiaria seu filho a ele.

Benedict não a olhou nos olhos.

– Desde que ficou acamado – continuou ela –, desde que permitiu que ele voltasse a visitá-lo, quantas vezes ele veio aqui?

– Todo dia – respondeu o homem num sussurro.

– E, durante esse tempo, quantas vezes ele discutiu com você? Quantas vezes exigiu algo?

O irmão de Sebastian fez que não com a cabeça, indicando a resposta.

– Como eu pensei – disse Violet. – Quantas vezes ele o fez sorrir?

Benedict mordeu o lábio, começou a tocar os dedos, depois balançou a cabeça de novo.

– Vezes demais para contar.

– Durante todo esse tempo ele estava bem ocupado, fazendo uma petição para a rainha em meu nome, recebendo telegramas de Harvard e ofertas de Paris. Ainda assim, quando estava aqui com você, ele o fez sentir como se fosse a única pessoa no mundo.

– Eu... Bem...

– E acha que não pode confiar nele para cuidar do seu filho? Nunca achei que você fosse um idiota.

Benedict expirou bem devagar.

– Violet – falou com suavidade –, escute. Tem uma questão...

Mas ele deixou a voz morrer.

– É assim que vai ser – decretou Violet num sussurro. – Nunca, jamais quero ouvi-lo dizer que Sebastian não presta para nada. Ele é... valioso.

Benedict se virou para ela. Seus olhos estavam escuros e sóbrios, mas se arregalaram levemente. E foi então que Violet percebeu que Benedict não olhava para ela. Estava olhando para trás dela.

Ela se virou e viu Sebastian parado na entrada. Ele não focava em Benedict, e sim em Violet – encarando-a como se ela fosse o núcleo brilhante de tudo.

– Violet – falou com a voz rouca.

– Sinto muito.

Ela se levantou.

– Mais cedo, eu só conseguia pensar em tudo que fiz com você... lhe dando as costas quando implorou que eu o deixasse consertar as coisas. Eu só... Eu queria... queria consertar as coisas para você. De algum jeito. Eu só... Não consigo pensar direito agora e...

– Repita.

Ele deu um passo na direção dela.

– Repita. O que acabou de falar.

Ela engoliu em seco.

– Você... você é valioso. Depois de tudo que fiz, eu precisava fazer algo para consertar as coisas para você. Você implorou, e eu...

Mãos tocaram os ombros dela, puxando-a para perto.

– Não, querida. Eu não tinha o direito de lhe pedir aquilo. Durante todo o tempo em que esteve presa, fiquei pensando no que você falou no tribunal. Você disse que o trabalho era seu. Que ninguém ia tirá-lo de você.

Ele a tomou nos braços.

– Foi o que eu tentei fazer. Eu não queria apenas tomar seu lugar na prisão. Tentei reivindicar o que você tinha feito. Você foi magnífica. E eu percebi que não a merecia, que você nunca me perdoaria.

– Que disparate – disse ela, sentindo a garganta apertar. – Um grande disparate. Todo esse tempo que eu o conheço... e você acha que uma tentativa de me salvar vai fazer com que eu lhe dê as costas para sempre? Não seja ridículo, Sebastian. Eu te amo. Eu te amo há anos. Mesmo quando eu não conseguia me permitir amar, eu o amava.

Sebastian a beijou – o beijo que ela não soubera que esperava, os lábios dele macios e suaves contra os dela.

303

– E eu te adoro – sussurrou Sebastian. – Eu te amo. Eu...

De trás deles veio um pigarro bem alto.

Sebastian se endireitou. Violet piscou e lembrou, de repente, que Benedict não apenas continuava no quarto, como também estava confinado à cama e não tinha como sair discretamente.

– Isso é bem emocionante – disse Benedict. – E estou sendo sincero. Mas talvez vocês possam terminar a conversa quando não estiverem diante de uma plateia cativa, que tal?

Violet corou.

– Violet – falou ele –, campeã do croquet, se puder me fazer um favor, eu gostaria de trocar uma palavrinha com meu irmão.

Capítulo vinte e sete

— Então – começou a dizer Benedict, assim que a porta se fechou. – Violet. Lembra que, quando tinha 5 anos, você anunciou para mim que iria se casar com ela?

– Foi meio prematuro da minha parte – respondeu Sebastian. – Por favor, não comente nada. Ainda não contei para ela.

Um sorriso lampejou pelo rosto de Benedict, mas logo sumiu.

– Veja. Eu queria falar com você. Conversei com o médico ontem.

Sebastian se endireitou e se sentou na cadeira próxima à cama do irmão.

– Ele me deixou ouvir meu coração – continuou Benedict. – Vai bem, considerando tudo. Quando eu ficar um pouco mais forte, provavelmente vou conseguir me levantar e viver como sempre, contanto que tome cuidado.

Ele olhou para baixo.

– Ainda dá para ouvir um barulhinho, uma arritmia. – Ele fez um gesto com o dedo. – Um ruído bem pequeno, de verdade, e vai me matar.

Sebastian tentou esconder o espanto do rosto e falhou miseravelmente. Em vez disso, tomou a mão do mais velho e a apertou.

– De certa forma – conseguiu dizer Sebastian –, isso até que é reconfortante.

O irmão ergueu a cabeça, surpreso.

– Você sempre disse que eu iria matá-lo um dia – acrescentou Sebastian. – É um alívio saber que você também erra. Tem uma primeira vez para tudo.

Um esboço de sorriso surgiu nos lábios de Benedict.

– Que coisa horrível.

– Ah, sim – concordou Sebastian. – E tem mais de onde veio. Não me importa quanto tempo ainda tenha, Benedict. Já tomei minha decisão e não vai conseguir me contradizer. Tem razão: não sou bom em muitas coisas, mas *sou* bom em fazer as pessoas sorrirem.

Ele apertou a mão do irmão com mais força.

– Se você tiver que morrer, que seja com um sorriso no rosto.

Benedict soltou a respiração.

– Tenho uma confissão a fazer – disse.

Sebastian assentiu.

– Gosto de uma boa confissão. Só não diga que fez algo terrível. Seria inacreditável.

– Está dificultando ainda mais a situação.

Benedict engoliu em seco.

– É só que... Veja bem, se exagerei nas exigências, é porque você sempre fez com que as coisas parecessem fáceis demais.

Isso não fazia sentido. Sebastian se recostou na cadeira e contemplou o irmão.

– Perdão, o que quer dizer?

– Sempre tive que me esforçar muito. Para fazer amigos... eu precisava ensaiar, planejava o que dizer, quando dizer. E aí você nasceu e não precisava nem tentar. No momento em que aprendeu a andar, as outras crianças começaram a segui-lo, querendo agradá-lo de qualquer forma. Estudei por horas todo dia, ainda assim, foi só por um triz que consegui um diploma com honras. Você não fez absolutamente nada e entendeu tudo melhor do que eu. Quando eu era mais novo, imaginava que um dia faria coisas importantes, que as pessoas escutariam cada palavra que eu dissesse. Que um dia, eu seria relevante para o mundo.

Ele balançou a cabeça com um sorrisinho no rosto.

– E então meu irmão caçula apareceu e virou tudo de ponta-cabeça. Você é famoso, Sebastian. E não só por causa de Violet. É um gênio e tanto por conta própria.

Sebastian manteve o rosto cuidadosamente sem expressão.

– Ah. Bem. Quanto a isso...

– Não, fique quieto. Estou falando.

Ele agarrou as roupas de cama.

– Eu lhe dei um sermão sobre minhas conquistas porque queria que aprendesse a ser humilde. E o que você fez? Foi lá e ganhou 22 mil libras em questão de semanas.

Sebastian decidiu não mencionar que o valor já tinha aumentado para 27 mil.

– Passei dez anos garimpando uma posição medíocre na Sociedade para o Aperfeiçoamento do Comércio Respeitável e, quando vejo, você me entrega um documento para anunciar que conseguiu me superar de novo. Você leva uma vida encantada, Sebastian.

– Talvez seja porque eu sou muito, muito encantador.

– Sim – concordou Benedict. – É mesmo. Meu próprio filho se ilumina quando você chega. Ele não faz isso quando me vê. Nunca fez. Perto de você, sou apenas o velho, chato e enfadonho Benedict.

Sebastian piscou.

– Não, não – falou. – Isso não faz sentido. Você é Benedict, o Perfeito. O homem que não faz nada errado. Que é benquisto em todo lugar. Se eu conseguisse aprender a me comportar como Benedict... Você é a versão de Sebastian que é sempre respeitável, sempre...

– Não. – Benedict engoliu em seco. – Eu sou o irmão mais velho que é tão impossível de se gostar que até irmãos caçulas encantadores e amorosos desistiram de mim. Quer saber a verdade, Sebastian? Sinto inveja.

A voz de Benedict ficou mais suave.

– Tenho inveja de você. Invejo tudo que você é. Passei anos me perguntando por que *você* teve essas revelações científicas geniais. Por quê? Você sempre teve tudo. Por que não eu? – Ele suspirou. – Mas li todos os artigos. Não entendi nenhum deles. Poderia questionar o motivo da Violet não ter vindo até mim, em vez de até você, mas já sei a resposta.

Ele suspirou de novo antes de concluir.

– Além de ela não confiar em mim, de saber que eu não a ajudaria da forma que precisava, tenho bastante certeza de que eu não teria tido capacidade para isso.

– Bem – disse Sebastian, desviando o olhar. – Não sei se isso é verdade.

– É, sim.

Benedict esticou o braço e pegou a mão de Sebastian.

– Tenho que dizer isto: me desculpe.

Ele apertou a mão de Sebastian.

– Eu te amo. E... – Engoliu em seco. – E eu nunca deveria ter permitido que minha inveja interferisse no que é o certo para o meu filho.

Sebastian soltou o ar que não percebera que estivera segurando.

– Agora – disse Benedict com um suspiro –, vamos organizar os detalhes da tutela dele assim que pudermos. Mas, por ora, creio que uma mulher o espera lá embaixo.

∽

Ela o esperava na entrada, com os olhos brilhando. Abriu um sorriso enorme assim que ele apareceu.

– Milady – cumprimentou-a Sebastian. – Já teve tempo para pensar nas propostas que recebeu? Cambridge? Harvard? King's College?

– Vou precisar de mais informações. Os termos. Vou ter que pensar em tudo com cuidado.

Sebastian desceu as escadas devagar, espreitando na direção da mulher que amava.

– Minha opinião? Gosto de Paris. E sempre quis ser cônjuge de docente. Acho que eu me sairia muito bem.

– Paris é ótima, mas...

Violet parou e ergueu a cabeça, encarando-o.

– Ser o quê?

– Cônjuge de docente. Eu poderia convidar todos os demais cônjuges de docentes para tomar chá. – Ele sorriu para ela. – Iria me sair muito bem.

– Sebastian, está me pedindo em casamento?

– Ah, não.

Ele a tomou nos braços e a puxou para perto.

– Só dando uma dica de que *você* deveria me pedir em casamento.

Violet deu uma gargalhada.

– Pois bem, então.

Ela apoiou a cabeça no ombro dele.

– Que tal na próxima terça? Com certeza isso vai fazer com que as fofocas continuem.

Ele conseguia sentir o cheiro dela, doce e atraente; conseguia sentir a si mesmo abrindo um sorriso.

– Então que seja na próxima terça. E olha como foi esperta ao roubar minha carruagem e trazê-la até aqui. Seria extremamente inconveniente para meus objetivos se nós dois tivéssemos vindo a cavalo. Adivinha o que vou fazer com você no caminho de volta...

Ela ergueu as sobrancelhas.

– Quer que eu adivinhe? Ou está me deixando escolher?

Ele se pegou sorrindo.

– As duas opções. Já... faz um tempinho.

– Faz mesmo.

Ela sorriu para ele.

– Estou exausta depois de tudo que aconteceu.

Ele segurou o queixo dela e a beijou.

– Pois bem. Teremos que garantir que você durma muito, muito bem esta noite.

Epílogo

Dois anos depois

"Me encontre na Livraria Castein. Sua serva mais fiel, Violet Malheur."

Sebastian sorriu e dobrou duas vezes o bilhete que haviam lhe entregado, depois o guardou no bolso à altura do peito.

– Cavalheiros.

Ele se levantou.

Sob a luz baixa do clube de cavalheiros, os outros três homens piscaram para ele com incerteza. Sebastian esticou o braço e começou a organizar os papéis espalhados pela superfície de mogno.

– Malheur – reclamou um deles. – Eu tinha quase entendido. Só mais alguns minutos e tenho certeza de que vou compreender o que você estava falando. Só comece de novo, comece com os ajustes que aplicou às taxas do seguro, depois...

– Nem perca seu tempo – avisou Benedict ao homem, recostando-se na cadeira e oferecendo um sorriso a Sebastian. – Ele está com aquele brilho nos olhos. E acontece que sei que a esposa dele estava viajando... então acho que podemos imaginar quem mandou o recado.

– Ah, sim – resmungou o outro. – Esposas. São ótimas, mas... hum...

Ele parou de falar, as palavras esvanecendo, depois olhou para Sebastian, como se lembrasse quem era a esposa dele.

– Ela acabou de voltar de Viena – comentou Sebastian. – Estava dando uma palestra lá. Não a vejo há seis dias.

– Mas...

– Mas nada – disse Sebastian. – Posso encontrá-los amanhã de manhã, às dez.

Eles aceitaram a saída dele de bom grado, em parte porque Benedict fez com que agissem assim. Seria mais rápido ir de trem do que de carruagem, então Sebastian o fez. Mas não foi para a Castein – a livraria tinha fechado fazia nove meses.

Afinal, qual seria o propósito de um código se todo mundo conseguisse entendê-lo? Esse significava "que se danem as nossas responsabilidades; encontre-me o mais rápido possível".

Ele foi para casa, mal tolerando os homens que esbarraram nele nos vagões. O trânsito parecia terrivelmente lento naquele dia e Sebastian se pegou olhando para o relógio diversas vezes.

Não se deu ao trabalho de entrar pela porta da frente. Em vez disso, passou por um portão lateral, desceu o caminho de tijolos correndo, atravessou os arbustos e foi direto para a estufa.

"Senti saudade", era o que a mensagem dissera. E Sebastian também sentira.

Agora a maioria dos experimentos de Violet ficava no King's College, em uma estufa gigantesca que ministrava. A outra estufa, nos fundos da casa dos dois, guardava apenas algumas curiosidades com que Violet brincava no tempo livre. Isso e muitas recordações.

Ela estava parada de pé, segurando um compasso de calibre enquanto media o tamanho da folha de uma orquídea. Não ergueu a cabeça quando Sebastian entrou. Nem piscou quando o marido se aproximou por trás.

Contudo, quando ele deslizou as mãos pela sua cintura, seus olhos se fecharam, trêmulos, e ela deixou o compasso cair na mesa e se recostou nele.

– Que saudade! – murmurou, cobrindo as mãos dele com as suas.

– Também senti saudade.

Ele lhe deu um beijo na orelha.

– Da próxima vez, eu vou junto.

A pele do pescoço dela era macia, delicada. Violet suspirou quando Sebastian a mordiscou.

– Da próxima vez – disse –, vão querer falar com você também. Afinal, você é o...

312

Ele provou o canto da clavícula de Violet e ela suspirou.

– O coautor – continuou ela – do...

As mãos dele deslizaram pela barriga dela.

– Hummm – fez Violet. – Sebastian.

– Minha doce Violet – disse ele. – Quando eu for com você para Viena, *não* vai ficar pensando em mim como seu coautor. Vai pensar em mim como o homem que a deixou rouca demais para falar na manhã seguinte.

– Ah. – Ela abriu um sorriso. – Creio que precisamos saber se isso é possível. Que tal praticar agora?

Ela virou a cabeça para ele.

– Praticar sugere que haja imperfeições.

Ele tocou o queixo dela, ergueu a cabeça.

– Que precisamos achar um jeito de melhorar.

Os lábios dela eram macios. Violet soltou uma respiração entrecortada quando ele a beijou.

– E você – sussurrou Sebastian – já é perfeita.

Nota da autora

A primeiríssima coisa em que pensei sobre essa série, antes que escolhesse seu nome ou decidisse qualquer aspecto de Oliver e Robert – a primeiríssima certeza que tive foi que Violet Waterfield, uma viúva calada, e seu melhor amigo, um libertino extrovertido, estariam envolvidos numa parceria científica em que ela faria todo o trabalho e ele levaria o crédito. Desde o comecinho da série, sinto que venho fazendo comentários sobre o trabalho de Sebastian nas minhas notas da autora – dando o meu melhor para não me referir a esse trabalho como se pertencesse a *Sebastian*, já que eu sabia o tempo todo que era de Violet.

Agora finalmente posso falar sobre o trabalho de *Violet*.

No nosso mundo, o estudo da genética começou em 1865, quando Gregor Mendel fez seus experimentos com ervilhas, hoje famosos. É claro, imagino que esses experimentos ainda possam ter acontecido no mundo que criei nesta série – não estou *mudando* a história, só acrescentando algo a ela. Se fossem verdade, porém, esses acréscimos teriam mudado o desenrolar dos fatos. A descoberta de Violet da dominância incompleta das bocas-de--leão em 1862 – num cenário em que ela teria sido feita por alguém com certa proximidade com Charles Darwin – na certa teria acelerado o ritmo das mudanças científicas.

No mundo real, as descobertas de Mendel foram esquecidas durante algumas décadas e não foram associadas de imediato ao trabalho de Darwin. Elas foram redescobertas apenas no finzinho do século XIX. O trabalho de

Mendel foi uma peça-chave: uma daquelas peças do quebra-cabeça científico que, assim que foram reveladas, levaram a descobertas em cascata. Quando comprovaram que as características físicas eram herdadas, o passo seguinte foi buscar qual mecanismo permitia isso. Logo depois de o trabalho de Mendel voltar ao cânone científico, a teoria dos cromossomos foi anunciada pela primeira vez.

Não há motivo para isso não ter acontecido muito antes. No meio da década de 1860, cientistas começaram a ver o que existia no núcleo celular. Foi nesse ponto que a anilina azul (precursora do azul de metileno que é usado atualmente) foi usada pela primeira vez em contextos biológicos. Mas eles não sabiam o que estavam vendo. Os primeiros relatos do núcleo estão repletos de alegria e confusão. Os cientistas tinham um entendimento tão limitado do que estavam enxergando que, em 1867, ainda se referiam à massa observada no centro do núcleo como "cromatina" – que significa "coisa colorida". A palavra "cromossomo" ainda levaria anos para ser usada, o que só aconteceria depois que as pessoas começassem a supor que o número de cromossomos numa célula poderia ser importante.

Foi sorte minha ter conseguido bolar um caminho alternativo para a descoberta da teoria dos cromossomos – um que levou direto ao nome de Violet. Não foi planejado. Comecei a ler artigos sobre a genética das violetas apenas porque queria que Sebastian apresentasse um trabalho que havia feito por conta própria.

Encontrei muitas pesquisas feitas no começo do século XX, logo após a apresentação da teoria dos cromossomos, sobre a genética e os cromossomos das violetas, sendo que quase todos os artigos tinham sido escritos por J. Clausen. Sou profundamente grata a esse trabalho. As descrições dos métodos de Clausen foram muito úteis ao indicar o que Violet teria que fazer para realizar o trabalho. (Uma das principais tarefas que não mostrei Violet executando no livro foi a emasculação das flores que seriam polinizadas, para evitar autopolinização. Tenho certeza de que tal imagem teria afetado Sebastian profundamente, mas era difícil demais fazer essa analogia funcionar na história.)

Falar sobre J. Clausen e o trabalho que ele detalhou em seus artigos me leva a outro assunto.

É quase impossível rastrear todas as contribuições feitas por mulheres no fim do século XIX e no começo do XX, principalmente porque muitas dessas contribuições não foram registradas. Mesmo quando eu não as procurava, porém, as encontrava. No artigo de Clausen sobre a genética de violetas havia uma observação muito interessante.

Clausen agradece à esposa com o seguinte comentário: "Não teria sido possível finalizar o trabalho sem a assistência generosa e muito precisa de minha esposa, Anna Clausen. Polinizações artificiais, cruzamentos, fixações, ensacamento e colheita foram feitos quase exclusivamente por ela, que também me auxiliou na enumeração dos padrões de segregação." Isso foi incluído muito informalmente, mas constitui quase todo o trabalho envolvido no tema do artigo. Hoje em dia, essas tarefas seriam responsabilidade de um aluno de pós-graduação, que receberia pelo menos o crédito de coautor, isso se não tomasse o posto de autor principal.

J. Clausen é o único autor do artigo.

Não vou criticá-lo. Mas as palavras estão ali para quem quiser ver. *Minha esposa fez quase todo o trabalho, estou levando o crédito e ninguém acha isso estranho.*

E agora voltemos ao comecinho do livro, à dedicatória. Rosalind Franklin foi uma cristalógrafa genial que trabalhava com raios X e cujas imagens do DNA foram primordiais para a descoberta de sua estrutura e, junto a isso, para o entendimento do que são os genes e de como são herdados. Embora esse trabalho tenha sido fundamental para a descoberta da dupla hélice do DNA, o nome dela não está presente no artigo científico famoso que anunciou essa estrutura. No relatório sobre a descoberta, de autoria de James Watson e Francis Crick, Watson chamou Rosalind Franklin de uma série de nomes pouco lisonjeiros que duvido que fossem usados para descrever um homem. Watson admitiu que ele e Crick usaram os dados de Rosalind sem a permissão dela.

Rosalind Franklin morreu de câncer de ovário antes de Watson e Crick receberem o Prêmio Nobel pela descoberta, então nunca vamos saber se ela teria tido a chance de compartilhar essa honra com eles. (No entanto, pesquise sobre Lise Meiter: ela ajudou a descobrir a fissão nuclear e não ganhou um Nobel, ainda que estivesse viva.)

Rosalind Franklin não foi a primeira mulher a virar cientista – longe disso – e, com certeza, não foi a primeira cujo trabalho foi usado por um homem sem receber o devido crédito. Mas ela *é* uma das que são mencionadas com maior frequência, por ser uma das primeiras mulheres cujo tratamento foi reconhecido como injusto.

Eu queria que Violet estivesse no King's College no final porque foi onde Rosalind Franklin conduziu parte de seu trabalho. Gosto de imaginar que isso teria feito alguma diferença – em outro mundo, para outra Rosalind Franklin.

Então, caso você tenha se intrigado com a dedicatória deste livro, espero que ela agora faça sentido.

Para Rosalind Franklin, que hoje conhecemos.

Para Anna Clausen, que descobri enquanto escrevia este livro.

Para toda mulher que nunca recebeu crédito por seu trabalho.

Este livro é para vocês.

Agradecimentos

Este livro não teria sido possível sem os comentários, a edição e a revisão de: Robin Harders, Keira Soleore, Kate Cousino, Rawles Lumumba, Brenna Aubrey, Leigh LaValle, Carey Baldwin, Martin O'Hearn e Robin Schneider. Como sempre, sou grata a Tessa Dare, Carey Baldwin e Leigh LaValle, por me ajudarem a manter a lucidez; aos Peeners, por todo o resto; a Melissa Jolly, por cuidar das escotilhas quando necessário; e a Rawles, por dar conta de todas as coisas que eu não queria fazer para que eu pudesse ficar quieta e escrever.

Um muito obrigada especial ao cachorro, por me fazer sair de casa, ao Sr. Milan, por me acompanhar quando eu saía, e ao gato, por nenhum motivo.

Um agradecimento extra, talvez do tipo menos especial, vai para DNMNC, uma pessoa sem a qual eu nunca teria escrito este livro.

E, de novo, como sempre: obrigada a você, por ter doado seu tempo valioso a esta história.

CONHEÇA OS LIVROS DE COURTNEY MILAN

Os Excêntricos

O caso da governanta (apenas e-book)

O segredo da duquesa

O desafio da herdeira

A conspiração da condessa

Para saber mais sobre os títulos e autores da Editora Arqueiro,
visite o nosso site e siga as nossas redes sociais.
Além de informações sobre os próximos lançamentos,
você terá acesso a conteúdos exclusivos
e poderá participar de promoções e sorteios.

editoraarqueiro.com.br